현대 동시 문학 작품론

초판 1쇄 인쇄 | 2023년 10월 25일
초판 1쇄 발행 | 2023년 11월 06일

編 | 박상재

펴낸이 | 오세기
펴낸곳 | 도담소리
주　소 | 경기도 고양시 덕양구 삼원로 63, 805호(고양아크비즈센터)
전　화 | 031) 911-8906
팩　스 | 031) 912-8906
이메일 | daposk@hanmail.net

편집디자인 : 공간디앤피

등록번호 | 제2017-000040호
ISBN 979-11-90295-26-0　 03800

한국아동문학정원

현대 동시 문학 작품론

박상재 編

도담소리

한국 현대 동시문단의 견인차

　현대 한국 문학의 흐름을 살펴볼 때 2000년대에 들어서며 동시문학이 시문학의 흐름을 선도하기 시작했다. 작품의 양과 질이 이전보다 눈부시게 발전하였다. 이는 선배 문인들이 시나브로 다져 온 기름진 토양이 마련되었기 때문이다. 최남선, 방정환이 터를 닦은 1920년대부터 발아한 한국 동시문학은 한정동, 윤석중, 윤복진, 서덕출, 이원수, 김영일, 강소천, 박경종, 최계락, 목일신, 어효선, 박홍근, 권오순, 박화목, 권태응, 신현득, 김종상, 박경용, 석용원, 유경환, 김녹촌, 엄기원, 김완기, 박종현, 문삼석, 최춘해, 이상현 등이 주축이 되어 그 터전을 닦았다.

　1970년대 이후에 등단한 제2세대들은 선배들이 일군 동심의 꽃밭에 정성껏 꽃씨를 뿌리기 시작한다. 이들 동시인들을 열거하면 김구연, 오순택, 권오삼, 노원호, 하청호, 박근칠, 이준관, 윤이현, 김원석, 이상교, 손동연, 김진광, 허호석, 공재동, 박두순, 권영상, 김재용, 전병호, 남진원, 손광세, 정혜진, 이창건, 이정석, 신현배, 정두리, 신형건, 윤삼현, 송재진, 박방희, 김숙분, 이화주 등을 들 수 있다.

　1990년대 후반부터는 더 많은 동시인들이 등단하여 한국 동시문학의 화원을 활짝 꽃 피웠다. 그 수많은 이들 중에서 대표적인 시인으로 이 책에서 조명한 강지인, 김금래, 김미희, 김봉석, 김윤환, 김이삭, 김자연, 박선미, 박혜선, 서금복, 서향숙, 신새별, 이묘신, 이성자, 이오자, 조두현, 조영수, 차영미, 천선옥, 최명란, 추필숙, 한상순 등을 들 수 있다.

그동안 좋은 문학작품을 발굴하고 격려하기 위해 많은 아동문학상이 제정되었다. 그 중에는 전통 있는 문학상이 후원 단체의 사정으로 사라진 경우도 있다. 현재 운영되는 아동문학상은 한정동아동문학상, 방정환문학상, 이주홍문학상, 박홍근아동문학상, 최계락문학상, 목일신아동문학상, 권태응문학상, 한국동시문학상, 열린아동문학상 등이다. 소천아동문학상과 윤석중문학상은 잠시 숨고르기를 하는 상태이다. 이 상들은 좋은 동시를 발굴하는 데 기여하며 한국 동시문학의 질을 한껏 높여 왔다. 문학의 손수레를 견인하는 권위 있는 문학상들이 오래오래 지속되기를 기원한다. 최근 지자체를 중심으로 문학상을 후원하는 경우가 늘어나는 것은 퍽 반가운 일이다. 창원아동문학상, 권태응문학상(충주), 한정동아동문학상(시흥시), 방정환문학상(구리시) 등을 후원하는 지자체에 고마움을 표한다.

한국 아동문학의 선구자 소파 방정환이 《어린이》지를 만든 지 100년이 되는 해에 이 책이 출간되어 기쁘다. 한국의 아동문학이 동요시로부터 출발한 것은 주지의 사실이다. 이 책에서 논의한 시인들은 오늘날 한국의 동시문학에서 가장 활발히 작품활동을 하고 있고 동시문단을 이끌고 있는 견인차들이다. 한국 현대 동시문학사에서 마땅히 조명받아야 할 동시인들 중 이 책에서 논의하지 못한 시인들은 제2권에서 조명하려고 한다.

아무쪼록 이 책이 한국 동시문학의 흐름과 경향을 공부하고 연구하려는 독자들에게 조금이나마 보탬이 되어 준다면 필자로서는 보람을 느낄 수 있겠다. 끝으로 이 책의 필요성을 동감하고 선뜻 출판에 동의해 준 도서출판 도담소리에 고마움을 표한다.

2023년 가을
글쓴이를 대표하여 박상재

[목차]

따뜻한 시성과 유쾌한 상상력

– 강지인 작품론

이창건(아동문학가)

  강지인 시인(1968~   )은 2004년 『아동문예』 신인상과 2007년 황금펜아동문학상을 받으며 등단했다. 그리고 시인은 2010년 경기문화재단 지원금으로 생애 첫 동시집 『할머니 무릎 펴지는 날』을 청개구리 출판사에서 펴내고, 2016년 꿈바라기 출판사에서 두 번째 동시집 『잠꼬대하는 축구장』을 펴낸다. 이어 2018년 문학동네에서 출간한 세 번째 동시집 『수상한 북어』로 한국아동문학인협회가 주관하는 제28회 한국아동문학상을 수상한다.

1. 들어가는 글

  강지인 시인은 첫 번째 동시집 『할머니 무릎 펴지는 날』 서문 시인의 말에서 자신을 이렇게 소개한다. "올해처럼 무더웠던 30여 년 전 여름, 방 한 구석에서 방학 내내 누구도 대답해 줄 수 없는 질문들을 혼자 중얼거리며 골똘히 생각에 빠진, 약간은 엉뚱하면서도 내성적인 여자아이"였다고. 그리고 '동시'라는 새로운 하늘을 보게 된 8년 전쯤에는 "무엇 때문에 동시를 쓸까? 어린이들이 좋아하는 동시는 어떻게 써야 할까?"에 대한 행복한 고민을 하고 있다고.
  그렇다. 시인은 질문하는 사람이다. 의문과 호기심이 생기면 묻는 사람이다. 시인의 질문에는 한정된 대상이나 경계가 없다. 누구에게나 무엇에게나 질문을 해야 한다. 시인이라면 이 세상에 대해, 자연에 대해, 우주에 대해 끊임없이 고민하고 질문을 해야 한다. 그것이 시인을 시인답게 하며 시를 창조하는 원동력이 된다. 물음표를 던지지 않는 시인은 어쩌면 시인의 자격이 없는지도 모른다. 좋은 시는 좋은 질문에서 비롯된다.

질문은 지식과 지혜의 문이다. 사유와 창조의 문이다. 기지의 세계에서 미지의 세계로 들어가는 낯선 문이다. 질문은 지금껏 매달려 온 어떤 신념이나 편견을 넘어 낯선 시간과 낯선 공간에서 낯선 사물들을 마주보게 한다. 질문은 새로운 세계를 탐험하게 하며 새로운 것을 창조하게 한다. 질문은 시인에게 우주의 숨소리를 듣게 하며 자연의 신비한 소리를 경청하게 한다. 그리하여 시인은 창조의 세계와 만나고 시를 쓰고 인간을 탐구한다. 시인은 질문의 힘으로 시인 자신의 삶을 밝히며 스스로 시인으로써의 경외심을 갖는다.

2. 따뜻함을 찾아가는 시의 길

2-1

시인의 질문은 시인의 작품으로 드러난다. 시인은 자신의 질문에 시로 답한다. 강지인 시인도 예외는 아니다. 시인은 『할머니 무릎 펴지는 날』에서 '동시는 왜 쓰나?'라 스스로 묻고 '따뜻함을 찾아서'라고 스스로 답하고 있다.

시인은 시를 쓰는 이유를, 그 까닭을 잘 알고 있고 그에 대한 답도 정확히 내놓고 있다. 강지인 시인은 스스로 시인은 무엇으로 사는가라는 시인으로써의 근원적인 문제를 묻는다. 이 질문은 시인이라면 시인이 시인에게 답해야 하는 첫 질문이어야 한다. 이 질문을 통해 시인은 시인의 길을 스스로 만들어 간다.

엄만 큰 발로/ 난 작은 발로//

나란히 갑니다./ 우산 쓰고 갑니다.//

엄만 작은 걸음으로/ 난 큰 걸음으로//

발맞추어 갑니다./ 도란도란 갑니다.

– 「비 오는 날」 전문

원발 내딛으면/ 오른팔이 앞으로,//

오른발 내딛으면/ 왼팔이 앞으로,//

치우치지 않게/ 넘어지지 않게//

한 걸음씩 그렇게/ 차례차례 사이좋게

– 「한 걸음씩」 전문

  사람의 몸은 허약하고 보잘 것 없다. 하지만 그 안에는 위대한 보물이 숨겨져 있다. 그것은 바로 마음이다. 몸은 마음이 들어 있는 그릇이다. 창조주가 처음 사람을 빚을 때 몸은 없었다. 마음을 먼저 빚고 그것을 인간이라 불렀다. 그는 인간에게 마음만으로 충분하다고 믿었다. 그런데 그 마음이라는 것은 흔들림이 심하고 자주 헝클어지고 자주 무너졌다. 보다 못한 그는 몸이라는 그릇을 빚어 마음을 그 안에 집어넣었다. 그런데도 그 마음은 여전히 흔들림이 심하다. 이런 마음을 평온하게 유지하려면 절대적인 가치가 필요하다. 그래서 그는 인간의 마음에 사랑을 주어 그 흔들림을 막으려 했다. 사랑이 담긴 일은 그것이 아무리 작고 보잘 것 없어도 인간의 흔들림을 막아 주는 큰 힘이 된다.

  '비 오는 날' 엄마와 나는 하나가 된다. 우산 속에서 하나가 된다. 하나가 되기 위해서 엄마는 작은 걸음으로 나는 큰 걸음으로 나란히 간다. 도란도란 발맞추어 간다. 우산을 쓰고 발맞추어 도란도란 가는 것은 균형을 잡는 일이다. 그 균형은 다름 아닌 따뜻한 마음이 하는 것이다. 균형을 맞추는 것은 나란히 동행하기 위해서다. 동행은 마음이 하나가 될 때 가능한 것이다. '왼발 내딛으면/ 오른팔이 앞으로// 오른발 내딛으면/ 왼팔이 앞으로// 치우치지 않게/ 넘어지지 않게// 한 걸음씩 그렇게/ 차례차례 사이좋게'「한 걸음씩」 내딛는 발걸음도 서로 균형이 되어 주는 일이다. 서로의 마음을 넘어지지 않게 하는 사랑이다.

> - 미안해./ 한마디만 했더라면/ 짝꿍이 토라지지 않았을 텐데…….//
> - 반가워./ 한마디만 했더라면/ 전학 온 애와 서먹하진 않았을 텐데…….//
> 집에 돌아와/ 연습해 본다./ - 미안해. 미안해. 미안해. 미안해.//
> 문 닫고 몰래/ 연습해 본다./ - 반가워. 반가워. 반가워.
>
> － 「마음만 먹으면」 전문

마음은 겉으로 잘 드러나지 않는다. 몸으로 둘러싸여 있어서 그렇다. 그런데 마음은 몸의 주인이어서 몸은 마음이 시키는 대로 한다. 마음이 웃고 싶으면 몸이 웃고, 마음이 울고 싶으면 몸이 운다. 마음이 슬프면 몸이 슬프고 마음이 쓸쓸하면 몸이 슬프다. 마음이 가라하면 가고 마음이 오라 하면 몸은 온다. 이렇듯 마음은 몸을 움직여 느끼고 생각하고 행동하게 한다. 이런 의미에서 마음은 사물에 대한 인식과 인지 그리고 태도를 형성하는 기준이라 할 수 있다.

『할머니 무릎 펴지는 날』에서 「마음만 먹으면」은 시인의 마음이 따뜻한 시성을 찾아가는 대표적인 작품이다. 이 시에서 '마안해' '반가워'라는 말이 가진 성품은 따뜻하다. 마음이 따뜻하면 말도 따뜻하다. 미안해라는 말은 상대에 대해 보살피지 못한 자신의 말과 행동의 잘못을 표현하는 말이다. 자신의 생각과 말과 행동이 마음에 어긋남을 인식하고 드러내는 행위인 것이다. 반가워 역시 마음을 따뜻하게 하는 말이다. 처음 본 낯선 사람과 인사를 나눌 때 하는 이 말은 사람을 어색하지 않게 한다. 서먹하지 않게 한다. 그래서 처음 만난 사람을 내 마음에 거리낌 없이 들이게 된다. 이와 같이 '미안해'의 사과와 '반가워'의 수용성은 인간관계나 사물과의 관계를 확대해 나가는 기본적인 태도라 하겠다.

2-2
툭!/ 투둑!/ 빗방울이 떨어집니다.//
툭!/ 투둑!/ 흙이 패입니다.//
─ 아프지 않니?/ ─ 아프지 않아.//
흙이 말없이/ 가슴을 열어 젖힙니다.//
빗방울도/ 말없이/ 흙 속으로 스며듭니다.

─ 「빗방울」 전문

벌레 먹은 잎이/ 하얀 잎맥만 남아 흔들리고 있어요/
여름 내내 푸름을 뽐내며/ 햇살 받아 번쩍이던 잎//
언제부턴가/ 푸른 잎살 벌레에게 다 내주고/
이제는 하얀 그물이 되어/ 힘없이 흔들리고 있어요.//
그물처럼 얽혀 있는 잎맥/ 그것은 길이었겠지요./
곧은 길, 구부러진 갈,/ 짧은 길, 기다란 길,//
모양도 길이도 다 다르지만/ 번쩍이는 푸른 잎 만들기 위해/
풀벌레에게 줄 푸른 살 만들기 위해//
쉴 새 없이 뿌리에서 물 길어 나르는/ 메마른 할아버지 손금 같은/
그것은 길이었겠지요.

─ 「길」 전문

2-1에서 언급한 세 편이 사람과 사람에 대한 마음이라면 2-2에 올리는 두 편은 자연과 자연에 대한 마음이다. 사실 사람의 마음이나 자연의 마음

이 크게 다르지 않다. 어쩌면 자연의 마음이 사람의 그것보다 더 깊고 더 넓고 더 높은 지도 모른다. 자연은 신이 사람보다 먼저 창조한 세계로, 사람은 그 자연에 기대어 산다. 신은 사람들에게 다 못 베푸는 사랑을 자연을 통해 베푼다. 자연은 신처럼 사람들의 이야기를 들어주고 사람들을 안아 준다. 자연이 베푸는 삶은 사람이 베푸는 삶보다도 풍성하고 풍요롭다. 신이 곧 사랑이라면 자연 또한 신과 같은 사랑으로 우리 사람들을 위로한다.

「빗방울」에서 흙은 몸이며 빗방울은 마음이다. 몸과 마음이 서로를 껴안는다. 마음이 어쩔 수없이 몸에게 상처를 준다. 마음이 일부러 몸에게 상처를 주는 것은 아니다. 그래서 미안한 마음이 몸에게 '-아프지 않니?' 하고 물으니 몸은 '아프지 않아.'라고 답한다. 그러면서 몸은 가슴을 열어 마음이 스며들게 한다. 몸이 마음을, 마음이 몸을 잘 잡아 주어 서로가 무너지지 않게 한다.

「길」에서 몸은 잎이고 마음은 길이다. 여름 내내 푸르던 몸이 가을에 하얀 길이 되었다. 그 몸에 길이라는 마음이 있다. 마음은 벌레에게 줄 푸른 몸을 만들기 위해 그물처럼 얽혀 있는 몸의 길을 빌려 쉴 새 없이 물을 길어 올렸다. 마음은 벌레에게 자신의 몸을 주어 벌레로 하여금 마음이 가는 길을 내게 하였다. 미물을 자비롭게 하는 일, 미물을 측은지심으로 바라보는 일은 시인이 가야 하는 길이다. 따뜻함을 찾아가는 시인의 길이다.

3. 유쾌한 상상력의 화분

강지인 시인은 '어린이들이 좋아하는 동시는 어떻게 써야 할까?'라고 시인의 첫 동시집에서 고민하고 있다. 이 고민은 시인에게는 스스로 묻는 질문이 된다. 이런 시인의 질문에 답이 될 만한 단서가 있다. 두 번째 동시집 『잠꼬대 하는 축구장』과 이어 나온 세 번째 동시집 『수상한 북어』 시인의 말이다. 시인은 그 답으로 '반짝! 생각 속으로 떠나는 여행'과 '반짝! 폴짝! 활짝!'을 제시한다. 이것은 시인의 작품을 들여다 볼 중요한 열쇠가 된다. 시인은 시인의 동시집에 모아진 생각들이 반짝! 빛났으면 하는 것이고, 생각들이 폴짝! 뛰어 올랐으면 하는 것이며, 생각이 활짝! 피어나기를 소망한다.

시인은 '어떻게'에 대해 반짝이는 생각과 생각을 뛰어 넘는 상상력과 상상력이 꽃처럼 활짝 피어나도록 시를 쓰겠다 한다. 이것은 시인이 시를 창조적으로 쓰겠다는 시인의 의지를 드러낸 것이다. 시인은 '어떻게'라는 물음을 스스로에게 던지며 시인에게 주어진 소명을 다하고자 다짐하는 것이다. 방향을 잃지 않고 시인의 길을 가고자 하는 시인의 다짐인 것이다.

'어떻게'는 창조적 시 쓰기의 바탕이다. 시인에게 이 바탕은 심리적으로 꼭 필요한 원칙이다. 시인에게 창조성은 생명이다. 창조성은 무엇이 아니라 어떻게의 문제다. 창조적 발상의 근원은 무엇을 끄집어낼 것인가가 아니라 어떻게 끄집어낼 것인가다. 생각은 머릿속에 있다. 생각은 이 세상에 한 번도 꺼내지 않은 것이다. 생각은 시로 드러날 수 있을 때까지 마음속에서 머물러 있는 것이다. 생각을 창조적으로 끄집어내는 것은 시인의 몫이다.

3-1

할머니가 보내주신 보리쌀로 만든 보리밥. 입안에서 굴러다니던 밥알이 된장찌개 한 숟갈에 꿀꺽 물김치에 또 꿀꺽 넘어가더니 부릉부릉 부르릉. 맛있게 먹은 보리밥이 방귀가 될 줄이야! 보리밥 싫다고 쌀밥 먹은 동생이 냄새난다고 구박이다. 엄마, 아빠처럼 나가서 뀌란 말이야! 부릉부릉 또 시동을 걸려고 하는 방귀를 꾹 참고 집 밖으로 나오자마자 오토바이처럼 달리는 방귀 골목 저 멀리 엄마, 아빠 방귀도 사이좋게 달린다. 보리밭 푸른 향기 휘날리며 신나게 달리는 방귀.

– 「달리는 방귀」 전문

교장 선생님 홀러덩 벗겨진 이마보다/ 눈부시던 월요일//

머리가 약간 복잡한 듯 창백해진/ 얼굴의 화요일//

모두 랄랄라 흥얼거리며 교문을 들어섰지만/

이이들과 다른 수요일의 생각은//

이이들이 그토록 기다리던 소풍이/ 가기 싫은 모양이었다./

찌뿌드드한 얼굴로 아이들을 쳐다보더니/

막무가내로 훌쩍이기 시작했고//

수요일은 아이들의 김밥과 과자를/ 다 먹을 때까지 울었고//

아이들은 그런 수요일이 원망스럽다는 듯/

우두커니 하늘을 올려다보았다.

- 「수요일의 생각」 전문

생각은 누구나 한다. 그러나 누구나 잘 생각하는 것은 아니다. 또한 누구나 다 창조적으로 생각하는 것은 아니다. 생각은 연출되지 않은 작품이다. 생각은 연출자에 의해 무대에 올려진다. 좋은 연출자를 만난 생각은 감동을 주고 재미를 준다. 잘 연출된 생각은 박수를 받지만 그렇지 못한 생각은 야유를 받고 비난을 받는다. 좋은 생각은 관객을 행복하게 하고 평화롭게 하며 자유롭게 한다. 보이지 않는 것을 생각할 수 없다면 새로운 것을 창조할 수 없다. 자신만의 생각으로 자신의 무대를 창조하지 못하면 다른 사람이 창조한 것에 머무를 수밖에 없다.

「달리는 방귀」는 유쾌하다. 읽고 있으면 저절로 웃음이 나온다. 웃음은 사람과 동물을 구별하는 가장 확실한 유전자다. 웃음은 마음에 감흥이 일 때 몸 밖으로 나온다. 소리나 눈으로 느껴지는 감각이 유쾌할 때 마음은 웃음을 짓는 것이다. 오토바이 소리를 내는 방귀를 청각화한 '부릉부릉'이 신난다. 부릉부릉은 자동차나 오토바이가 달리려 할 때 요란스럽게 잇따라 나는 소리다. 그 소리는 방귀 소리와 비슷하다. '보리밭 푸른 향가 휘날리

며 신나게 달리는 방귀.' 생각만 해도 우습다. 상쾌하다. 물활론적인 관점
이다. 「수요일의 생각」도 마찬가지다. 수요일이 감정을 느끼고 대화를 하는
듯하다. 이 작품은 수요일이 소풍을 가는 날인데 월요일부터 수요일까지의
날씨를 의인화하고 있다. 홀러덩 벗겨진 교장 선생님의 이마 같은 월요일
이나 창백해진 화요일의 얼굴에 빗댄 것이 웃음과 착잡해진 시인의 심상을
짐작하게 한다. '찌뿌드드한 얼굴로 아이들을 쳐다보더니/ 막무가내로 훌
쩍이기 시작했고'에서는 소풍을 가지 못하게 한 수요일의 생각에 대한 안
타까움이 절절하게 다가온다. 그러나 '생각'만큼은 재미있다. 즐겁다. 시인
의 상상력에 믿음이 가는 대목이다.

3-2

> 손도 없고 발도 없어요. 지느러미도 없고 날개도 없지만 어디든 거침이
> 없어요. 생각처럼 움직일 수 있는 몸뚱이 하나면 충분하거든요.//
> 가끔은 궁금해요. 생각이 몸을 움직이는지 몸이 생각을 움직이는지. 생
> 각이 곰곰 똬리를 틀면 몸도 똬리를 틀고, 몸이 돌돌 똬리를 틀면 생각
> 도 똬리를 틀거든요.//
> 생각이 먼저인지 몸이 먼저인지 정말 궁금하지만 아무려면 어때요. 손
> 이 없고 발이 없고 지느러미도 없고 날개도 없지만 아무려면 어때요.//
> 몸속에는 생각이, 생각 속에는 몸이 똘똘 뭉쳐 똬리를 틀고 있거든요.
> – 「뱀」 전문

> 새집으로 이사 온 날. 북어 한 마리 현관문 위에 매달고 가신 할머니. 두
> 다리 뻗고 주무신데요. 귀신 걱정 도둑 걱정 안 하신대요.//
> 부릅뜬 북어의 눈이 감시 카메라라도 되는 걸까요? 귀신이나 도둑이 들
> 어오면 뾰족한 머리로 박치기라도 하는 걸까요? 그것도 아님 둘둘 감고
> 있는 저 실타래 속에 무전기라도 숨기고 있는 걸까요.//

도대체 정체가 뭘까요? 아무래도 수상쩍은 북어 한 마리. 내 눈치 살피느라 감지도 못하는 저 눈. 시치미 떼느라 먼 산만 바라보는 저 눈 좀 보세요.

- 「수상한 북어」 전문

「뱀」은 '생각'에 대해 생각하게 하고 몸에 대해 생각하게 한다. 생각이 몸을 움직일까, 몸이 생각을 움직일까, 생각과 몸은 따로따로 일까, 생각과 몸은 하나일까. 아니면 생각이 먼저일까, 몸이 먼저일까. 생각은 꼬리에 꼬리를 물고 온다. 이런 면에서 생각은 가능성이다. 생각이 머릿속에 머물러 있을 때까지는 무한한 가능성이다. 그 생각이 시인의 손에 의해 밖으로 나오면 그 생각은 시라는 형체를 가진 몸이 된다. 이 시에서 뱀은 시인의 생각에 따라 이미지화 된다. 생각의 똬리라는 이미지로 매김 된다. 또한 시인은 뱀의 유연한 몸을 통해 생각을 이미지화 한다.

존 드라이든은 "이미지를 만드는 것은 그 자체로 시의 생명이자 장점이다."라 했다. 「수상한 북어」에서도 시인의 생각은 꼬리를 문다. 새집으로 이사 온 날 할머니가 현관문 위에 매달아 놓은 북어를 보며 시인은 유쾌한 상상에 빠진다. '부릅뜬 북어의 눈'을 '감시 카메라'로 상상하는가 하면 몸에 '둘둘 감고 있는 실타래' 속에는 '무전기'라도 숨기고 있는 것이 아닐까 하는 해학은 북어가 귀신이나 도둑을 막아 준다는 믿음을 가진 할머니의 생각보다 더 재미있다. 시인의 눈은 정체를 알 수 없는 수상한 북어를 살피는데 '시치미 떼느라 먼 산만 바라보는 북어'! 그 북어의 눈 좀 보라는 시인의 익살이 더 우스꽝스럽다.

이제까지 우리 동시에서 사물을 인간의 '생각'에 대해 생각하게 하는 동시는 좀처럼 찾아보기 힘들다. 사물을 생각으로 이미지화하거나 사물을 사물의 속성과 다르게 형상화하는 것도 그리 쉬운 일이 아니다. 그럼에도 강지인 시인이 이런 점에서 시적 효과를 올린 것은 높이 평가할 만하다

어떻게 울기만 하겠어?//

틀림없이 웃기도 할 거야!//

울다가 웃으면 똥꼬에 털 난다는데//

우는지 웃는지 들썩이는 저 엉덩이 좀 봐!//

간질간질 털이 나오려는 건지//

똥꼬는 씰룩씰룩//

입은 개굴개굴

– 「개구리」 전문

    개구리의 동영상을 보는 듯하다. 어떻게 이렇게 재미있는 상상을 선물할 수 있을까! 그저 놀랍기만 하다. 감탄을 하지 않을 수 없다. 개구리에 대한 지금까지의 편견을 부끄럽게 한다. 개구리는 울기만 하는 동물로 인식해 온 우리들의 생각이 얼마나 편협한가를 여지없이 보여준다. 시인의 생각이 부럽기만 하다. 아인슈타인은 "창조적인 일에는 상상력이 지식보다 더 중요하다."고 말한다. 정말 그렇다. 시에는 지식보다 상상력이 우선이다. '개구리가 울기만 하겠어?'라는 물음에 시인은 아니지, 그게 아니고 '틀림없이 웃기도 할 거야!'라고 짐짓 아무렇지도 않은 듯 천연덕스럽게 상상한다. 이런 것이 시의 맛이 아닐까! 시인은 한 술 더 떠서 '울다가 웃으면 똥꼬에 털 난다는데// 우는지 웃는지 들썩이는 저 엉덩이 좀 봐!// 간질간질 털이 나오려는 건지// 똥꼬는 씰룩씰룩// 입은 개굴개굴'이라고 시를 유혹한다.

    유혹에 끌린 독자들은 똥꼬가 간질간질할 것이다. 그리고 엉덩이를 씰룩씰룩 할 것이다. 입에서는 저도 모르게 개굴개굴 울음소리가 들릴 것이다. 언어의 회화성과 음악성이 탁월한 작품이다. 이처럼 강지인 시인의 시가 크게 성공할 수 있는 것은 무슨 연유일까! 그것은 시인의 끊임없는 시에 대한 질문과 성찰의 힘이다. '어린이들이 좋아하는 동시는 어떻게 써야 할까?'

4. 나오는 글

화분은 꽃을 심어 가꾸는 그릇이다. 꽃밭을 만들 수 없는 상황에서 꽃을 사랑하는 수단이다. 화분은 내 마음대로 채송화도 심고 봉숭아도 심을 수 있다. 화분은 내가 좋아하는 꽃을 가꿀 수 있는 온전한 내 땅 한 뼘이다. 화원을 가꾸는 수백 수천 평의 땅보다 소중한 내 땅! 넓고 넓은 지구에 가장 아름답고 향기로운 하나의 내 꽃 그릇! 그것을 시인에게는 시집이라 하면 안 될까!

강지인 시인의 작품은 두 가지 특성으로 드러난다. 하나는 첫 번째 동시집 『할머니 무릎 펴지는 날』에서 보여주는 '따뜻함'이며 다른 하나는 두 번째 동시집 『잠꼬대 하는 축구장』과 세 번째 동시집 『수상한 북어』의 '유쾌한 상상력'이다. 이 두 가지는 강지인 시인이 앞으로도 계속 추구해야 할 시의 가치이다. 아울러 시인의 첫 마음에 새긴 '왜'와 '어떻게'라는 두 개의 질문을 나침반으로 삼아 시의 길을 잃지 않아야 할 것이다. 강지인의 시에서 하나를 더 보완하라면 그것은 서정성이다. 서정성 문제는 우리 동시에서 어제 오늘의 문제가 아니다. 동시를 쓰는 시인 전체가 고민해야하고 해결해야 할 과제다.

오늘날 문명화되고 기계화된 사회에서 어린이들의 삶은 더 소외되고 더 쓸쓸하다. 이런 사회 현상 속에서 우리 어린이들은 좌절하고 아프고 슬프고 불안하다. '따뜻함과 재미와 즐거운 상상력'을 선물하는 강지인 시인의 시가 생활에 지치고 상처받은 어린이들에게 위안의 문학, 치유의 문학, 구제의 문학이 될 수 있을 것이다.

보푸라기는 꽃이야

– 김금래 동시집 『꽃피는 보푸라기』를 중심으로

전병호(동시인 · 아동문학평론가)

1. 거꾸로 떨어져 봤니?

2018년 11월 25일 오후 3시였다. 창원문화원 대극장 무대에서는 창원시 합창단 어린이들이 김금래 시인의 동시에 곡을 붙인 동요를 부르고 있었다. 합창곡 몇 곡이 끝나자 이번에는 김금래 시인이 무대에 올라가 자리를 잡고 앉았다. 그리고 동시집 『꽃피는 보푸라기』를 펼쳐 들었다.

동시집 『꽃피는 보푸라기』는 제8회 창원문학상 수상작이다. 전 장르에 걸쳐 한 해에 한 권만 뽑는 창원문학상은 2010년에 처음 시행되었는데, 그동안 동화와 그림책 장르에서만 수상작이 나왔다. 김금래 시인의 동시집 『꽃 피는 보푸라기』는 창원문학상이 시행되고 나서 동시집으로서는 최초의 수상작이었다. 그렇기 때문에 언론과 많은 사람들로부터 주목을 받았다. 동시집을 펴든 김금래 시인 주위로 모여든 어린이들에게서도 그런 열기가 다분히 느껴졌다.

시인은 어린이들을 둘러보고 난 뒤 동시를 낭독했다. 몇 편 동시 낭독이 끝나자 이번에는 자신의 어린 시절 이야기를 들려주기 시작했다. 어린이들은 모두 자신이 '빛덩어리'인 줄을 알았으면 좋겠다는 멘트와 함께 말이다.

> "나는 태어난 지 얼마 안 되었을 때부터 외할머니 집에서 살아야 했어요. 일곱 살이 되어 학교 들어갈 때가 되었을 때에야 엄마에게 갈 수 있었

어요. 엄마가 나를 보고 '금래야, 엄마야.' 하고 불렀을 때 나는 할머니 등 뒤로 숨었어요……. 중학생이 되었을 때는 서울로 올라와서 친척집에서 학교를 다녔어요. 친척집이라고 해도 엄연히 남의 집이었기 때문에 눈치를 봐야 했어요. 또 그 집 아이들에게 따돌림을 당해 혼자 울은 적도 많았어요……."

처음에는 누구 이야기를 들려주는 것인가 했다. 그런데 다시 들어도 김금래 시인이 자신의 이야기를 들려주고 있는 것이 틀림없었다. 필자는 다시 자세를 고쳐 앉고 들었다. 시인이 친척 동생들이라고 하지 않고 '그 집 아이들'이라고 제3자처럼 부르는 것을 보니 친척집 더부살이가 어떠했는지 더 듣지 않아도 알 것 같았다.

김금래 시인이 필자도 가입한 동시문학회의 상임이사직을 맡고 있었기 때문에 임원들과 함께 시상식장에 참석한 필자는 장거리 남도여행으로 들떴던 마음이 순식간에 가라앉았다. 그날 그 자리는 창원문학상 시상식이 열리는 공적인 자리였다. 허투루 한마디 말도 있을 수 없는 자리였다. 더구나 자신에게는 평생 잊을 수 없는 영광의 날이 아닌가. 그럼에도 "일곱 살…, 엄마가 불렀을 때…, 할머니 등 뒤로…. 서울 친척집…, 따돌림……." 등 이런 말들이 남의 말처럼 아득히 멀어졌다가 파도치듯 다시 몰려와 귀에 콕콕 박혔다.

> 절벽에서/ 거꾸로 떨어져 봤니?//
> 바닥을 치며/ 울어 봤니?//
> 울면서/ 부서져 봤니?//
> 부서지며/ 나비처럼 날아올라//
> 무지개를/ 만들어 봤니?
>
> – 김금래, 「폭포」 전문

「폭포」를 소재로 쓴 동시는 많다. 폭포 밑에 가서 폭포 물 쏟아지는 것을 올려다보고 압도된 감정을 직설적으로 토로하는 시가 대부분인 것으로 기억한다. 김금래 시인의 「폭포」도 이런 유형의 시라고 생각한 것이 처음에 가졌던 솔직한 마음이다. 감정 과잉이다. "절벽에서/ 거꾸로 떨어져 봤니?// 바닥을 치며/ 울어 봤니?// 울면서/ 부서져 봤니?"에서 보듯 땅을 치며 하소연하는 것 같은 이 처절함은 뭐지? 동시에서 수용 가능한 감정인가? 하는 생각을 했던 것도 사실이다.

그런데 그날 김금래 시인이 들려주는 어린 시절 이야기를 듣자, 갑자기 그가 쓴 동시 「폭포」가 떠오르며 가슴이 칵 막혀 왔다. '그랬구나. 그가 쓴 동시는 삶의 절규이고 몸부림이었구나.' 하는 이 말과 함께 자리에 주저앉아 땅을 치며 통곡하는 상상 속의 그의 모습이 오버랩되어 밀려 왔다. 「폭포」뿐만이 아니다. 그날 그가 무대에 올라 어린이들에게 들려준 시, 「난 빛덩어리」, 「꽃피는 보푸라기」를 비롯하여 동시집 『꽃피는 보푸라기』에 실린 「자국」, 「아이들의 집」, 「세상에서 제일 좋은 소리」, 「숙제」를 비롯하여 절반 이상의 시들이 모두 기구했던 유소년기의 그의 삶에 바탕을 둔 것이라는 생각이 들었다. 이것이 필자가 동시집 『꽃피는 보푸라기』를 중심으로 그의 시를 살펴보게 된 직접적인 이유이다.

그때 그 '가슴이 칵 막혀 왔'던 기억이 이 글을 끝까지 쓰게 하는 동력이 되었다. 그의 동시로 들어가는 비밀의 문은 이미 열렸다. 따라서 이글은 그가 그의 삶을 어떻게 시로 승화시켰으며, 또 그의 시의 지향점은 무엇인지 그 점에 중점을 두어 살펴보기로 한다.

2. 할머니 등 뒤로 숨은 아이

시인이 자신의 삶에 대하여 제공하는 정보는 극히 제한적일 수밖에 없다. 따라서 '그의 삶을 어떻게 시로 승화시켰'는지 살펴보고자 하는 일은 애초에 한계를 가질 수밖에 없다.

강원도 진부에서 태어났다. 부산일보 신춘문예에 당선되며 본격적으로 동시를 쓰기 시작했다. 눈높이아동문학대전 동시 부문에서 수상하였으며, 2016년 서울문화재단 예술 지원금을 받았다. 첫 번째 동시집 『큰 바위 아저씨』에 실린 작품 「몽돌」은 초등학교 5학년 국어 교과서에 실려 있다.

제2 동시집 『꽃피는 보푸라기』에 실린 시인의 약력이다. "제2 동시집 『꽃피는 보푸라기』로 제8회 창원아동문학상을 받았다." 이 한 구절을 더하면 현재의 이력이 된다. '그의 삶을 어떻게 시로 승화시켰'는지 살펴보기에는 터무니없이 부족한 정보이다. 그렇다고 창원문학상 시상식장에서 들은 이야기를 다시 묻기도 난처했다. 과거는 아름답다고 하지만 밝히고 싶지 않은 과거도 많기 때문이다. 가슴 아프거나 돌이키고 싶지 않은 슬픈 기억일 때는 더 그렇다. 하지만 그는 용감했다.

내 시 속엔 엄마가 자주 등장한다고 하는데 그건 결핍 때문인 것 같아요. 나는 강원도에서 태어났는데 집안 사정으로 낳자마자 엄마가 경상도에 사는 외할머니께 보냈거든요. 나는 외할머니와 살았기 때문에 늘 외롭고 엄마에 대한 허기를 느꼈지요. 학교를 들어가려고 강원도에 갔을 때 엄마를 처음 본 기억이 나요. 그때 엄마가 "금래야, 이리 와." 하고 손을 내밀었는데 할머니 등 뒤로 숨었어요. 그 후로도 서울서 학교를 다니느라 계속 엄마와 떨어져 살았어요. 서울에선 친척집을 전전했는데, 아이들이 많아서 싸우게 되면 나는 늘 혼자였어요. 성인이 되어서도 마찬가지였고요.

말이야 덤덤하게 하고 있지만 장면을 떠올리며 들으면 얼마나 가슴 아픈 이야기인가. 그런데 그는 자신이 살아온 이야기를 풀어 놓는 데 망설임이 없다. 이제 어떤 바람에도 흔들리지 않을 나이가 되었는가. 2019년 초 「어린이 책을 만드는 사람들」과 나눈 인터뷰를 두고 하는 말이다. 인터뷰 내용은 인터넷에 공개되어 있다. 필자는 인터뷰 내용을 토대로 그의 시를 ① 엄마 그리움(모성 결핍) ② 보푸라기는 꽃이다(정체성 찾기) ③ 노래하는 '8'을 찾아내다(치유와 희망)의 3단계로 나누고 각 단계별로 살펴보기로 한다.

3. 엄마 그리움

엄마에 대한 그리움은 모성결핍을 전제로 한다. "내 시 속엔 엄마가 자주 등장한다고 하는데 그건 결핍 때문인 것 같아요."라고 그가 스스로 말하고 있듯 자신이 모성결핍임을 이미 인지하고 있다. 모성결핍이란 "어머니와의 지속적 접촉을 박탈당하거나 모성관계의 왜곡, 부모를 떠나 성장함으로써 어머니의 사랑과 접촉을 받지 못해 정서적 안정을 위협받는 경우"[1]를 말한다. 일반적으로 모성결핍인 어린이는 자존감이 매우 낮은 것으로 알려져 있다.

> 아이들은// 집을/ 둘로 나누지//
> 엄마 있는/ 집// 엄마 없는/ 집
>
> – 「아이들의 집」 전문

집을 분류하는 기준이 엄마가 있고, 없음이다. 엄마 없이 자란 것이 얼마나 한이 맺혔으면 시적 화자는 그것으로 분류 기준을 삼았을까 싶다. 다 아

---

1) 모성 박탈[母性剝奪, maternal deprivation](교육심리학용어사전, 2000. 1. 10. 한국교육심리학회)[네이버 지식백과] https://terms.naver.com/entry.nhn?docId

는 말이지만 엄마 없는 빈자리의 크기는 누구도 잴 수 없다.

　이 시에서는 집의 의미도 환기시켜 볼 필요가 있다. 집이란 사람이 추위, 더위, 비바람 따위를 막고 그 속에 들어가서 살기 위해 지은 건물이다. 그렇지만 이 시에서 집의 의미는 사전적인 풀이에 한정되지 않는다. 집은 가족이 함께 생활하는 물리적 공간이면서 동시에 혈연관계를 맺고 있는 사람들의 생활 공동체를 가리킨다. 즉, 집은 가족, 가정이란 말과 동의어다. 가족은 "교육(사회화), 양육, 성, 자녀 출산 및 생식, 경제, 휴식, 오락, 보호, 양호, 종교, 정서적 만족과 지지, 사회적 지위"[2] 등을 부여한다. 가족 구성원 중 누군가 한 명이라도 부재하면 그에 따른 결핍을 가져온다. 더구나 부재하는 사람이 어머니이다. 모성 부재로 인한 결핍이 가장 크고 치명적이라고 한다.

　「세상에서 제일 좋은 소리」에서 "우리 돼지 밥 먹어라/ 학원 빼먹고 피씨방 가면 혼날 줄 알아!"라고 외치는 엄마의 목소리는 꾸중이 아니라 현실에 없는 엄마를 그리워하는 마음을 드러낸 것이다. "내 배는/ 웃는 배// 엄마가/ 준// 보조개가 있어"라고 외치는 「배꼽」도 회상 공간 속에 존재하는 엄마를 그리워하는 마음의 표출이다. 「엄마 숫자」, 「자국」, 「내가 안아 준 거야」, 「기다리는 발자국」, 「아카시 향기」도 모성 결핍으로 마음 깊이 각인된, 지우려고 해도 지워지지 않는 성장기의 아픈 기억을 소환한다.

4. 보푸라기는 꽃이야

　자존감이란 자아존중감(self-esteem)이며 자신이 사랑받을 가치가 있는 소중한 존재라고 믿는 마음이다.

---

2) 「가족」, 한국민족문화대백과 참조. https://terms.naver.com/entry.nhn?docld

어린 시절 부모와의 관계는 어린아이의 자존감 형성에 큰 영향을 준다. 부모의 가치관이나 관계 속에서의 배움을 통해 이루어진다. 이로 인해 부모는 자신의 자존감을 그대로 자식에게 대물림하게 되며, 어린 시절 형성된 자존감은 성인이 되어서도 영향을 미친다.[3]

자존감이 있을 때는 올바른 자아 정체성을 확립할 수 있다. 정체성이 확립되어야 더 높은 자존감을 가질 수 있다. 자존심은 남과 자신을 비교하는 마음이라면 자존감은 자기 스스로를 위하는 마음이다. 자존감은 주관적 자기 판단이다. 시인의 성장기 때 자존감을 키워준 정신적 지주는 할머니였다.

길거리 양말에선/ 보푸라기가 피지//

친구 보기 창피하다 했더니/ 할머니는 보푸라기를 꽃이라 생각하래//

그때부터/내 발은 걸어 다니는 꽃밭이 되었어//

보푸라기를 뜯어 후 불면/ 민들레 꽃씨가 되고/

돌돌돌 손끝으로 비비면/ 이름 모를 씨앗이 되어 떨어졌어//

떨어진 씨앗에선/ 엄마 얼굴이 떡잎처럼 피어나기도 했지//

내 양말에선 눈 내리는 날도/ 꽃이 환하게 피고 졌어/

발꿈치가 해지도록

– 「꽃 피는 보푸라기」 전문

「꽃 피는 보푸라기」는 유년의 삶을 함축해서 보여준다. 길거리 양말은 가격 대비 양은 많지만 품질은 보증할 수 없다. 시적 화자인 '나'는 할머니께 양말이 보푸라기가 피어서 "친구 보기 창피하다"고 말한다. 보푸라기가

---

3) 「자아존중감」, 우리 모두의 백과사전. 위키백과 참조.
  https://ko.wikipedia.org/wiki/%EC%9E%90%EC%95%84 %EC%A1%B4%EC%A4%91%EA%B0%90

안 피는 그런 양말을 사 달라는 말이겠다. 사춘기가 아니라도 여자 어린이들은 외모와 옷차림에 민감하지 않은가. 하지만 "할머니는 보푸라기를 꽃이라 생각"하라고 한다. 시적 화자는 "그때부터/ 내 발은 걸어 다니는 꽃밭이 되었"다고 한다.

위의 시에서 우리는 몇 가지 사실을 추리할 수 있다.

첫째, 할머니가 시적 화자의 의사 결정에 절대적인 영향을 끼친다는 사실이다. 엄마가 있었다면 '친구 보기 창피하다'는 말을 할머니가 아니라 엄마에게 했을 것이다. 엄마가 부재하기 때문에 그 말을 할머니에게 한 것이다. 따라서 지금 할머니가 엄마의 역할을 대신하고 있음을 알 수 있다. 하지만 아무리 그렇다고 해도 모성결핍은 해소되지 않는다. 할머니의 역할이 따로 있고 엄마만이 채워 줄 수 있는 것이 따로 있다.

둘째, 시적 화자가 할머니의 말에 전적으로 수용적인 태도를 갖고 있음을 알 수 있다. 부모였다면 시적 화자가 '친구 보기 창피하다' 했을 때 새 양말을 사 주지 않았을까. 새 양말을 사 줄 형편이 되는데도 안 사 준다고 판단되면 아이들은 부모를 끝까지 조르거나 하다 안 되면 골부림이라도 하지 않았을까. 하지만 시적 화자는 할머니의 말을 순종적으로 받아들인다. 그럼으로써 문제 해결이나 갈등 해소가 되는 것은 아니겠지만 그럴 수밖에 없는 시적 화자의 처지와 현실 수용 태도를 간접적으로 보여주고 있다고 하겠다.

모성결핍에서 오는 증상은 "발달 지체, 지능 장애, 성장 중단, 청소년 비행, 반사회적 성격 등"[4] 다양하지만 「꽃피는 보푸라기」는 물론 첫 동시집 『큰 바위 아저씨』에서도 시적 화자에게 이런 부적응 행동은 발견되지 않는다. "그때부터/ 내 발은 걸어 다니는 꽃밭이 되었어"라는 진술에서 보듯 시적 화자는 긍정적인 태도로 자기를 통제하고 있다. 시적 화자는 이런 긍정적 태도로 자존감을 높이고 나아가서는 자아 확장의 길로 가게 된다. 더 자

---

4) 모성박탈[母性剝奪, maternal deprivation](교육심리학용어사전, 2000. 1. 10. 한국교육심리학회)[네이버 지식백과] https://terms.naver.com/entry.nhn?docId

세하게 살펴보자.

"보푸라기를 뜯어 후 불면/ 민들레 꽃씨가 되고/ 돌돌돌 손끝으로 비비면/ 이름 모를 씨앗이 되어 떨어졌어"라는 진술은 많은 상징적 의미를 내포하고 있다. 민들레 꽃씨는 바람 부는 대로 날아가 닿은 땅에 뿌리 내리고 꽃 피운다. 절망적이 아니라 희망적인 메시지를 담고 있는 씨앗이다. 이것을 시적 화자의 처지와 비교해 보면 지금 있는 이곳을 떠나 새로운 땅에서 싹 틔우고 뿌리 내리고 꽃 피우고 살겠다는 다짐처럼 들린다. 또 보푸라기를 돌돌돌 손끝으로 비비면 이름 모를 씨앗이 되어 떨어졌다는 진술 역시 상징적인 의미를 담고 있다. '보푸라기→민들레 꽃씨 또는 이름 모를 씨앗'으로의 변용은 형태적 유사성에 의한 단순 비유가 아니라 시적 화자의 무의식 속에 존재하는 갈망 또는 소망을 담아 낸 객관적 상관물이 되고 있다는 생각이다.

> 내가 바보 같은 날/ 거울을 보았어//
>
> 내가 울었더니 거울 속/ 아이도 울었어//
>
> 내가 눈물을 닦았더니/ 아이도 닦았어//
>
> 내가 머리 쓰다듬었더니/ 아이도 쓰다듬었어//
>
> 아이가 웃을까 말까/ 망설이기에/
>
> 내가 먼저 씩 웃어 주었어
>
> – 「거울 속 아이」 전문

거울은 인간이 자신의 내면과 만나는 의식의 공간이다. 거울 밖의 나는 실재하는 나이지만 거울 속의 나는 '비추어지는' 나이다. 인간이 거울을 볼 때는 자신의 정체성을 확인하고 싶어질 때이다. "내가 바보 같은 날 / 거울을 보았어"라는 것이 그 예이다. 사람은 기쁠 때보다 슬프거나 외로울 때 거울을 더 많이 본다. "내가 울었더니 거울 속/ 아이도 울었어// 내가 눈물을 닦았더니/ 아이도 닦았어// 내가 머리 쓰다듬었더니/ 아이도 쓰다듬었어"라는 진술에서 보듯 시적 화자는 거울 밖의 나와 거울 속의 나 사이에서 나를 판단하는 주체가 네가 아니 나임을 깨닫기 위한 것인지도 모른다. 그래서 '아이가 웃을까 말까' 망설일 때 내가 먼저 씩 웃어 줄 수 있었던 것이다. 시적 화자가 자기 존중감을 갖고 있으며 긍정적 가치관을 가진 아이임을 알 수 있다.

> 갈대는/ 흔들리는 게 아니야//
>
> 천/ 번// 만/ 번//
>
> 일어서는 거야
>
> － 「갈대」 전문

「갈대」를 제목으로 하거나 제재로 삼아 쓴 시는 성공하기 매우 어렵다. 어떻게 써도 다른 사람이 이미 쓴 「갈대」 시를 떠올려 비교하게 하거나 또는 고정관념에서 벗어난 것을 보여주기 힘들기 때문이다. 이 시의 시상 역시 아주 새롭지 않고 익숙하다. 그럼에도 이제까지 우리가 갈대에 대하여 갖고 있던 고정관념을 보기 좋게 배반한다. 그 배반은 충격적이기까지 하다. 「갈대」는 시상의 기발함만으로 설명하기는 충분하지 않다. 기교에 의해 '반짝' 하고 얻어진 시가 아니다. 얼마나 살고자 하는 의욕이 간절했으면 이런 시가 나왔을까 하는 생각이 든다. 비록 21자 밖에 안 되는 짧은 시이지만 어떤 어려움도 떨치고 일어나겠다는 강한 의지를 담아내기에는 부족함이 없다.

5. 노래하는 '8'을 찾아내다

마침내 그는 몹시도 갈망하던 것을 얻게 된 기쁨을 노래하는 몇 편의 자전적인 시도 쓰게 된다.

> 달님이/ 호수 눈동자가 된 날//
>
> 하늘에 떠 있는/ 자기 모습을 처음 보았어//
>
> 달님은 울먹였어//
>
> 이게 꿈은 아니지?/ 저게 나란 말이지?//
>
> 돌덩어린 줄 알았는데//
>
> 세상에 하나뿐인/ 빛덩어리란 말이지?

– 「난 빛덩어리」 전문

달님은 시적 화자와 감정의 등가물이다. 시적 화자가 전지적 관찰자 시점으로 달을 보고 있는 듯 하지만 실제로는 주관적인 진술을 하고 있다. 시적 화자가 달님에 대하여 갖고 있는 생각은 두 가지다. 하나는 빛덩어리이고 다른 하나는 돌덩어리다. 둘은 대척점에 위치해 있다. 빛덩어리는 자기 인정, 자기 긍정이라면 돌덩어리는 자기 비하이며 자기 부정이다. 달님이 호수 눈동자가 된 날, 달님은 자신이 빛덩어리인 줄 '처음' 알았다고 한다. 그날이 언제인지 무엇을 말하는 것인지 구체적으로 알 수 없으나 삶의 대전환기가 된 날임은 틀림없어 보인다.

달이 높이 뜬 밤의 호수는 죽은 듯 고요하다. 둥글고 맑은 호수 물에 밤 풍경이 그대로 비친다. 문득 호수가 손거울 같다는 생각이 든다. 맑은 표면에 물체를 비추는 것도 그렇지만 형태적으로도 닮았다. 그렇다. 호수는 달님의 내면을 비추는 거울이 아니었을까. 가스통 바슐라르가 말하는 물의 물질적 상상력이 작동한다. 달님이 하늘 높이 떠올라서 '돌덩어리'인 줄 알

앗던 자신이 '빛덩어리'임을 보게 된 것이 그때이다. 그럼에도 달님은 믿기지 않는다. "저게 나란 말이지?" 재차 묻는 '빛덩어리'의 목소리는 가늘게 떨리고 있다.

자신이 '돌덩어리'가 아니라 '빛덩어리'였다는 자각은 미운 오리새끼 모티브를 떠올리게 한다. 억눌리고 위축되어 지냈던 시적 화자가 마침내 절망의 굴레를 벗어버리고 밝고 희망찬 새날을 맞이하게 된 것이다. 삶의 대전환점은 가슴 벅찬 감동과 함께 왔다.

> 수학 시간/ 하품하다 보았어/
> 8자가 흔들흔들/ 책 속을 걸어 나오며 노래했지//
> 나는 날개가 있어/ 날개와 날개 사이에 앉아 봐/
> 붕붕 시동을 걸어 봐/ 날개를 펴고 날아갈 거야/
> 교실 밖으로 Yo!//
> 세상에서 중요한 건/ 더하기 빼기 곱하기 나누기야!/
> 책 속의 숫자들은 떠들지만//
> 나는 노래하는 8/ 오뚝이가 되고/ 눈사람이 되고/
> 나비가 되고/ 무한대가 되는/ 새로운 꿈을 찾아 Go! Go!
>
> – 「노래하는 8」 전문

이 시는 학교 현장에서 수업 방법의 개선뿐 아니라 국가 사회적으로는 교육 정책의 개혁을 촉구하는 메시지를 담고 있다. 학업 성취 의욕과 출발점 행동이 다른 아이들을 한 공간에 몰아넣고 가르치는 현재의 교육 제도로는 미래 사회를 주도적으로 이끌어 갈 인재를 육성하기는 어렵다. "세상에서 중요한 건/ 더하기 빼기 곱하기 나누기야! / 책 속의 숫자들은 떠들지만"에서는 이와 같은 현재의 교육 현실에 대한 비판 의식을 내보이고 있다.

비록 수업 시간에는 딴 생각에 사로잡혀 있는 등 부적응 행동을 보이고 있지만 시적 화자의 상상력은 놀라울 정도로 창의성이 넘친다. 그것은 숫자 '8'을 '날개가 있어'라고 노래하는 데서 시작된다. 숫자 '8'을 90도 회전시키면 무한대 '∞'가 되는데, 이것을 보고 시적 화자는 나비의 날개를 떠올린다. 시적 화자는 '∞'의 날개와 날개 사이에 앉아 "교실 밖으로 Yo!" 하면서 날아가는 꿈을 꾼다. 하품을 할 정도로 무료하기 짝이 없는 수업 시간에 탈출을 암시하는 메시지가 예사롭지 않다. '노래하는 8'이 "오뚝이가 되고/ 눈사람이 되고/ 나비가 되고/ 무한대가 되는" 시적 변용이 새롭고 신선하다. 답답했던 가슴이 환히 열리는 느낌이다. 시적 표현이 새롭고 의미 깊은 메시지를 잘 전달하고 있는 시라고 하겠다.

6. 마치며

동시집 『꽃피는 보푸라기』의 지배적인 정서를 형성하고 있는 몇 편의 핵심적인 시들을 읽다 보면 시인의 쓸쓸하고 외로웠던 성장기의 기억을 현실로 소환하게 한다. 필자는 이 시들을 중심으로 시적 화자가 삶의 슬픔과 애환을 어떻게 시로 승화시키고 있으며 이 시들을 통해 이루고자 하는 지향점을 찾아보았다.

동시는 어른인 시인이 독자인 어린이에게 들려주기 위해 쓴 시다. 『꽃피는 보푸라기』의 시들이 유독 강한 정서적 흡인력을 보여주고 있는 것은 시인이 '내 마음 속 아이'를 현실로 불러내어 아무에게도 들려주지 않은 삶의 아픔과 슬픔을 절실한 체험의 언어로 들려주고 있기 때문일 것이다. 시적 화자는 자신의 의지와는 상관없이 주어진 삶을 수동적으로 따라가야 하는 소외받은 아이의 참으로 슬프고 쓸쓸한 내면을 보여준다. 하지만 시적 화자는 자존감과 삶의 긍정적인 가치관을 갖고 있는 아이였다.

끈질긴 노력으로 역경을 이겨내는 것은 물론 마침내 간절하게 소망했던 자신의 꿈을 성취하는 모습을 보여준다. 시인이 시적 화자를 통해 보여주는 이런 삶의 모습은 앞으로도 수많은 난관을 극복하며 자라나야 할 어린이들에게 들려줄 만한 충분한 가치와 의미를 갖고 있는 것으로 판단된다.

하지만 이 동시집에 실린 시들이 어찌 독자인 어린이들에게만 주기 위한 시라고 할 수 있을 것인가. 돌덩어리인 줄 알았던 자신이 마침내 빛덩어리가 되었다는 가슴 벅찬 감격과 기쁨을 담아내는 것은 물론 마음 둘 곳 없었던 고단한 삶을 극복하고 열심히 살아온 '어린 시절의 나'에게 바치는 위로와 위안의 언어이며 헌정 시집이라고 해도 틀리지 않다.

재미와 놀이로 가득한 동시주머니

– 김미희 시인론

권영상(한국동시문학회장)

I. 그는 누구인가?

김미희 시인은 제주에서 태어났다. 더 정확히 말하자면 섬 속의 섬 제주 우도가 그의 고향이며, 1970년에 태어났다. 우도는 제주 동쪽에 위치한 섬이다. 누운 소 모양을 하고 있어 우도라 한다. 성산포항에서 페리호로 출발하면 15분쯤 뒤 그 섬에 도착한다. 지하 천연수가 없어 빗물에 의존하여 살며 그 섬의 동남쪽에 분석구로 된 우도봉이 있다.

1840년부터 사람이 살기 시작했는데 2010년 기준 인구는 1575명, 남자 756명 여자 819명. 김미희 시인의 고향은 대략 이렇다.

그의 말에 의하면 그는 '일곱 살 때부터 문어를 잡을 줄 알았고, 여름 내내 우뭇가사리를 캐고, 소라를 잡고, 해녀들이 심봤다 수준으로나 만나는 전복을 따'기도 했다. 시인의 어머니는 그런 어린 딸을 보고 '너는 이다음에 커서 상군(깊은 곳에서 해산물을 제일 많이 따는 해녀)이 되겠다'고 할 정도로 수렵에 남달랐다.

또한 시인은 '동시 쓰기–섬 소녀를 만나는 일'(동시마중 2013년 9·10월호)에서 초등학교와 중학교를 졸업할 때까지 9년 동안 봄 가을 무려 18번이나 인근 우도봉으로 소풍을 갔고, 우도봉에선 소들이 한가로이 풀을 뜯고 있었다고 했다. 그러면서 '동시를 쓸 밑천'은 이 18번의 소풍을 통해 적립되었다고도 했다.

그러나 그도 1989년 대학 진학을 위해 고향 우도를 떠났고, 부산 울산 서울을 거쳐 지금은 천안에 정착해 살고 있다. 대학에서 문헌정보학을 공부했고, 얼마 전 천안에서 도서관 상주 작가로 문학큐레이터 활동을 하기도 했다.

2002년 한국일보 신춘문예에 동시 '달리기 시합'으로 등단한다. 그리고 2009년 제1회 환경부 그린스타트 창작동화공모전에 「색시가 필요해」로 은상을, 이듬해 제1회 장생포 고래창작동화공모전에 동화 「하늘을 나는 고래」로 대상과 2013년 푸른문학상을 받았으며 동화 창작도 함께한다.

동시집 『달님도 인터넷해요』(아이들판 2007) 외 4권과 2019년에는 한 해 동안 동시집 『영어말놀이동시집』(뜨인돌어린이), 『오늘의 주인공에게』(책내음), 『야, 제주다』(국민서관)을 연이어 출간했다. 동화 『얼큰 쌤의 비밀저금통』(키다리, 2014년)을 필두로 7권의 동화집을 출간했으며, 청소년 시집 『마디마디 팔딱이는 비트를』(창비교육 2019) 외 2권을 출간하는 기염을 토한다.

등단한 지 불과 17년 만에 19권의 저서를 냈고, 그 사이 6번의 다양한 창작지원금을 받았으며, 동시집 『동시는 똑똑해』로 서덕출문학상을 받았다.

Ⅱ. 동시주머니 속에 들어가며

이 글이 시인론이니 만큼 김미희 시인의 여러 저작물 중에서도 동시집 5권을 대상으로 그의 시 세계를 조명하려 한다. 그 5권은 다음과 같다. 첫 동시집 『달님도 인터넷해요』(아이들판 2007), 『네 잎 클로버 찾기』(푸른책들 2010), 『동시는 똑똑해』(뜨인돌어린이 2012), 『예의 바른 딸기』(휴먼어린이 2017), 『영어말놀이동시』(뜨인돌어린이 2019)이다.

1. 첫 동시집 『달님도 인터넷해요』 산책하기

'첫–'으로 시작되는 말은 대충 이렇다. 첫걸음, 첫경험, 첫눈, 첫돌, 첫선, 첫정, 첫추위 등이다. 주로 이 세상에 태어나 처음 맞이하거나 처음 시작하는 행위에 주로 쓰인다. 비록 처음에 해당하는 말에 쓰이긴 하지만 이 말과 만나는 순간 우리는 이미 그 일의 미래를 금방 짐작할 수 있다. 사람의 됨됨이, 또는 그 겨울의 추위 정도는 첫선이나 첫추위를 겪어 보면 대충 알 수 있듯이 첫 동시집이라는 말도 그렇다. 정확하지는 않지만 대략은 시인이 관심을 보이는 소재와 주제를 대하다 보면 그 시인의 앞으로의 행보를 점쳐 볼 수 있다. 그 점에서 첫 동시집에 실린 시들을 일별해 보는 건 흥미롭다. 때로 첫 동시집이 뛰어나 처음부터 세간의 주목을 받는 경우도 있다. 하지만 대부분 시인의 첫 동시집은 뜨거운 열정과 패기 때문에 시가 성글거나 목소리만 크고 형상화가 좀 덜 됐다거나 표현이 좀 과하거나 시가 갖추어야 할 요소들이 시의 목소리에 치여 조금 덜 세련된 시를 만나게 된다. 그 점을 감안하고 또 감안하며 읽는 첫 동시집의 재미는 오래된 시인의 능란한 시보다 더 흥미롭고 순정적임을 나는 충분히 안다. 첫 동시집엔 시인의 은밀한 시심의 고향과 청년기의 들끓는 문학정신과 세계관이 노출되어 있어 그 시인을 짐작하기가 그리 어렵지 않다.

그런 의미에서 시간을 들여 첫 동시집을 충분히 산책하듯 살핀 후, 그 이후에 출간된 4권의 동시집 속에 유유히 흐르는 시의 흐름을 짚어 볼 생각이다.

(가) 동시와 놀다
후둑후둑/ 한 방울 두 방울//
굵은 빗방울이/ 널따란 보도블록 위에//
한 조각 두 조각/ 퍼즐 맞추기를 한다.//

빗방울이 퍼즐 맞추며/ 비 그림 완성!//
짝짝짝/ 보도블록이 다 젖었다.

　이 시 '퍼즐 맞추기'는 보도블록 위에 떨어지는 빗방울들이 점점 빗자국을 넓히는 모습을 한 조각 한 조각 퍼즐을 맞추는 것으로 보고 있다. 그리고 끝내 보도블록이 빗방울에 다 젖을 때 퍼즐 맞추기도 끝난다. 마치 한 소녀가 커다란 퍼즐 맞추기 판을 앞에 놓고 퍼즐을 맞추는 놀이를 보는 듯하다. 무엇보다 놀라운 건 빗방울이 떨어져 땅이 젖는 모습을 퍼즐 맞추기 놀이라고 보는 그 독특한 눈이다. 그 어디에도 때묻지 않은 신인다운 새롭고 신선한 눈이 아닌가. 이만하면 시인의 앞날이 재미있고 흥미로워지겠다. 아쉬운 건 빗방울이 완성한 그림이 어떤 그림인지를 말해 줬더라면 더 큰 공감을 얻을 수 있을 텐데 하는 마음이다. 그러나 그만한 일로 시인을 탓하기엔 아직 이르다.
　여기서 주목할 점은 김미희 시인의 세상을 이해하는 방식이나 시를 만들어가는 방식이 놀이를 통해 가능해진다는 점이다. 그 점은 매우 흥미롭고 무엇보다 어린이를 제대로 이해하고 있다는 뜻이어서 믿음직스럽다. 놀이 선호는 동시 독자인 어린이의 특성과 긴밀하게 맞닿아 있다. 김미희 시인의 시가 앞으로 나아갈 방향을 이 한 편의 시로 짐작해 본다는 건 너무 성급한 일일까.

　내가 연필 미용실/ 문을 두드리면/ 미용실 문이 열린다// 한 번에 손님은 하나/ 모두 똑같은 머리 모양이다/ 말쑥한 대머리/ 거울 볼 필요도 없다// 우리 아빠 연필은/ 아빠가 미용사였고/ 우리 엄마 연필은/ 우리 엄마가 미용사였다는데// 나는 내 연필을/ 자동으로 깎아주는/ 대머리 미용실에 보낸다 (후략)

'연필깎이'라는 이 시 역시 연필을 깎는다는 행위를 놀이로 해석하고 있다. 시인은 여성답게 이 행위를 미용실에서 머리하는 일에 빗댄다. 연필 깎는 일은 이제부터 놀이가 되고 재미있어진다. 아빠는 자신의 연필을 자신이 손수 깎는 미용사였고 엄마도 그렇다. 그러나 나는 아직 내 연필을 손수 깎지 못하고 연필깎이를 이용해야 한다. 그게 언제가 될지 안타깝다는 시이지만 이 시 역시 앞의 시와 마찬가지로 시인이 타자나 사물에게 자신이 원하는 어떤 미적 행위를 가하고 싶어함을 발견할 수 있다. 어쩌면 그 일이 놀이의 시작일 수 있지 않을까 싶다.

(나) 가볍지만 똘똘하고 쏠쏠한 재미

어, 너 똥 밟았네!/ 푸하하 속았지롱!// 선생님, 남대문 열렸네요!/ 히히히 속았지요!// 오늘 수업은 3교시만 한다/ (와~)/ 대신 재미있는 얘기 들려주겠다/ (와~)// 옛날에 누렁소가 산을 넘어가고 있었어/ 한 고개 넘어가고/ 두 고개 넘어가고/ 세 고개 넘어가고/ 네 고개 넘어가고/ ....../ (에이, 언제까지 넘어가요?)// 만우절이 다 지날 때까지/ 소가 넘어갔대

이 시 '만우절' 속에는 짓궂은 아이가 들어 있다. 그 아이는 웃길 줄 알고, 놀릴 줄도 알고, 남을 속일 줄도 알고, 옛날이야기를 들려주지만 절대 손해를 끼치거나 상처 입히는 아이는 아니다. 오히려 이런저런 웃음을 통해 아이들의 시선을 쥐고 그들을 안타깝게도 애닯게도 만든다. 이야기를 만들어 낼 줄도 알지만 시선을 움켜잡을 줄도 아는 똘망똘망한 아이다. 한시도 가만 앉아 있거나 조용히 창밖 세상을 응시하는 아이가 아니다. 재간 있는 말과 재재바른 몸으로 지금 이 시간(만우절)을 즐긴다.

김미희 동시의 기본 축은 이 시의 '재미'와 앞의 시의 '놀이'에 있다. 그 어떤 시도 모두 여기에서 출발한다. 그의 시 안에는 웃음주머니를 가진 재재바른 아이가 들어 있다.

(다) 교실을 배경으로 하는 동시

선생님이 노랗고 동그란/ 달님 그림을 나눠 줬어요//

정월대보름 달님에게/ 소원을 적어/

비밀상자에 꼭꼭 넣어두면/ 달님이 소원을 들어준단다.//

아이들 질문이 쏟아졌어요/ 3반에도 나랑 이름이 같은 애 있는데/

달님이 헷갈리면 어쩌죠?//

오월에 이사 가는데/ 나를 못 찾으면 어쩌죠?//

선생님, 달님도 인터넷해요?/ 이메일 주소도 적을래요//

소원은 한 줄인데/ 나를 알리는 글자들이/ 달님 얼굴에 가득이다

'달님도 인터넷해요?'라는 시다. 이 작품은 동시집 『달님도 인터넷해요?』의 표제 시이기도 하다. 표제 시에 동시집의 많은 동시들 중 가장 대표적인 동시라는 부담을 안길 필요는 없다. 하지만 동시집의 전체적 성향을 대강 유추해 볼 수는 있겠다.

이 시의 공간 배경은 교실이다. 선생님이 있고, 아이들이 있고, 교수학습 행위가 있다. 선생님은 둥근 원이 그려져 있는 종이를 나누어 주며 달님에게 소원을 적어 비밀상자에 넣어두면 그 소원이 이루어진다고 한다.

거기에 대한 아이들의 반응이 후반부 시다. 세 명의 아이가 반응을 보인다. 동명이인인 나와 이사 간 나와 이메일로 소원을 적어 보내겠다는 아이다. 이들이 그러는 까닭은 달님이 못 미더워서가 아니라 자신들의 소원이 비밀스럽기 때문이다. 이 시가 표제시가 될 수 있었던 건 모르긴 해도 아이들의 반응이 '달님도 인터넷하느냐?'에 있는 듯하다. 그러니까 아이들의 사유를 달이라는 천체 공간으로 확장시킨 대범성과 편지글보다는 인터넷을 선호하는 현실성과 엉뚱한 유쾌성에 있지 않을까 한다. 시인의 역할 속엔 독자의 시간과 공간 영역을 넓혀 주는 교육성이 있음도 외면할 수 없다.

교실을 풍경으로 하는 시라 할지라도 김미희 시인의 시는 엄숙하기보다

재잘재잘 수다스럽다. 즐겁다. 유쾌하다.

그 외에도 김미희 시인의 교실을 다룬 동시는 많다. '발표하러 나갈 때마다/ 가슴이 두근두근/ 다리가 후들후들'(호박이 되는 날)이라든가 '과학 시간에 우리 반은/ 소나무를 관찰했다'(나무가 쓴 관찰 기록장) 등 모두 공부를 놀이처럼 즐겁고 재미있게 한다. 그러면서도 새로운 학습 세계로 끌어들이는 시가 교실 동시들이다.

동시의 주 독자는 어린이다. 그들의 주된 활동 공간은 학교와 교실이고, 그들은 많은 시간을 이곳에서 학습 활동에 바친다. 시인은 그 점을 인식하고 교실 안에서 일어남직한 일을 학습 친화적인 시로 승화시켜 낸다.

(라) 생명에 대한 살가운 사랑
산개구리야/ 불러주면/ 산개구리/ 산으로 가고//
강아지풀아/ 불러주면/ 강아지처럼/ 꼬리를 흔들고//
쇠똥구리야/ 불러주면/ 쇠똥구리 열심히/ 쇠똥을 굴리는데//
하루살이야/ 불러주기 싫어요/ 하루만 살까봐/
여러날살이야/ 그렇게/ 불러봅니다.

동시 '이름'이다. 산개구리야, 불러 주면 개구리는 산으로 가 산개구리가 되듯이 하루살이야 불러 주면 날벌레는 이름대로 하루만 살고 죽을까 봐 '여러날살이야' 하고 불러 주는 화자의 목숨붙이에 대한 살가운 사랑과 애정이 담겨 있는 시다. 목숨붙이는 누구나 제 이름에 걸맞게 산다는 오래된 통념을 배경으로 하고 있다.

이 동시집의 동시 배치는 놀이 동시에서 재미 동시로, 거기에서 다시 교실 동시로, 교실 동시에서 다시 세상의 보편적인 일상의 소재들로 자리를 바꾼다. 이 동시가 그렇다. 앞의 재재바른 동시에서 떠나와 차츰 차분해지면서 사물이나 생명의 본질과 본성을 찾아가고 있다.

은행나무 아래/ 노랑 발자국/ 누구 발자국일까?//

예쁜 아기오리들/ 소풍 왔었나?//

발자국도 노란/ 아기 오리들/ 나무둘레 옹기종기/ 놀다 갔구나//

찻길에도 노랑 발자국/ 선생님 말 안 듣는 아기오리/ 꼭 있었을 거야//

말썽쟁이 아기오리 무사했을까?/ 선생님은 또 얼마나 놀랐을까?//

은행나무도 덩달아 놀랐는지/ 노래진 얼굴 아직 그대로다

동시 '은행잎'도 그렇다.

은행나무 아래 떨어진 노란 은행잎은 시인에게 노란 아기오리 발자국 이미지로 선뜻 들어선다. 놀라울 만큼 반짝이는 은유다. 노란 은행잎에서 노란 아기오리 발의 이미지를 떠올려 낸다. 그런 까닭으로 떨어진 채 정지되어 있는 은행잎들은 은행나무 둘레로 소풍 온 아기오리들로 살아난다. 이 시에서도 시인은 찻길로 날아든 은행잎들을 바라보며 그것이 마치 말썽쟁이 아기오리의 발자국인 양 그들의 무사를 빈다. 시인의 사물을 대하는 속 깊은 정이 드러나는 시다.

(마) 시대를 바라보는 시선

예전에는 너를 풀밭에/ 아침에 풀어 놓았다가/

저녁에 사람들이 데리러 올 때까지/ 소들은 풀을 뜯으며/

놀다가 자다가 주인을 기다렸습니다//

이제/ 풀이 소들을 기다립니다/ 오늘은 오겠지?/

내일은 꼭 올 거야!//

풀은 소를 기다리며 키를 키우다가/ 자꾸 자꾸 자라서/

내 허리께까지 자랐습니다/ 기다려도 오지 않을/

소들을 하염없이 기다리며

동시 '소'다. 시의 배경이 어린 시절의 시인이 18번이나 소풍을 갔다는 우도의 우도봉 같은 풍경이다. 오전이면 주인은 너른 풀밭에 소를 풀어놓고, 저녁이면 소는 주인이 데리러 올 때를 기다리던 그 옛날의 소 이야기다. 그러나 지금은 그 옛날의 소들이 어디론가 다 떠나고 혼자 남은 풀들만 오지 않는 소들을 기다리고 있다.

시인은 어느 날 고향 우도봉에 올라 허리께까지 무성하게 자라는 풀을 보며 이제는 고향을 떠나고 없는 그 옛날의 친구들과 자신을 발견한다. 이 안타까움과 그리움은 시인 자신의 아픔이면서 동시에 도시 지향적인 시대의 아픔으로 읽힌다. 시인 역시 우도봉의 풀밭과 소라와 문어를 잡던 우도의 바다를 떠나 고향과는 먼 도회의 삶을 산다. 비록 시인이 고향을 떠났다 해도 이제 시인에게 우도는 그만의 영원한 동심의 고향으로, 또한 시심이 일어나는 시의 고향으로 그의 내면에 간직될 것이며, 이후 그가 세상을 볼 때 그 밑바탕에 은은히 남아 그 무엇으로 작용할 것이다.

2. 재미로 가득찬 동시주머니

어쩌면 나는 김미희 시인의 시 세계를 첫 동시집 한 권으로 다 이해했는지 모른다. 그 만한 첫 동시집 『달님도 인터넷해요?』는 김미희 시인의 시의 원형이고 사유의 근원이고 시 창작의 산실임이 분명하다. 그의 시는 한마디로 재미와 놀이로 가득 차 있는 동시주머니다. 시인은 초기시의 재미성을 이후의 4권의 동시집을 통해 끝없이 살리고 키우고 발전시켜 나가고 있다. 그 끝이 어디쯤인지 예측 불가능할 만큼 그의 시는 흥미롭게 변한다.

얼마 남지 않은 지면을 통해 김미희 시인의 '재미'는 어디서 오는가를 살펴보고자 한다.

(가) 모든 대상을 의인화한다

> 할머니가 키로/ 보리를 까분다.//
>
> 거푸거푸 까불까불/ 가벼이 들까부는 녀석들은//
>
> 냉큼 키 밖으로/ 쫓겨난다.//
>
> 묵직하게 듬직하게/ 자리를 지킨 알곡들만/ 키 안쪽을 차지했다.
>
> – 동시집 「네잎 클로버 찾기」 중의 〈까불지 마〉

> 전기톱을 거부한/ 나무와 나무꾼이/ 대화를 나누는 시간//
>
> 톱이/ 나무꾼에게/ 나무꾼이/ 톱에게/ 유언을 남기는 시간/
>
> 유언을 받아 적는 시간//
>
> 새로 나게 해 달라는/ 꼭 그렇게 하겠다는/ 약속의 시간//
>
> 나무는 나무꾼이/ 약속을 지키리라 믿습니다//
>
> 나무꾼 얼굴에 흐르는/ 땀을 보았기 때문입니다/
>
> 나무는 이제 아픔으로 내려놓고/ 눈을 감습니다
>
> – 동시집 「예의바른 딸기」 중의 〈톱질〉 – 감다 2

김미희 시인의 시 대부분이 의인화된 시라고 본다면 틀리지 않다. 세상의 모든 사물을 사람과 동등하게 보는 평등관이 시에 작용했을지 모른다. 위의 시에서 보는 것처럼 할머니가 키질하는 키 속의 보리도 까불까불 까불대는 인격적 존재다. 등장만 시키는 게 아니라 재재바른 운동감을 보여주면서 동시에 키 밖으로 쫓아내는, 의인화가 아니고는 얻을 수 없는 재미를 잊지 않는다.

아래의 '톱질–감다2'에는 나무와 나무꾼이 전기톱을 앞에 놓고 '새로 나게 해 달라'는 나무의 유언과 나무꾼의 약속, 그 약속을 믿고 조용히 죽음을 받아들이는 나무 이야기다. 같은 의인화도 동시집 발간이 거듭될수록 깊어지는 양상을 보인다.

(나) 대상을 낯설게 본다

내 새 우산이/ 보고 싶어/ 비들이 내려온다//

내 새 장화가/ 보고 싶어/ 비들이/ 뛰어/ 내려온다

– 동시집 『예의 바른 딸기』 중의 〈어디 보자〉

쿵쾅대지 마/ 인터폰 울릴라// 뛰지 마 Do not run/

아랫집에서 올라온다//

어제 우리 집은/ 10층에서 1층으로 이사했는데/

엄마는 또 이러겠지// 뛰지 마/ 두더지 올라온다

– 동시집 『영어말놀이동시』 중의 〈Habit 습관〉

시인은 세상일을 낯설게 본다. 낯설게 보여야 세상이 진부하지 않고, 그래야 독자들의 시선을 사로잡을 수 있다면 시인은 '어디 보자' 처럼 보편적 행위의 순서를 거꾸로 본다. 비가 오니까 우산을 쓴다라거나 비가 오니까 장화를 신는다는 이 평범한 일상의 순서를 뒤집는다. 내가 새 우산을 쓰니까 새 우산이 보고 싶어 비가 내려오고, 내가 새 장화를 신으니까 새 장화가 보고 싶어 비가 뛰어내린다고. 〈Habit 습관〉 역시 그렇다. 쿵쿵대면 아래층에서 쿵쿵대지 말라고 사람이 '올라온다'. 시인은 그 '사람이 올라온다'는 보편적 사건을 뒤집고 '두더지 올라온다'는 뜻밖의 말로 독자의 무심한 독법을 번쩍 때린다. 거기에서 폭소는 터지고 시는 새삼스럽게 재미있어진다. 이 모두 심심한 현실을 새롭게 환기시키려는 시인의 의도 때문이겠다.

(다) 상황을 놀이화 한다

띄어쓰기/ 실수하면/ 아버지를/ 가둘 수/ 있는 곳

– 동시집 『예의바른 딸기』의 〈가방〉

목도리를 뜨고 남은 풀어진 털실을 감자/ 너무 춥다 목도리 돌돌 감자/
땀난다 머리 감자/ 개운하니 잠 온다 눈 감자//
감자/ 감자/ 감자/ 감자/ 감자 먹고 싶다, 찐 감자

- 동시집 『예의 바른 딸기』의 〈감자의 날〉

하나 더 하기/ 하나/ 하나 더 하기/ 하나/ . / . / . / 하나 one/
더 하기/ 하나는// 큰 하나/ 우리 모두이지요.

- 동시집 『영어말놀이동시』 중의 〈Everyone 모두〉

맨 위의 시 〈가방〉은 일종의 퀴즈 놀이다. 가방이란? 하고 물으면 띄어쓰기 실수하면 아버지를 가둘 수 있는 곳! 하는. 김미희 시인의 재치가 돋보인다. '아버지 가방에 들어가신다'라는 띄어쓰기에 대한 시쳇말을 '가방'이란 시에 끌어들이고 있다. 〈감자의 날〉은 동음이의어인 '감자'를 반복적으로 사용하여 운율도 살리고 재미도 이끌어내면서 두 낱말의 구분도 습득하는 전형적인 말놀이다. 〈Everyone 모두〉 역시 〈감자〉처럼 같은 말 '하나'를 반복하고 있다. 고개를 끄덕이며 같은 말을 반복하는 그 행위 자체가 어린이들에겐 일종의 놀이다. 그 하나하나가 모두 모여 Everyone이 된다고 보는 시적 기교가 뛰어나다.

III. 맺는 말

시인은 시를 재미있게 만들기 위해 다양한 방식을 시도하고 있다. 대상을 의인화하거나 퀴즈, 말놀이, 또는 반복 행위를 통한 놀이화라든가 기존의 세상을 뒤집어 보는 낯설게 하기 등을 실험하고 있다. 이로써 김미희 시인의 동시가 어디에서 출발해 어느 방향으로 가고 있는지가 분명해졌다.

동심에 나무를 심고 가꾸는 정서적 조력자

김봉석의 시 세계

김관식(동시작가 · 문학평론가)

프롤로그

김봉석 시인은 어린이들과 오랫동안 생활해 오고 있는 초등교사 시인이 1984년 창문문학상에 당선된 뒤부터 1987년 수곡문학상을 수상하고, 2년 《아동문학평론》 신인문학상 동시 부문에 당선되어 본격적으로 동 활동을 전개해 왔다. 꾸준히 어린이 사랑을 실천하면서 교사로서의 전 을 신장시키기 위해 교직생활과 학업을 병행하여 2004년에 건국대학 대학원에서 박사학위를 취득한 학구파 시인이다.

는 1992년 제1 동시집 『하늘로 가는 길』을 발간하였고, 꾸준히 시작 활 하여 『몽당색연필』(1995), 『나무는 나무끼리 서로 사랑하며 산다』(1997), 도 사랑을 할 땐 잎을 흔든다』(2006), 『내가 네 가슴 속에 꽃필 수 있다)12) 등 30여 년 동안 5권의 동시집을 펴냈다.

는 동심을 자연의 생물과 동일선상에 놓는 집단 무의식으로 자연 사물 한 동심의 내밀한 세계에 접근하는 자연친화의 세계, 어린이들의 생 장에서 그들과 함께 한 교직 경험을 바탕으로 동심의 세계를 형상화 시를 써 왔다. 그가 펴낸 5권의 동시집을 중심으로 그가 추구하는 시 를 살펴보기로 한다.

시는 동심의 텃밭에 나무를 심고 가꾸는 교육 현장의 생생한 어린 생활을 묘사하거나 자연의 세계를 묘사함으로써 동심의 집단 무의

동시는 재미있어야 한다는 점이다. 그의 그런 동시관은 시종일

쪽으로 향하고 있다. 첫 동시집의 시들이 좀 가볍고 재재바른

를 보여 주었다면 그 이후의 시들은 재미에 의미를 입힌 생각

발전하고 있다. 등단 17년의 중견 시인의 시가 해를 거듭할수

능한 '재미'의 방향으로 끝없이 파고 들어 일가를 이룬다면

으로 행복한 일이다. 그 외에 명화를 시로 시도해 보거나 영

도와주는 영어말 놀이 동시로 시인은 시의 영역을 넓히기도

것은 그의 시가 과거의 어느 한 시점에 매여 있는 것이 아니

가고 있다는 점이다. 그의 시에 등장하는 많은 문명 친화적

을 증명하고 있다.

　김미희 시인의 시엔 똑소리날 만큼 총명한 화자가 들어

고 유쾌한 그리고 여성 시인이 접근하기 불편한 부분을

있다. 이런 유형의 화자와 교실을 배경으로 하는 재미성

더욱 활짝 피어나길 기대한다.

1.

다
19·
시
문
교
⁝
동을
『나
면』(
그
을 등
활 한
한 동
세계
그:
이들의

재미와 놀이로 가득한　48

식의 원형에 접근하는 시를 빚어 왔다. 동시를 써서 어린이들에게 정서적 텍스트를 제공하거나, 동시 감상 교육 활동을 동심의 현장에서 실천하여 어린이들의 정서적인 조력자로서의 역할을 해 온 시인이다. 주로 식물적인 이미지로 시를 형상화하거나 어린 시절의 경험을 떠올려 시로 빚은 사향의 식(思鄕意識)을 담은 시, 오늘날 어린이들의 생활을 소재로 한 시를 써 왔다.

2. 동심에 나무를 심고 가꾸는 정서적 조력자

1) 자연친화 세계와 향토적 서정성—제1 동시집 『하늘로 가는 길』

농경사회에서 후기 산업사회로의 급격한 변화는 사회 구조와 우리들의 삶의 양상을 바뀌게 하였다. 농촌 인구의 도시 집중, 농업 인구의 감소, 대가족 제도에서 핵가족 제도로의 변화, 도시의 아파트 문화의 변화, 정보통신의 발달 등 사회 구조의 변화는 자연과 멀어진 생활로 이어졌고, 어린 시절 자연 속에서 자란 시골 생활의 경험이 있는 기성세대들은 고향을 그리워하는 사향의식이 절실해졌다. 자연과 함께 뛰놀던 어린 시절의 체험을 동심으로 보고 자연친화 세계는 인간 본연의 마음을 그리워하는 사향의식으로 표출되어 나타나게 된다. 많은 기성세대의 동시인들과 같이 어린 시절에 고향에서 자연과 함께한 체험, 즉 "주로 꽃, 새, 별과 같은 자연을 글감으로 쓴 시가 많고, 「우리 어머니」나 「하늘로 가는 길」처럼 지은이의 어린 시절을 글감으로 쓴 것도 있습니다."라고 머리말에서 밝히고 있듯이, 김봉석 시인은 자신의 어린 시절의 이야기를 오늘의 어린이들에게 들려 주고 싶어 한다. 따라서 "살아 꿈틀대는 동시가 될 수 있다면" 좋겠다는 소망을 이 시집에 담아 놓았다.

그래서 「하나… 꽃」에서는 「개나리」, 「제비꽃」, 「복숭아꽃」, 「민들레」, 「초롱꽃」, 「찔레꽃」, 「도라지」, 「송화가루」, 「해바라기」, 「나리꽃」, 「여름 꽃나라」,

「국화」, 「들국화」, 「갈대 1」, 「갈대 2」, 「맨드라미」, 「코스모스 1」, 「코스모스 2」, 「수선화」, 「동백꽃」, 「강아지풀 1」, 「강아지풀 2」, 「들풀」 등 우리나라 시골에서 흔히 볼 수 있는 꽃과 풀들이 글감으로 등장한다.

> 바람 부는 들길/ 강아지풀//
>
> 긴 목 휘어지게/ 머리 흔들며//
>
> 지나가는 사람/ 반갑다/ 인사하네//
>
> 강아지도/ 반갑다/ 인사하네
>
> – 「강아지풀 1」 전문

강아지풀이 바람에 흔들거리는 모습을 강아지풀이 반갑게 자신을 맞아 주었던 어린 시절의 자연친화의 세계와 동심의 세계를 동일한 시각으로 일체화시켜 놓고 있다. 어린 시절 마을 어른들을 만나면 반갑게 인사했던 경험, 그리고 밖에 나갔다가 집에 오면 꼬리를 치며 반겨주었던 강아지를 강아지풀이라고 명명한 동음이의어의 연상작용으로 강아지풀이 강아지처럼 반겨 주는 것으로 자연과 화자가 동심으로 어울려진 식물적인 이미지로 동심의 원형을 제시해 놓고 있다. 이는 요꼬스까 카오루(横須賀薫)가 그의 논문 「동심주의와 아동문학」에서 하꾸슈우(北原白秋)의 글을 인용하여 칼 융(Carl Gustav Jung)의 집단 무의식을 어린이의 마음으로 설명했던 아래의 글과 일치한 시 세계를 펼치고 있다.[1]

어린아이는 본래 시인이다. 성인의 온갖 감정의 발생은 그 깊은 예지와 더불어 갓 태어난 영아의 체내에 이미 그 모든 것이 잠재되어 있다. 그 하나하나의 싹을 기회 있을 때마다 밖으로 끌어내어 말라 죽지 않게 하는

---

1) 하꾸슈우, 「하꾸슈우 전집(白秋全集)」 20권, 岩波書店, 1987.

일은 최고의 사랑이고 친절이다. 무심한 세 살 어린아이가 내뱉는 혀짤배기 말 한마디도 흘려듣지 않는다면, 그 하나하나가 시가 되어 빛나고 있음에 놀라지 않을 수 없다. 순진한 마음이고, 모든 감각이 신선하고, 경이에 가득 차 있기 때문에 그 말은 살아있으며, 저절로 그 운율이 시와 비슷하게 나타나는 것이다. 그 자연스러움을 존경하지 않을 수 없다. 그러니 그들로 하여금 자유롭게 노래하도록 하면 된다. 자연에 맡기면 된다. 그 감동 그대로를 입에 올리게 하면 된다. 이것이 진실로 그들을 살리는 길이다.

하꾸슈우의 이 말은 집단 무의식은 개별 의식이 성립되기 전에 선험적으로 이미 인간 정신의 전제 조건이자 정신의 실체로서 주어져 있는 것을 의미하며, 이는 개인이 태어날 때부터 어린 시절을 거쳐 어른으로 성장하는 과정뿐만 아니라 인류의 태고, 유기체의 진화가 시작된 아주 먼 과거의 정신과 연결된 것으로 원초적 무의식이다. 개인은 의식적으로 기억하지 못하지만, 조상이 경험했던 방식으로 세계를 경험하도록 하는 기질이나 잠재적 가능성, 본능으로 나타난다고 칼 융은 말하고 있다.

"어린아이는 본래 시인"이라는 생각과 김 시인의 생각이 일치하고 있다는 데서 집단 무의식에 의한 어린 시절로의 동심 회귀를 한 것이라고 볼 수 있다. 그는 '어린 시절의 동심=시심'으로 보는 시 창작관에 의해 시를 빚고 있다는 점이다.

「둘… 새」에서는 어린 시절에 보았던 새들로, 「새」, 「참새」, 「개미 1」, 「개미 2」, 「긴꼬리제비나비」, 「생각하는 잠자리」, 「개똥벌레」, 「곤충채집」, 「산」, 「산 1」, 「산 2」, 「산 3」, 「바다 1」, 「바다 2」 등 새와 곤충, 산과 바다를 소재로 하고 있다. 「개미 1」에서 "이사를 가나봐요/ 한 줄로 늘어서서/ 집을 옮기지요// 가을이 되었나요/ 입마다 먹이 물고/ 집으로 들어가요// 식구가 늘었나요/ 흙 한 입 파내어/ 집을 늘리지요//"로 개미의 일상을 통해 집단 무의식의 원형을 표출해 놓고 있다. "흙 한 입 파내"는 것으로 보아 "식구가 늘었다"는 선험적인 개인 의식을 드러내고 있다.

「셋… 별」에서는 지구의 공간에 대한 상상력으로 「해무리」, 「달 1」, 「달 2」, 「달무리」, 「무지개」, 「별 1」, 「별 2」, 「작은 별 하나」, 「구름 1」, 「구름 2」, 「바람」, 「안개」, 「비」, 「봄비」, 「눈」, 「눈도장」 등 해와 달과 별, 그리고 기상 현상을 소재로 하고 있다.

「안개」에서 보면, 기상 현상의 체험을 생생하게 묘사해 내고 있다. "저 넓게 깔린/ 안개 좀 봐// 내 작은 안경에 서린/ 입김 같아// 앞이 보이지 않아/ 팔을 휘휘 내저어도// 자꾸만 그 자리/ 도무지 앞이 보이지 않아// 함께 나온 강아지만/ 좋다고 짖고 있어"라고 안개 낀 날 아침에 안경을 낀 화자의 경험을 생생하게 묘사하고 있다. 안개가 낀 날, 안경에 입김이 서려 앞이 보이지 않는 상황은 어린이들이 앞으로 나아갈 수 없는 답답한 상황이다. 이러한 상황은 칼 융이 말하는 "조상이 경험했던 방식으로 세계를 경험하는" 원초적 무의식으로 미래를 알 수 없는 막막한 상황일 것이다.

「넷… 하늘로 가는 길」은 시공간에 대한 인식이다. 「밤과 낮」, 「허수아비」, 「아침 호수」, 「양수리에서」, 「토마토를 따며」, 「봄이 우릴 불러요」, 「부채춤」, 「탈춤추는 사람」, 「하늘로 가는 길」, 「비행기를 타고」, 「센토사섬의 분수」, 「교감선생님의 책상」, 「먼지」, 「바늘구멍사진기」, 「가을 생각」 등으로 다양한 공간에 있는 존재들의 움직임과 비행기를 타고 해외여행을 간 경험을 형상화하고 있다. 특히 어린 시절 토속적인 정서를 묘사한 「하늘로 가는 길」은 저녁 무렵 굴뚝의 연기가 하늘로 올라가는 모습과 달과 별이 뜨는 시골 풍경을 묘사한 사향의식을 진술하고 있다.

우리 집 굴뚝은/ 하늘로 가는 길/
찬란히 떠오르는/ 둥근 해가 그리워/
아침마다 연기는/ 하늘로만 갑니다//

우리 집 굴뚝은/ 하늘로 가는 길/

살며시 지켜보는/ 별과 달이 보고파/

저녁마다 연기는/ 하늘로만 갑니다

- 「하늘로 가는 길」 전문

「다섯… 어머니 젖내음」도 시공간에 유한하게 존재하는 인간의 실존적인 상황 인식을 보이고 있다. "땀절은 삼베적삼/ 헤진 새로 얼비치는 젖무덤/ 비릿한 내음/ 어머니, 나의 어머니"(「어머니 젖내음」)에서 보듯이 화자의 어린 시절 어머니와의 체험을 진술하고 있다. 그 밖에도 「우리 어머니」, 「흙칼로 사신 아버지」, 「달을 쳐다보며」, 「그리운 고향」, 「미루나무야」, 「단풍」, 「빈집」, 「콩서리」, 「장농 속에는」, 「친구 생각」, 「허리굽은 소나무」 등 어린 시절의 체험을 진술하고 있다. 그러나 화자의 과거 체험과 현재 상황은 시공간의 변화에 의해 사회적인 문화 관습이 달라져 동심의 표현 양상도 달라져 있기 때문에 오늘날 어린이들의 생활과 너무 거리가 먼 옛날의 문화를 소재로 하고 있어 공감도가 낮다는 사실이다. 따라서 김 시인은 이러한 것들이 집단 무의식에 의해 전통으로 체득된다는 융의 이론에 입각한 시 창작 방법에 의존하고 있다고 할 수 있다. 그러나 사회 구조와 생활 환경의 변화로 동심의 표출 방식이 변화되었기 때문에 옛날의 소재를 동시로 형상화했을 때는 오늘의 시각으로 재창조하는 과정을 거쳐야 독자들의 공감대를 형성할 수 있다는 점에 유념하여야 할 것이다.

2) 사제동행의 생활 진술과 교육성

김봉석 시인의 제2 동시집『몽당색연필』은 자신이 어린이와 함께 생활하는 일선 교육자로서의 어린이에 대한 사랑과 가르침을 담은 시들이다. 아동문학을 하는 사람들 중에서 교육자가 많은 까닭은 어린이들과 함께 생활하는 가운데 누구보다도 그들의 마음을 잘 알기 때문에, 그들을 위해 정신적인 내면세계에 도움을 주고자 하는 교육자적인 사명감과 동기에서 시작한 분들이 많은 것으로 알고 있다. 그러나 이분들의 어린이 사랑과 동심을 통찰하는 능력은 교육자가 아닌 아동문학가들보다 단연 으뜸이다. 그렇지만 시적인 기능을 충분히 익히지 않고 의욕이 먼저 앞서 아동문학 작품을 창작하는 분들은 동심은 잘 파악하나 시적인 표현 기능이 따르지 못해 문학성이 느껴지지 않는 피상적으로 어린이의 생활을 진술하거나 상투적인 표현에 의존하기 마련이다. 따라서 어린이에 대한 사랑과 동심은 밀착되었지만 표현이 서툴러 의욕이 앞서거나, 문학성보다는 너무 교훈성에 치우친 문학 작품으로 어린이들의 정서에 도움을 주는 데는 미흡한 단점을 노출하는 작품을 쓰는 교단 시인들이 많은 편이다.

김봉석 시인은 "너댓 명의 아이들이/ 엄마를 졸라 가져온/ 강낭콩을 심었다"(「강낭콩을 심으며」)에서처럼 어린이들과 함께 사제동행하는 체험을 진술하여 어린이들이 쉽게 공감하는 작품을 쓰는 현장 교사 시인이다. 따라서 "생명이란 참 신기한 거야/ 플라스틱 안에서도/ 살아남는 걸 보면/ 생명이란 참 끈질긴 거야"(「강낭콩을 따며」)에서처럼 교육적인 주제를 직접적으로 진술하는 교사로서의 자세를 보인다. 「콩나물 키우기」, 「수박 먹기」, 「나머지 공부」 등의 동시에서와 마찬가지로 「돌멩이가 되고 싶다」에서도 "어린아이의 한 손에 쏘옥 들어가서/ 호주머니 속에서 손때가 묻고/ 때로는 개울물에 던져지는/ 그런 돌멩이가 되고 싶다"라고 어린이를 극진히 사랑하는 사제동행의 심정을 토로하고 있다.

때로는 부모의 입장에서 어린이들을 위해 「기도」하는 자세로 그들이 「꿈」을 가지고 살도록 격려하고, 친구들끼리 사이좋게 전학 간 친구에게 소포를 부쳤으나 「돌아온 소포」를 보고 안타까운 심정을 진술하기도 한다.

그는 어린이들이 처음으로 학교에 입학한 설렘과 그 어린이들을 맞이하는 선생님의 자애로운 눈빛으로 어린이를 바라보고 시를 써 온 교사이며, 시인의 생활을 보람으로 알고 살아 왔다.

3월은 아직 봄이 아니다/ 꽃샘추위처럼 긴장한 얼굴로/

주위를 살펴보면/ 키 큰 언니들의 손뼉 소리/

나는 언제 저만큼 키가 클까?//

바닥에 닿지 않는 발을/ 앞뒤로 흔들며/ 엄마를 찾아보면/

입학식을 알리는 음악 소리/ 내 발도 언젠가 닿을 수 있겠지?//

새로 입은 옷이/ 자랑스러운 아침이다

– 「입학식 풍경」 전문

　초등학교의 입학식 모습과 입학식에 참여한 어린이들의 심정을 화자의 어린 시절의 체험을 바탕으로 진술한 시이다. 그의 두 번째 동시집 『몽당색연필』은 모두 어린이들의 생활과 밀착된 동시들이다.

　운동회날의 체험을 진술한 「차전놀이」, 체육 시간 평균대 걷기 체험을 그린 「균형잡기」, 다문화가정의 친구 「권범준」, 키가 작은 친구 「진아의 얼굴」, 무용 잘하는 전학 간 친구 「효정이」, 동시를 잘 쓰며 화자에게 동시를 배우는 「조승희」, 「전학 가는 이민우」 등 실명을 등장시켜 현장감이 있고 어린이들에게 스스럼없이 접근하는 동시를 빚고 있는 것이 김봉석 시인의 장점일 것이다. 그가 머리말에서 "시를 쓰는 일이 이렇게 어렵고 이렇게 많은 시간이 필요한 것인지 이제야 깨닫게 되었습니다. 좋은 시를 쓰기 위해 책상 앞에 앉아 있는 시간은 헛되지 않습니다.…… 하루 하루가 좋은 시를 생각하는 삶이었으면 좋겠습니다."라고 밝히고 있다. 그래서 그런지 첫 번째 동시집을 펴내고 두 번째 동시집을 펴내기까지의 간극이 3년밖에 지나지 않았지만 많이 시적인 재미와 현장감 있는 시를 빚어 그가 얼마나 좋은 시를 쓰기 위해 고심했는지 여실히 보여 주고 있다.

　아주 훌륭한 스님이라고 해서/ 비단옷만 입는 줄 알았지/

낡고 낡은 누더기 장삼 한 벌/ 깁고 기워 삼십 년을 입으셨대//

모든 사람이 우러러본다고 해서/ 기름진 음식만 드시는 줄 알았지/

잘 먹는 것도 죄가 된다고/ 몇 년 동안 생쌀만 드셨대//

따르는 사람이 많다고 해서/ 편하게 사시는 줄 알았지/

몸이 편해지면 게을러진다고/ 몇 년 동안 앉아서 주무셨대//

큰 스님이라고 해서/ 얼마나 크신가 했지/

손에 잡히지도 않는/ 몽당색연필 하나 남기셨대

- 「몽당색연필」 전문

이 시는 그가 일선 교육 현장에서 교사의 입장에서 어린이들에게 내면세계의 정서 생활에 도움이 될 교육적 목적으로 스님의 이야기를 통해 어린이들에게 깨우침을 주는 동시이다. 작은 것부터 몸소 실천하는 생활을 꾸준히 하는 사람이 위대한 인물임을 의도적으로 알리기 위한 동시이다. 이처럼 두 번째 동시집 『몽당색연필』에서는 어린이들과 밀착된 사제동행의 생활을 진술했고, 교육적 목적을 강조하려는 의도성이 짙은 현장 교사의 체험 진술을 형상화하고 진술한 동시들로 꾸며졌다.

3) 자연 생태주의 생태관과 생태적 상상력

인간은 자연의 일부분으로 살아가면서 생존을 위해 필요한 모든 것들을 자연에서 가져와 생존한다. 자연과 인간은 떨어질 수 없는 관계를 유지하고 있으면서도 인간들의 욕망은 끝이 없어 필요한 만큼의 물자를 얻어 가지 않고 강한 소유욕과 지배욕으로 자연물을 필요 이상으로 가져옴으로써 지구 생태계의 균형을 깨뜨렸다. 인간이 지구를 지배하면서 모든 자연물을 인간의 소유로 여기는 인간 중심주의 생태관에 의해 자연환경이 걷잡을 수 없이 훼손되고 지구환경이 극도로 오염되어 이제 그 재앙이 인간의 생명을 위협하기에 이르렀다. 따라서 서구를 중심으로 한 기존의 자연 생태의 사유 체계에서 생태계의 주범을 인간으로 보는 심층 생태학의 하나가 인간

중심의 생태관이다. 최근에 인간의 행복 추구만을 위한 인간 중심주의 생태관에 대한 반성을 촉구하는 자연 생태주의 생태관으로의 패러다임 전환의 목소리가 높아지고 있다.

　김봉석 시인의 제3 동시집『나무는 나무끼리 서로 사랑하며 산다』는 자연과 환경을 생각하는 자연 생태주의 생태관에 입각한 생태적 상상력으로 시상을 전개한 동시집이다. "작은 것에도 생명이 있구나/ 움직이지 않는 것에도/ 꿈틀꿈틀 살아 숨쉬는 사랑이 있구나"(「나팔꽃씨를 따서」)와 "어디까지 닿을까/ 가늘고 긴 뿌리 땅 속 깊이 숨기고/ 온몸을 지탱하는 힘/ 물을 보면 세상 얘기 들려주고/ 벌레를 만나면 보듬어 안아 주고/ 돌과 부딪치면 돌아갈 줄도 아는 넉넉함"(「나무의 사랑」)에서의 식물적 상상력에 의한 생명에 대한 경외심과 발견은 자연 생태주의 생태관에서 비롯된 것이라 할수 있다. 그는 하찮은 「잡초를 보며」 저마다의 색깔을 지니고 자라나는 어린이를 생각하고, "풀아!/ 너는 언제 그곳에/ 그렇게 튼튼하게 자리 잡았니?"(「풀아」) 등 풀에 대한 관심과 경외감을 예찬하기도 하고, 「부레옥잠에게」에서는 "너 참 아프겠다/ 해마다 초등학교 자연 교과서 속에서 나와/ 가로로 세로로 잘라져야 하니/ 너 정말 아프겠다"고 부레옥잠을 실험 관찰 대상으로 하여 생명을 죽이는 것에 대한 미안함을 진술하고 있다.

　　나무는 나무끼리/ 서로 사랑하며 산다//

　　보이지 않는 나무도/ 땅 속에선 서로 마주 잡고 있다/

　　진한 양분이 흐르는 뿌리로//

　　멀리 떨어져 있는 나무도/ 하늘에선 서로 마주 보고 있다/

　　푸른 색이 빛나는 잎으로//

　　물 한 방울 나눠 주려고/ 빛 한 줄기 나눠 주려고/

　　나무는 나무끼리/ 서로 보듬어 안고 산다

　　　　　　　　　　　　　　　　　　　　　　－「나무는 나무끼리」 전문

"나무는 나무끼리/ 서로 사랑하며 산다"는 것은 결국 자연의 질서에 따라 지구촌의 모든 동식물이 서로 공생 공존을 하며 살아간다는 자연 생태주의 생태관에 입각한 발상이라고 할 수 있다.

세 번째 동시집에서도 어린이들의 생활과 나무의 성장을 동심이라는 동일선상에 놓고 생태적 상상력을 펼쳐 놓은 시들을 엮어 놓은 시집이라고 할 수 있다.

4) 생태적 상상력과 생명에 대한 사랑의 표현

오늘날 생태시는 단순히 자연에 대한 대량의 훼손으로 인하여 환경의 파괴로 이어지는 악순환의 고리에서 인간의 내면의 자성적 문제로 깊이 맞닿아야 성공한 시를 빚을 수 있다. 자연의 착취와 파괴로 위기 상황이 닥쳐왔음에도 불구하고 계속적으로 자연을 훼손할 수밖에 없는 상황에 대한 근원적인 문제를 시적인 상상력에 의해 형상화하여 언어 예술적 차원으로 서정미를 끌어올리는 것이 앞으로 확장해야 할 생태시의 역할일 것이다.

모든 예술은 창작하는 사람의 개인적 경험이나 취향을 기본 요소로 하며, 상징적 기호의 선택과 배열로 변모 과정을 거쳐 구체적 예술 장르로 재탄생하기 마련이다. 시인이 직접적이거나 간접적인 경험까지도 자신마저도 미처 인식하지 못하는 외부의 자극과 요인까지도 창작하는 사람은 자신만의 독창적이고 개성적인 감각적 체계 안으로 모두 끌어들인 뒤에 이후 상징 체계를 통하여 시작품으로 구현하게 된다. 이때 시의 경우 시인에게 가장 기본적인 층위를 형성하는 것은 '언어'이다. 언어는 인간의 무의식에 선행하는 상징적 질서의 구조로 작동한다.[2]

따라서 시의 생명은 가장 적절한 시어를 선택하고 어떤 위치에 배열하여야 시적인 긴장미가 극대화되는지를 알고 최적의 선택과 배열을 하는 것만

---

2) 로렌초 키에자, 이성민 옮김, 『주체성과 타자성』, 난장, 2012, 86쪽.

이 좋은 시를 빚는 관건이 될 수밖에 없는 것이다.

　김봉석 시인의 제4 동시집『나무도 사랑을 할 땐 잎을 흔든다』는 나무의 역동성은 사랑이 전제되어야 가능하다는 담론을 제기하는 시제이다. 이 시집은 "눈비가 오고 나서/ 봄바람이 부는 건,/ 새싹이 돋는 건/ 사랑하기 때문.// 꽃이 피고/ 새들이 노래하는 것도,/ 길 가에/ 작은 돌멩이 하나가/ 나를 기다리는 것도/ 사랑하기 때문.// 개미가 지나가고/ 나비가 날아가는 것도,/ 강아지 한 마리가/ 꼬리를 흔드는 것도/ 사랑하기 때문"(「책을 여는 시」)이라고, 지구상에 존재하는 생명체가 서로 생명 활동을 유지하며 유기적인 관계를 형성하는데, 그 관계 형성의 실마리를 사랑으로 보는 범우주적인 세계관을 역설하고 있다. 그는 모든 생명체의 존재는 사랑하기 위해 존재한다는 기독교적인 사상을 밑바탕에 깔고 시상을 전개하고 있다.

> 나무가 꿈을 꾼다,/ 사람처럼.//
>
> 잎을 피우고/ 꽃을 피우는 꿈.//
>
> 벌이 날아와/ 집을 짓도록//
>
> 나비가 날아와/ 쉴 수 있도록//
>
> 포근한 집을 짓는/ 꿈을 꾼다.//
>
> 나무가 꿈을 꾼다,/ 사람처럼.//
>
> 열매를 맺어/ 베푸는 꿈.//
>
> 누구에게나/ 양식을 주고//
>
> 누구에게나/ 그늘을 주는//
>
> 아름다운/ 꿈을 꾼다.
>
> － 「나무의 꿈」 전문

　그가 추구하는 시 세계는 자연 생태주의 생태관에 의한 모든 동식물이 공존하는 지구촌의 이상향이다. 그 이상향이 바로 동심이며 나아가서 인간의 원초적인 무의식의 발로라고 볼 수 있을 것이다. 그는 나무의 꿈을 꾸는 시인이다. 나무를 통해 동심의 세계를 꿈꾸는 자연 친화의 세계, 그리고 자연과 인간의 일체화된 세계를 동심으로 동일시하고 생태적 상상력을 펼쳐 생명에 대한 끝없는 사랑을 시로 표현함으로써 오늘날 찌들어진 현대 사회의 스트레스에서 해방감을 누리려 한다. 빛을 남긴 훌륭한 사람의 평가 기준은 얼마나 남에게 사랑을 베풀었느냐 하는 양과 질에 따라 인품이 결정되고 존재의 정당성이 확보되는 것이다.

「나무의 꿈」은 오늘을 살아가는 모든 이들이 물질적인 가치관에서 해방되어 인간성을 되찾고 나무처럼 무한한 사랑과 자유를 향유하는 인간다움을 지향해야 한다는 강한 메시지를 주는 시이다. 이는 동시나 시의 장르를 떠나 문학이 지향해야 할 기치이며 목표일 것이다.

5) 선의 의지와 이타의 세계 지향

선한 마음과 이타의 세계를 지향하는 것은 인간 자신을 행복하게 하는 실질적인 원천이다. 우리들이 살아가는 세상에는 먼저 자신을 생각하는 아집과 욕심과 이기심이 남을 생각하는 마음보다 앞서게 하는 생활을 일상에서 흔히 보게 된다. 사람은 욕망의 덩어리로 가득 차 있는데, 여기에서 이타의 자세는 그 사람의 인품을 평가하는 척도가 된다. 오늘날 현대 사회를 살아가려면 물질적인 가치관이 아니고서는 살아갈 수 없다. 인간은 자신만의 행복을 위해 남을 짓밟고 물질을 획득하기 위해 온갖 악행을 서슴없이 저지르는 사람들이 많아졌다. 그리고 이러한 악행이 일상화되면 윤리 도덕 의식이 없어지게 되고 당연한 것들로 받아들여지게 된다. 따라서 옛 선비들은 문학을 통해 심신을 수련하는 재도지기(載道之器)의 자세로 인간다움을 지향하며 살다가 갔다. 개중에는 수단과 방법을 가리지 않고 명예와 부를 쫓아 불나비처럼 불 속으로 뛰어들다 결국 죽음을 맞이한다.

사람은 태어나면서 빈 손으로 태어나 돌아갈 때도 빈 손으로 돌아간다.

살아가는 동안에 자신만을 위해 취득한 부와 명예는 타인을 배려하지 않을 때 선한 의지가 아니라 악행으로 쌓아 놓은 부와 명예로 결국에는 자손 대대로의 부끄러움을 남기게 된다. 사람은 다른 동물과 달리 사회적인 동물이기 때문에 다른 사람의 도움과 협조 없이 혼자서 생존하는 것은 거의 불가능하다. 그러함에도 타인의 고마움조차 망각하고 자신의 행복만을 추구한 나머지 욕심을 부리는 것은 인간이기보다는 동물에 가까운 존재로 추락하게 되고 만다. 가진 것을 이웃과 나눌 수 있는 자세야말로 인간다움을 지향하는 문학인의 자세요. 시인의 자세인 것이다.

예수의 가르침은 사랑만이 인간을 인간답게 하는 인간의 향기라고 가르쳤다. 그러나 오늘날 종교를 빙자해 교활하게 자기만의 욕심을 채우는 사람들 때문에 종교에 대한 따가운 시선과 비난이 쏟아지기도 하지만, 인간의 욕심을 제어한다는 것은 끊임없는 자기 수양이 없이는 불가능하다. 불교에서는 '나'를 먼저 내세우는 아집이 타인의 존재를 무시하게 되고 다 같이 공존하는 사회에 불협화음을 내게 된다고 보았다.

김봉석 시인은 "우리는 누구나/ 가슴 속에/ 작은 사랑 하나씩/ 키우며 삽니다."라고 다섯 번째 동시집 『내가 네 가슴 속에 꽃필 수 있다면』의 「책을 여는 시」를 통해 밝히고 있다. 그는 항상 「나무가 내게 준 것」에 대한 고마움을 먼저 생각한다. 그리고 "흔들리지만/ 흔들리지 않는다"(「나무는」)는 역설로 나와 친구가 되기를 소망한다. 그는 자신이 태어난 단양의 쑥부쟁이처럼 "자갈도 싫다않고/ 모래도 마다않고/ 척박한 땅 지키는 꽃/ 단양쑥부쟁이"(「단양쑥부쟁이」)로 살아가기를 희망한다. 그러나 '거대한 굴착기'를 들이대는 사람들의 욕심으로 단양쑥부쟁이가 사라져 가는 것을 안타까워 한다.

바람 부는 날/ 내가 네 가슴 속에/ 쥐똥나무처럼 낮게라도/
살 수 있다면/ 나는 작은 가슴/ 더욱 낮게 드리우고/
너를 위해/ 세찬 바람 막아주는/ 행복을 꿈꾸고 싶다.//

비가 내리는 날/ 내가 네 가슴 속에/ 채송화처럼 작게라도/

꽃필 수 있다면/ 나는 낮은 키로/ 길가에 피어 있어/

네가 가는 길/ 튀는 빗방울 막아주는/ 베풂을 꿈꾸고 싶다.//

눈 오는 날/ 내가 네 가슴 속에/ 장미꽃처럼 빨갛게/ 꽃필 수 있다면/

나는 붉은 빛/ 뜨거운 열기로/ 너의 언 가슴/ 따뜻하게 녹여주는/

사랑을 꿈꾸고 싶다.

- 「내가 네 가슴 속에 꽃필 수 있다면」 전문

이 시집에는 다소 동시의 영역에서 벗어난 화자의 이타의 자세를 보여주는 시들도 있다. 화자는 바람이 불고 비가 내리고, 눈 오는 계절에 따라 이타의 자세로 행복과 베풂, 사랑을 꿈꾸는 자세로 살아가겠다는 선의 의지와 이타의 세계를 향한 자신의 태도를 분명히 밝히고 있다. 이러한 이타의 자세와 맺은 인연을 소중히 가꾸려는 관계지향의 자세는 「버리고 떠나기」에서도 나타난다. "살아서도/ 남 주기 위해 살았고/ 떠나면서도/ 가져가는 것 없이/ 떠나가신/ 그리운 사람// - 중략 - 가진 것 없었으나/ 받은 게 많았고/ 남긴 것 없다 하지만/ 넘쳐서 그런 것,/ 말 않아도/ 다 아는 지극한 사랑."(「버리고 떠나기」)에서처럼 남을 위해 자신이 가진 것을 모두 아낌없이 주는 지극한 사랑은 범인이 실천하기 어려운 일일 것이다.

그가 추구하는 선한 의지와 이타의 세계를 지향하는 자세는 지성인의 참모습을 실천하려는 문학인의 양심일 것이다.

3. 에필로그

김봉석 시인은 시력 30여 년에 5권의 동시집을 발간했다. 5, 6년만에 1권 꼴로 동시집을 발간했으니 많은 양은 아니고 과작이라고 할 수 있을 것이다. 그는 첫 동시집『하늘로 가는 길』에서부터 줄곧 어린 시절의 사향의식을 바탕으로 한 재생적 상상력에 의한 동심의 형상화작업을 이어 왔고, 어린이들의 생활과 밀착된 교사로서 어린이를 바라본 시각으로 교훈성이 다소 넘치는 시를 써 왔다.

동시가 교훈성을 바탕으로 하지만 지나친 교훈성은 어린이들의 공감대를 형성하는 데 제어작용하기 마련이다. 그래서 그는 그러한 단점을 탈피하고자 교육 현장의 어린이들의 생생한 경험 사례를 실명을 들어 서술하는 방법을 채택하는 리얼리즘 기법과 사사를 활용했다.

다만 동심을 이해하는 방식은 어린이의 마음인데 김 시인은 동심을 포괄적으로 해석하여 어린이의 생활 속에서의 동심과 자신의 어린 시절의 동심을 접맥시키려고 애를 써 왔다. 그러나 이러한 시공간의 차이에서 벌어진 사회문화적인 환경의 변화를 메꾸어 독자와 소통할 수 있는 방법은 진술 위주의 시보다는 정밀한 묘사를 가미한 동시이거나, 다양한 시적인 기법을 활용하고, 적절한 시어를 선택하고, 적절한 위치에 배열하는 기교가 필요할 것이다.

대부분 어린이들의 생활에서 동심을 스케치하기도 하는 것이 일반적이었지만, 간간이 자신의 동심과 시 세계를 추구하는 데 집중한 나머지 주제를 의도적으로 노출함으로써 시적인 함축미를 살리기보다는 산문적인 기술로 이어졌고, 독백적 진술로 동심을 피상적으로 해석하는 단점을 보였다. 이는 그가 부단한 노력으로 능히 극복하여 내리라 확신한다.

오늘날 동시들이 시인 자신의 관념적 동심을 진술하는 시들이 많은 것은, 너무 할 말이 많은 산문 의식에서 벗어나지 못하고, 시는 언어의 압축이며 이미지로 제시해야 한다는 현대시의 본질을 벗어나 어린이들이 비시적인 시를 감상하게 됨으로써, 동시인들은 많고 동시집은 넘쳐나나 어린이들에게 안심하고 읽힐 수 없는 동시집들이 넘쳐나는 현상은 동시인들이 자신의 명리적 가치를 우선할 뿐 독자인 어린이를 전혀 의식하지 않는 태도에서 비롯된 것이다.

그러나 김봉석 시인은 날마다 어린이들과 생활하는 현장 교사이며 시인이다. 따라서 오늘날 급격하게 변질된 어린이들의 일상과 동심의 다양한 표현을 직접 경험하여 너무나 잘 알고 있다. 이러한 장점을 살려 이제 학교 운영을 도맡아 하는 관리자 신분이 되었지만 오늘의 어린이들의 생활을 유심히 관찰하여 그들의 정서에 보탬이 되는 동시를 얼마든지 창작해 낼 수 있는 유리한 조건을 갖추고 있는 시인이다.

따라서 앞으로 동심에 나무를 심고 가꾸는 정서적 조력자에서 정서를 구체적인 이미지로 감각적으로 형상화하여 묘사하고 진술하는 노련한 시인으로서 동심의 본질을 통찰하고 시로 빚어 내는 원숙한 시 세계를 펼쳐 갈 것을 확신한다.

따오기를 닮은 시흥(詩興) 시인
- 김윤환 동시론

Ⅰ. 들어가는 말

김윤환은 1963년 경북 안동에서 태어났다. 안동농고를 졸업하고 협성대를 거쳐 단국대학교 대학원에서 문예창작을 전공하여 「한국 현대시의 종교적 상상력 연구」로 문학박사 학위와 범정학술상을 받았다. 그는 1989년 《실천문학》에 시로 등단한 후 목회자가 되어 경기도 시흥을 중심으로 소외되고 그늘진 어린이들의 복리를 위한 문화운동도 활발히 펼치고 있다. 이를 계기로 2017년 계간 《아동문학세상》 신인상에 동시로 등단한 후, 동심이 가득한 시도 빚어 내고 있다.

김윤환은 이미 『그릇에 대한 기억』, 『까띠뿌난에서 만난 예수』, 『이름의 풍장』 등의 시집을 상재하고, '나혜석문학상'을 수상한 시인이 동시와 친해진 까닭은 무엇인가? 그것은 그가 '따오기아동문화진흥회'를 만들어 봉사하면서부터 동심의 소중함을 깨달았기 때문이다. 본고에서는 그의 첫 동시집 『내가 밟았어』를 중심으로 그가 마음속에 품고 있는 동심 세계를 고찰해 보고자 한다.

동시집 『내가 밟았어』(시와동화, 2018)에는 「갯골에 가면 나는」, 「호조벌 메뚜기」, 「관곡지 연꽃」 등 시인이 사는 시흥 이야기 51편의 동시가 실려 있다. 김윤환은 제2의 고향이라 할 수 있는 시흥을 누구보다도 사랑한다. 시흥은 호조벌, 연꽃공원, 물왕저수지, 오이도와 서해 바다, 시흥 갯골과 자

따오기를 닮은 시흥(詩興) 시인-김윤환 동시론 ● 65

연경관을 보유하고 있는 녹색 정원도시이다.

조선 시대에 갯벌을 간척한 매화동 호조들녘에서는 친환경 농법으로 메뚜기를 볼 수 있고, 하중동 관곡지에 가면 수만 송이의 연꽃을 볼 수 있다. 경기만 갯벌에 가면 염전이 있고, 산세가 수려한 소래산과 과림·물왕저수지도 있다. 경기만에 있는 소래포구와 오이도는 관광객들이 즐겨 찾는다. 김 시인은 이러한 갯골의 소금, 호조벌의 메뚜기, 관곡지의 연꽃, 오이도의 등대와 같은 시흥의 자연환경을 동시의 시재로 삼고 있다.

Ⅱ. 김윤환의 동심 세계

1. 자연친화적인 시

시흥은 평야와 산과 바다, 도시와 농촌이 공존하는 자연친화도시이며 생태환경의 보고이다. 시흥 시민의 발길 닿는 곳에 붉게 타오르는 '함초' 군락지와 소금 창고, 우리나라에 연못이 처음으로 자리 잡은 관곡지(官谷池), 시흥의 곡창지대로 불리는 '호조벌', 강과 바다가 만나는 갯골, 그리고 해발 300미터의 소래산은 시흥을 자연친화도시로 일컫게 하는 바로미터이다.

> 갯골에 가면 나는/ 그림이 되어요/
> 푸른 잎 퉁퉁마디/ 붉은 잎 칠면초가 되어/
> 알록달록 수채화가 되어요//
> 갯골에 가면 나는/ 칠게가 되어요/
> 바람이 불어도 쏙/ 물결이 스쳐도 쏙/
> 숨기만 하는/ 겁 많은 아기 게가 되어요
>
> ─「갯골에 가면」 3·4연

「갯골에 가면」에서 나는 갯골에 가면 바람이 되고, 상괭이가 되고, 그림과 칠게와 소금 창고가 된다. 갯골이란 바닷물이 드나드는 갯가에 조수로 인해 생긴 두둑한 땅 사이의 좁고 길게 들어간 곳을 말한다. 나는 염전을 쏘다니며 바다 닮은 소금 바람이 된다. 상괭이[1]가 되어 민물에 사는 물고기 친구들을 만나러 가기도 한다.

갯벌가에는 푸른 퉁퉁마디[2]가 자라고, 홍자색의 칠면초[3]가 자란다. 나는 푸른 퉁퉁마디가 되고, 칠면초가 되기도 한다. 또 바람만 불어도 뽀르르 구멍 속으로 숨는 갯진흙을 뒤집어 쓴 아기 칠게가 되기도 한다. 나는 소금 창고가 되어 소금처럼 새하얀 꿈을 소복히 쌓아 둔다. 나와 자연이 하나 되는 서사에서 동심이 묻어 난다.

> 기분 좋을 땐/ 간지럼을 태우고요//
> 기분 나쁠 땐/ 갯바위 얼굴을/ 손바닥으로 내리쳐요//
> 폭풍에 쫓길 때는/ 방파제를 넘어/
> 나 살려라/ 정신없이 달려와요
>
> – 「파도」 전문

이 시는 파도를 의인화하여 귀엽게 표현한 동시이다. 기분이 좋아 잔잔해진 파도는 내 손발을 간지럼 태우고, 화가 나 거센 파도는 갯바위를 내려친다. 그런가 하면 폭풍이 불 때는 방파제를 넘어오기도 한다.

이렇게 변화무쌍한 파도를 사람에 빗대어 표현하고 있다. 마지막 부문 "나 살려라 정신없이 달려와요" 같은 직설적이고 사실적인 묘사는 동심이

---

1) 상괭이는 쇠돌고래과에 속하는 몸집이 작은 돌고래로, 우리나라 서해안과 남해안 등에서 자주 볼 수 있다.

2) 퉁퉁마디는 함초라고도 하며 바닷가에서 자라고 재배하기도 한다. 마디가 튀어나오므로 '퉁퉁마디'라고 부른다. 전체가 녹색인데 가을에는 홍자색으로 변한다.

3) 칠면초는 우리나라 바닷가에서 잘 자라는데, 어긋나는 잎은 처음에는 녹색이지만 점차 홍자색으로 변한다.

묻어나 즐거운 웃음을 선사해 준다.

> 메뚜기가 살아 있어/ 호조벌도 살아 있지/
> 메뚜기가 뛰어 놀아/ 우리들도 뛰어 놀지//
> 삼백년 전 갯벌을 메워 만든/ 너분들 호조벌에는/
> 할아버지보다 더 어른 같은/ 메뚜기가 산다네
>
> – 「호조벌 메뚜기」 3 · 4연

「호조벌 메뚜기」는 메뚜기가 뛰어노는 자연친화적 농경지인 호조벌[4] 들
녘을 노래하고 있다. 호조벌은 시흥시의 대표적인 쌀 생산지이다. 가을에
벼이삭이 익어 가는 호조 들녘의 아름다움은 시흥시의 자랑거리이다. 삼백
년 전 갯벌을 메워 만든 호조벌에 사는 메뚜기이기 때문에 연세가 많은 할
아버지보다 더 어른같이 느껴지는 것이다.

> 대문 닫힌 관곡지 연못에 핀 꽃/ 마치 부잣집 딸처럼/
> 귀해 보이기는 해도/ 사람이 없어 외로워 보여요//
> 넓은 들에 펼쳐진 연밭/ 장터처럼 빼곡히 피어난 꽃들/
> 연꽃은 연꽃끼리 소곤소곤/ 사람은 사람끼리 웅성웅성
>
> – 「관곡지 연꽃」 1 · 2연

「관곡지 연꽃」은 경기도 시흥시 하중동에 있는 조선 세조 때 만들어진 연
못인 관곡지[5]와 그 주변에 핀 연꽃을 그리고 있다. 이곳에서 피는 연꽃은
백련으로서 빛깔이 희고 꽃잎은 뾰족한 것이 특징이다.

---

4) 경기도 시흥시에 있는 호조 들녘은 조선 경종(1721년) 때 백성을 구제하기 위해 오늘날의 기획재정부에 해
당하는 호조(戶曹)에서 바다를 메워 만든 150여 만 평의 간척지이다.
5) 관곡지는 가로 23m, 세로 19m 정도로 조선 세조 때의 문신이자 농학자였던 강희맹이 명나라에서 연꽃씨를
가져와 이곳에 심은 뒤 널리 퍼지게 되었다.

관곡지는 시흥시 향토 유적으로 지정되어 평소에는 문이 닫혀 있다. 그 때문에 관곡지에 핀 연꽃은 옛날 부잣집 딸처럼 귀해 보이지만 외롭게도 느껴지는 것이다. 그에 비해 관곡지 옆 넓은 연꽃테마공원에 핀 연꽃은 구경꾼들이 많이 몰려와 외롭지 않고 즐거운 꽃이 되었다.

> 집 안에 갇힌 분재 소나무/ 머리에 온갖 치장을 다 했지만/
> 온몸 비틀고 앉아/ 거실 천정만 바라보고//
> 뒷산에 선 소나무/ 아무도 돌보지 않았지만/
> 백 년을 하루같이/ 하늘 땅을 두루 살피네

– 「소나무」 전문

이 작품은 분재 소나무와 자연 속에서 살아가는 소나무를 대비하여 인간들의 그릇된 탐욕을 고발하고 있다. 분재 나무는 머리에 온갖 치장을 다 했지만, 온몸을 비틀고 앉아 답답한 집 안에서 거실 천정만 바라보고 있다. 분재란 나무를 화분에 심어 가꾸는 것을 말한다. 사람들은 나무를 분에 심어 가꾸면서 즐기지만, 나무의 입장에서는 인간의 폭력에 시달려 장애목이 되는 것이다.

시인이 말한 '머리에 온갖 치장을 다한' 분재는 일본의 전통적 분재를 일컫는다. 일본 분재는 잔가지에 이르기까지 철사를 감아 판에 박은 듯한 정교한 생김새를 꾸며 내는 것을 특징으로 하고 있다. 그러나 우리나라의 전통 분재는 그와는 달리 지나친 기교를 부리지 않는다. 이것은 자연을 존중하고 사랑하는 마음씨의 발로이며 있는 그대로를 즐기자는 뜻이 담겨 있다.

> 혼자 사시는 할머니 댁 마당 한 편에/
> 엄마가 팬지꽃 한 줄을 심으셨어요//
> 할머니가 무슨 꽃이냐 물으셔서/ '팬지꽃이예요' 했더니/

'응? 편지꽃이라고?'/ '아니, 팬지꽃이라구요. 팬.지!'/
할머니 웃으시며/ 그 꽃이 내게 쓴 편지니?//
엄마는 가만히 서서/ 팬지꽃만 한참 바라봅니다

- 「팬지꽃 편지」 전문

「팬지꽃 편지」에 나오는 팬지는 추위에 강해 이른 봄에도 볼 수 있는 귀여운 꽃이다. 노란색, 보라색, 흰색의 꽃이 피는데, 프랑스어로 '생각하다'라는 뜻이 담겨 있다. 팬지의 꽃말은 '사색', '나를 생각해 주세요' 등이다. 이 시의 방점은 혼자 사는 할머니이다. 비교적 우리 주변에서 흔히 볼 수 있는 꽃이지만 외국에서 들여온 꽃이기 때문에 꽃 이름도 낯설다. 할머니는 팬지꽃을 '편지꽃'이라고 말한다. 혼자 사는 외로움에 편지라도 받고 싶어 하는 할머니의 마음이 나타나 있다.

겨울방학 때/ 매화나무에 핀 하얀 눈꽃/
봄방학 때/ 다시 핀 하얀 매화꽃//
설날에/ 벚나무에 내린 하얀 눈꽃/
봄날에/ 다시 핀 하얀 벚꽃//
꽁꽁 얼은 땅 위에/ 배나무 가지에 하얀 눈꽃/
풀풀 녹은 땅 위에/ 다시 핀 하얀 배꽃//
매화도 겨울이 그리워/ 벚꽃도 흰눈이 그리워/
배꽃도 하얀 속이 그리워/ 하얗게 하얗게 피어났어요//
새봄이/ 하얀 겨울을/ 소담소담 담아 왔어요

- 「겨울 닮은 봄」 전문

눈으로 상징 되는 겨울의 색깔은 하얀 색이다. 흰색은 순수해서 동심과 가장 가깝다. 매화와 벚꽃, 배꽃은 봄에 피어나는 하얀 꽃들이다. 소담은 생김새가 탐스러움을 뜻하는 말이다. 겨울에 눈이 오면 이들 나뭇가지에 소담스럽게 하얀 눈꽃이 핀다. 봄이 되어 함함히 핀 매화꽃, 벚꽃, 배꽃의 소담스러운 경치는 눈으로 덮인 하얀 겨울의 풍경을 떠오르게 한 것이다. 그 때문에 시인은 하얀 꽃이 눈부신 계절을 '겨울 닮은 봄'이라고 했다.

> 비오는 날/ 장화를 신고 나간/ 내 동생/
> 한쪽 발은 맨발/ 한 손에 장화를 들고/ 집으로 들어왔다/
> 손에 든 장화 속에는/ 반쯤 잘린 지렁이 한 마리/
> 살아서 꼼지락 거렸다/ 동생 울면서/ 내가 밟았어
>
> – 「내가 밟았어」 전문

「내가 밟았어」는 생명을 사랑하는 시인의 마음이 잘 담겨져 있다. 비 오는 날에는 날씨가 습하여 지렁이들이 많이 나온다. 화자의 동생은 비오는 날 장화를 신고 나들이를 한다. 그런데 지렁이를 밟아 반쯤 잘려 나간 지렁이를 장화에 담은 채 울며 집으로 온다. 지렁이는 모양은 징그럽게 생겼으나 식물의 성장에 도움을 준다. 흙에 공기를 통하게 하여, 물빠짐을 촉진하고, 유기물질을 빠르게 분해시켜 영양이 풍부한 물질을 식물에게 준다. 지렁이보다 더 큰 수많은 생명들을 함부로 죽이고도 양심의 가책을 느끼지 못하는 어른들을 향해 은근히 생명 존중을 촉구하고 있다.

> 산길 오르다 만난/ 도토리나무/ 이름도 참 많지//
> 신갈나무 떡갈나무/ 갈참나무 졸참나무/ 상수리나무//
> 그 중에/ 가장 와 닿는 이름/ 너도밤나무//
> 키가 좀 작아도/ 공부를 좀 못해도/ 운동을 좀 못해도//
> 그 중에/ 가장 와 닿는 이/ 너도꿈나무
>
> – 「너도밤나무」 전문

'너도밤나무'는 울릉도에서 자라는 특산 식물이다. 열매는 밤송이처럼 가시들로 이루어진 깍정이 속에 들어 있으며 가을에 익는다. 그런데 육지에서 자라는 나무에는 열매가 제대로 열리지 않는다. 이 나무에는 재미있는 전설[6]이 있다.

이처럼 너도밤나무는 신갈나무 떡갈나무, 갈참나무 졸참나무, 상수리나무 등과 같이 도토리 열매를 맺는 참나무의 종류이다. '너도밤나무'는 밤나무에 비해 아람도 작고 열매 맛도 떨어지지만 가을 단풍은 밤나무보다 훨씬 아름답다. 자신은 재주가 좀 부족해도 '너도 꿈나무'로 불려지기를 소망하는 마음이 담겨 있는 동시이다.

2. 생활을 노래한 시

우리집 강아지/ 순돌이가 외출할 때/ 엄마는 목줄을 채워 준다//
우리 아빠 출근할 때/ 아빠 하얀 셔츠에/ 엄마는 넥타이를 매 준다//
목에 채워진/ 강아지 목줄 보니/ 아빠 넥타이가 생각나//
아빠 넥타이 목줄은/ 누구에게 잡히려고/ 아침마다 매고 가시나

– 「넥타이 목줄」 전문

반려견 반려묘와 함께 생활하는 집이 많아지면서 반려견과 외출할 때는 목줄을 해야 하며 목줄 가슴줄의 길이를 2미터 이내로 제한하는 법[7]이 시행되고 있다. 아빠가 외출할 때 엄마가 셔츠에 매어 주는 넥타이를 보고 동

---

6) 옛날 울릉도 산신령이 이곳에 밤나무 100그루를 심으라고 하여 사람들이 밤나무를 심었다고 한다. 그 뒤 산신령이 다시 나타나 그 수를 세어 보았더니 한 그루가 죽고 99그루밖에 되지 않았다. 산신령이 노해서 벌을 주겠다고 하자 밤나무 옆에 있던 나무가 '나도밤나무'라고 외쳤다. 산신령이 '너도밤나무'냐고 묻자, 이 나무가 확실히 나도밤나무라고 대답하여 화를 면했다고 한다.

7) 농림축산식품부에서 2022년 2월부터 시행하고 있다. 대상은 2개월령 이상에게 적용되고 위반 시에는 최고 50만 원 이하의 과태료가 부과된다.

시 속 화자는 반려견에게 매어 주는 목줄에 비유했다. 화자의 이러한 상상
은 어린이다운 유쾌하면서도 발칙하기도 한 발상이다. 하지만 바쁘게 살아
가는 현대인들은 넥타이를 매는 경우도 줄어 들고, 남편의 넥타이를 매어
주는 아내들의 모습도 거의 찾아볼 수 없는 세상이 되었다.

> 속에 열기를/ 밖으로 뿜어내는/ 에어컨//
> 나는 시원한데/ 바깥 사람들에게/ 미안해요//
> 속에 열기를/ 우리에게 뿜어내는/ 엄마//
> 나는 더운데/ 엄마는/ 시원하세요?
>
> – 「에어컨」 전문

　지구가 온난화되면서 여름철에는 폭염이 계속되는 날이 많아졌다. 날씨
가 무더워지니 선풍기 바람으로는 더위를 쫓기에 부족하여 에어컨을 가까
이하는 세상이 되었다. 에어컨은 에어컨디셔너의 준말로 실내 공기의 온
도 및 습도 따위를 조절하는 기계 장치를 일컫는다. 에어컨이 작동할 때 생
기는 뜨거운 바람은 실외기를 통해 밖으로 빼낸다. 에어컨이 작동되면 실
내는 시원하지만 실외기가 있는 바깥은 더욱 무더워지기 마련이다. 엄마가
화를 내는 모습을 에어컨이 열기를 밖으로 뿜어내는 것에 비유하고 있다.
엄마가 화를 내어 열기를 뿜어내면 엄마는 시원할지 몰라도 화자는 더욱
덥다는 메타포를 에어컨에 빗대어 말하고 있다.

> 작은 소리로 대답하면/ 모기만한 소리라고/
> 잘 안 들린다고/ 소리치는 우리 엄마//
> 자다가/ 작은 모기 소리 왱왱 거리면/
> 벌떡 일어나/ 손바닥으로 잡는다//
> 모기 소리/ 잘못 듣는 우리 엄마/

모기 소리/ 잘만 듣는 우리 엄마

-「모기 소리」 전문

여름철의 불청객 모기는 사람들을 괴롭히고 귀찮게 하는 해충이다. 모깃소리는 아주 가냘픈 소리를 비유적으로 이르는 말이다. 그런데 모기의 왱왱거리는 소리는 빠르게 움직이는 날갯짓에서 온다. 모기는 불이 밝을 때는 숨어 있다가 어두워지면 날아다니며 사람의 피를 빨아 먹는다. 시 속에서 엄마는 작은 소리로 대답하면 모깃소리라며 잘 안 들린다고 핀잔하지만, 정작 그 작은 모깃소리는 자다가도 잘 알아듣고 손으로 잡는다. 동심의 해학으로 재미있게 풀어 낸 대구법이다.

시계도/ 건전지 덕에/ 쉬지 않고 돌아가지//

게임기도/ 건전지 덕에/ 재미있게 놀아 주지//

아플 때 보살펴 주는/ 우리 엄마는/ 나의 건전지//

신나게 놀으라고/ 건전지 사 주시는 아빠는/ 나의 진짜 건전지

-「건전지」 전문

건전지는 우리 생활에 없어서는 안 될 존재이다. 문득 멈춰진 시계를 보면 건전지가 다 소모된 것을 알게 된다. 건전지는 속에 들어 있는 약품(전해질)의 용액이 흘러나오지 않도록 다루기 편하게 만든 소형 전지이다. 주로 망간 건전지와 수은 건전지[8]가 있다. 건전지가 없으면 시계도 멈추고 게임기도 쓸 수 없다. 평소에는 건전지의 소중함을 모르다가 시계가 멈추고나서야 알게 된다. 아빠 엄마의 고마움도 그렇다. 부모님은 나를 보살펴 주고, 신나게 하는 건전지인 것이다.

---

8) 1878년에 프랑스의 화학자 르클랑셰가 처음 개발한 이후 건전지의 쓰임이 날로 다양해지고 있다.

엄마 얼굴은/ 보름달// 아빠 미소는/ 반달//

언니 입술은/ 그믐달// 내 눈썹은/ 초생달//

날마다/ 보름달 뜨고// 날마다/ 초생달 뜨는/ 우리 가족/ 달님 가족

– 「달님 가족」 전문

   달은 지구에서 가장 가까운 천체로, 지구 둘레를 도는 단 하나의 위성이다. 달은 스스로 빛을 내지 못하므로 태양의 빛이 닿는 부분만이 빛을 낸다. 따라서 달이 지구의 주위를 돌 때 지구와 달의 위치에 따라서 달의 모양이 초승달·반달·보름달 등 여러 가지로 바뀌어 보이는 것이다. 시인은 엄마 얼굴을 환한 보름달로, 아빠의 넉넉한 미소를 반달로, 언니의 입꼬리 올라간 예쁜 입술은 그믐달로, 짙은 내 눈썹은 초생달에 비유하며 우리 가족을 달님 가족으로 표현했다.

왠지 하늘은/ 내 대신 일기장을 펼쳐요//

우울한 날은/ 일기장이 온통 검은색//

기분 상쾌한 날은/ 일기장이 온통 파랑색//

슬픈 날은/ 일기장이 눈물 호수//

왠지 하늘은/ 내 기분 따라 일기를 써요//

– 「하늘 일기장」 전문

   하늘을 일기장에 비유하고 있다. 일정한 지역에서 그날 그날의 기상 상태를 일기(日氣)라고도 한다. 일기장에는 그날의 일기(日氣)를 적기도 한다. 일기(日記)는 날마다 자신이 겪은 일이나 생각, 느낌 등을 사실대로 적은 기록이다. 하루 생활 중 중요한 글감을 골라 진실되게 기록하므로 글쓴이의 감정인 희로애락이 녹아 있게 마련이다. 어린이는 감정의 기복이 심하고, 또 솔직한 편이다. 자신의 기분에 따라 우울할 때는 하늘에 먹구름이 낀 검

은색, 상쾌한 날은 맑은 파란 하늘, 슬픈 날은 눈물처럼 비가 내리는 등 일기장을 하늘에 비유하고 있다.

> 학교 공부가 끝났는데/ 집에 못 가요/ 방과 후에도 교실이 있어요//
> 봄꽃이 피어도/ 햇살이 좋아도/ 신바람이 안 나요
>
> — 「방과후 교실」 전문

이 짧은 동시에 오늘날의 어린이 생활상이 영상처럼 나타나 있다. 1980년대까지만 해도 아이들은 학교를 파하면 집에 가서 형제들과 놀거나 동네 골목에서 친구들과 어울려 놀기가 일쑤였다. 인구절벽화 현상이 심화되고 산업화가 가속되어 외동이 가정에 엄마도 직장에 나가느라 가정에 혼자 있을 수 없는 세상이 되었다. 2연의 짧은 시속에 맞벌이 가정의 어린이 실생활의 애환이 고스란히 담겨 있다. 2000년대 이후 방과후교실이란 신조어가 등장하고 아이들은 하교 후에도 방과후교실이나 학원을 전전하게 된 것이다.

3. 환경문제와 사회현상을 다룬 시

> 채소 오이가 초록색이라/ 빨강 등대를 세웠을까/
> 바다가 푸른색이라/ 빨강 등대를 세웠을까
>
> — 「오이도 빨강 등대」 1연

「오이도 빨강 등대」는 오이도의 등대 색깔이 빨간 이유를 동심의 프리즘으로 그려 냈다. 오이도는 경기도 시흥의 서쪽 해변에 위치한 섬으로 섬의 모양이 마치 '까마귀의 귀'와 비슷하다고 해서 붙여진 이름이다. 등대의 색깔은 보통 빨간색과 흰색 두 가지가 있다. 빨강 등대는 바다에서 항구 쪽을 바라볼 때, 등대의 오른쪽이 위험하니 왼쪽으로 가라는 의미가 담겨 있고, 흰색 등대는 바다에서 항구 쪽을 바라볼 때, 등대의 왼쪽이 위험하니 오른쪽으로 가라는 의미가 담겨 있다. 이런 숨겨진 뜻을 알지 못하는 동심은 오이가 초록색이라 오이도엔 초록이나 푸른색의 보색인 빨강 등대를 세웠을 것이라고 상상한다. 오이만큼이나 상큼 발랄한 상상력이다.

> 따옥따옥/ 따오기 울음소리/ 해질 때마다/ 가슴속에 고여요//
> 시인의 눈물/ 소년의 눈물/ 따오기 울음으로/
> 물왕저수지/ 마를 새가 없어요
>
> — 「따오기 노래비」 3·4연

「따오기 노래비」는 김윤환 시인과 각별한 인연이 있다. 이 노래비는 물왕저수지와 가까운 시흥시 목감지구 문화공원에 2016년 12월에 세워졌다. '따오기 노래비'의 모티브가 된 동요 「따오기」[9]는 시흥시 산현동 남대문 교회 묘지에 잠들어 있는 아동문학가 한정동의 대표작이다. 돌아가신 어머니를 그리는 애틋한 마음을 담은 작품으로, 윤극영이 곡을 붙여 널리 애창되는 국민 동요이다. 한정동의 동요 「따오기」에는 일제 강점기 나라 잃은 애상이 담겨 있다. 동요에 나오는 '내 어머니 가신 나라'는 빼앗긴 조국이다. 일제는 위안부의 존재마저 부정하며 그 책임을 회피하고 있다. '따오기 노래비' 건립에는 김윤환 시인이 산파역을 맡았다. 김 시인은 따오기아동문화연구회를 만들어 이끌며 매년 '따오기아동문화제'를 주도해 오고 있다.

> 소녀는 말해요/ 나는 나는/ 용서할 거야//

---

9) 2008년 가을, 중국 정부로부터 한 쌍을 기증받아 창령 우포늪에서 복원해 기르고 있는 따오기가 15년이 지난 지금은 363마리에 이르고 방생한 수도 200여 마리에 이른다. 그 중 몇 마리라도 자연 방사하여 물왕저수지나 호조벌에서도 볼 수 있는 날이 오기를 기대한다.

그들이 눈물로/ 편지를 써 온다면/

마음의 꽃을 가져 온다면/ 웃으며 맞이할 거야

– 「평화의 소녀상」 7 · 8연

소녀상[10]은 치마저고리를 입고 짧은 단발머리를 한 소녀가 의자에 앉은 채 일본대사관을 응시하고 있다. 이는 위안부 피해 할머니들이 일본군에 끌려갔던 14~16세 때를 재현한 것이다. 평화의 소녀상은 이후 국민 모금 등으로 전국 각지에 세워져 일본군 위안부 문제의 실상을 외부에 알리는 역할을 하고 있다. 그런데 제2차 세계대전 패전국이자 전범국인 일본은 위안부 피해 할머니들에 대한 사과는 커녕 소녀상의 철거를 줄기차게 요구하는 파렴치를 보이고 있다. 시인은 '평화의 소녀상'이 되어 동심의 눈으로 일본의 진정성 있는 사과를 요구하고 있다.

개천절이 뭐예요?/ 우리 민족을 향해/ 하늘이 열린다는 날이지//

하늘이 어떻게 열려요?/ 하늘이 닫힌 적이 있었나요?//

사람들 닫힌 마음/ 사람끼리 열 수 없어/

하늘이 열어 달라고/ 개천절이 있지

– 「개천절」 전문

「개천절」은 '하늘이 열린 일'을 기념하는 국경일이다. 1919년 상해 임시정부에서 민족의 기념일로 채택되어 음력 10월 3일을 기념하다가 1948년 정부수립 후 이듬해부터 국경일로 공식 제정하여 양력 10월 3일로 해마다 기념하고 있다.

---

10) '평화의 소녀상'은 일본군 위안부 문제 해결을 위한 수요집회 1,000회를 맞은 2011년 12월 14일에 처음 세워졌다. 경기도 시흥시는 2016년 8월 시민 모금으로 옥구공원에 세워진 '시흥시 평화의 소녀상'에는 김윤환 시인의 헌시 「아픔이 평화가 될 때까지」가 새겨져 있다.

김 시인은 개천절을 만든 이유에 대해 "사람들 닫힌 마음 사람끼리 열 수 없어 하늘이 열어 달라"는 데 있다 하였다. 그는 개신교 목사이지만 배타적이지 않고 마음이 활짝 열려 있다.

> 시월에는/ 천사가 자주 온다//
>
> 천사는 개천절에/ 빨간 날을 선물로 주고/
>
> 한글날에도/ 노는 날을 선물을 준다//
>
> 어떤 때는/ 추석을 선물로 주고/ 가을 소풍도/ 선물로 준다//
>
> 시월 천사야/ 엄마 아빠에게도/ 선물을 주렴
>
> － 「시월 천사」 전문

「시월 천사」는 시월에 국경일을 비롯한 공휴일이 많아 즐거워하는 동심을 그렸다. 배움터나 일터에 가지 않고 쉬는 날은 어린이나 어른 구분 없이 좋아한다. 시 속의 화자는 시월에 공휴일이 많은 것을 '천사가 자주 온다'고 표현했다. 어떤 해에는 추석 연휴가 시월에 있기도 하고, 개천절과 한글날이 공휴일이기 때문이다. 천사는 착한 마음으로 좋은 일을 많이 할 것이라는 믿음 때문에 공휴일을 선물로 준다고 한 표현이 천진스럽다.

Ⅲ. 나오는 말

김윤환은 서글서글한 눈웃음이 퍽 인상적이다. 개구쟁이 같은 동안을 가진 그는 시인이면서 목회자이다. 성경에 "어린아이들처럼 되지 않으면 결코 하늘 왕국에 들어가지 못할 것"이라고 했다. 김 시인은 "어린아이처럼 자기를 낮추는 사람이 하늘 왕국에서 가장 큰 자"라고 한 예수의 말을 반추하며 그 말을 좇아 살아가는 시인이다.

김 시인은 시집 『까띠뿌난에서 만난 예수』[11], 『그릇에 대한 기억』, 『내가 누구를 지우는 동안』 등에서 차마 다 풀지 못한 서사를 동심의 시로 표출하고 있다. 그는 2009년에 목사 안수를 받고 부천밀알교회에서 목사 사역을 하다 시흥 사랑의은강교회 담임목사로 시흥에 터를 잡았다. 예전에 살던 시흥에 와서 목회를 시작하게 되니 목회 활동 이외에 더 많은 뜻있는 일을 하고 싶었다. 그래서 처음 시작한 일이 아동센터 운영이었다. 아동센터에서는 어린이들을 위한 공부방을 운영했다. 다양한 프로그램 중 하나가 동요 교실이었다. 그런데 어린이들이 동요보다는 가요를 많이 부르는 상황이 안타까웠다. 한참 정서적으로 순수하고 감수성도 풍부해야 할 어린 나이에 어른들이 부르는 사랑 노래에 젖어 있는 것을 보고 이래서는 안 되겠다는 생각이 들어 동요를 가르치게 된다.

그때 가르친 많은 곡 중의 하나가 「따오기」였다. 그 무렵 「따오기」의 작사가 한정동 시인의 묘소가 시흥에 있다는 것을 알게 되고, 물왕저수지 부근 산현동 묘지를 참배한 후 전국 따오기 창작동요제를 주최하였고, 가을에는 그가 주도하여 세운 목감동 따오기노래비공원에서 따오기 학생백일장과 사생대회를 여는 등 어린이를 위한 사업을 의욕적으로 펼치고 있다. 이러한 그의 작품활동과 아동문화운동의 공로를 인정받아 2021년 한정동아동문학상 특별상을 수상하기도 했다.

김윤환은 긴 다리로 껑중껑중 걷는 모습이 논둑을 걸어다니는 따오기를 닮았다. 그가 제2의 따오기 시인으로 불리며 밝고 해맑은 동시를 더 많이 펴 올리기를 바란다. 시흥(始興)은 김윤환 시인 덕분에 따오기 도시로 흥이 나서 한정동아동문학상을 지원하고, 따오기아동문화관을 개관하고 동시전을 개최하는 등 바야흐로 시흥(詩興)이 되었다.

---

11) 까띠뿌난은 필리핀의 딸락 지방 까빠스의 오지 마을 이름이다. 까띠뿌난은 스페인어인데 아직 문명의 영향이 거의 없는 곳이다. 필리핀은 스페인의 식민지로 있었다. 1571년부터 마닐라에 총독을 두고 327년이나 통치하였다.

김이삭의 푸른 동시 아포리즘
– 시적 화자에 투영된 '바다시'를 중심으로

1. 시인, 바다를 품다

> 푸른 바다에 고래가 없으면/ 푸른 바다가 아니지/
> 마음속에 푸른 바다의/ 고래 한 마리 키우지 않으면/
> 청년이 아니지

　위의 시는 정호승의 시 「고래를 위하여」의 한 부분이다. 시인은 "푸른 바다에 고래가 없으면 바다가 아니"라고 했다. 또한 "마음속에 고래 한 마리를 키우지 않으면 청년이 아니"라고 했다. 이 시의 일부분을 흉내 내보면 "마음속에 푸른 바다를 품지 않으면 시인이 아니지" 라고 말할 수 있다. 진정한 시인치고 한번쯤 푸른 바다를 품어 보지 않은 사람은 없다.

　김이삭 시인은 푸른 바다를 품었을 뿐만 아니라 마음속에서 파도가 넘실거린다. 또한 고래를 비롯해 바다에 있는 온갖 것들을 키우고 있다. 그래서인지 그의 『우시산국 이바구』, 『바이킹 식당』, 『고양이 통역사』, 『여우비 도둑비』, 『감기마녀』, 『베드로의 그물』 등 많은 시집에는 푸른 바다가 출렁거린다. 즉, 바다를 품은 김이삭 시인이야 말로 진정한 시인의 자질을 갖추었다고 말할 수 있다. 시인은 자신의 모습을 시적 화자에 투영시켜서 자신의 체험에서 우러난 정서를 표현한다. 그렇듯 김이삭 시인의 마음속에 바다가 출렁이는 것은 그가 바다로 둘러싸인 섬에서 태어난 영향도 있을 것이다.

김이삭의 푸른 동시 아포리즘–시적 화자에 투영된 '바다시'를 중심으로 ● 81

그는 경남 거제 칠천도라는 조용한 섬에서 태어났다. 또한 현재 활발하게 작품 활동을 하고 있는 삶의 터전도 바다가 있는 울산이다. 그곳에서 23년째 살고 있다. 그의 시에 바다 냄새가 나지 않을 수 없다.

김이삭 시인이 작품 활동을 시작한 것은 2005년 《시와시학》에 「전어」 외 20편이 당선되면서부터이다. 역시 바다를 품고 있는 작품들이 대다수이다. 그리고 2008년 《경남신문》 신춘문예에 동화 「타임캡슐을 찾아라」와 2010년 《기독신문》의 「엉겅퀴, 내 마음을 열어봐」가 당선되었는데, 여기에 실린 내용 역시 바다에 대한 이야기로 어린 시절 경험을 바탕으로 한 내용이다. 본격적으로 동시를 쓰기 시작한 것은 제9회 푸른문학상과 「향기 엘리베이터」 외 11편, 《어린이와문학》에 「우리 동네 문제아」가 추천되면서이다. 그러니까 발표 시작부터 지금까지의 시선집들에 바다의 아포리즘이 내재돼 있다고 할 수 있다.

시는 시인의 언어이고 의식의 흐름을 담은 강물이다. 그렇다면 김이삭의 동시들 중 바다를 품은 동시들은 어떠한 모양으로 흘러 작품에 그려져 있을까? 김이삭 시인이 발표한 동시 중에서 시적 화자에 투영된 바다시를 중심으로 그것들은 어떻게 나타났는가를 알아보는 것이 이 글의 목적이다.

2. 미지의 세계에 대한 동경과 모험

바다를 이미지로 하여 쓴 시인들의 시를 살펴보면 미지의 세계를 동경하는 내용을 담고 있는 것을 볼 수 있다. 끝없이 펼쳐진 수평선 너머 알 수 없는 곳이기에 더욱 그 세계를 동경하고 모험하고 싶은 것이다. 김이삭 시인의 고향이 바다로 둘러 싼 섬이어서일까? 섬에서 자란 소녀의 눈에는 온통 푸른 빛 바다가 담겨 있고 ,그 푸른 바다 너머로 향한 동경으로 가득 차 있다. 또한 어른이 되어서 육지에 살아도 어린 시절 바다를 보고 상상의 나래를 펼치던 기억이 아름다운 유년의 추억으로 펼쳐져 있다. 그래서인지 시인의 동시 중에 유독 눈에 띄게 나타나는 것이 미지의 세계에 대한 동경과 모험에 관한 내용들이다.

숭어야
공부 시간에는 제발 바다 창문 밖으로
뛰어오르지 마!

- 「숭어」 전문[1]

이 시는 3행이 전문인 아주 짧은 시이다. 그 짧은 행으로 짜여진 동시 속에 여러 가지 뜻이 함축되어 있음을 볼 수 있다. 시인의 눈은 동심으로 가득 차 있다. 동심의 눈으로 봤을 때, 숭어는 말썽쟁이 문제아이거나 모험심이 강한 아이다. 물고기들은 커다란 바다 교실에서 바다의 역사도 배우고 질서도 배운다. 그런데 숭어는 그 넓은 바다 교실로도 부족해 어디론가 탈출을 시도한다. 투명한 바다 창문으로 하늘 높이 날아가는 갈매기라도 본 것일까? 아니면 뱃고동 소리가 음악처럼 들리는 것일까? 숭어는 바닷속 교실 세계보다 투명한 바다 밖으로 보이는 미지의 세계에 대한 동경과 모험심이 생겨 '바다 창문 밖으로' 자꾸 뛰어오르려 한다. 얌전히 바다만 헤엄치며 공부만 하는 다른 물고기들에게 숭어는 방해꾼이다. 하지만 시인은 이 시를 읽는 독자들이 '바다 창문 밖으로' 뛰어나오는 숭어가 더 정감이 가고 귀엽게 느껴지도록 한다. 바닷물의 푸른 이미지를 '바다 창문'이라고 표현한 것도 독특하지만 바다에 사는 숭어가 창문 밖으로 뛰어 오른다는 것은 순수한 동심이 아니면 표현해 낼 수 없을 정도로 신선하다. 시인의 아이디어 역시 미지의 세계에 대한 모험이다.

---

1) 김이삭, 『감기마녀』, 「숭어」, 푸른사상, 2017, 72쪽.

얘들아/ 가보지 않을래?/ 바다 건너 어떤 협곡이 있는지./

우린/ 파도의 마음을 읽어 내는 것이 중요해/

아직 끝나지 않았어/ 다시 시작해보는 거야

– 「해당화」 전문[2]

바닷속 교실에서 숭어를 유혹하는 것은 갈매기의 날갯짓이나 뱃고동 소리뿐 만은 아니다. 바다 너머 이쪽 모래밭에 활짝 핀 해당화의 꽃향기일지도 모른다. 파도마저 맡고 싶어 하는 꽃향기라면 누군들 동경하지 않을까. 그렇다면 바다 교실 안에 있는 물고기들이 동경하는 이쪽 세계의 것들은 반대로 바닷속 그 너머의 세계를 동경하지는 않을까? 해당화 역시 '바다 건너 어떤 협곡이 있는지'가 보자고 말한다. 어쩌면 철썩이는 파도가 어서 오라고 손짓하고 있다고 생각할 수도 있다. 그래서 해당화는 비릿한 바다의 향내를 맡으며 푸른 바다를 향해 피어 있는 것이다. 여기서 해당화는 시인 자신이다. 시인은 푸른바다 멀리 펼쳐진 수평선을 바라보며 미지의 세계에 대해 꿈꾸고 있는 것을 자신에게 또는 친구들에게 "얘들아 가 보지 않을래? 바다 건너 어떤 협곡이 있는지"라고 말했거나 말하고 싶은 것이다. 그 마음을 해당화의 마음에 담았다.

큰형 꽃게 열심히 헤엄쳐 가니/ 광동 해안이었대//

둘째 형은 기어가니/ 가시마 해안이었대//

나도 헤엄쳐 갔는데/ 진도 앞바다였지//

헤어진 우리 형제/ 대한민국 그린마트에서 다시 만났어//

일본산 1Kg 10,000원/ 중국산 1Kg 13,000원/

국산 1Kg 15,000원//

---

2) 김이삭, 「마법의 샤프」, 「해당화」, 푸른사상, 2020, 15쪽.

각기 다른 가격표 달고/ 상봉한 우린 톱밥 위에서/

엉엉 울고 말았지//

– 「꽃게 이산가족」 전문[3]

　　미지의 세계는 누구에게나 동경의 대상이다. 육지에 사는 생물들은 바다를, 바닷속에 사는 생물들은 육지를 동경한다. 바닷속에 사는 물고기들 중 숭어만 밖의 세계에 대한 동경이 있는 것은 아니다. '큰형 꽃게'는 '광동 해안'으로 헤엄쳐 갔고, '둘째 형' 꽃게는 '가시마 해안'까지 기어갔다. 막내 꽃게인 나 역시 '진도 앞바다'까지 헤엄쳐 갔다. 그런데 이게 어찌된 일일까? 꽃게 형제는 한 마트에서 다시 만났다. 누가 꽃게들에게 가격표를 매겨 놓았는지 모르지만, 톱밥 위에서 꽃게 형제들은 각기 다른 가격표를 달고 두려움에 떨고 있다. 모험심을 안고 떠난 꽃게들의 종착지가 마트라는 것은 독자들을 맥 빠지고 슬프게 한다. 그들은 다시 자신이 살던 곳을 그리워한다. 「석화가 피면」의 시에 나오는 물속 나라로 가 버린 태식이 삼촌처럼.

종일 개펄에 앉아/ 굴 까먹던/

태식이 삼촌 물속나라로 갔다.//

– 이놈아, 돈이 먼저여,/ 사람이 먼저여?//

영진호에/ 벗어놓은 신발 안고/ 할머니 내내 바다 보신다//

다다다닥/ 씨릉섬 바위에 석화 피면//

태식이 삼촌/ 땅 위 마을로 다시 오고 싶겠다.

– 「석화가 피면」 전문[4]

　　이 시는 슬프고 아프다. 바다를 삶의 현장으로 여기던 태식이 삼촌이 무

---

3) 김이삭, 「감기마녀」, 「꽃게 이산가족」, 푸른사상, 2017, 71쪽.
4) 김이삭, 「고양이 통역」, 「석화가 피면」, 섬아이, 2015, 41쪽.

슨 사연인지는 모르지만 바닷속으로 갔다. "종일 개펄에 앉아 굴 까먹던 태식이 삼촌"은 어디로 갔을까? 태식이 삼촌도 숭어처럼 투명한 바다 유리를 뛰어넘어 물속 나라로 들어갔을까? 할머니는 "이놈아, 돈이 먼저여, 사람이 먼저여?"라고 하지만, 차라리 태식이 삼촌이 돈을 벌기 위해 바다로 뛰어들지는 않았을 것이라고 독자는 생각하고 싶다. 그래서 바닷속에서 물고기들이랑 실컷 놀다가 '씨릉섬 바위에 석화 피면 태식이 삼촌 땅 위 마을로 다시' 왔으면 좋겠다는 바람을 가져 보기도 한다. 독자의 그 바람을 작가는 알았는지 '태식이 삼촌이 땅 위 마을로 다시 오고 싶겠다'라고 말함으로써 독자들의 슬픔을 조금 덜었다.

김이삭 시인의 미지의 세계에 대한 동경은 단지 시에서만 나타난 것은 아니다. 그의 동화에도 나타난다. 좋은 예가 「타임 캡슐을 찾아라」[5]이다. 이 책에 나오는 어린이들은 매년 자신들이 살고 있는 칠천도에서 300미터 떨어진 매암섬까지 헤엄쳐 가기 경기를 연다. 일등으로 도착한 선수는 매암섬 꼭대기 소나무 밑에 자기의 소망을 적어 타임 캡슐 속에 묻을 수 있다. 그리고 1년 동안 칠천도를 대표하는 짱으로 대우를 받는다. 이런 과정에서 목숨을 잃는 아이도 있지만, 칠천도 아이들은 연중행사처럼 이 일을 치르고 있다. 미지의 세계에 대한 동경이 우러나기 때문이다. 이 동화 작품에 작가의 어린 시절 추억이 담겨 있듯이 김이삭 시인의 동시에는 미지의 세계에 대한 동경이 내적으로 투영되어 있다는 것을 알 수 있다.

3. 생동감 넘치는 삶의 터전에 대한 자부심

김이삭 시인의 바다 시 중 유난히도 돋보이는 것은 삶의 터전에 대한 자

---

5) 김이삭, 『거북선 찾기』, 「타임 캡슐을 찾아라」, 푸른사상, 2014, 47~61쪽.

부심이 넘쳐 난다는 것이다. 문학 작품 속에는 당대를 살아가는 사람들의 생각이 담겨 있고 풍습 및 문화가 담겨 있다. 또한 어떠한 대상을 작품에 담을 때, 작가는 자신이 바라보는 관점에 따라 어떤 사건을 부각시키기도 하고 무심하게 처리할 수도 있다. 즉, 하나의 작품에는 작가의 인생관, 가치관, 세계관이 담겨 있다. 작가가 만들어 내는 문학 작품 속에 나오는 세계는 작가의 상상에 의해 창조된다. 상상이란 작가의 직·간접 경험을 바탕으로 한다. 마찬가지로 시적 화자 역시 시인의 상상에 의해 창조되는 인물이다. 시인은 자신이 보거나 느낀 것을 토대로 시적 화자를 만들어 한 편의 시를 완성한다. 시에 등장하는 시적 화자는 시인일 수도 있고, 다른 인물이나 사물에 투시되어 대변되기도 한다. 다른 인물이나 사물로 대변된 것이라고 해도 시적 화자는 작가의 마음이나 정신이 투영된 것이 대부분이므로 작가의 영혼이라고 할 수 있다. 김이삭 시인의 시 역시 그렇다. 그의 시 속에는 자신이 살고 있는 주변과 사물에 대한 사랑과 애착이 가득 담겨 있어 투사된다. 특히 삶의 터전에 대한 자부심이 생동감 있게 넘쳐나 자랑스럽게 여긴다는 것을 감지할 수 있다.

봄에는 도다리/ 여름에는 장어/ 가을에는 전어/ 겨울에는 물메기//
~라지만//
나는야/ 울산 대표 마스코트/ 결코 헛바람 아니지

-「인기스타 고래」 전문[6]

3연 8행으로 된 이 시는 장난기가 가득 묻어 있다. 1연 1행에서는 도다리를, 2행에서는 장어를, 3행에서는 전어를, 4행에서는 물메기가 제일인 것처럼 나타낸다. 그리고 2연에서는 장난기 섞인 반전이 나타난다. 바로 울산

---

6) 김이삭, 『우시산국 이바구』, 「인기스타 고래」, 가문비어린이, 2018, 16쪽.

의 대표 마스코트인 고래를 치켜세우기 위함이다. 「인기스타 고래」에 나타
난 시적 화자는 나, 고래이다. 김이삭 시인이 사는 울산의 바다에서는 봄
에는 도다리가 많이 나고, 여름에는 장어, 가을에는 집나간 며느리도 돌아
온다는 전어, 겨울에는 물메기가 많이 난다. 하지만 울산의 대표적인 것은
'고래'이다. 그래서 울산에서는 매년 고래축제[7]를 연다. 울산에 거주지를
두고 있는 시인이 고래축제에 참여하지 않을 수는 없었을 것이다. 축제에
참여한 시인에게 그 분위기를 동시로 나타내고픈 시인만의 감수성이 싹터
'고래'에 자신의 감정을 투사해 「인기스타 고래」라는 동시를 탄생시킨다.
그리고 시인은 울산의 대표 마스코트는 고래라고 자랑한다.

> 바다에도 꽃이 핀다//
> 모세의 기적이 열리는 / 명선도//
> 맨드라미꽃처럼 고운/ 멍게 꽃밭이 있다//
> 줄기도 잎도 없지만/ 강양바다가 고요히 키운 귀한//
> 태양빛을 닮은 꽃/ 멍/ 게
>
> — 「나도 꽃이야」 전문[8]

명선도는 울산광역시 울주군 서생면 진하리에 위치한 섬으로 진하해수
욕장 전면에 위치한 무인도이다. 이곳은 '모세의 기적이 열리는' 것처럼 자
주 바닷길이 열리고 수심이 얕아 쉽게 걸어서 섬까지 왕래할 수 있다. 이
섬은 원래 매미가 운다는 뜻으로 鳴蟬島(명선도)라 불렀었다 한다. 그것이
바뀌어 名仙島(명선도)라고 불리는데, 이곳에는 후박과 소나무가 자생하고
매미가 독립된 곳에서 서식하기 좋은 곳이라 한다. 전면에 있는 진하 해수

---

7) 울산 고래축제는 남구 고래문화재단에서 개최하는 축제이다. 1995년 9월 19일에 제1회 고래대축제로 개막
   하였지만 1999년 장생포 고래축제로 개최하였다가 이듬해부터 울산 고래축제란 이름으로 현재까지 개최하
   고 있다. -위키백과 참조〈http://www.ulsanwhale.com〉(2021. 3. 3. 검색)
8) 김이삭, 「우시산국 이바구」, 「나도 꽃이야」, 가문비어린이, 2018, 25쪽.

욕장은 모래가 곱고 물이 깨끗해 사람들에게 여름 피서지로 각광을 받고 있는 곳이다. 또한 사계절 일정한 바람이 불어 윈드서핑 등 해양 스포츠 명소로 자리 잡고 있는 곳이다. 이처럼 아름다운 명선도에 멍게가 많이 난 것을 보고 시인은 '맨드라미꽃처럼 고운 멍게 꽃밭'이라고 했다. 이 세상에 꽃 아닌 게 없다지만 바다에서 육지의 꽃과 가장 닮은 것을 찾으라 하면 멍게이다. 우선 색깔면에서 맨드라미처럼 붉은색이 그렇고, 모양은 금방이라도 만개할 꽃봉오리 같다. 시인은 이것을 '강양바다가 고요히 키운 귀한 태양빛을 닮은 꽃'이라 했다. 이 역시 자신이 살고 있는 삶의 터전에 대한 강한 자부심에서 나온 발상이다.

> 차가운 큰바람이 똑똑/ 노크를 할 때는/
> 과메기 먹을 철이 되었다는 거야//
> 배추 잎에/ 김 한 장/ 과메기 한 점/ 고추랑 마늘 쌈장 올리고/
> 잔파로 돌돌 말아먹어 봐//
> 바다가 내 입속에 쏙//
> 푸른 바다 헤엄치던/ 청어가 전해 주는 포항 바다 이야기/
> 밥상에서 들어보는 건 어때?//
>
> – 「포항 과메기」 전문[9]

포항과 울산은 근접 지역이다. 과메기는 경상북도 포항시의 지역 특산물이다. 이것은 11월에서 1월에 먹는 제철 음식으로, 추운 겨울에 청어나 꽁치를 짚끈에 꿰어 3~10일 동안 찬 바닷바람에 말린 반건조 발효식품이다. 동쪽 해안에서 겨울철에 많은 양의 청어나 꽁치가 포획되는데, 이를 보관하기 위해서 생선의 눈에 구멍을 뚫어 그 구멍으로 실이나 나뭇가지 등을

---

9) 김이삭, 『우시산국 이바구』, 「포항 과메기」, 가문비어린이, 2018, 35쪽.

메달아 보관하는 것이 전통적 과메기이다. 그러나 지금은 굴비처럼 허리 부분을 감아서 말린다. 시인은 이 과메기가 자신이 살고 있는 지역의 특산물임을 은근히 과시한다. 이런 과메기를 '배추 잎에 김 한 장 과메기 한 점 고추랑 마늘 쌈장 올리고 잔파로 돌돌 말아먹어' 보라 한다. 이렇게 하면 '바다가 내 입속에 쏙' 들어온다 한다. 이 행을 읽으면서 독자는 입에 군침이 스르르 도는 것을 느낄 수 있다. 동시에 그곳에 사는 시인이 부러워진다.

> 할아버지가 그물코를 깁습니다//
>
> 한 코/ 두 코……/ 반찬이 되고/ 약값이 되고/
>
> 막내 삼촌 등록금이 됩니다//
>
> 옆바람 타고 깃발 흔들며/ 장생포 바다로 나가는/
>
> 배에 오르는 그물/ 할아버지 오랜 짝꿍입니다//
>
> – 「단짝」 전문[10]

보통 그물 깁는 어부를 보거나 여기저기 항구에 널려 있는 그물을 보면 삶의 고단함이 먼저 생각나는 게 대부분의 사람들 생각이다. 그러나 시인은 그곳에서조차 삶의 활력을 찾고 희망을 바라본다. '할아버지가 그물코를 깁'고 있다. 할아버지가 그 그물코 깁는 것은 단지 먹고 사는 1차원적인 문제만 해결하려는 것이 아니다. 수많은 바다의 고기들이 할아버지가 기운 그물에 걸려 할아버지의 양식이 되고, 몸이 아플 때는 약값이 되고, 더 나아가 할아버지 아들의 등록금까지 해결해 주기도 한다. 즉, 할아버지가 한 땀 한 땀 그물코를 깁는 것은 자신의 생을 깁는 것뿐만 아니라 온 가족의 생을 깁고 희망을 찾는 것이다.

위에서 본 시들은 활력이 넘치는 삶의 터전과 자랑, 자부심이 나타난 시

---

10) 김이삭, 「우시산국 이바구」, 「단짝」, 가문비어린이, 2018, 30쪽.

이다. 이외에도 이 주제를 담고 있는 김이삭 시인의 바다시 중에는 「우가항」[11], 「북성포구 복어는 속상해」[12], 「연주하는 슬도」[13], 「바이킹 식당」[14] 등의 동시들에서도 삶의 터전에서 바라본 생동감 넘치는 활력과 발랄함을 엿볼 수 있다.

4. 환경과 생태계 파괴에 대한 고발

문학은 인간 생활 방식 표현의 하나이고 인간문제에 대한 사유의 표현이다. 소설이나 에세이, 등, 산문적인 글에서는 그것에 대해 자세하고도 진지하게 표현할 수 있지만 시에서는 그런 문제를 함축적으로 표현해 내기가 쉽지가 않다. 동시에서는 더욱 그렇다. 자치 잘못하면 해결 능력이 부족한 아이들에게 너무 무거운 주제로 다가 갈 수 있기 때문이다. 그러나 김이삭 시인의 바다시에서는 인간 생활 방식의 표현이나 사유의 표현이 너무 진지하지 않게, 그렇다고 너무 가볍지 않게 표현해 내고 있는 것이 특징이다. 특히 환경문제나 생태계에 관해 우려하는 시들을 여러 편 볼 수 있다.

바다학교 섬 출석부에/ 없는 섬이 생기고 있다//

새로 전학 온 그물섬 때문에/ 온 바다 학교가 시끄럽다//

파래가 자라고/ 굴이 자라야 할 교실에/

페트병 플라스틱/ 과자봉지가 엉켜 싸우고 있다//

"여기도 문제로군."/ 푸우푸우 푸념하는/

---

11) 김이삭, 『우시산국 이바구』, 「우가항」, 가문비어린이, 2018, 35쪽.
12) 김이삭, 『우시산국 이바구』, 「북성포구 복어는 속상해」, 가문비어린이, 2018, 26쪽.
13) 김이삭, 『우시산국 이바구』, 「연주하는 슬도」, 가문비어린이, 2018, 35쪽.
14) 김이삭, 『바이킹 식당』, 「바이킹 식당」, 푸른사상, 2012, 38쪽.

고래 한 마리/ 머리가 무겁다//

섬이 되어/ 가라앉는다.

- 「그물섬」 전문[15]

시인은 바다를 '바다학교'라고 하고 있다. 교실은 '파래가 자라고/ 굴이 자라'는 곳이라 한다. 또한 섬들을 학생으로 의인화하여 바라보고 있다. 이런 학교에 그물섬이란 새로운 학생이 전학을 왔다. 그물섬이란 바로 어부들이 버린 그물들이 바다에 떠다니다가 뭉쳐진 것이다. 즉, 그 그물들이 바다 오염의 주범이 된 것이다. 그뿐만이 아니다. 사람들이 쓰다 버린 '페트병, 플라스틱, 과자봉지'들도 서로 엉켜 붙어 오염된 바다에 한 몫을 더 한다. 고래 한 마리 머리가 무거워 섬이 되어 가라앉을 정도면 바다에 사는 모든 생물들이 살아 갈 수 없다. 인간은 자신이 살아가는 환경이 더럽혀지거나 오염되면 다른 곳으로 피하기도 한다지만 바닷속에 사는 생물체들은 피할 곳도 없다. 넘쳐나는 페트병, 플라스틱, 과자봉지들을 바다에 던져서도 안 되지만, 지구에 좋지 않다는 이것들은 지금도 계속 만들어지고 있다. 이 모든 것은 자본주의에서 온 소치이다. "자본주의가 현재로서는 부를 창출하는 최선의 방법이라는 사실이 역사적으로 입증되었지만, 동시에 이대로 방치될 경우 자본주의 재생산 과정에서 착취, 천연자원의 파괴, 집단 고통, 불의, 전쟁 등이 수반된다는 사실도 인정해야 한다."[16]

그것을 잘 알면서도 대부분의 사람들은 방관하고 있다. '고래 한 마리'만 머리가 무거운 것이 아니다. 인간의 이기로 자연만 훼손되거나 바다에 사는 생물들에게 피해가 가는 것이 아니다. 그것은 결국 부메랑이 되어 우리 인간에게 온다는 것을 잊어서는 안 된다는 것을 시인은 「그물섬」에서 말하고 있다.

---

15) 김이삭, 『고양이 통역사』, 「그물섬」, 섬아이, 2015, 49쪽.

16) 슬라보예 지젝, 주성우 옮김, 『멈춰라, 생각하라』, 미래엔, 2012, 43쪽.

포클레인이/ 개펄을 파고 있다//

와~아/ 파도 떼가/ 하얀 손 팻말을 들고 밀려오고//

그 뒤이어/ 펄 속 맛조개들/ 물총을 쏘다댄다//

-간척사업, 결사반대!/ 오무작꼬무작 개바다 지렁이/

뿔바다 지렁이 부대까지 나섰다//

- 「섬마을 빅뉴스」 전문[17]

간척사업은 방조제를 쌓고 바닷물을 **빼내** 새로 땅을 얻는 공사다. 간척을 하면 생물이 죽는다. 갯벌 생물이 죽으면 이를 먹고 사는 물고기들이 죽는다. 오폐수를 정화하던 갯벌이 없어지는 만큼 바다는 더러워지고 그만큼 물고기가 줄어든다.

즉, 갯벌이 사라지면 먹이 사슬 기초 공급자들이 사라지면서 수산 생물 생태계가 파괴된다. 방조제를 쌓으면 물이 고이고 고인 물은 썩는다. 이는 갯벌 생물들에게 엄청난 천재지변이 된다.[18] 그것을 막기 위해 시인은 '파도 떼가 하얀 손 팻말을 들고 밀려'온다 하고 '맛조개들 물총을 쏘'아 대는 것도 그 이유에서다. 지구 안에 인간을 제외한 새로운 자연이 생겨서 특별히 지구가 파괴되는 것은 아니다. 인간이 생존할 수 없을 정도로 자연환경을 파괴해서는 안 된다는 것은 자연을 위해서가 아니고 인류가 계속 살아가기 위해서는 반드시 그렇게 하지 않으면 안 되기 때문이다.[19]

인간이 잘 살자고 땅을 넓히기 위해 간척 사업을 하는 것은 백인들이 신대륙을 빼앗기 위해 아메리카 원주민인 인디언들을 죽이는 것과 마찬가지다. 간척사업은 바다에 사는 생물들을 죽이는 것에서 끝나는 것이 아니라 먹이사슬을 파괴하는 큰 문제를 낳게 된다. 먹이그물 훼손은 예기치 못한

---

17) 김이삭, 「고양이 통역사」, 「섬마을 빅뉴스」, 섬아이, 2015, 58쪽.

18) 박근형, 「아름다운 살인」, 문형사, 2003, 58쪽. 참조.

19) 이케다 기요히코, 한석호 옮김, 「과학자가 말하는, 환경 문제의 진실과 거짓말」, 소와당, 2011, 143~144쪽.

결과가 발생할 수도 있다.[20]

> 고래는/ 바다가 보낸/ 느낌표//
>
> 오대양 육대주 어느 곳에 가도/ 살기 힘들어요//
>
> !// 온몸으로/ 보내는 신호/ 듣고 있나요?

- 「고래」 전문[21]

가토 히사타케의 『환경윤리학의 권고』[22]란 책을 보면 자연을 보호하는 것은 인간을 위해서가 아니고 자연 그 자체에 가치가 있기 때문이라고 생각하는 사람들이 나타난다고 한다. 이 사람들은 자연물에도 생존권을 부여하라고 주장하고 있다. 노예에게 권리를 부여하고 여성에게 권리를 부여하면 노동자에게 권리를 주고 흑인에게 권리를 부여해 온 인간이 이제는 종과 생태계와 자원과 경치에게도 생존의 권리를 인정해야 한다고 주장한다. 그는 종을 인위적 멸종으로부터 지키기 위해 인간의 자의적 자연 이용을 중지하자고 한다. 특히 인간은 놀이와 사치를 하기 위해서 동물을 살해하고 단순한 호기심과 취미를 위해서 생명이 있는 자연물을 파괴하고 이용하는 것은 자연에 대한 범죄라고 단호하게 말한다. 그는 인간이 생존에 필요한 이상으로 자연을 파괴할 권리는 정당화될 수 없다고 한다.[23]

---

20) "먹이그물을 훼손하면 예기치 못한 결과가 발생할 수도 있다. 1950년대에 세계보건기구(WHO)가 보르네오섬의 말라리아를 퇴치하기 위해 살충제인 DDT를 살포한 적이 있었다. DDT 덕분에 말라리아를 전파하는 모기들을 구제할 수는 있었지만 뜻하지 않은 곤란한 상황에 직면했다. 바퀴벌레까지도 DDT에 중독되었고 도마뱀이 DDT에 중독된 바퀴벌레를 잡아먹고 신경이 둔해져 고양이에게 많이 잡아먹혀 점점 사라지자 도마뱀의 먹이였던 나방의 애벌레가 증식하여 그 지방의 초가지붕을 갉아 대어 지붕을 붕괴시키기 시작했다. -중략- 이 사건은 먹이그물에 대한 완벽한 이해 없이 함부로 먹이그물을 변형시키는 것이 얼마나 위험한가를 보여 주는 교훈이었다." -전의찬 외, 『지구를 살리는 환경과학』, 청문각, 2005, 62쪽 참조.

21) 김이삭, 『감기마녀』, 「고래」, 푸른사상, 2017, 80쪽.

22) 가토 히사타케(加藤尙武), 『환경윤리학의 권고(環境倫理學のすすめ)』, 丸善, 1991.

23) 가토 히사타케(加藤尙武), 『환경윤리학의 권고(環境倫理學のすすめ)』, 丸善, 1991, 103~104쪽. -이케다 기요히코, 한석호 옮김, 『환경문제의 진실과 거짓말』, 상지사 P&B, 2011, 145쪽 재인용.

인간이 5장 6부로 구성되어 있듯 지구는 5대양 6대주로 구성되어 있다. 이렇게 인간과 자연이 닮아 있듯 이 세상에 있는 것들은 모두 의미가 있다. 고래의 생김새가 느낌표(!)처럼 생긴 것도 그런 의미이다. 그러므로 우리 인간은 고래가 '온몸으로 보내는 신호'를 흘려듣지 말고 잘 경청해야 한다. 또한 실천해야 한다는 것을 김이삭 시인은 「고래」라는 동시를 통해 일깨워주고 있는 것이다.

5. 시인, 바다에서 희망을 보다

이 글은 김이삭 시인이 발표한 동시 중에서 시적 화자에 투영된 바다시를 중심으로 푸른 동시 아포리즘을 알아보기 위한 글이다.

첫 번째로 나타난 것은 미지의 세계에 대한 동경이다. 김이삭 시인은 자신의 동화를 비롯하여 동시에도 섬에서 살던 자신의 어린 시절 꿈꾸던 미지의 세계에 대한 동경이 내적으로 투영되어 있다는 것을 알 수 있다. 그것은 어른이 되어 육지에 살면서도 마찬가지다. 바다는 여전히 동경의 대상이요 유년의 아름다운 추억의 아포리즘인 것이다.

두 번째는, 생동감 넘치는 삶의 터전에 대한 자부심이다. 김이삭 시인은 현재 울산에 산다. 그의 시 속에는 자신이 살고 있는 주변과 사물에 대한 사랑과 애착이 가득 담겨 있어 투사된다. 특히 삶의 터전에 대한 자부심이 생동감 있게 넘쳐나 자랑스럽게 여긴다는 것을 감지할 수 있다. 이것은 시인이 살고 있는 지역에 대한 애정의 발로라고 할 수 있다.

세 번째로, 환경과 생태계 파괴에 대한 고발이다. 문학은 인간 생활 방식 표현의 하나이고 인간 문제에 대한 사유의 표현이라면 동시에서 그것을 나타내기는 어렵다. 자칫 잘못하면 해결 능력이 부족한 아이들에게 너무 무거운 주제로 다가갈 수 있기 때문이다. 그러나 김이삭 시인의 바다 시에서는 인간 생활 방식의 표현이나 사유의 표현이 너무 진지하지 않게, 그렇다고 너무 가볍지 않게 표현해 내고 있는 것이 특징이다. 특히 환경문제나 생태계에 관해 우려하는 시들에서는 인간과 바다에 사는 생물들이 공존해야 하는 이유를 재치와 발랄함의 언어로 표현하고 있다.

이렇듯 김이삭 시인의 동시에서 바다를 품은 것은 어린 시절이나 지금, 또는 먼 미래를 바라볼 때 바다가 바로 우리의 미래요 희망이라는 것을 보았기 때문이다.

음식이 지니는 힘과 가치

– 김자연 동시론

김이플(동화작가)

1. 들머리

　맛있는 음식을 소재로 여러 편의 동시와 동화를 창작한 김자연 시인은 김제시 금산면에서 태어나 맛의 고장 전주에서 자랐다. 1985년 《아동문학평론》 신인문학상에 동화가 당선되고, 2000년 《한국일보》 신춘문예에 동시가 당선되어 작품 활동을 시작했으며, 전북아동문학상, 제10회 방정환문학상 등을 받았다.

　지은 책으로는 『항아리의 노래』, 『감기 걸린 하늘』, 『개똥할멈과 고루고루밥』, 『수상한 김치똥』, 『초코파이』, 『피자의 힘』 등이 있다. 특히 2015년 「항아리의 노래」가 미국 새리토스 한국어 학교 5학년 교과서에 실렸으며, 『수상한 김치 똥』이 2018년 '전주의 책'으로 선정되기도 했다. 또 『피자의 힘』은 2018년 4학년 1학기 국어 교과서에 수록된 동시집이기도 하다.

　작품 제목만 봐도 알 수 있듯이 그의 창작 활동에 있어서 원천적인 힘은 바로 음식이다. 시인의 내면세계를 흐르는 시적 정서의 바탕에서는 맛있는 음식이 함께 자리 잡고 있었다. 음식은 사람 마음을 즐겁게 하는 힘이 있다고 말하는 그는 어렸을 때부터 호기심이 유별났다. 초등학교 때 친구들에게 '호기심 천국', '이상한 나라의 앨리스'라는 별명을 얻었다고 말하면서 특히 음식에 대한 특별한 호기심과 애정을 이야기하였다. 그뿐만 아니라 동시를 쓰기 위해 시골 장터를 어슬렁거리거나 호떡집 앞에서 아이들과 줄

을 서 호떡을 호호 불며 먹을 정도의 열정을 갖고 있다.[1]

과거 음식은 식욕이라는 인간의 기본 욕구를 해소하기 위한 수단이었다. 그러나 현대인에게 음식은 더는 배고픔을 해소하는 차원에 그치지 않고 그 이상의 의미를 지닌다. 시인 백석과 미국의 시인이자 농부, 문화비평가인 웬 델 베리는 그들의 작품에서 여러 음식을 소재로 삼았고 음식을 먹는 즐거움과 나눔의 의미를 통해 섭생의 공동체성을 이야기하였다.[2] 또 아동 문학가, 소설가, 시인 등이 모여 집필한 『맛있는 이야기』는 다양한 장르로 자신들의 이야기를 풀어 냈고 공통적으로 음식과 거기에 얽힌 기억을 전제로 하였다. 음식은 기억의 조각이며 추억과 함께 먹을 때 가장 맛있는 재미난 이야깃거리가 된다.[3]

이처럼 문학에서 음식의 의미를 살피는 것은 음식이 인간의 삶과 깊은 유대 관계를 맺고 있는 것으로 볼 수 있다. 음식은 인간이 영위하는 삶 속에서 작용하는 현실적인 매개체로, 사회적 환경과 분리되거나 단절되지 않는 특성을 보인다. 따라서 음식은 허기를 달래는 먹거리를 넘어 우리의 삶이 되고 일상과 동시에 추억이 된다.

김 시인은 매일의 삶 속에서 마주하는 평범한 음식과 그것을 먹는 일을 관심 있게 지켜보았다. 우리의 일상과 늘 함께하는 음식이 갖는 힘과 가치를 놓치지 않고 동시로 맛깔나게 버무려 냈다.

본 고에서 살펴볼 『피자의 힘』은 그의 두 번째 동시집으로 주로 음식과 관련된 동시를 추려서 엮은 것이다. 『피자의 힘』은 떡볶이와 피자, 따뜻한 쑥떡, 노릇노릇 구운 불고기, 밥도둑 간장 게장, 부침개와 송편, 깨소금 솔솔 뿌려 무친 봄동 등 입맛을 돋우는 다양한 음식을 소재로 맛있는 동시들을 담아내었다.

---

1) 김자연, 「시인의 말」, 『피자의 힘』, 푸른사상, 2018, 4쪽.

2) 김원중, 『푸드 에콜로지』, 지오북, 2018, 160~161쪽 요약.

3) 김자연 외, 『맛있는 이야기』, 글누림, 2011, 5쪽.

2. 행복한 유년의 재생

대부분 유년기는 커다란 상처나 균열이 있기보다는 행복한 시간으로 기억되는 경우가 많다. 김 시인의 행복했던 유년 시절 가운데 음식이 있었고, 그 음식은 육체 및 내면의 성장을 끌어 냈다. 또 음식을 통해 그것을 함께 먹던 사람들, 그리고 그들과 함께 엮어 간 따뜻하고 행복한 삶의 기억을 재생하고자 했다. 음식을 먹는 행위는 어린 시절 그가 경험한 삶의 많은 부분을 차지하며 모든 것을 그 속에 압축하고 있다.

어렸을 때 엄마, 혹은 할머니가 해 주시던 음식이 유년기의 행복한 시절의 총체적인 경험을 환기하는 수사적 효과를 발휘하는 것은 바로 이 때문일 것이다. 유년기에 맛본 이 음식들은 무상(無償)의 애정을 바탕으로 제공된다. 음식은 자기 재생산의 물질적 기초가 되며 어린 시절 먹은 음식의 기억이 평생의 입맛을 결정하기도 한다. 사물과 세계를 지각하는 방향에도 영향을 미친다. 고향을 떠나 사람들이 흔히 어렸을 때 먹었던 음식을 통해 향수를 달래려 하는 것은 이런 이유에서다. 유년기의 음식이 아무 갈등이나 고통 없는 유토피아적 시간을 되살려 내는 매개체가 된 것이다.

김 시인은 행복한 시절에 먹었던 다양한 음식의 기억들을 현재로 소환하고 있고 그 자리에 함께한 이들 역시 소환하고 있다. 아래 전문에서 맛있게 먹었던 음식과 함께한 이가 유년의 기억이 되는 체험을 경험하고 있다.

> 앗따, 고것 증말 맛나네/ 쑥떡은 따실 때 먹는 게 더 좋아/ 할머니 얼굴에 고실고실 피는 웃음/ 꼬불꼬불 꼬부랑 고갯길에서 떡 하나 주면 안 잡아묵지 호랑이가 뺏아 묵은 게 쑥떡이여 호랑이가 체할까 그 할머닌 아직도 집에 못 갔어……// 옛이야기/ 쑥쑥 물고 나오는 떡/ 쑥떡쑥떡 이야기하게 만드는 떡/ 먹으면 귓구멍이 간질간질해지는 떡.
>
> — 「쑥떡」 전문[4]

볕에 짱짱하게 말린/ 무청 시래기/ 물에 불린 뒤/ 쌀뜨물에 된장 풀어/ 엄마는 시래깃국을 끓이셔다/ 뽀얗게 우러난 시래기 국물/ 답답한 배 속으로 구불구불 잘도 내려간다./ 딱딱한 똥아/ 시래깃국 나가신다/ 얼른 항복해라./ 시래기에는/ 똥을 미는 힘이 있다.

- 「시래깃국」 전문[5]

나박김치, 열무김치, 겉절이, 배추김치, 동치미/ 오이소박이, 고들빼기, 갓김치, 총각김치/ 엄마가 담근 우리 집 김치// 하호하호/ 매워도 맛있어요./ 자꾸만 손이 가요.

- 「우리 집 김치」 전문[6]

옛이야기를 들려주며 할머니가 먹여 주신 쑥떡, 어머니가 해 주신 뽀얗게 우러난 시래깃국과 매워도 맛있는 김치는 김 시인의 유년 일상에서 경험한 음식들로 볼 수 있다. 오감을 자극하는 자연의 요리와 거기에 첨가된 조미료는 바로 음식을 만든 이의 정성이다. 어린 화자에게 따뜻한 쑥떡을 먹이고 싶은 할머니의 마음과 볕에 짱짱하게 말린 무청 시래기를 물에 불리고 쌀뜨물에 된장을 풀어 정성스레 만드는 시래깃국, 그리고 우리 집 가족을 위해 만든 엄마의 수많은 김치는 보통의 정성으로는 만들기 어려운 것이다. 그 정성 어린 음식을 먹는 어린 화자는 바로 김 시인의 유년이기도 하다. 즉, 그가 어린 화자로 환치되어 서술되고 있음을 보여 주고 있다.

김 시인이 음식에 대한 남다른 애정을 갖게 된 것은 어머니 때문이다. 그는 어머니에 대해 평소 음식 만드는 것을 아주 좋아하셨고 만드는 음식 또한 맛있었다고 말한다. 덕분에 그는 어릴 때부터 쑥버무리, 수수개떡, 참꽃

---

4) 김자연, 「쑥떡」, 『피자의 힘』, 푸른사상, 2018, 20쪽.

5) 김자연, 위의 책, 28쪽.

6) 김자연, 위의 책, 75쪽.

부꾸미, 조개전, 참게탕, 보리개떡, 동치미국수 등을 먹으며 자랐고 그 음식에 대한 유년의 행복했던 기억을 작품 안에서 재생시켰다. 음식이 풍족해진 시대에 살고 있지만, 유년기에 경험한 음식은 매우 원초적이어서 그 감각적인 경험을 다시 마주하기란 쉽지 않다. 그렇기에 유년의 음식은 그 시절을 연상하고 기억하게 만드는 가장 강렬한 매개체가 된다. 김 시인은 그것을 통해 행복한 유년의 유토피아를 재생하였다.

3. 가족애의 회복

현대사회에서 가족의 모습은 예전과 많이 달라진 양상을 보인다. '집'이라는 한 공간에서도 가족 구성원들의 독립된 공간과 생활이 존중됨에 따라 가족이 모두 모여 함께 있는 시간이 점차 줄어들고 있다. 그러다 보니 대화가 없어지고 서로에 관한 관심이나 관계가 소원해지기 마련이다. 그것은 곧 가족 해체로까지 이어지는 문제로 발전한다. 그러나 음식은 그렇게 소원해진 가족 구성원들을 한데로 모으는 힘을 가진다.

> 피자피자/ 얼굴 피자/ 컴퓨터 게임 하는 형/
> 스마트폰 만지작거리는 누나/ 텔레비전 보는 아빠/
> 쉬는 날에/ 따로따로/ 섬처럼 떠 있는 식구들/
> 피자다/ 그 한마디에/ 모두 한 곳으로 모여요/
> 얼굴에 봄바람이 불어요/ 조개처럼 꼭 다물었던 입 열고/
> 말랑말랑한 피자/ 쭉쭉 늘여 꿀꺽 삼키며/
> 음, 음, 맛있어/ 콧노래로/ 서로 눈을 마주쳐요./
> 피자피자/ 웃음꽃 피자
>
> – 「피자의 힘」 전문[7]

이 작품에서는 현대를 살아가는 가족의 일반적인 모습이 나타나 있다. 게임을 좋아하는 형, 스마트폰을 만지는 누나, 텔레비전을 보는 아빠 등 가족들은 집에 있지만 마치 섬처럼 따로따로 떨어져 있다. 그리고 자신의 행위에 집중한 나머지 조개처럼 입을 꼭 다물고 있다.

하지만 가족 모두가 함께 피자를 먹으므로 이야기를 하고 콧노래를 부르며 서로의 눈을 바라보며 닫혀 있던 마음이 점차 열리는 화합의 경험을 하게 된다. 딱딱했던 가족 관계가 말랑말랑해지며 김 시인은 피자를 나누는 행위를 통해 가족의 진정한 의미에 대해 환기해 주고 있다.

가족들은 피자를 먹으며 서로의 관계를 맺는 데 노력하고 함께 시간을 보낸다. 모든 존재는 관계 속에서 이루어진다. 관계는 서로에게 자신을 드러냄으로써 가능하다. 아울러 존재와 시간은 분리된 것이 아니라 서로 공존하고 있다. 즉, 시간은 존재를 통해 규정되고 존재는 시간을 통해 규정되는 것이다. 같은 공간에 있다고 해서 무조건 관계가 형성되는 것은 아니다.

다양한 토핑이 한데 모여 맛있는 피자가 되듯이 가족 역시 서로 어우러지려면 함께하는 시간을 통해 가족애를 회복시켜야 한다. 피자를 먹는 시간은 바로 서로를 알아가는 시간이라 할 수 있으며 가족애를 회복해 가는 시간이다. 피자는 모두를 한 곳으로 모이게 하는 강력한 힘을 지닌다.

김 시인은 '피자'라는 음식을 통해 점점 소원해져 가는 현대의 가족 관계를 수면 위로 끄집어냈으며 어린 화자를 통해 그를 둘러싼 주위환경을 면밀히 살피고 있다. 무거운 주제를 맛있는 피자로 유쾌하게 풀어내 시대적 문제에 동참하고자 하는 그의 의식적 노력도 발견할 수 있다. 이는 앞으로 끊임없는 관계 속에서 살아가야 하는 우리에게 던지는 시인의 목소리이기도 하다.

---

7) 김자연, 앞의 책, 69쪽.

4. 역사적 공동체와의 합일

예로부터 음식에는 그것을 만드는 이의 영혼이 담겨 있는 것으로 생각했다. 옛 원시 부족 다야크족(Dayak)은 식사하는 것을 목격하거나 식사 준비하는 것을 보았을 때는 반드시 그것에 참여해야 했다.[8] 음식은 서로 나누는 것이며 누구도 그 의식에 소외될 수 없는 함께하는 모두의 경험이었다. 음식 나눔을 통해 서로의 공감대를 형성하였고 공동체의 구성원으로서 인정받음과 동시에 자신감을 얻게 되었다.

> 솥뚜껑 뒤집어 놓고/ 어른들이 둥글게 둘러앉아/ 들기름 두르며/ 부침개를 부친다.// 명태전, 오징어전, 김치전, 버섯야채전/ 할머니, 작은엄마, 고모/ 왁자한 이야기로/ 점점 더 고소해지는 부침개/ 남은 재료 탈탈 털어 만든/ 모든 부침개/ 손가락으로 찢어/ 한입씩 나누어 먹고 나면/ 다음 날/ 첫눈 같은 설날이 온다.
>
> – 「부침개」 전문[9]

> 가족이 다 모여/ 송편을 빚는다.// 속이 자꾸만 밖으로 삐져나와/ 몇 번이나 덧붙인 반죽/ 실로 꿰 멘 듯 우둘투둘/ 야구공만큼 커진/ 못생긴 송편/ 찜통에 찌니/ 내가 만든 송편만/ 아 입 벌리며 웃고 있다.// 얼굴이 빨개졌는데/ 웃는 송편/ 아무나 못 만든다고/ 식구들 모두 웃는다.
>
> – 「아무도 못 만드는 송편」 전문[10]

가족이나 친척들이 모여 이야기를 나누고 음식을 맛보는 체험은 단순한

---

8) 마르셀 모스, 『증여론』, 지만지, 2008, 37쪽.
9) 김자연, 앞의 책, 42쪽.
10) 김자연, 위의 책, 92쪽.

개인적인 경험 이상의 의미를 지닌다. 음식과 더불어 그것을 먹는 행위 속에는 물질적, 정신적인 측면에서 공동체 전체의 지속적인 자기 재생산의 과정이 압축되어 있다. 음식에 대한 성찰을 통해 공동체의 과거, 혹은 조상들의 역사와 접속하게 되는 것은 지극히 자연스러운 일이라고 하지 않을 수 없다. 음식을 먹는 것은 단순히 맛을 모고 배를 채우는 것을 넘어 이 거대한 공동체의 일원으로 재탄생하게 되는 경험이다. 다시 말하면 자신의 존재가 시간적으로나 공간적으로 확장되는, 또는 자기보다 더 큰 존재와 종횡으로 연결되는 경험이 된다. 그런 의미에서 명절 전 친척들이 함께 모여 부치는 부침개와 가족이 다 모여 만드는 송편은 아득한 먼 과거의 조상과 현재의 후손들을 하나로 이어주는 매개체이다. 또 이 역사적 공동체의 연속성과 끊임없이 이어져 내려온 강인한 생명력을 확인시켜 주는 상징물이라고 할 수 있다. 김 시인의 작품 속에서 이 음식들은 단순히 그 개인의 기호를 만족시켜 주는 음식이 아니라 오래전부터 그 음식을 먹어 온 것으로 상상되는 공동체 전체의 역사와 숨결을 읽어 내고 거기에 동화되도록 만들어 주는 특별한 음식이다.

명절은 친족 공동체의 축제이기도 하다. 먹는 일이 가미된 축제적인 분위기는 음식을 통해 과거 조상들의 세계와 현재 후손들의 세계가 하나로 연결되는 체험의 지점이 된다. 즉, 부침개와 송편을 먹는 제의적이며 축제적인 명절 분위기가 지금 여기에 있는 후손들의 삶을 그때 거기에 살았던 조상들의 삶과 하나로 통합하는 계기가 되는 것이다.

온 가족이 모여 먹는 부침개와 송편은 복합적이고 다층적인 의미를 품고 있다. 화자는 음식을 만들고 먹는 동안 가족과 친지로 구성된 지금 여기의 공동체와 합일되는 것을 넘어서 오랜 세월 동안 동일한 방식으로 만든 음식을 함께 먹어 온 조상들의 오랜 역사에 귀속, 합일되는 경험을 하게 되는 것이다.

5. 마무리

태어난 지 얼마 안 된 어린아이들은 눈앞에 있는 것이나 손에 쥐고 있는 것들이 무엇이든 우선 입안에 넣어 봄으로써 사물과 세계를 최초로 지각한다. 이러한 어린아이들의 행동처럼 김 시인은 유년 시절부터 음식을 일단 먹어 보고 거기에 대한 다양한 감각 체험을 통해 맛있는 동시 세계를 열었다. 또 음식이 원천이 된 그의 작품들은 뚜렷한 문학적 성과를 거두기도 했다. 그는 할머니와 어머니가 해 주신 음식을 기억하며 행복했던 유년의 기억을 소환하였다. 음식은 그를 행복한 유년 시절로 인도하며 내면을 달래 주는 매개체였고 그 음식의 경험을 통해 내외적 성장도 함께 이루었다. 또 현대사회를 살아가는 가족의 단절된 모습을 포착하여 음식을 통해 관계의 회복에 힘썼다. 그리고 가족 및 친척들과 함께 명절 음식을 만들고 먹는 행위로 과거의 공동체와 현재를 살아가는 공동체와의 합일을 성사시켰다. 즉, 그의 동시는 유년의 행복한 기억을 재생하고 소원한 가족애를 회복하며 역사적 공동체와 합일하는 경험을 하게 하는 힘과 가치가 있다고 볼 수 있다.

음식이 주는 즐거움은 삶에서 큰 비중을 차지한다. 그것은 삶의 일상적인 형상들이 주는 감동을 느낄 수 있게 하는 밑바탕이 된다. 그렇기에 일상에서 느끼는 경험 중 가장 높은 위치에 있다고 해도 과언이 아닐 것이다. 인간의 삶이 일률적이지 않아 즐거움의 발현되는 지점은 다양하지만, 분명한 것은 삶의 즐거움과 여유가 전제된 상황에서는 대체로 음식이 동반된다. 이는 음식이 공동체의 정서적 유대를 구성하는 요소로 작용하고 친교의 장에서 음식이 발휘하는 역할이 중요하다는 것을 의미한다. 생계를 위한 음식과 다른 일상 속 음식의 가치가 확인되는 것이다.

문학 소재로서의 음식은 작품 속 환경의 맥락에서 삶을 있는 그대로 드러낸다는 점에서 주목할 수 있다. 음식을 먹는다는 것은 단지 우리의 배고품을 채우고 살아가는 데 필요한 에너지를 얻는 행위에 그치지 않는다. 이런 생물학적 차원을 넘어 음식과 섭생은 종교적이며 철학적인 동시에 인류학적인 의미를 지니고 있다. 음식은 수직적으로는 인간과 신을 연결해 주는 통로인 동시에 수평적으로는 인간과 다른 모든 생명체를 연결하는 고리이다. 또 다른 한편으로 음식은 인간이 우리 주변의 자연 및 우주와 맺는 가장 직접적이고 근원적인 관계이다. 김 시인의 말대로 음식 이야기가 짜내는 관계의 힘은 실로 매우 강한 것이다.

시는 현실에서 느낄 수 없는 이상적인 것을 추구하기도 하지만 다른 한편으로는 생활이면서 위안을 추구하기도 한다. 김 시인의 시는 그가 경험하는 모든 것이 시이고 생각하는 것들 역시 시가 된다는 것을 느끼게 해 준다. 그리고 그 재료를 먼 곳에서 찾지 않는다. 우리의 일상에서 매일 마주하게 되는 소소한 것들, 그것이 음식일 때 더욱 맛깔스러운 동시 요리로 재탄생된다. 읽으면 읽을수록 재미있고 신선하며 감칠맛이 나는 그의 음식 이야기는 읽는 독자가 동심을 더욱 배부르게 하는 잔칫상이 되었다.

박선미 동시의 특징과 변모 양상

– 박선미론

황수대(아동문학평론가)

1.

   시인 박선미는 1961년 부산에서 태어나 1982년 부산교육대학을 졸업했다. 이후 2002년 한국교원대학교 대학원에서 석사 학위를, 2021년 동아대학교 대학원에서 문학박사 학위를 취득했다. 그는 대학 재학 시절 교지《한새벌》의 편집위원과 위원장으로 활동했으며, 초등학교 교사 임용 후 오랫동안 문예부 지도교사로서 아이들의 독서 및 글쓰기 교육에 힘써 창의학습동화(공저, 2003)와 『학급경영의 이론 · 연구 · 실제』(공저, 2004) 등을 펴냈다. 그 결과 부산시 교육감상, 교육부장관상, 스승의 날 기념 대통령상, 한새스승상을 받았다.

   또한 그는 1997년 한새문학상 동시 당선을 시작으로 1999년 부산아동문학 신인상 동시 당선, 1999년 창주아동문학상 동시 당선, 2007년《부산일보》신춘문예 동시 당선 등 뛰어난 시적 재능을 선보였다. 그는 지금까지 다섯 권의 동시집을 펴냈는데, 그 가운데 첫 동시집인 『지금은 공사 중』(2007)이 제7회 '오늘의 동시문학상'에 선정되었다. 아울러 두 번째 동시집인 『불법주차한 내 엉덩이』(2010)로 제4회 서덕출문학상을, 네 번째 동시집인 『햄버거의 마법』(2015)으로 제38회 이주홍문학상을 수상하기도 했다.

   이처럼 시인 박선미는 그동안 교사와 시인으로 활동하며 두 분야에서 각각 뛰어난 성과를 보여주었다. 특히 「지금은 공사 중」, 「우리 엄마」, 「나이테」, 「택배」, 「비상구」, 「용서」 등 여러 편의 동시가 초등학교 교과서에 수록되거나 여러 문학단체로부터 우수 동시로 선정되어 평자는 물론 독자들에게 많은 사랑과 관심을 받았다. 지금까지 그의 동시에 대한 평가는 크게 두 방향으로 진행되었다. 하나는 동시집에 실린 해설이고, 다른 하나는 문예지에 실린 작품론과 시인론이다. 이들은 그의 동시를 이해하는 데 적지 않은 도움을 준다.

하지만 그 접근 방법이 주로 내용에 국한되어 있고, 논의도 개별 동시집에 한정되어 박선미 동시의 전모를 파악하는 데 한계가 있다. 따라서 더욱 깊이 있는 논의가 진행되기 위해서는 그의 동시에 대한 기존의 평가를 바탕으로 내용과 형식을 모두 포함하는 새로운 접근이 이루어질 필요가 있다. 또한 그의 동시는 초기 작품과 후기 작품 사이에 상당한 시적 변모를 보여주고 있다. 이 글에서는 그 점에 주목해 지금까지 나온 다섯 권의 동시집을 중심으로 박선미의 동시의 특징과 의의에 대해 살펴보려고 한다.

2.

그동안 발표된 박선미의 동시에 대한 분석 및 평가에서 자주 발견되는 단어는 '모성애', '성찰', '가족', '친구', '이웃' '배려', '고발' 등이다. 실제로 이들은 그의 동시를 관통하는 핵심어라고 할 수 있다. 이 가운데 모성애가 본능적이고 무조건적인 사랑일 뿐만 아니라 넓은 의미에서 상대방에게 느끼는 측은지심이나 보호 본능을 포함한다는 것을 고려하면, 박선미의 동시는 내용상 크게 '모성애'와 '성찰', 그리고 '고발' 이들 셋으로 범주화할 수 있다. 그러한 성격 때문인지 그의 동시는 대체로 따뜻하면서도 진솔한 느낌을 준다. 박선미의 동시에서 가장 많이 다루어지고 있는 소재는 가족이다. 그 가운데 특히 어머니와 관련한 내용이 많다. 그의 동시집에 어머니(엄마)가 시어로 등장하는 작품만 하더라도 적게는 10편, 많게는 20편에 이른다. 보통 한 권의 동시집에 50~60편의 작품이 수록되는 것을 고려할 때,

이는 결코 적은 숫자가 아니다. 그래서인지 정두리는 "박선미 시의 중심은 당연히 어머니다."(정두리, 《열린아동문학》, 2009년 여름호)라고 말하기도 한다. 그만큼 모성애는 박선미의 동시에서 지배적 정서로 작용하고 있다.

> 감자 캐는 날/ 가진 것 다 주고/
> 빈껍데기로 남은/ 어머니를 만났습니다.//
> 삼월에/ 재를 묻혀 심은 씨감자/
> 가진 것 다 주고/ 쪼그라진 씨감자//
> 썩은 보람으로/ 더 많은 감자를 거두게 만든/
> 씨감자를 보며/ 만난 어머니//
> 감자 캐는 날/ 줄기에 주렁주렁 매달린/
> 주먹보다 굵은 감자를 보며//
> 철없던 나는/ 어머니의 눈물/
> 가슴에 안고/ 돌아왔습니다.
>
> – 「씨감자」 전문

모성애 하면 가장 먼저 떠오르는 것이 바로 '자기희생'의 이미지이다. 첫 번째 동시집 『지금은 공사 중』에 실려 있는 이 작품은 2007년 부산일보 신춘문예 당선작으로 '씨감자'를 통해 어머니의 희생을 노래하고 있다. 이 작품에서 화자인 '나'는 어느 날 감자를 캐다가 "가진 것 다 주고/ 빈껍데기로 남은" 씨감자를 발견하고 어머니를 떠올린다. 그리고 보니 자식을 위해 기꺼이 자신을 희생하는 어머니의 모습과 "썩은 보람으로/ 더 많은 감자를 거두게 만든" 씨감자의 모습이 참 닮았다는 생각이 든다. 자칫 감정의 과잉을 불러올 수 있는 소재임에도 시적 대상을 "빈껍데기", "쪼그라진", "어머니의 눈물" 등과 같은 비유를 통해 적절히 드러냄으로써 시적 효과를 높이고 있다.

이 외에도 "약 챙겨 주고/ 이마에 물수건 올려 주고/ 밤새 따뜻한 불 환히 켜놓는/ 안방 응급실"(『우리 엄마』) 등이 모성애를 기반으로 해서 창작된 작품들이다. 이들은 첫 번째 동시집부터 다섯 번째 동시집까지 두루 포진되어 있다. 그뿐만이 아니라 "아기 너구리 찾아 헤매고 있을/ 너구리 엄마가 떠올라"(『목격자를 찾습니다』), "가족에 대해 배울 때/ 나들이 가는 가족들 볼 때/ 친구들이 엄마 이야기할 때// 경준이는/ 얼음이 된다."(『얼음』), "몸 안에/ 소나무 씨앗/ 꼭 품어/ 엄마처럼 키워준 걸 보면"(『바위』), "여기저기/ 가득 널린/ 들꽃들/ 밟을까 봐서// 앞으로도 가지도/ 뒤로 가지도 못한 나리는/ 까치발하고 섰어요."(『까치발』) 등과 같이 비단 가족에만 국한되지 않고 친구나 이웃, 동물이나 식물에까지 확대되어 나타난다.

어제는 미안해/ 별것 아닌 일로/
너한테 화를 내고/ 심술부렸지?//
조금만 기다려 줘/ 지금 내 마음은/
공사 중이야.//
툭 하면 물이 새는/ 수도관도 고치고/
얼룩덜룩 칠이 벗겨진 벽에/ 페인트칠도 다시 하고/
모퉁이 빈터에는/ 예쁜 꽃나무도 심고 있거든.//
공사가 끝날 때까지/ 조금만 참고/ 기다려 줄래?

- 「지금은 공사 중」 전문

그 다음으로 박선미의 동시에서 눈여겨볼 것은 성찰과 관련한 내용이다. 이 동시는 첫 동시집의 표제작으로 초등학교 교과서에 수록된 작품이다. "어제는 미안해/ 별것 아닌 일로/ 너한테 화를 내고/ 심술부렸지?"에서 보는 것처럼, 이 동시에서 화자는 친구와 다툰 일을 반성하고 있다. 자신의 성숙하지 못한 마음을 "툭 하면 물이 새는/ 수도관", "얼룩덜룩 칠이 벗겨진 벽", "모퉁이 빈터"와 같이 사물에 빗댄 것도 재미있지만, 그와 같은 성찰의 시간을 "지금 내 마음은/ 공사 중"이라고 표현한 것이 무척 인상적인 작품이다. 더욱이 마지막 연의 "공사가 끝날 때까지/ 조금만 참고/ 기다려 줄래?"에서 보듯이, 여느 작품들처럼 섣불리 시적 상황을 마무리 짓지 않은 점도 매력적으로 다가온다.

> 잠자고 있는데/ 술 냄새 풍기며/
> 꺼칠꺼칠한 수염 마구 비벼 대서/ 아빠가 싫다고 할 때/
> 경준이는 부럽다고 했다//
> 일어나기 싫은데/ 간지럼 태우며/
> 아침 운동 가자고 깨워서/ 아빠가 싫다고 할 때/
> 경준이는 부럽다고 했다//
> 내게 귀찮은 일이/ 부러운 일이 되기도 한다는 걸/
> 처음 알았다

> – 「처음 알았다」 전문

우리는 흔히 자신을 중심으로 생각하고 판단한다. 그 때문에 종종 다른 사람들과 갈등을 겪기도 한다. 따라서 불필요한 오해를 사지 않기 위해서는, 혹은 자신의 잘못된 신념이나 지식을 바로 잡기 위해서는 평소 다른 사람의 처지에서 생각하는 습관을 들이는 것이 중요하다. 세 번째 동시집에 수록된 이 동시는 바로 그와 같은 문제를 다루고 있다. 이 작품에서 화자는 "잠자고 있는데/ 술 냄새 풍기며/ 꺼칠꺼칠한 수염 마구 비벼"대거나, "일어나기 싫은데/ 간지럼 태우며/ 아침 운동 가자고" 깨우는 아빠가 싫다고 말한다. 그런 화자에게 친구인 경준이는 부럽다고 말한다. 더 이상의 설명이 없어 자세히 알 수는 없지만, 정황상 친구인 경준이는 아빠가 없거나, 아빠와의 사이가 썩 좋지 않은 것으로 생각된다. 이 일을 통해 화자는 "내게 귀찮은 일이" 남에게는 "부러운 일이 되기도 한다는 걸" 깨닫는다. 즉, 다른 사람의 처지에서 생각하는 일의 중요성을 알게 된다.

이처럼 박선미의 동시에 등장하는 아이들은 착하고 생각이 깊다. 「가끔은 고마운 감기」나 「카톡 놀이터」와 같이 더러 일탈을 꿈꾸는 아이들이 나오긴 하지만, 대체로 순수하고 선한 모습을 지니고 있다. 그래서인지 상대적으로 재치 있고, 발랄하고, 장난기가 가득한 아이들의 모습은 그리 많지 않다. 아마도 이는 공재동의 지적처럼 "교사로서의 교육적 소명 의식과 깊은 상관관계"(「정직과 성실. 그리고 사랑」, 『시와 동화』 2015 봄호, 330쪽)가 있는 것으로 보인다.

박선미 동시의 내용상 특징 가운데 마지막으로 살펴볼 것은 사회의식 또는 사회 문제를 담아낸 시편들이다. 이들은 그의 작품에서 시적 변화가 가장 뚜렷하게 나타나는 영역이다. 실제로 첫 번째 동시집과 두 번째 동시집의 경우 그와 같은 내용을 다룬 작품은 거의 찾아보기 힘들다. 또한, "남의 땅도 제 것이라 우겨대는/ 이웃 나라 사람들"(「일어나세요」)과 "보금자리 잃은/ 도요새에게/ 꼬마물떼새에게/ 노랑부리저어새에게/ 사과합니다"(「하굿둑의 반성문」)처럼, 그 비판의 대상이 제한적이고, 비판의 수위도 그리 강한 편이 아니다. 그런데 세 번째 동시집인 『누워 있는 말』을 기점으로 그 이후에 발표한 작품들의 경우엔 이전과는 사뭇 다른 양상을 보인다.

> 2014년 4월 16일 이후/ 내 일기 제목은/ 놀라다/ 걱정스럽다/
> 안타깝다/ 답답하다/ 슬프다/ 불쌍하다/ 비참하다/
> 어이없다/ 괘씸하다/ 원망스럽다/ 미안하다
> ./ ./ .
>
> – 「아직도 흐림」 부분

박선미의 동시에서 그와 같은 시적 변화를 불러온 까닭이 무엇인지 정확히 알 수는 없다. 다만, 이 작품을 통해서 그 이유를 대략 짐작할 수 있을 뿐이다. "2014년 4월 16일 이후/ 내 일기 제목은"에서 보듯이, 이 동시는 세월호 사건에 관한 내용을 담고 있다. 이 작품에서 화자는 "감정 일기쓰기가 숙제"인데, 세월호 사건이 일어난 이후로는 "하늘은 맑고/ 햇살은 따뜻한데도/ 내 일기 제목은/ 아직도/ 흐리다."라고 자신의 마음을 토로하고 있다. 세 번째 동시집에는 이 외에도 「똑같다」, 「그것도 모르고」와 같이 세월호 사건을 다룬 동시가 두 편 더 실려 있다. 또한 "김밥 천국"과 같은 상호를 활용해 부조리한 현실을 노래한 「천국과 뉴스」, 층간 소음의 문제를 다룬 「전쟁 선포」, 숲의 경제적 가치를 통해 환경의 중요성을 그려 낸 「숲」 등 그의 사회 의식을 엿볼 수 있는 작품이 다수 등장한다.

> 뉴스를 보면/ ○당/ △당/ 날마다 다툰다.
> 뉴스를 보던/ 할아버지는 ○당/ 아빠는 △당/
> 우리 집도/ 날마다 다툰다.
>
> ― 「정정당당」 부분

> 향유고래의 뱃속에서 나온//
> 밧줄/ 그물/ 페트병/ 비닐봉지/ 플라스틱 컵/ 100kg//
> 우리가 써야 할/ 반성문의 무게
>
> ― 「반성문」 전문

박선미의 네 번째 동시집인 『햄버거의 마법』 4부에는 환경, 장애인, 정치 등의 사회문제를 다룬 다양한 작품들이 수록되어 있다. 「정정당당」은 그 가운데 하나이다. "뉴스를 보던/ 할아버지는 ○당/ 아빠는 △당/ 우리 집도/ 날마다 다툰다."에서 보듯이, 이 작품은 동시로서는 보기 드물게 아이의 눈에 비친 우리 사회의 이념 갈등, 세대 갈등의 문제를 담아내고 있다. 다섯 번째 동시집에도 네 번째 동시집 못지않게 사회문제를 형상화한 작품이 많다. 「반성문」은 최근 전 세계적으로 관심을 불러일으키고 있는 해양 생태계의 오염 문제를 다루고 있다. "향유고래의 뱃속에서 나온// 밧줄/ 그물/ 페트병/ 비닐봉지/ 플라스틱 컵"에서 보는 것처럼, 이 작품은 우리가 무심코 버린 쓰레기들이 바다 생물들에게 얼마나 큰 피해를 주고 있는지를 잘 보여준다. 특히 향유고래의 뱃속에서 나온 쓰레기의 무게 "100kg"을 "반성문의 무게"에 빗대어 표현한 것이 무척 인상적이다.

이처럼 박선미의 동시에서 사회문제를 다룬 작품은 세 번째 동시집 이후 부쩍 증가한다. 또한 비판의 대상도 이전보다 훨씬 광범위하고, 수위도 한층 더 강화된다. 이에 대해 전병호는 "우리 사회에 만연했던 뿌리 깊은 부정부패와 처참하게 몰락하는 사회 지도층을 보면서 어린이들에게 이젠 가만히 있으면 안 된다는 강한 현실 비판의식을 길러주고 싶었던 것이 아닐까."(「'마음의 힘'과 실험의식」, 『아동문학평론』, 2018년 여름호)라고 말한다. 아프리카의 속담처럼 '한 아이를 잘 키우기 위해서는 온 마을이 필요하다'는 점에서 이는 상당히 설득력 있는 분석이라고 생각한다.

3.
시 작품의 분석 및 평가에서 내용만큼이나 중요한 것이 표현과 형식이다. 하지만 그동안 발표된 동시 비평문을 보면 제대로 시의 표현과 형식을 분석한 글은 많지 않다. 그 점은 박선미 동시의 경우도 마찬가지이다. 일반 시의 경우 시어와 운율, 행과 연, 표현 기법 등에 관한 분석 및 연구가 활발하게 이루어지는 데 반해 동시의 경우는 주로 내용 분석에 치중하고 있다. 이는 일차적으로 단순하고 소박한 것을 주된 특징으로 하는 동시의 성격에서 비롯된 것이기도 하지만, 연구자와 평자들의 무관심도 크게 한몫하고 있다.

그런 점에서 더 깊이 있는 논의에 이르지는 못했지만 "이번 동시집의 시들은 종전의 시에 비해 길이도 짧고 생각을 압축시켜 시의 느낌이 더 나는 것도 특징입니다."(노원호, 「가슴을 파고드는 짜릿한 시」, 「누워 있는 말」 해설)와 "우리말과 한자어와 외래어·외국어와 이의 합성어를 시어로 과감하게 사용함으로써 시인이 나타내고자 하는 메시지를 강력하고 효과적으로 표출하고 있음을 확인할 수 있었다."(전병호, 앞의 글)와 같은 접근 방식은 그 자체만으로도 의미가 있다고 생각한다. 이 글에서는 박선미 동시의 표현과 형식을 크게 셋으로 나누어 그 변모 양상을 살펴보려고 한다.

"너 참 예쁘다."/ 그 말 들으면/ 함박꽃처럼 웃음 지었지.//
"너 참 똑똑해."/ 그 말 들으면/ 구름 위를 걷는 것 같았어.//
아니야,/ 이젠 아니야.//
이 세상엔/ 착하다는 말도 있는걸/ 이 세상엔/ 바르다는 말도 있는걸

– 「기쁨 두 배」 부분

어제까지 어둡던/ 뒤뜰이 환하다./
추운 겨울 이겨내고/ 분홍빛 꽃 피운/ 매화나무 덕분에//
할머니 돌아가시고 어둡던/ 우리 집이 환하다./
첫 돌 맞이한/ 늦둥이 내 동생/ 재롱 덕분에

– 「환하다」 전문

박선미 동시의 특징 가운데 하나는 대구 형식으로 이루어진 작품이 유난히 많다는 점이다. 이 동시는 첫 번째 동시집에 실려 있는 것으로 말의 소중함을 노래한 작품으로 1연의 "너 참 예쁘다."/ 그 말 들으면/ 함박꽃처럼 웃음 지었지."와 2연의 "너 참 똑똑해."/ 그 말 들으면/ 구름 위를 걷는 것 같았어."가 대구를 이루고 있다. 또한 4연의 "이 세상엔/ 착하다는 말도 있

는걸/ 이 세상엔/ 바르다는 말도 있는걸"에서 보는 것처럼, 1·2행과 3·4행이 서로 대구를 이루는 형식을 취하고 있다. 「환하다」는 2연 10행으로 이루어진 작품으로, 1연과 2연이 서로 대구를 이루고 있다. 즉, 1연의 "뒤뜰", "매화나무"가 2연의 "우리 집", "내 동생"과 각각 마주 보고 있다. 이를 통해 "할머니 돌아가시고 어둡던" 집의 분위기가 "첫 돌 맞이한/ 늦둥이 내 동생/ 재롱 덕분에" 환하게 변화된 모습을 노래하고 있다. 이처럼 박선미의 동시에서 대구법은 어느 때는 단어나 구의 단위로 나타내기도 하고, 또 어느 때는 문장이나 문단 단위로 병렬되어 나타나기도 한다.

이러한 대구법은 비슷하거나 같은 문장 구조를 짝을 맞춰 표현하는 것으로 흔히 어떤 뜻을 강조하거나 음악적 효과를 높이기 위해 사용한다. 박선미의 동시에서 대구법은 초기 시에서 집중적으로 나타났다가 후기 시로 갈수록 드물게 나타나는 양상을 보인다. 즉, 첫 번째 동시집에 수록된 60편 가운데 35편의 작품이 대구의 형식으로 되어 있으나 두 번째 동시집에는 14편, 세 번째 동시집에는 9편, 네 번째 동시집에는 2편, 다섯 번째 동시집에는 1편으로 점차 그 수가 현저히 줄어들고 있다.

> 아무리 큰 잘못을 저질렀어도/ 너그럽게 용서해 주지/
> 아무리 투정 부려도/ 따스하게 안아 주지/
> 얼굴빛만 보아도/ 무슨 일이 있나 금방 알아차리지//
> 언제나 급하면/ 달려갈 수 있는 비상구/ 우리 어머니
>
> – 「비상구」 부분

다음으로 살펴볼 박선미 동시의 표현과 형식상의 두 번째 특징은 특별한 시적 기교 없이도 충분한 효과를 얻고 있다는 점이다. 실제로 그의 동시는 기발한 발상이나 뛰어난 상상력, 화려한 문학적 장치와는 어느 정도 거리가 있다. 이 동시는 첫 번째 동시집에 수록된 것으로 "언제나 급하면/ 달

려갈 수 있는 비상구// 우리 어머니"에서 보듯이, 어머니를 비상구에 빗대어 표현하고 있다. 이 밖에도 첫 번째 동시집에는 비유를 통해 시적 대상을 노래한 작품이 더러 등장한다. 하지만 '벚꽃'을 "분홍빛 꽃눈"에 비유한 「봄눈」이나 '눈 내린 세상'을 "은빛 궁전"에 비유한 「새하얀 아침」에서 보는 것처럼, 표현이 아주 감각적이거나 세련된 느낌은 들지 않는다. 그런데도 이들 작품은 독자의 마음을 끌어당기는 묘한 힘을 가지고 있다. 아마도 그것은 사물이나 세상에 대한 시인의 열린 마음과 애정이 작품에 고스란히 담겨 있기 때문이 아닐까 싶다.

> 하늘에서/ 밥이 내려온다/ 조록조록/ 은빛 밥이 내려온다//
> 겨우내/ 목말랐던 나무들/ 허겁지겁/ 밥을 먹는다//
> 축구하고 돌아와/ 엄마가 차려 주는 밥/ 맛있게 먹는 나처럼//
> 이제 곧/ 하양 분홍/ 기분 좋은 웃음/ 터뜨리겠다.
>
> – 「봄비」 전문

하지만 두 번째 동시집에 오면 양상이 사뭇 달라진다. 비유를 사용해 창작된 작품의 수가 부쩍 늘어날 뿐만 아니라, 그 발상이나 기법이 이전보다 훨씬 세련되고 참신하다. 이 동시는 그 대표적인 사례이다. "하늘에서/ 밥이 내려온다/ 조록조록/ 은빛 밥이 내려온다"에서처럼, 이 작품은 봄비를 "밥"에 비유하여 생동감 넘치는 봄날의 풍경을 노래하고 있다. 여기에 "조록조록", "허겁지겁", "하양 분홍"과 같은 음성 상징어와 색채어를 적절하게 사용하여 분위기를 한층 더 밝고 건강하게 만들어 내고 있다.

이와 더불어 엄마를 "밤새 따뜻한 불 환히 켜놓는/ 안방 응급실"에 비유한 「우리 엄마」, 시골 할머니 집을 "세상에서 제일 인심 좋은 마트"에 비유한 「인심 좋은 마트」, 컴퓨터 게임에 빠진 형의 모습을 "거북이"에 비유한 「우리 집 거북이」, 오월의 숲을 "돈 내지 않고도/ 마음껏 맡을 수 있는/ 향기 백화점"에 비유한 「무료 백화점」 등도 모두 비유를 통해 시적 효과를 높이고 있는 작품들로 한번쯤 눈여겨볼 필요가 있다.

> 친구와 싸웠다고/ 선생님께 혼나고 난 뒤/
> 거꾸로 서면/ 화나고 미운 마음/ 주르르 쏟아지겠지.//
> 동생이 잘못했는데/ 언니라서 더 야단맞은 뒤/
> 거꾸로 서면/ 속상하고 서운한 마음/ 주르르 쏟아지겠지.//
> 공부 안 하고 텔레비전 본다고/ 꾸중 들은 뒤/
> 거꾸로 서면/ 짜증나고 귀찮은 마음/ 주르르 쏟아지겠지.
>
> – 「물구나무서기」 부분

　마지막으로 분석해 볼 박선미 동시의 형식상 특징은 시행, 즉 작품의 길이와 관련한 것이다. 작품에서 시행의 길이는 곧 사상의 표현 및 시의 미학과 밀접한 관련이 있다는 점에서 결코 소홀히 할 수 없는 문제이다. 이는 박선미도 예외가 아니어서 그가 지금까지 펴낸 동시집을 살펴보면 첫 번째 동시집과 다섯 번째 동시집 사이에 시행의 길이가 상당한 차이를 보인다는 것을 알 수 있다. "친구와 싸웠다고/ 선생님께 혼나고 난 뒤", "동생이 잘못했는데/ 언니라서 더 야단맞은 뒤", "공부 안 하고 텔레비전 본다고/ 꾸중 들은 뒤"에서 보듯이, 이 동시는 첫 번째 동시집에 실린 것으로 꾸중을 들은 아이의 심리를 노래하고 있다. 1연, 2연, 3연이 각각 5행씩 대구를 이루고 있고, 작품의 길이도 총 25행으로 동시치고는 상당히 길다. 그 때문에 작품을 통해 전달하려고 하는 내용은 선명하지만, 그에 비해 시의 맛은 조금 덜한 편이다.

> 실컷 울고 나면/ 먼 길 떠날 수 있다.
>
> – 「먹구름도 환하게」 전문

반면에 이 동시는 다섯 번째 동시집의 표제작이자 대미를 장식하고 있는 작품이다. "먹구름"과 "환하게"라는 서로 모순된 이미지, 즉 역설적 상황을 통해 희망의 메시지를 노래하고 있는데, 지금까지 발표된 박선미의 동시 가운데 길이가 가장 짧은 작품이다. 마치 삶의 교훈이나 신조, 원리 등을 간결하게 압축해서 나타낸 아포리즘을 보는 듯한 느낌을 준다. 시적 상황이나 분위기 등 자세한 설명을 생략한 채 그저 화자의 전언으로만 이루어진 탓에 소통에 다소 어려움이 있지만, 그런 만큼 상상력이 크게 작동한다는 점에서 시의 미학을 가장 잘 보여주는 작품이라고 할 수 있다.

이처럼 박선미의 동시는 발표 시기에 따라 시행이 현저하게 차이가 난다. 지금까지 발표한 다섯 권의 동시집 가운데 15행이 넘는 작품의 수를 보면 각각 47편, 24편, 16편, 10편, 11편이다. 또한, 길이가 10행 미만의 작품 수는 각각 0편, 6편, 15편, 8편, 9편으로 후기 작품으로 올수록 시행이 급격하게 줄어들고 있다. 그래서인지 "어둠이 길을 삼켰다// 달님도 별님도 없는// 그런 날// 작은 손전등 하나가/ 길을 만든다// 빛으로/길을 만든다"(「손전등」), "봄산에 가득한/ 들꽃들/ 밟을까 봐서// 여기저기/ 가득 널린/ 들꽃들/ 밟을까 봐서"(「까치발」)에서 보는 것처럼, 문장이 짧아지고 불필요한 수식이 크게 줄어들면서 시의 맛이 훨씬 잘 드러나고 있다. 즉, 초기에 발표된 작품보다 후기에 발표된 작품의 형식미가 더욱 뛰어나다.

4.

지금까지 살펴본 것처럼 박선미의 동시는 기본적으로 모성애를 그 바탕에 깔고 있다. 이러한 모성애적 상상력은 비단 가족에 국한하지 않고 이웃이나 동식물까지 적용되어 나타난다. 여기에 교사로서의 소명 의식이 더해져 그의 동시에 등장하는 아이들은 대체로 밝고 건강하며, 작품의 분위기도 무척 따뜻하게 다가온다. 또한 후기로 올수록 사회문제를 다룬 작품이 부쩍 증가하고, 비판의 수위도 한층 강화되어 나타난다. 그 때문에 메시지가 분명한 작품이 많다. 그런데도 그의 작품은 깊은 울림을 주고 있는데, 이것은 사물이나 세상을 대하는 시인의 태도가 무척 진솔하기 때문이다.

아울러 박선미의 동시에는 대구법을 활용해 창작된 작품이 유난히 많다. 첫 번째 동시집의 경우 그 수가 절반을 넘어섰다가 이후 두 번째 동시집부터 점차 줄어드는 양상을 보인다. 또한 초기에는 특별한 기교를 사용하지 않다가 후기로 올수록 비유를 활용한 작품이 부쩍 증가한다. 그에 따라 불필요한 수식이 크게 줄어들면서 작품이 이전보다 훨씬 간결해진 느낌을 준다. 그뿐만이 아니라 문학적 성과 면에서도 크게 향상된 모습이다.

이처럼 박선미의 동시는 내용과 형식 모두에서 시간이 흐를수록 상당한 시적 변모를 보여주고 있다. 이는 그가 현실에 안주하지 않고 더 좋은 시를 쓰기 위해 끊임없이 노력하는 시인이라는 것을 알게 해 준다. 사실 우리 동시에서 이와 같은 시적 변화를 보여주는 시인은 그리 많지 않다. 그렇다 보니 서로 다른 시인이 펴낸 동시집인데도 내용과 형식에서 별반 차이가 없다. 바로 그 점이 박선미의 동시가 지닌 가장 큰 미덕이라고 할 수 있다.

"헌 옷 수거함은/ 버리는 곳이 아닙니다./ 따스한 마음이/ 하나둘 쌓이는 곳."(「헌 옷 수거함」)이라는 말처럼, 지금까지 박선미 시인이 펴낸 다섯 권의 동시집은 어떤 면에서는 "헌 옷 수거함"과 같은 존재인지도 모른다. 하지만 다른 관점에서 보면 그것은 "따스한 마음이/ 하나둘 쌓이는 곳"이기도 하다. 즉, 하나의 과거가 아니라 미래를 예비하는 준비 과정이라는 생각이 든다. 이것이 벌써부터 박선미의 다음 동시집이 기다려지는 가장 큰 이유이다.

시적 화자를 통해 살펴본 박혜선 동시의 세계관

– 박혜선 작품론

1. 믿고 읽는 시인 박혜선

제72회 칸영화제에서 황금종려상을 수상함으로 한국 영화의 새로운 역사를 쓴 '기생충'은 봉준호라는 걸출한 감독의 힘이기도 하지만 믿고 보는 배우 송강호의 힘이기도 하다. 영화판에 출연하는 작품마다 그 캐릭터를 완벽히 소화하고 섬세한 표현력으로 관객들에게 많은 성원을 받는 믿고 보는 배우가 있다면 동시단에도 믿고 읽는 시인이 있다. 발표되는 작품마다 재미와 함께 뭉클한 감동을 주는 시인, 나에게는 박혜선 시인이 그렇다.

박혜선은 1969년 경북 상주에서 태어났으며, 서울예술대학교와 고려대학교 대학원에서 문예창작학을 공부했다. 1992년 '새벗문학상'에 동시 「감자꽃」이 당선되어 작품 활동을 시작했으며, 그동안 동시집 『개구리 동네 게시판』, 『텔레비전은 무죄』, 『위풍당당 박한별』, 『백수 삼촌을 부탁해요』, 『쓰레기통 잠들다』, 『바람의 사춘기』를 펴냈다.

첫 동시집으로 제1회 연필시문학상을, 두 번째 동시집으로 제15회 한국아동문학상을, 다섯 번째 동시집으로 제50회 소천아동문학상을, 동시 「분천분교」로 제9회 열린아동문학상을, 여섯 번째 동시집으로 20회 우리나라 좋은동시문학상을 수상하며 시적 역량을 인증받았다.

연필시문학상은 동시단의 구심점 역할을 하는 선배들(권영상, 노원호, 박두순, 손동연, 신형건, 이준관, 이창건, 정두리, 하청호)이 모인 연필시 동인이 동시 쓰

시적 화자를 통해 살펴본 박혜선 동시의 세계관–박혜선 작품론 ● 121

는 후배들에게 동시 쓰는 일을 격려한다는 의미로 만든 상이라 그 의미가 특별했다. 연필시 동인이 등단 10년을 전후한 후배 동시인 중 뛰어난 작품을 쓰는 후배에게 주는 상의 첫 번째 주인공이 박혜선이었다. 내가 박혜선 시인을 주목하게 된 일도 이때부터였다. 지금은 상도 없어졌을 뿐만 아니라 모임도 해체되어 참 안타깝지만, 1회 연필시문학상을 수상한 박혜선 시인은 선배들의 기대에 어긋나지 않게 잘 성장하여 현재 한국동시문학회 부회장을 맡아 동시문학의 저변 확대를 위한 임무를 충실히 해내고 있을 뿐만 아니라 어린이 독자와 성인 독자들에게 두루 호평받는 좋은 동시를 꾸준히 발표하며 수상자의 책임을 톡톡히 해내고 있다.

이 글에서는 박혜선의 작품 속 시적화자를 통해 시인의 세계관을 조망해 보고자 한다. 시인은 자신의 생각이나 느낌을 효과적으로 전달하기 위해 허구적 대리인인 화자를 설정하는데, 시적 화자가 드러내는 일관된 가치관이나 인생관은 시인이 시를 통해 말하고자 하는 현실 인식이나 세계관과 관련되어 작품의 주제를 형성하게 되기 때문이다. 박혜선 시인의 세계관을 조망하는 일은 한 개인의 시적 세계 탐색을 넘어 우리 시대의 사회상을 읽는 촉매가 될 것이다.

2. 재미성을 추구하는 아이 같은 어른

서사의 긴장과 충돌, 반전을 통한 극적 구성 등이 산문에서 재미를 산출하는 방법이라면, 시 창작에서 재미를 산출하는 방법은 해학, 풍자, 아이러니와 역설, 언어유희, 기지, 조크, 재치, 축소와 과장 등이 있다. 풍자가 대상을 공격하고 비판하고 폭로하여 재미를 준다면, 해학은 대상의 은근한 접근을 통해 악의가 없는 재미를 준다.

박혜선은 자신을 일컬어 "지나가는 아이들에게 말 걸기를 좋아하며, 아이 같은 어른으로 살고 싶다고 했다. 그리고 시인의 딸은 자신을 '재미있는 엄마'라고 생각해서 엄마랑 놀기를 즐긴다고 하는데, 정작 자신은 어른이지만 시 속에 나오는 '엄마'보다는 오히려 시 속의 '아이들' 쪽에 더 가깝다고 생각한다고 했다. 그래서인지 딸아이에게는 인기 좋은 엄마, 동네 아이들에겐 재미있는 아줌마로 통하"[1]기도 한다. 이는 시인이 일상생활에서 추구하는 모습이기도 하지만 시에서 추구하는 세계관이기도 하다. 그의 시에 나오는 화자는 재치있고 엉뚱하고 때로는 능청맞기도 하며 세상에 조크를 던지기도 하며 웃음을 유발하는데, 이는 화자의 모습임과 동시에 시인의 모습이기도 하다.

> 장군님!/ 왜군과 맞서 싸우기도 힘들었을 텐데/
> 일기는 왜 쓰셨나요?/ 장군님의 일기가/
> 조선을 지나 대한제국을 지나/ 대한민국 중에서도 경상북도 상주/
> 개구리 울어 대는 마을에 사는/ 우리 할머니 귀에까지 들어왔어요/
> "이순신 장군 좀 봐라, 피용피용 화살이 날아댕기는/
> 전쟁터에서도 일기를 썼다 카더라."/ 비교쟁이 울 할머니/
> 저요, 장군님이 썼다는 난중일기 때문에/
> 졸린 눈 비벼 가며 일기 씁니다./
> 꿀밤 맞아 가며 늦은 밤 일기를 쓰고 있습니다.
>
> – 「이순신 장군」 전문[2]

  시에 나오는 화자는 능청맞다. '능청'은 능글맞고 천연덕스럽게 꾸미는 태도를 말한다. 화자는 이순신 장군의 훌륭한 점은 이미 배워서 알고 있고 일기 쓰기의 필요성도 알고 있지만 일기 쓰기가 귀찮다. 그런 모습을 본 할

1) 박혜선, 「제15회 〈한국아동문학상〉 수상 작가 박혜선 인터뷰」, 《동화읽는가족》 2006년 봄호.
2) 박혜선, 『위풍당당 박한별』, 푸른책들, 2010, 29쪽.

머니는 손자에게 꿀밤을 주며 잔소리를 한다. 화자는 자신의 게으름에 대해서는 시침을 뚝 떼고 "꿀밤 맞아 가며 늦은 밤 일기를 쓰"는 탓을 이순신 장군에게 돌리며 "왜군과 맞서 싸우기도 힘들었을 텐데 일기는 왜 쓰셨"냐고 능청스럽게 따진다. 늦은 밤 일기 쓰기 귀찮은 상황의 핑계를 이순신 장군 탓으로 만드는 기지는 독자들의 웃음을 유발하며 재미성을 확보하는 핵심이 된다. 이런 화자의 기지는 시인이 가지고 있는 성향에도 기인할 것이다. 실제 문학의 현장에서 엿본 시인의 재치와 순발력은 시에 나오는 화자인 한별이와 유사하게 보이기도 한다.

> 텔레비전이 판사님 앞에 섰습니다.//
> – 저 텔레비전 때문이에요, 우리 가족이 벙어리가 된 건./
> (중략)
> 사실 저도 쉬고 싶습니다/
> 사람들은 꼬박꼬박 휴일에 일요일까지 챙기지만/
> 전 밤늦도록 윙윙대며 떠들어야 합니다./옛날이 좋았습니다/
> 마당에 멍석 깔고 동네 사람들 다 같이 보던 시절/
> 내가 조금만 웃겨도 손뼉 치며 깔깔대고/
> 조금만 슬퍼도 금방 눈물짓던 그땐/
> 정겨운 소식도 참 많았는데, 갈수록 더 웃겨야 하고/
> 더 무서워져야 하고 더 끔찍해져야 하고/ 더 새로워져야 하고…….
> 사람들 입맛에 맞춰 살아가는 제 자신이 저도 싫습니다./
> 사람들에게 묻고 싶습니다. 절 왜 태어나게 했나요?//
> 가만히 듣고 있던 판사님이 망치를 듭니다.//
> 텔레비전, 무죄!/ 탕, 탕, 탕
>
> – 「텔레비전은 무죄」 일부[3]

「텔레비전은 무죄」는 판사가 텔레비전의 변론을 듣고 무죄를 심판하기까지의 이야기를 동시로 표현했다. 시는 재판정에 선 원고의 고소문 형식을 띠고 있어 일반적인 동시와 형식 면에서도 새롭지만, 시인의 재치 넘치는 상상력은 사람과 텔레비전의 입장 바꿔 보기를 통해 작품에 신선한 재미를 불어 넣는다. 텔레비전이라는 문명의 이기로 인해 가족과의 대화가 단절된 현대인의 모습을 풍자한 점은 재미와 해학을 가장한 채 강력한 사회적 발언을 함의하고 있다. 텔레비전은 변호사의 도움 없이 자신의 억울한 점을 반박함으로써 마침내 "텔레비전, 무죄!"라는 판결을 얻어 낸다.

박혜선은 제15회 〈한국아동문학상〉 수상 작가 인터뷰에서 "어떤 사물을 보거나 어떤 상황에 부닥쳤을 때 늘 '입장 바꿔 보기'를 합니다. 이는 저의 의도된 시작 행위일 수도 있고 습관적 사고일 수도 있지요."라고 했다. '입장 바꿔 보기'는 "사람이 텔레비전을 보는 게 아니라/ 텔레비전이 사람을 본다// 말 한 마디 없이/ 멀뚱멀뚱 자기만 쳐다보는 사람들/ 텔레비전은 참 우습다.//(「사람 보기」)"[4] 에서도 잘 드러나 있는데, 시인은 이를 통해 재미성을 획득함과 동시에 현대 사회의 문제점에 대해 성찰하게 만든다.

> 튀밥 장수, 골목을 향해 외친다/ "뻥이오!"//
> 그 소리가 들리는 순간에도/ 골목 첫 집 사는 아저씨/
> "내가 다시 술을 마시면 성을 간다, 성을."/
> 혀 꼬부라진 소리로 중얼거리고/ 뒷집 중학생 오빠
> "정말 나, 게임 안 했다니까."/ 빗자루 피해 도망치며 소리 지르고/
> 그 맞은편 집 아이/ "앞으론 절대 거짓말 안 할게요, 엄마."/
> 손이 발이 되도록 싹싹 빌고/ 그 옆집 혼자 떠드는 텔레비전 속에서/

---

3) 박혜선, 「텔레비전은 무죄」, 푸른책들, 2004, 58~59쪽.

4) 박혜선, 「개구리 동네 게시판」, 아동문예, 2001, 18~19쪽.

"첫째도 국민, 둘째도 국민, / 오로지 국민을 위해 몸 바치겠습니다." /
하는데 //
"뻥!" / 하얀 연기와 함께 튀밥이 와르르 /
쏟아진다.

– 「뻥이오」 전문[5]

    풍자는 어떤 부정적인 상황을 말할 때 직접적으로 표출하지 않고 해학을 곁들여 돌려서 말하는 것으로, 사회나 개인에 대해 비판적인 내용을 담고 있으면서도 모욕적인 언사로 받아들여지기보다는 보거나 듣는 이를 웃음 짓게 만드는 유머가 담겨 있는 것이 특징이다.

    이 시에서 "뻥!"은 튀밥이 크고 요란스럽게 터지는 소리를 나타내는 말인 동시에 허풍이나 거짓말 따위를 속되게 이르는 말이다. 시인은 골목 첫집 사는 아저씨와 뒷집 중학생 오빠, 맞은편 집 아이와 정치인의 약속이 거짓말임을 "뻥!"이라는 동음이의어로 폭로한다. 시의 2연에 나오는 평범한 이웃들의 거짓 약속은 "텔레비전 속에서" "첫째도 국민, 둘째도 국민, 오로지 국민을 위해 몸 바치겠습니다."를 강조하기 위한 보조장치이다. 시인은 아저씨, 오빠, 아이가 위기를 모면하기 위해 거짓으로 하는 맹세나 정치인들이 당선을 위해 외치는 약속이 거짓, 즉 "뻥!"임을 풍자하고 있다. 수미상관법을 활용하여 1연에서 튀밥 장수 아저씨의 외침인 "뻥이오!"와 3연에서 튀밥이 만들어질 때 내는 크고 요란한 소리인 "뻥"을 연결하여, 2연의 공약(公約)이 공약(空約)임을 돌려 말하며 교훈과 함께 해학과 골계의 쾌락을 준다. 이는 "저를 믿어 주세요! 제가 책임지겠습니다!"라고 외치는 정치인들의 공약에 "여름 한 철 울고 가는/ 매미랑 다를 게 없다니께"라고 말하는 할머니가 등장하는 「맴맴맴」[6], "친구랑 싸움이나 하고/ 약속도 안 지키

5) 박혜선, 『백수 삼촌을 부탁해요』, 문학동네, 2016, 62~63쪽.
6) 박혜선, 『백수 삼촌을 부탁해요』, 문학동네, 2016, 70쪽.

는 너,/ 거기다 목소리는 커서/ 시끄럽기만 한 너, 도대체 커서 뭐가 될래?"
라고 잔소리하는 엄마에게 "걱정 마세요 엄마/ 저, 국회의원 될래요."라는
「장래 희망」[7]에서도 엿볼 수 있는데, 풍자는 박혜선 동시의 가장 큰 특징
중 하나이다.

3. 연민, 그 따스한 자리

　누스바움은 연민을 "우리의 상상을 타자들의 선과 연결시키고 타자들을
우리의 집중적 배려 대상으로 만들기 위해 종종 의지하는 감정"[8]이며, 연
민의 감정 안에는 이미 선(善)을 위한 토대가 있어 "연민은 모든 인간 존재
의 공통 운명, 즉 인간 삶의 불행인 죽음, 부상, 사랑하는 사람을 잃어버리
는 것, 시민권의 상실, 굶주림, 가난 등에 반응한다."[9]고 했다.
　우리가 살아가는 공동체가 추구하는 선으로 나아가기 위해서는 연민의
감정이 필요한데 박혜선 동시에 일관되게 흐르고 있는 것은 가족과 이웃,
나아가 동식물에게도 보이는 관심과 사랑, 즉 연민이다. 박혜선 동시에서
연민이 드러난 모습을 살펴보면 다음과 같다.

　　　1층/ 2층/ 3층/ 그 위에 지붕이 있고/
　　　지붕 위에 작은 집/ 방 하나, 부엌 하나,/ 화장실이 딸린 옥탑방//
　　　계단을 오를 때면/ 숨차고 땀나지만/
　　　시원한 바람, 떨어지는 빗소리가 즐거운 집/
　　　옥탑방에 살아요.// (중략)

7) 박혜선, 『텔레비전은 무죄』, 푸른책들, 2004, 86쪽.
8) 마사 누스바움, 『감정의 격동』, 조형준 옮김, 새물결출판사, 2015, 47쪽.
9) 마사 누스바움, 앞의 책, 552쪽.

그래도 하늘은/ 다른 아이보다 나를 더 기억하겠죠?/
밤마다 만나는 별들/ 어쩌면 내 얘길 할지 몰라요.

- 「꼭대기 내방」 일부[10]

시의 화자는 도시의 하층민에 들어가는 옥탑방에 사는 아이다. 방 하나, 부엌 하나, 화장실이 딸린 작고 답답한 옥탑방에 살지만, 화자는 옥탑방의 장점을 생각해 낸다. 옥탑방은 하늘과 가장 가까운 곳에 있으니 하늘이 "다른 아이보다 나를 더 기억하겠죠?/ 밤마다 만나는 별들/ 어쩌면 내 얘길 할지 몰라요."라고 믿는다. 연민은 우리가 다른 사람의 마음을 이해하고, 나아가 그의 고통을 덜어 주고자 애쓰는 행동으로 발전시키는 감정이다. 타인에게 연민의 감정을 품으려면 먼저 나를 위로하고 나를 공감하는 것부터 시작해야 한다. 비록 옥탑방에 살지만 "시원한 바람, 떨어지는 빗소리가 즐거운 집"이고 하늘과 별을 가까이 할 수 있어 신난다고 자신을 위로할 줄 아는 시적화자는 긍정의 희망을 품을 수 있고 타인을 위로할 수 있는 여유가 생기는 것이다. 이런 자신에 대한 연민의 마음은 「나에게 사과하기」[11]에도 드러난다. 화자는 선생님의 꾸중이나 친구들의 따돌림에 자신 탓을 하며 존중하지 못한 스스로에게 "아니라고, 아무것도 아니라고 거짓말해서/ 정말 정말 미안해"[12]라고 사과하며 자신을 토닥이고 있다.

온종일 논밭에서 일하다가/ 잠자기 전/
엄마는 로션 대신 온몸에/ 물파스를 바른다/
아버지보다 나보다/ 더 좋다는 물파스/
무릎, 손목 다 바르고/ 손 닿지 않는 허리랑 어깨는/

---

10) 박혜선, 『개구리동네 게시판』, 아동문예, 2001, 22~23쪽.
11) 박혜선, 『바람의 사춘기』, 사계절, 2021, 16쪽.
12) 박혜선, 앞의 책, 16쪽.

내가 슥슥 발라 준다/ 자다가도 아픈 곳에/

문질러야 하는 물파스/ 엄마 머리맡에 두고 나오는데/

방 안 가득 알싸한 냄새/ 눈물이 찔끔 난다.

- 「엄마와 물파스」 전문[13]

「엄마와 물파스」에 나오는 시적화자의 엄마는 고된 농사일에 아프지 않은 곳이 없어 물파스를 끼고 산다. 피부를 가꾸기 위해 화장품을 애용하는 여느 엄마들과 달리 타박상, 관절통, 허리통, 어깨결림 등 다양한 통증에 두루두루 쓰일 수 있는 물파스를 끼고 산다. 그래서 "아버지보다 나보다 더 좋다는 물파스"는 농사일이 얼마나 힘든지를 대변하는 엄마의 심정이기도 하다. 화자는 그런 엄마의 말에 투정부리거나 싫은 내색도 하지 않고 "손 닿지 않는 허리랑 어깨는/ 내가 슥슥 발라 준다." 그리고 방안 가득한 물파스 냄새에 눈물을 흘린다. 시인은 "눈물이 찔끔 난다."를 한 연으로 독립시킴으로써 연민의 대상인 엄마에 대한 화자의 안타까움을 강조하고 대상을 바라보는 화자의 감정을 독자에게 전이시키는 데 성공한다. 고된 노동에 시달려 온몸이 아픈 어머니가 문지르는 물파스 냄새에 눈물을 흘릴 줄 아는 아이의 마음은 사랑이다. 연민의 감정은 타인의 처지를 이해하고, 따뜻하게 감싸 주는 사랑의 바탕이 된다.

하얀 배꽃 핀 과수원에/ 꿀벌 한 쌍//

붕붕거리며 꿀맛보던 벌들은/ 농약 중독에 앓아누웠는지/

할아버지 할머니가 벌이 되어/ 한 손에 붓 들고/

느릿느릿 꽃가루를 옮기고 있다//

날개가 없어/ 사다리 타고 배나무를 오르는/ 늙은 꿀벌 한 쌍//

---

13) 박혜선, 「텔레비전은 무죄」, 푸른책들, 2004, 21쪽.

점심시간 훨씬 지났는데도/ 배나무 하나 붙들고/ 끙끙거리고 있다.

- 「늙은 꿀벌」 전문[14]

「늙은 꿀벌」은 낯선 시골에 내려와서 할아버지 할머니와 함께 사는 아이인 한별이의 눈을 통해 우리 농촌의 현실을 구체적으로 보여준다. 화자는 과수원에서 꿀벌 대신 사다리 타고 배나무에 올라 붓으로 꽃가루를 옮기는 할아버지 할머니를 애틋한 시선으로 바라본다. 할아버지 할머니를 "꿀벌 한 쌍"에 비유한 표현력도 돋보이지만, 상황 묘사를 통해 젊은이가 사라진 농촌의 현실과 함께 생태계의 변화를 일깨우는 점도 이 시가 획득한 가치라 하겠다. 이는 타인을 이해하는 따뜻한 마음이 없으면 가질 수 없는 생각이다. 시인의 이러한 연민은 가족에게 한정되지 않고 이웃에게도 확장된다.

여름내/ 내가 흘렸던 땀들/

선풍기로 에어컨으로 쫓아냈던 뜨거운 열기/

엄마가 양산으로 막아 낸 햇볕 한 줌까지/

할 수만 있다면 은행에 저축하듯/ 꼭꼭 모아 두었다가//

지하철 계단에 웅크린 채/ 오돌돌 떨고 있는 아이/

짧은 바짓단 밑으로 빨갛게 언 발목이 보이는 /

저 아이의 동전 바구니에/ 살짝 놓아 주고 싶다.

- 「더위를 저축하는 은행」 전문[15]

「더위를 저축하는 은행」은 "지하철 계단에 웅크린 채/ 오돌돌 떨고 있는 아이"를 통해 가난한 이웃에 대한 연민을 그리고 있다. "짧은 바짓단 밑으

---

14) 박혜선, 『위풍당당 박한별』, 푸른책들, 2010, 63쪽.
15) 박혜선, 『텔레비전은 무죄』, 푸른책들, 2004, 46쪽.

로 빨갛게 언 발목이 보이는/ 저 아이"에게 절실한 햇빛은 내가 "선풍기로 에어컨으로 쫓아냈"던 대상이며, 엄마가 "양산으로 막아 낸" 대상이다. 이는 꼭 햇빛에만 해당하는 것은 아니다. 우리가 함부로 사용하는 물, 우리가 아무렇지 않게 남기고 버린 음식이 지구의 다른 쪽에 사는 누군가에게는 생명을 유지하는 귀한 대상이 된다. 시의 화자는 가난한 아이의 고단한 삶에 연민의 태도를 보이고, 햇볕 한 줌을 저축해 두었다가 "저 아이의 동전 바구니에/ 살짝 놓아 주고" 싶다는 실천 의지를 드러내고 있다. 이웃으로 확장된 연민의 마음은 동식물로 나아간다.

> 사다리를 타고/ 아저씨들이/ 나무에 오른다.//
> 전기톱이/ 나뭇가지를 땅으로/ 떨어뜨린다./
> 잘려 나가는/ 그 가지/ 까치집일 수도 있는데,/
> 참새 놀이터일수도/ 있는데.
>
> – 「가로수」 전문[16]

「가로수」의 화자는 잘려 나가는 가로수의 나뭇가지를 보며 동물들을 걱정한다. 사람들이 단순히 도시의 미관을 고려해서 전기톱으로 자른 나뭇가지는 까치에게는 집이고 참새에게는 놀이터인 것이다. 화자는 인간의 이기심으로 인해 순식간에 집과 놀이터를 잃은 까치와 참새에게 연민의 정을 보인다. 동식물에 대한 연민은 토끼, 다람쥐, 노루가 다니던 길을 가로막은 "무섭게 달리는 차들의 길"을 표현한 「새로 난 길」[17], 꽃구경 한 번 못 가는 거실 어항의 물고기들을 위해 "어항에 벚꽃 가지 꽂아" 꽃잎 지붕을 만들어 주는 「꽃구경」[18], 토끼와 노루, 고라니를 위해 "산비탈 배추밭에/ 뽑지도

16) 박혜선, 『위풍당당 박한별』, 푸른책들, 2010, 63쪽.
17) 박혜선, 『텔레비전은 무죄』, 푸른책들, 2004, 41쪽.
18) 박혜선, 『백수 삼촌을 부탁해요』, 문학동네, 2016, 38쪽.

않은 배추/ 그대로 두었다"는 「겨울 밥상」[19] 등에서도 일관되게 나타난다.

우리가 사는 지구는 인간만이 주인이 아니다. 화자가 지닌 동식물에 대한 연민의 마음은 따뜻한 세상을 꿈꾸는 시인 정신과 맞닿아 있으며, 이 시인 정신이 곧 시인의 세계관이다.

3. 현실 비판, 행동하는 정의

'비판'은 어떤 사실 · 사상(思想) · 행동에 관해서 진위(眞僞) · 장점 · 단점 · 선악 등을 판정하여 평가를 내리는 것이다. 비판이 유효하기 위해서는 그 내용이 주관적이 아니라 객관적인 사실에 따라 진행되어야 하며, 이때 대상을 전면적으로 분석할 필요가 있다.

박혜선 동시에는 지구온난화, 고령화로 인한 농촌의 현실, 이혼 가정이나 다문화가정의 애환, 우리 사회가 안고 있는 청년 실업 문제, 무한 경쟁을 강요하는 교육 현실, 비정규직 노동자 문제 등을 객관적인 사실에 따라 따져서 비판하며 물질문명과 비도덕적인 인간성에 대한 경종을 울리고 있다. 실제로 시인은 "저는 내가 사는 이 시대의 현실을 그대로 담아내고 싶었습니다. 그런데 현실이라는 게 내가 발 딛고 있는 중심에서 늘 흘러갑니다. 중심에 있으면 한쪽으로 치우치기 마련이지요. 그런데 옆길, 귀퉁이, 언저리를 맴돌다 보면 중심에서 보지 못한 것들이 보이기 시작합니다."[20]라고 현실의 문제에 천착하며 세계를 인식하는 방법에 대해 피력하였다. 이러한 태도는 6권의 동시집에 일관되게 나타나 있는데, 작품을 살펴보면 다음과 같다.

---

19) 박혜선, 앞의 책, 54쪽.
20) 박혜선, 「제15회 〈한국아동문학상〉 수상 작가 박혜선 인터뷰」, 《동화읽는가족》 2006년 봄호.

우리 반 다섯 명/ 방학하면 여기저기/ 놀러 간대요//

대구 외갓집 간다고 좋아하는 현용이/

"우리 외갓집은 인천인데."/ "난 안동이야."/

그 옆에서 우물쭈물 말 못하는/ 얼굴 까만 정사랑/

"넌 안 됐다, 외갓집이 필리핀이라서."/

그래도 사랑이는 나보다 낫다/ 내가 외갓집 가고 싶다고 하면/

화만 내는 할머니//

엄마 아빠 이혼하면/ 외갓집도 나랑 헤어져야/ 하나 보다.

-「외갓집」 전문[21]

「외갓집」에는 부모의 이혼 문제와 농촌의 현실을 복합적으로 나타나 있다. 통계청 자료에 의하면 2020년도를 기준으로 우리나라의 혼인 건수 대비 이혼 건수는 약 2:1일 정도로 증가하고 있다고 한다. 참 우울한 일이지만 어쩔 수 없는 현실이다.

부모의 이혼은 아무런 상관없는 자식들에게 고스란히 피해가 돌아간다. "엄마 아빠 이혼하면/ 외갓집도 나랑 헤어져야/ 하나 보다."는 이런 어린이들의 마음이 잘 나타나 있다. 다문화가정이라서 필리핀에 외갓집이 있는 사랑이에게도 부러움을 느끼는 화자에게 시인은 '너의 잘못이 아니야.'라는 말을 전하고 싶었을 것이다. 실제로 화자인 한별이는 시인의 조카를 모델로 했는데, "나는 한별이의 아픔이 마음에 상처로 남지 않길 바랐어요. 그냥 무릎에 생긴 흉터쯤이었으면 좋겠다는 생각을 했지요. 부모님의 이혼은 한별이가 원한 것도 한별이의 잘못도 아니니까요"[22]라고 시인의 말에서 언급하고 있다. 가족 해체의 아픔을 겪는 현실의 모든 어린이와 어른들에게 전하고 싶은 시인의 메시지가 곧 시인이 추구하는 세계관일 것이다.

---

21) 박혜선, 『위풍당당 박한별』, 푸른책들, 2010, 22~23쪽.
22) 박혜선, 앞의 책, 93쪽.

부탁할게/ 나 없다고 신발장 안에서 널브러져 있지 마/

눈 감고도 갈 수 있는 학교 길 따라 가볍게 나서는 거야/

북적이는 문방구도 들르고/

운동장 농구대 앞에서 풀쩍풀쩍 하늘을 향해 뛰어도 보고 /

복도에서 뛰다가 혼도 나고/ 교문에서 내달려 보기도 하고/

오후 4시가 되면 알아서 '놀러와 분식집'/

늘 앉던 자리 찾아가 기웃거려 보기도 해/ (중략)

알지? 거기, 내가 자주 가던 나무공원 의자/

그곳에서 혹 나를 기다리는 친구 있으면/

그냥 같이 걸어 줘 그리고 이 말 꼭 해 줘/

기다리는 건 내가 할 테니 넌 네 갈 길 가라고/

울지 말고, 예전처럼 노래 흥얼거리며 웃으며/ 그렇게 지내라고/

부탁할게/ 꼭이야/ 꼭.

– 「내 신발에게」 일부[23]

「내 신발에게」는 세월호 참사로 희생된 아이의 간절한 목소리로 신발에게 "울지 말고, 예전처럼 노래 흥얼거리며 웃으며/ 그렇게 지내"길 아직도 기다리는 친구에게 꼭 전해달라는 편지 형식의 시이다.

2014년 4월 16일, 인천에서 출발해 제주도로 가던 세월호가 침몰하는 사건이 발생했고, 올해 4월이면 8주년이 된다. 세월호에 탔던 476명 중에서 172명은 가까스로 배에서 탈출했지만, 위험하니 배 안에서 가만히 기다리라는 선장의 말을 따르던 304명은 바닷속으로 가라앉는 배에 갇혀 목숨을 잃고 말았다. 그 대부분은 수학여행을 가던 단원고 학생들이었다. 우리는 이 광경을 텔레비전으로 지켜보며 안타까움과 슬픔에 눈물을 흘렸지만,

---

23) 박혜선, 『백수 삼촌을 위한 기도』, 문학동네, 2016, 42~43쪽.

8년이 지나는 사이 조금씩 그 일을 잊어간다. 시는 세월호 참사가 우리에게 던지는 의미를 다시 한번 상기시키고, 그날의 안타까움과 슬픔을 잊지 말자고 우리를 일깨운다.

> 구들장 귀신이 붙었다고 잔소리하면서도/
> 밤마다 기도하는 할머니//
> "저놈 아가 내 자식이라가 아이라/
> 심성이 곱고 법 없이도 살 놈입니더/ 어디든 가기만 하믄/
> 해 안 끼치고 단디 할 낍니더/ 그라니까네 잘 좀 봐주이소."//
> 저렇게 기도를 하는데도/ 삼촌이 아직 구들장 지고 있는 거 보면/
> 하나님이 할머니 사투리를 못 알아듣는 거다.
>
> – 「백수 삼촌을 위한 기도」 전문[24]

「백수 삼촌을 위한 기도」는 청년실업이 만연한 사회 현실을 고발하는 시이다. 일을 할 수 있는 청년들이 일자리를 구하지 못하거나 일할 기회를 얻지 못해서 본의 아닌 백수의 신세가 되어 있다. 시의 화자는 일자리를 얻지 못해 '구들장 귀신'이 된 아들을 위해 기도하는 할머니의 모습을 보며 삼촌이 백수의 신세를 벗어나지 못하는 탓을 '할머니의 사투리를 못 알아듣는 하나님'에게 돌린다. 시인 특유의 능청스러운 기지가 표현된 장면이라 재미있기도 하지만 가볍게 웃어넘길 수 없는 사회 현실은 왠지 슬프다.

우리나라 청년 실업자 수가 100만 명을 넘어선 지 오래다. 시인은 아들을 위해 "잔소리하면서도/ 밤마다 기도하는 할머니"를 내세워 실의에 빠진 청년들의 답답한 현실과 그런 자식을 지켜보는 부모의 안타까운 심정을 대신 전하고 있다.

---

24) 박혜선, 앞의 책, 77쪽.

학원 버스 기다리며/ 편의점에서 라면 먹는다/

파란 조끼 아저씨/ 내 옆에서 라면 먹는다/

창밖에 눈발 날리는데/ 4시 45분을 달리는 시계 보며 라면을 먹는다//

"예, 그럼요. 지금 몇 신데 아직 점심 안 먹었을까 봐./

예예. 여기도 조금씩 날려요. 엄마, 저 운전 중이니까/

나중에 전화할게요."/ 전화를 끊으며 면발도 끊으며/

아직 반이나 남았는데 바삐 나간다/ 창밖, 택배 트럭이 떠나는데/

눈이 내린다/ 나를 태울 수학 학원 버스가 오는데/

눈이 내린다/ 빈 그릇을 치우고 뛰어가는데/

첫눈이 펑펑 내린다

– 「첫눈 내린다」 전문[25]

　「첫눈 내린다」의 화자는 편의점에서 라면을 먹으며 파란 조끼 아저씨를 관찰한다. 그 아저씨는 "시계 보며 라면을 먹는다" 그것도 오후 4시 45분에 먹는 점심이다. 때맞춰 엄마에게 온 전화를 받으며 아저씨는 점심을 벌써 먹었다고 거짓말을 한다. 아저씨는 우리 주위에서 흔히 만날 수 있는 택배 기사이다. 얼마 전 택배기사의 과로사가 뉴스에 보도될 정도로 택배기사는 하루 10시간의 이상의 노동시간으로 인해 힘든 나날을 보내고 있다. 시의 화자는 "전화를 끊으며 면발도 끊으며/ 아직 반이나 남았는데 바삐 나"가는 아저씨에게 연민을 느낀다. 사회 현실에 대한 비판은 "젊은 삼촌은/ 일자리가 없어/ 팽팽 놀고/ 늙은 할아버지는/ 택배 배달, 교통정리, 급식도우미"까지 바쁘다는 노인 일자리 문제를 다룬 「거꾸로 세상」[26], "어떤 가방에는 교과서, 문제집, 무릎 담요……./ (중략) 그런데 어떤 가방 속에는/ 스패너, 펜치, 드라이버, 기름때 찌든 장갑, 컵라면, 나무젓가락……/ 19살, 지

25) 박혜선, 「바람의 사춘기」, 사계절, 2021, 36쪽.
26) 박혜선, 「쓰레기통 잠들다」, 청년사, 2017, 72쪽.

하철 수리공 김군"의 구의역 사망 사건을 다룬 「어떤 가방」[27] 등에서도 발견된다.

이렇게 시인은 우리가 미처 보지 못하거나, 보고도 지나쳐 버리기 쉬운 존재들을 응시함으로써 현실을 비판하며 독자들에게 우리가 놓치며 살아가는 것이 무엇인지 돌아보게 한다.

5. 시인에 대한 기대

지금까지 박혜선의 동시집 『개구리 동네 게시판』, 『텔레비전은 무죄』, 『위풍당당 박한별』, 『백수 삼촌을 부탁해요』, 『쓰레기통 잠들다』, 『바람의 사춘기』 속의 작품을 바탕으로 박혜선의 동시 세계를 탐색해 보았다.

필자는 박혜선 동시의 키워드를 재미와 연민, 현실 비판으로 꼽았다. 이는 시인이 《열린아동문학》의 「이 계절의 동시나무」 '내가 쓰는 동시는'에서 "동시님, 당신을 만나면서 겸손해지기로 했습니다. 당신의 깊은 생각에 흠집 내는 경박한 행동과 가벼운 말은 하지 않겠습니다. 당신이 바라보는 세상을 나도 아끼고 사랑하며 당신과 같은 높이에서 지켜볼 것입니다. 당신이 어둡고 그늘진 곳을 가리지 않듯 나 또한 그런 곳을 찾아가 당신과 함께 뒹굴며 놀 것입니다. 당신의 이웃처럼 만날 때마다 재미있고 떨리고 긴장감이 느껴지지는 않지만 당신은 엉뚱하고 기발하며 슬픔을 웃음으로 바꾸는 재치도 있습니다. 참다 지치면 날카롭게 바른 소리를 하기도 하지요. 그러면서도 따뜻함을 잃지 않는 당신, 나는 그런 당신이 참 좋습니다."[28]라고 밝힌 동시 창작관과도 일맥상통한다.

6권의 동시집을 통해 아이들의 일상을 자세히 관찰하고 직접 아이가 되

---

27) 박혜선, 앞의 책, 74쪽.
28) 박혜선, 「이 계절의 동시나무」, 《열린아동문학》 2010년 봄호.

어 쓴 생활시부터 재미있는 상상력을 바탕으로 쓴 시, 자연을 노래한 시, 우리가 살아가는 현실을 비판한 시 등 다양한 소재의 시들을 만날 수 있었다. 박혜선의 동시는 화려하고 세련된 감각적 비유나 묘사 없이도 어린이뿐만 아니라 어른들도 공감을 할 수 있는 작품이 많다. 이는 그의 시들이 재미를 추구하지만 말초적인 신경을 자극하는 재미가 아니라 건강한 삶의 의지가 담긴 웃음을 주는 재미를 추구하고, 자연을 이야기하지만 자연의 아름다움을 노래하는 것이 아니라 인간의 이기심으로 인해 희생된 동식물의 아픔을 이야기하며, 사회적 약자를 대신해 비판과 우려의 목소리를 전하고 있기 때문이다. 그래서 "그의 시들은 때로는 가볍고 재미있으며 때로는 무거우면서 깊이가 느껴진다."[29] 그의 최근작 「쌀눈」에는 그가 추구하는 모든 세계관이 집약되어 있음을 알 수 있다.

> 귀도 없고/ 입도 없고/ 눈만 있는/ 쌀은//
> 배고픈 사람 보면/ 그냥 못 지나치고 밥이 된다
>
> – 「쌀눈」 전문[30]

앞으로 시인 특유의 기지와 기발한 상상, 자연과 사물의 이면을 들여다보는 사랑과 연민, 그리고 부당한 현실에 맞서는 정의로움을 바탕으로 시의 본질인 서정이 좀 더 짙어지길 바라며, 한국 동시의 수준을 한 차원 더 끌어올려 주는 그의 다음 동시집을 기다려본다.

---

29) 최윤정, 「개구리동네 게시판」 서평, 2002.(푸르니닷컴(http://old.prooni.com)
30) 박혜선, 「바람의 사춘기」, 사계절, 2021, 70쪽.

그냥 좋아서 걷는 길
- 서금복 동시론

유정아

1. 들어가는 말

서금복 동시인은 2003년에 첫 번째 동시집 『할머니가 웃으실 때』(도리)를 발표한 이후, 2012년에 두 번째 동시집 『우리 동네에서는』(문학과문화)을 발표하였다. 이후 2017년에는 세 번째 동시집 『파일 찾기』(청개구리)를 발표하였고, 2020년에는 네 번째 동시집 『우리 아빠만 그런가요?』(청개구리)를 발표하였다. 첫 동시집을 출판한 것이 지금으로부터 20년 전이니 시인이 동시인으로 활동한 세월 동안 두 번이나 강산이 변했다.

서금복 동시인은 수필가로도 활동하고 있는데, 그래서인지 시인의 동시에는 솔직함과 담백함이 묻어난다. 수필가의 진솔함과 동시인의 순수함이 함께 어우러져서 서금복 특유의 소탈한 동시가 태어났다. 시인의 동시 곳곳에서는 숨김 없는 시인의 일상을 엿볼 수 있고, 어린아이 같은 천진함과 엉뚱함도 읽을 수 있다. 서금복의 네 개의 동시집에는 사뿐사뿐 타박타박 걸어온 시인의 인생 여정이 파노라마처럼 펼쳐진다.

시인의 동시는 유쾌하면서도 힘이 있고, 묵직하면서도 새롭다. 마치 길고 긴 추운 겨울날들을 묵묵히 견디고, 산과 들에서 조용히 돋아나는 이름 모를 새싹들처럼 서금복 동시인의 작품들은 예상치 못한 생명력이 있고 신선하면서도 낯설지 않다. 관심 두지 않았던 곳에 작은 씨앗이 떨어져서 깊은 겨울잠을 자고, 봄의 기운을 받아 단단한 껍질을 깨고 뿌리를 내려 새싹을 키우는 씨앗들처럼 시인의 작품들은 산과 들, 곳곳에서 다채롭게 피어 나는 수줍은 꽃들과 같다.

시인의 첫 동시집인 『할머니가 웃으실 때』(도리, 2003)에 실린 「꼬마 시인」 에서 시인은 자신이 동시인이 된 이유를 설명하는 듯하다.

> 나는/ 시인이 되었어요.//
> 하늘이 파랗게만 보이지 않거든요. / 땅도 까맣게만 보이지 않아요.//
> 돌멩이의 속삭임이/ 들리기 시작했어요.//
> 금붕어의 글 읽는 소리도/ 들리기 시작했죠.//
> 길쭉하게 보이던 얼굴이/ 동그랗게 보이기 시작했어요./
> 시끄럽게만 들리던 소리가/ 다정하게 들리기도 해요.
>
> – 「꼬마 시인」 전문

이 시는 '나는'이라는 1인칭 주어로 시작한다. 마치 시인 자신을 지칭하 는 것처럼 말이다. 그리고 시제는 '시인이 되었어요'라는 과거 시제를 사용 한다. '시인이 될 거예요'라거나 '시인이 되고 싶어요'라는 미래 혹은 희망 을 나타내는 시제가 아니다. 이미 '시인이 되었다'는 완료적 형태의 선언이 다. 그러면서 그 이유는 연을 바꾸어서 설명한다. 돌멩이의 속삭임이 들리 고, 금붕어의 글 읽는 소리가 들리며, 하늘이 파랗게만 보이지 않고, 땅도 까맣게만 보이지 않으며, 시끄럽게만 들리던 소리들이 다정하게 들리기도 하기 때문이라는 것이다. 그래서 어쩔 수 없이 그것을 동시로 노래할 수밖 에 없어 동시를 쓰는 동시인이 되었다는 것이다. 이 얼마나 단도직입적인 설명인가. 군더더기 없이 명쾌하게 작가 자신을 설명하는 듯한 이 동시는 담백하면서도 숨김 없는 서금복 문체를 대표한다.

많은 작가들이 글을 쓰는 이유에 대해서 이렇게 설명한다. 자신의 의지 에서가 아니고, 그냥 글을 쓸 수밖에 없는 상황이 만들어졌다고 말이다. 글을 쓸 수밖에 없는 상황이 만들어지고, 글을 쓰는 그 과정에서도 내가 글을 쓰는 것이 아니라, 마치 글들이 살아서 움직이는 것처럼 저절로 글들이 쓰여진다고 말이다.

서금복 동시인도 아마 이런 이유에서 동시를 쓰게 되는 것이 아닌가 생각된다. 『할머니가 웃으실 때』에 수록된 작가 서문의 제목은 '누구든지 동시를 쓸 수 있어요'이다. 작가 서문에서 서 작가는 동시를 쓰게 된 계기를 설명한다. 서 작가는 친한 친구를 먼저 하늘나라로 보내고 아득한 슬픔에 빠져 있을 때 동시를 쓰기 시작하였는데, 동시로 인해 세상이 밝고 맑다는 걸 깨닫게 되었다고 한다. 그래서 서 작가는 자신의 동시를 읽는 누구든지 동시를 쓸 수 있다는 용기를 얻었으면 좋겠다고 이야기한다. 그리고 세상이 밝고 맑다는 것을 깨닫게 되었으면 좋겠다고 말한다.

이 글에서는 서금복 동시인의 생애와 작품 세계를 살펴보기 위하여 네 개의 동시집에 수록된 동시를 살펴보았다. 그리고 필요에 따라 시인의 수필집에 수록된 글을 참고하여 시인이 걸어 온 문학의 길과 세계관을 살펴보았다. 그 이유는 서금복 동시인은 수필집을 통해 자신의 진솔한 일상생활과 내면 세계를 서술하고 있어서, 실제로 시인을 직접 만난 적은 없지만 시인의 글을 통해 시인의 삶과 생각들을 유추해 볼 수 있기 때문이다.

2. 서금복 동시인

서금복 동시인은 1959년 서울에서 태어났다. 1997년에 《문학공간》을 통해 수필가로 등단하였고, 2001년에 《아동문학연구》를 통해 동시인으로 재등단하였다. 2007년에는 《시와시학》 신춘문예에 일반시가 당선되어 시인으로 등단하는 명예를 얻어 명실공히 수필, 시, 동시 장르 삼관왕의 문학가로 자리하게 된다. 2018년에는 '우리나라좋은동시문학상'과 '인산기행수필

문학상'을 수상하였고, 동시집으로는 『할머니가 웃으실 때』, 『우리 동네에 서는』, 『파일 찾기』, 『우리 아빠만 그런가요?』가 있다.

수필가인 시인은 자신의 수필들을 통해 자신에 대해 담담하게 이야기한다. 시인의 최근 수필집인 『수필 쓰기에 딱 좋은 사람들』(한국수필가협회, 2022)에서 자신의 글에는 '봄'과 '아버지'에 대한 내용이 많다고 고백한다. 또한 자신이 좋아하는 단어는 '따뜻하다'라고 이야기한다. 시인의 동시에는 '봄'을 포함한 자연에 대한 이야기가 많고, '아버지'를 포함한 '가족'에 대한 이야기가 많으며, 수필이든 동시이든 마음을 노근노근하게 해 주는 이야기가 많이 있다. 그래서일까, 서금복 동시인의 작품은 낯설지 않으며 솔직하고 훈훈하다.

시인의 두 번째 수필집 『지하철 거꾸로 타다』(코드미디어, 2017) 본문에서 시인은 자신에 대해 이렇게 이야기한다.

> 30대 후반에 수필가가 되었지만 문학에 정진하지 않았다. 글 쓰는 걸 여가 활용 정도로 생각하며 동시도 배우고 직장도 다니고 학교도 다니며 성인시도 썼다. 어느 하나에 몰두하지 않았지만 바쁘기는 꽤 바쁜 세월을 보내고 그 어느 장르에서도 내 이름 하나 새겨 놓지 못했다는 생각이 들어 정신을 차리고 보니 어느새 50대 중반을 넘기고 있었다. 주변의 선생님들이 재능은 있는데 노력을 하지 않는다고 말씀하실 때마다, 열심히 안 해서 그렇지 마음만 먹으면 좋은 글도 쓰고 책도 줄줄이 펴낼 거라고 믿었다. 그런데 그게 아니었다. (중략) 나만 바쁜 게 아니라 시간도 바빠서 나를 기다려 줄 여유가 없다는 걸 미처 깨닫지 못했다.

시간의 유한함과 시간의 속도에 대해서 시인은 자신이 걸어온 문학 인생을 녹여서 진솔하게 풀어 내었다. 이 땅에 발을 딛고 살아가는 이들 중에서 '시간의 유한함에 대한 유감'에 대해 서 작가의 고백과 같이 느끼지 못할 사람이 얼마나 있겠는가. 필자 또한 서 작가의 고백에 적극 공감한다. 시간조차 너무나 바빠서 우리를 기다려 주지 못하고 저 만큼 달려가 있지 않는가.

서금복 작가는 수필집 『지하철 거꾸로 타다』에서 자신의 문학 인생에 대해 또다시 이렇게 이야기한다.

> 수필로 등단한 지 20년이 되는 해입니다.[1] 동시는 16년, 시는 10년째 되는 해이지만 나는 어떤 분야로도 유명해지지 않았습니다. 그러나 쉬지 않고 늘 문학의 길을 걸었다는 것이 자랑스럽습니다.

시인은 문학 인생 20년이 다 되도록 수필과 시, 그리고 동시라는 장르에서 다양한 작품 활동을 하느라 어느 분야에서도 유명해지지 않았다고 고백하지만, 문학을 사랑하는 마음에 쉬지 않고 항상 문학의 길을 걷고 있다는 것 자체가 자랑스럽다고 자신을 위로한다.

이렇듯 서 작가는 자신의 작품 곳곳에 그것이 수필이든 동시이든 자기 고백적 이야기를 많이 한다. 동시집 『파일 찾기』에 수록된 동시 「유리컵」은 『할머니가 웃으실 때』에 실린 「꼬마 시인」과는 사뭇 다른 시각으로 서금복 동시인 자신을 대변하고 있다.

> 감추지 못해요. / 콜라하고 친하면 콜라 빛으로/
> 우유하고 사귈 땐 우윳빛으로//
> 그렇다고 아무하고나 친구하진 않아요. / 뜨거운 물은 질색이에요. /
> 함부로 대하는 것도 싫어해요. / 참을성도 없어요. /
> 높은 데서 던지면 아예 깨져 버리죠. /

---

[1] 『지하철 거꾸로 타다』에서 발췌. 2023년 현재는 수필로 등단한 지는 26년, 동시는 22년, 시는 16년째가 된다고 보아야 할 것이다.

플라스틱처럼 일그러져 가면서까지 참진 않아요.//
나를 닮았어요.

- 「유리컵」 전문

　「유리컵」에서는 마지막 연에 '나를 닮았어요'라고 마무리하면서, 유리컵과 자신의 닮은 점을 이야기한다. 유리컵은 투명해서 그 안에 무엇을 넣느냐에 따라 색깔이 변한다. 콜라를 담으면 콜라색으로 우유를 담으면 우유색으로 말이다. 그러나 그 유리컵은 아무하고나 친구하지는 않고, 함부로 대하는 것도 싫어하며, 플라스틱처럼 일그러져 가면서까지 참지는 않는다. 「꼬마 시인」을 발표할 때가 2003년이고, 「유리컵」을 발표할 때가 2017년이니, 서금복 동시인이 등단한지 십수 년이 훌쩍 지나간 시기이다. 그 사이 서금복 동시인은 문학의 길을 묵묵히 걸으면서 쉽지 않은 상황들을 겪어낸 것처럼 보인다. 「꼬마 시인」에 나타난 시어들이 '하늘', '땅', '돌멩이의 속삭임', '금붕어의 글 읽는 소리'처럼 천진하고 순수하다면, 「유리컵」에 나타난 시어들은 '아무하고나 친구하진 않아요', '질색이에요', '싫어해요', '참을성도 없어요', '깨져 버리죠', '참진 않아요'처럼 반항적이다. 인간의 출생으로 볼 때, 「꼬마 시인」은 돐이 지나서 말을 하기 시작하고, 온갖 주변 세계에 호기심이 가득한 유아기로 볼 수 있다면, 「유리컵」은 사춘기 청소년의 반항기로 보여진다. 사춘기 청소년들이 성장통을 앓듯이 서금복 동시인도 「꼬마 시인」에서 「유리컵」으로 지나 가면서 성장통을 앓고 있었던 것이 아닐까라는 생각이 든다. 마지막 연에 한 줄로 '나를 닮았어요'라고 이야기하는 것은 서금복 문체인 솔직 담백함을 그대로 드러낸다. 「꼬마 시인」의 첫 연인 '나는 시인이 되었어요'와 「유리컵」의 마지막 연인 '나를 닮았어요'는 묘하게 댓구를 이루는 것이 서금복 동시인을 닮아 있다.

　시인은 자신의 동시에 대해 동시집 『파일 찾기』의 서문에서 이렇게 이야기한다.

그러고 보면 나는 가을꽃입니다. 그것도 많지 않은 벌과 나비를 만나기 위해 안간힘을 쓰는 보랏빛 꽃입니다. 많은 사람에게 사랑받지 못해도 꾸준히, 열심히 동시를 쓰겠습니다. 유행에 민감한 동시가 아니고, 누군가의 눈에 들기 위해 쓰는 동시가 아닌, 그저 안 쓰고는 못 배겨서 쓰는 동시로 나의 가을을 맞고 싶습니다. (중략) 글을 쓰면서 때로는 슬프고 서운해서 비닐봉지나 센서 전등, 유리컵에게 하소연도 했지만 지나고 나니 다 좋은 시간이었습니다. 그 시간이 차곡차곡 담긴 오래된 파일을 찾아 화해도 하고 눈물도 닦으며 이제는 눈물보다는 웃음이 담긴 동시를 쓰도록 노력하겠습니다.

2017년 봄에는 수필집 『지하철 거꾸로 타다』가 출판되었고, 같은 해 가을에는 동시집 『파일 찾기』가 출판되었다. 2012년 출판된 동시집 『우리 동네에서는』 이후, 이란성 쌍생아를 출산하는 것 같이 동일한 해의 봄과 가을에 수필집과 동시집이 나란히 출판되는 쾌거를 이룬다. 그래서인지 시인은 2017년에 출판된 수필집과 동시집에 자신의 이야기를 진솔하게 풀어 놓았다.

동시, 시, 수필 어느 분야에서도 유명해지지 않았지만, 꾸준히 문학의 길을 걷고 있었다는 위로를 한다. 그리고 더 나아가 희망을 노래하는 동시를 쓰도록 노력하겠다는 다짐을 한다. 그렇다. 이것이 바로 서금복 동시인 본연의 모습이다. 시인은 정적인 것 같으면서도 튀어 오르는 힘이 있고, 묵직한 것 같으면서도 솟아나는 신선함이 있다. 그러나 그것이 전혀 어색하거나 인위적이지 않다. 시인의 시집 『세상의 모든 금복이를 위한 기도』(청동거울, 2019)에 수록된 「나는 오 리에 서 있는 오리다」를 읽어 보면, 서금복 작가 내면의 힘을 여지없이 발견할 수 있다.

나는 오리다./ 걷고, 뛰고, 날아도 어느 것 하나 잘하는 게 없는 오리/
수필, 동시, 시로 등단했어도 뛰어나게 잘하는 게 없다.//

그렇지만 오 리에서 멈추고 싶진 않다./

문학의 길을 10리라고 본다면 나는 적어도 5리에는 와 있다./

시작이 반이라고 했으니까//

문학을 왜 하는가?/ 스스로 수도 없이 던졌던 질문//

그냥, 좋아서// 그렇다면 됐다./ 다시 컴퓨터 앞에 앉는다

– 「나는 오 리에 서 있는 오리다」 전문

「나는 오 리에 서 있는 오리다」는 「꼬마 시인」, 「유리컵」과는 또 다른 느낌의 자기 고백적 시이다. 「꼬마 시인」이 유아기, 「유리컵」이 사춘기였다면, 「나는 오 리에 서 있는 오리다」는 유아기와 사춘기를 월등히 넘어선 장년, 즉 뜻을 세운다는 입지(立志)의 위풍당당함이 느껴진다. 「나는 오 리에 서 있는 오리다」에 나타난 시어들은 '그렇지만 오 리에서 멈추고 싶진 않다', '문학을 왜 하는가? 스스로 수도 없이 던졌던 질문', '그렇다면 됐다', '다시 컴퓨터 앞에 앉는다'로 십수 년 동안의 의심과 갈등이 고스란히 드러난다. 그러면서도 결국 뜻을 확고히 하고, 허리끈을 다시 묶고, 신발 끈을 고쳐 매고, 다시 정진하게 되는 30대 장년의 준비된 위엄이 느껴진다. 이렇듯 시인의 동시는 시간이 흐르면서 더욱 선이 굵어지고 색인 진해진다. 더 깊어지고 더욱 견고해진다.

3. 동시에 나타난 가족

서금복 동시인의 동시에는 '할머니', '아빠', '엄마'를 비롯한 '가족'이 등장하는 동시가 많다. 첫 번째 동시집의 제목은 『할머니가 웃으실 때』이고, 네 번째 동시집은 『우리 아빠만 그런가요?』이다. '할머니'와 '아빠'를 동시집 제목으로 넣을 만큼 서금복 작가의 주요 소재는 '가족'이다.

『수필 쓰기에 딱 좋은 사람들』을 통하여 시인 자신도 고백하였듯이 자신의 글 중에는 '아버지'에 대한 글이 많다고 한다. 작가의 부친은 30여 년 동안 뇌졸중으로 누워 계셨는데, 작가의 모친이 그 모진 세월 동안 부친의 병수발을 하셨다고 한다. 그 세월 동안 작가는 부친께서 모친을 고생시킨다고 부친을 많이 미워하고 원망하였었는데, 그 마음 내면에 있는 부친에 대한 사랑을 글로나마 표현한 것 같다고 이야기한다. 그러나 시인의 작품을 읽어 보면, 가족에 대한 사랑은 비단 시인 자신만의 가족을 말하는 것은 아니다. 우리 모두의 아빠, 엄마, 그리고 가족을 의미한다.

> – 할머니! 사진 속에 활짝 웃고 있는 애는 누구예요?/
> – 얘라니? 아빠지./
> – 네? 우리 아빠가 이렇게 잘 웃었나요?/
> – 그럼, 아빠의 웃음꽃은 담장 너머 옆집까지 피었지./
> – 그런데 왜 지금은 안 웃을까요?/
> – 글쎄, 왜 그럴까?/
> – 아! 아빠가 피곤해서 그런가 봐요. 집에 오자마자 동생 목욕시키고 설거지하고 청소까지 하지 않으면 엄마가 싫어하거든요./
> – 엄마는?/
> – 엄마도 돈 벌잖아요.
>
> – 「우리 아빠만 그런가요?」 전문

 동시집 『우리 아빠만 그런가요?』의 표제 동시인 「우리 아빠만 그런가요?」 전문을 읽어 보면, 현대를 살아가는 맞벌이 부부들의 고단함이 배어 있다. 맞벌이 부부의 아이를 돌봐 주는 할머니와 손주와의 대화를 통해 이들이 얼마나 힘들고 피곤한 삶을 살아가고 있는지 짐작이 간다. 일상의 피곤함으로 인해 웃음마저 없어진 아빠, 맞벌이 엄마이기 때문에 가정 살림을 가장과 나누어야만 숨통이 트이는 엄마, 아빠의 웃는 얼굴이 어색한 아이, 웃음이 없어진 아들을 안타깝게 바라보는 할머니, 그 어느 것 하나 만족스러운 삶이 없다. 손주와 할머니의 대화 장면에는 등장하지 않는 우리나라 맞벌이 부부들의 애환과 고단함이 묻어 있다. 그런 의미에서 「우리 아빠만 그런가요?」는 동의를 구하는 질문이 아니라 간절함의 표현이다. 일상의 피곤함에 대한 탄식이고, 고단한 삶에서 벗어나고자 하는 바람이다.

'아빠의 웃음꽃은 담장 너머 옆집까지 피었지'라고 회상하는 할머니의 아련한 기억은 '엄마도 돈 벌잖아요'라고 말하는 손주의 말로 인해 산산조각이 난다. 손주가 갖고 온 오래된 사진을 보고, 웃고 장난치며 해맑았던 아들의 모습을 추억하는 할머니는 '돈'이라는 강력한 현대 무기로 인해 무참히 소멸되어 버린다. '엄마도 돈 벌잖아요'로 끝이 난 이 동시는 현실의 냉엄함에 매몰되어 아무런 댓구도 없이 단절적인 적막함으로 끝이 난다. 마치 쉬는 시간에 재잘거리는 아이들이 수업 종이 침과 동시에 막막 아득한 교실로 순식간에 함몰되듯이, 직장의 점심시간에 웃고 떠들며 맛있는 점심 휴식을 즐기던 직장인들이 오후 일과 시간이 되자 '이제 일하자' 하며 무심히 작업대로 굴러 들어가듯이 말이다.

현대를 살아가고 있는 모든 아빠와 엄마들이 '돈'을 통하여 얻은 생활의 편리함과 맞바꾼 것은 과연 무엇일까? 우리 현대 가족들이 얻은 것과 잃은 것, 어떤 것이 우리들에게 더 소중한 것일까? 서금복 작가는 「성공한 아빠」를 통해 또 다른 시각으로 현대를 살아가는 가족의 삶에 화두를 던진다.

> '너는 커서 뭐가 되고 싶니?' 선생님이 아빠에게 물었을 때/
> 불 끄는 아저씨라고 할까, 기차 운전하는 아저씨라고 할까,/
> 망설이다가 '아빠가 되고 싶다'고 했대.//
> 대통령이나 사장님이 되고 싶다고 한 친구들이/
> 책상을 두드리며 웃었을 때/ 선생님은 아빠의 머리를 쓰다듬으며/

'승규는 좋은 아빠가 될 수 있을 거야.' 하셨대.//

아빠와 나는 설날마다 가는 데가 있어./

아빠가 '큰 바위 얼굴 선생님'이라고 부르는 선생님께 세배하면/

아빠의 선생님은 내 머리를 쓰다듬으며 말씀하시지.//

"네 아빠가 성공했구나. 결혼하기도 어렵고 애 낳기도 어려운 세상에/

너처럼 멋진 애를 낳았으니 말이야."

- 「성공한 아빠」 전문

「우리 아빠만 그런가요?」에서는 '웃음'과 '돈'이라는 대립 관계를 손주와 할머니의 대화를 통해 그렸다면, 「성공한 아빠」는 '성공'과 '아이'라는 양립 관계를 아이의 목소리를 통해 들려준다. 마치 「우리 아빠만 그런가요?」에 등장하는 할머니와 대화를 하던 어린 아이가 「성공한 아빠」에서는 1인 주인공으로 등장하여 관객을 향해 방백(傍白)하듯이 아빠를 대변해 주는 것 같다. '우리 아빠가 대통령이나 사장이 되진 않았지만, 선생님이 그러시는데요, 성공한 거래요'라고 말이다. 그런 의미에서 「성공한 아빠」는 「우리 아빠만 그런가요?」의 속편처럼 읽혀진다.

'성공'이라는 단어는 '출세', '입신양명' 등과 연결되어 떠오르는 단어인데, 이 동시에서는 '멋진 애를 낳고 기르는 것'이 '성공'이라고 말한다. 「우리 아빠만 그런가요?」가 '돈'이라는 힘에 의해 가족들의 삶이 처참히 무너지는 느낌이라면, 「성공한 아빠」는 '돈'에 종속되어 살아가고는 있지만, '아이'를 낳고 기르면서 자신의 어릴 적 꿈(아빠가 되는 것)을 이루고 지키며 사는 아빠의 소소한 행복이 느껴진다. 소년이 어릴 적부터 꿈꾸던 '아빠'가 되어 가족과 함께 살아가는 소시민 가장의 충실함과 성실함이 말이다. 그런 의미에서 '대통령'이나 '사장'과 같은 전근대적 의미에서의 성공은 의미가 없다. 작지만 소소한 행복을 꿈꾸는 현대 가족의 꿈은 소박하지만 낭만적이다. 『우리 동네에서는』에 수록된 「아빠 등이 웃는다」에 등장하는 아빠와 가족은 현대 가족들이 누리고 있는 소박하지만 낭만적이고 훈훈한 삶을 엿볼 수 있다.

> 오른팔, 왼팔 축 늘어뜨리고/ 며칠째 걸음 멈추고 있는 벽시계//
> 건전지를 넣으며 아빠 하는 말/
> "배고팠지?/ 나만 밥 먹어서 미안해."//
> 깜짝 놀랐다/
> "아, 귀찮아! 이런 것도 꼭 내가 해야 하나?"/
> 아빠가 이럴 줄 알았는데,//
> 시계밥 먹이는 아빠 등에/ 살짝 기대니/ 등이 움찔 웃는다.
>
> – 「아빠 등이 웃는다」 전문

전자 벽시계의 건전지를 갈아 끼우면서, 벽시계에게 "나만 밥 먹어서 미안해"라고 말하는 아빠의 모습, 그 모습을 지켜보며 깜짝 놀라는 아이의 모습, 그리고 살며시 아빠 등에 기대는 아이와 그 아이를 다정함으로 맞이하는 아빠의 모습, 전자 시계의 건전지를 갈아 끼우는 단순한 일상을 오롯이 받아들이며 소소한 삶의 행복으로 만드는 아빠, 그 아빠를 보면서 다정한 정을 키워가는 아이들. 이것이 현대를 살아가는 현대 아빠들의 지혜가 아니고 무엇일까. 다정하고 지혜로운 아빠, 묵묵히 성실히 일하는 아빠, 이런 아빠들을 서금복 작가는 놓치지 않고, 「아빠 등이 웃는다」에서 작가 자신의 특유한 시선으로 그려 내고 있다.

아빠에 대한 이야기가 이렇다면 엄마에 대한 이야기는 어떻게 그려 내고 있을까. 서금복 작가가 그리는 엄마의 모습은 자연의 소리를 들을 수 있는 엄마이다. 『우리 아빠만 그런가요?』에 수록된 「동시 쓰는 엄마」에는 아기를 업고 있는 엄마가 등장한다.

아기가 엄마 등에 업혀서 옹알이한다./

엄마가 아기 엉덩이를 토닥이며 말한다.//

– 밖에 나와서 좋다고?/ 꽃들도 너를 봐서 좋대.//

앞에서 보면 엄마만 보이는데/

옆으로 보면 아기가 엄마 등에 업혀 있다.//

언뜻 들으면 엄마 혼자 말하는 것 같은데/ 자세히 들으면/

엄마가 아기에게 꽃들의 마음을 전해 준다.

– 「동시 쓰는 엄마」 전문

「동시 쓰는 엄마」에 등장하는 시어는 '엄마', '아기', '옹알이', '엉덩이', '등', '꽃' 등이다. 나열된 시어를 듣기만 해도 훈훈하고 포근하다. 잔잔하고 평화롭다. 서 작가는 '아빠'들은 세상과 맞서서 힘들게 살아가지만, 묵묵히 삶을 받아들이며 가족들을 돌보는 용기와 지혜를 갖고 있는 모습으로 그렸다면, '엄마'는 아이를 키우며 산책하고 꽃들의 마음을 읽고 대화하며 동시를 쓰는 평화로운 모습으로 그려 낸다. 서 작가가 그려 내는 '엄마'의 모습에는 '동시를 쓰는 엄마'가 자주 등장한다. 『할머니가 웃으실 때』에 수록된 「엄마의 방」에는 컴퓨터 앞에 앉아서 작업을 하는 엄마의 모습이 나온다.

가로 세 뼘/ 세로 두 뼘// 그곳에는/ 없는 나라가 없고/

만나고 싶은 사람은/ 누구든지 만날 수 있다지?//

조그만 생쥐로켓만 발사시키면/ 어디든지 갈 수 있는/ 엄마의 방/

컴퓨터 앞에 앉아 있는/ 엄마의 눈엔/ 반짝반짝 별이 뜨고/

내 눈엔/ 사락사락 싸락비 내리고

– 「엄마의 방」 전문

가로 세 뼘, 세로 두 뼘의 모니터 앞에 얼굴을 마주하는 엄마의 눈이 얼마나 반짝였을지, 문학 창작 작업을 하는 서 작가의 모습을 그려 볼 수 있다. 서 작가의 동시에는 육아 혹은 가사 노동으로 힘들어 하는 엄마의 모습이나 맞벌이 사회 생활에 지쳐 버린 여성의 모습보다는 동시를 창작하는 생기 있는 엄마의 모습이 종종 그려진다. 서 작가가 그려 내는 엄마의 모습은 다정다감하면서도 삶을 즐길 줄 아는 여유와 힘이 있다. 아마도 서 작가 자신의 모습이 투영되어 그렇게 되었으리라 생각해 본다.

가사와 육아, 혹은 맞벌이 사회생활을 하는 여성으로서 문학의 길을 걷는다는 것은 쉬운 일이 아니다. 서금복 동시인은 2003년에 첫 동시집을 출간한 이후 이십 년이 다 되도록 동시, 시, 수필 분야의 작가로 활동하고 있다. 이 글에서는 서금복 동시인의 네 개의 동시집에 실린 동시, 그리고 서 작가의 수필집을 참고로 하여 서 작가의 생애와 동시를 살펴보았다. 특히, 시인의 동시에 등장하는 가족(할머니, 아빠, 엄마)과 서 작가 자신을 그린 동시를 중심으로 동시를 살펴보았다. 시인의 동시에는 시인 자신이 살고 있었다. 그리고 시인의 가족이 살고 있었다.

4. 나오는 말

신은 시인에게 문학과 함께할 수 있는 무한한 가능성과 문학을 끊임없이 그리워하는 마음을 선물로 주었다. 그로 인해 시인은 다양한 장르의 문학을 섭렵할 수 있었다. 그러나 우리에게 주어진 '시간'과 '공간'의 유한함은, 시인이 품고 있는 문학적 그리움과 무한한 가능성을 담아 내기에는 역부족이었다. 그 때문에 시인은 수도 없이 시인 자신을 의심하고, 시인에게 질문하며, 오랜 시간 동안 번민하였을 것이고 슬퍼하며 좌절하였을지도 모른다. 그런 시인에게 문학은 여전히 손을 내밀어 주었고 어깨를 두드려 주었다. 그리고 마침내 시인은 문학과 맞잡은 손을 보고 스스로 답을 찾아내었다. '그냥 좋아서'라는 답을 말이다. 이렇게 뜻을 확고히 하고 다시 일어서는 시인을 응원한다. 뚜벅뚜벅 변함없이, '그냥 좋아서' 문학과 함께 길을 걷고 있는 시인을, 필자는 마음 깊이 응원한다.

지금도 여전히 컴퓨터 앞에 앉아 하얀 밤을 지새우며 문학의 길을 걷는 서 작가를 그려 볼 수 있다. 그리고 지금 어디에선가 문학의 길을 걷고 있는 또 다른 수 많은 서 작가들을 그려 볼 수 있다. 필자 또한 '이 세상의 모든 금복이를 위하여', '다시 컴퓨터 앞에 앉는' 금복이와 또 다른 수 많은 금복이들을 진심으로 응원한다.

물 위에 그린 꽃
- 서향숙 작품론

1. 아이들과 함께 하는 삶의 문장

작가는 글쓰기를 통해서 자신을 증명한다. 작품은 작가의 내면을 드러내는 거울이면서 삶을 대하는 방식이기도 하기 때문이다. 우리는 작가의 작품을 통해 작가가 자아와 세계를 대하는 방식을 읽는다. 동심을 구현하는 아동문학의 경우도 예외는 아니다. 아이들을 위한 작가의 마음이 선물처럼 준비되어야 한다. 이 선물은 아이들에게 흥미롭고 재미있는 것이어야 하기도 하지만 무엇보다 유의미한 것이어야 한다. 아이들의 지적 성장과 직결되는 부분이기 때문이다. 표현 방식 또한 아이들이 자신들의 시각에서 대상을 상상할 수 있도록 구체적이고 세밀한 형상화를 거쳐야 한다. 그래야 아이들은 작품에서 자신을 비춰 볼 수 있고 상상의 힘을 얻기도 하고 논리력을 갖추기도 한다.

이 글은 서향숙 작가의 작품 창작 방법에 대해 가장 큰 부분을 차지하고 있는 동시 작품을 중심으로 알아보고 창작 방법을 살펴보고자 한다. 1996년 동시 「시골 빈집에」로 《조선일보》 신춘문예에 당선하고, 같은 해 동시 「백목련」 외 2편이 《아동문학평론》 신인상에 당선되어 본격적인 문학 활동을 시작한 서향숙 작가. 방정환문학상·새벗문학상 등 다수의 문학상을 수상하였고, 한국문인협회·한국아동문학인협회·한국동시문학회·광주전남 아동문인협회 등 아동문학 관련 단체의 회원 및 임원을 맡아 활동하면서 아동문학계에 중점적인 역할을 담당하고 있다. 주요 작품으로는 『하품하는 땅』, 『땅속 거인』, 『바글바글 무지개 마트』 등 다수의 동시집이 있으며 『날아라 돌고래』 등의 동화와 『하늘 바위』라는 제목의 가사동화가 있다. 30여 년 가까이 아동문학을 쓰고 읽는 동안 동시와 동화, 동요, 가사 등 다양한 영역에서 문장을 빛냈다.

서향숙 시인의 문학적 성과는 작품에서 보여준 바와 같이 동심의 언어적 형상화에 초점을 맞추고 있다. 특히 작품에 나타난 문학적 기법은 오랜 시간을 연마한 흔적이 역력하다. 내용과 인물 구성, 이미지, 주제, 상징과 알레고리 등의 문학적 효과는 강렬하고 진정성 있는 주제 의식을 드러내는 장치로 기능하면서 의미를 얻는다. 작가의 문장을 따라가다 보면 '모든 아이는 옳다'라는 결론에 이르게 된다. 이 옳음은 정답을 가리는 '옳음'의 의미가 아니라, 그 자체로 옳다는 의미다. 작가는 이 옳음을 증명하고 독자들에게 전달하기 위해 늘 아이들과 함께한다. 아동문학을 하기 위해서는 어린이의 눈과 귀로 보고 듣고, 그들의 언어로 말하고 그들의 언어를 이해할 수 있어야 한다. 여기에 무엇을 어떻게 전달할 것인가 하는 작가의 의도와 메시지가 더해질 때 아이들의 지적 성장통과 연결되는 것이다.

한 작가의 작품 세계를 알아가는 방식은 다양하다. 작가의 작품 세계를 어떤 시각으로 보느냐에 따라 그 세계가 다르게 보일 것이다. 그런데도 모든 작품은 작가의 경험과 상상의 결과라는 것을 염두에 두고 접근하려고 한다.

2. 이야기를 품은 동시

서향숙의 동시는 이야기를 품고 있다. 이 이야기는 흥미와 운율, 두 가지 요소를 갖추고 있다. 동시 속의 이야기는 상상을 기반으로 하며, 시적 형상화를 위한 것이다. 동시가 긴장감을 얻기 위해서는 언어적 압축과 리듬을 갖추어야 한다. 이야기의 긴장은 시속의 화자가 만나는 위기의 순간, 위기를 불러온 상황에서 발생한다. 위기 상황은 시적 긴장을 불러오고 또 극복의 방향을 보여줌으로써 시의 주제를 부각한다. 이 방식의 글쓰기가 동시의 이야기에 활력을 불어넣는다. 동시의 화자는 아이의 언어로 존재의 불안을 쉽게 표현한다. 하지만 그 존재의 불안은 이야기 속에서 극적으로 해결하거나 방법을 찾거나 새로운 차원으로 전환되거나 해소된다. 이런 과정을 통해서 과거와 현재·미래가 하나의 이야기 속에 담긴다. 시인은 그 이야기가 어디서 시작되는지 안다.

> 카랑카랑한 할아버지의 기침 소리는/ 간 데 없고/
> 거미줄 온통/ 집을 지키고 있다.//
> 뚫린 문구멍으로/ 펄럭이며 드나드는 바람./
> 빈 장독 속에서/ 멱감고 있는 구름 몇 송이…//
> 아이들의 웃음 소리가/ 금방이라도 들릴 것 같은 마당./
> 깨진 밥그릇 하나가/ 할아버지를 기다리며/ 졸고 있다.
>
> – 「시골 빈집」, 조선일보, 전문

시골 빈집에는 이야기가 사라져 버린 집이 보인다. 이야기가 사라진 자리에는 깨진 밥그릇이 놓여 있을 뿐이다. 서향숙 시인의 동시는 이야기가 사라진 자리를 조명함으로써 이야기를 시작한다. 이야기의 상실은 존재의 뿌리를 들여다보게 한다. 시골 빈집에서 만나는 풍경이 끄집어 오는 상상의 세계는 빈자리가 만들어 내는 구름 몇 송이 같은 상상력을 기반으로 한다.

> 흰 구름 먹구름/ 다투는 소리도 주워담고//
> 바람소리/ 실비도 담고// 뜨거운 햇살에//
> 여름 내내 간지럼만// 먹다가//

끝내 참지 못하고// 토옥 톡 터트리는//

까아만 이야기// 한 줌

- 「봉숭아」, 「동심의 시」 30집 전문

오래돼서 까맣게 변해 버린 이야기는 온갖 것을 다 먹어 치운 지난여름의 기억을 담고 있다. 이야기는 기억의 재현이며, 그 재현을 통해서 봉숭아의 현존을 만날 수 있다. 이야기는 지난 것이지만, 그것을 버리지 않고 다시 살려 내는 시인의 감각이 사라진 풍경을 재현해 낸다. 지금의 복숭아씨를 만들어 낸 것은 지난 여름의 뜨거운 기억이다.

너는/ 이야기 재주꾼// 가슴속에/ 깊이 묻어 둔/

그 많은 이야기들을/ 가느다란 줄에 실어/

줄곧 뽑아 내고 있구나//

거미야/ 언제쯤/ 이야기가 끝나는 거니?//

히야!/ 드디어/ 아롱다롱 멋있는/ 이야기 집을 지었구나

- 「거미」, 「고샅길에 오보록한 꽃」 금초문학 19집 전문

거미줄로 집을 짓는 거미처럼 시인은 이야기 집을 짓는 존재다. 이 동시에서 천일야화의 처녀 세헤라자데처럼 이야기를 멈추면 죽을지 모르는 절박한 상황에서 이야기를 풀어 내고 있다. 언제 끊어질지 모르는 이야기를 풀어 나갈 때 외줄 타는 사람처럼 아슬아슬한 긴장감을 안겨 준다. 언제쯤 이야기가 끝날까를 생각하는 순간, 이야기는 위태로워진다. 이야기 집을 짓는 그 순간을 향해 거미는 허공에 발을 디딘다. 허공의 집을 짓는 존재로써 시인은 이야기의 허무함과 이야기의 부질없음을 누구보다 잘 알고 있다. 그럼에도 거미줄로 집을 짓는 까닭은 무엇일까? 우리는 상상의 동물이며, 상상을 통해서 거미집 같은 정글을 빠져나온 존재이며, 동굴에 벽화를

그려 낸 존재이기 때문이다.

3. 놀이와 노래를 가진 동시

아동문학에서 놀이는 중요한 의미가 있다. 특히 서향숙 시인의 시에서는 놀이와 노래가 시적 장치로 사용되면서 다양한 모습으로 변주되고 흥미롭게 형상화된다. 아이들이 놀이를 재미로 하고 그들만의 공동체를 구현해 낸다면, 서향숙의 시 세계에서 놀이는 적극적이며 당돌하게 표현된다. 아이들은 놀이를 통해서 공동체를 경험하고 노래와 소리 법칙을 배우고 성장한다. 서향숙 시인은 놀이를 표현한 동시뿐 아니라 동요 작사도 하고 있어 서로 영향을 주고받고 있다. 많은 리듬을 가진 동시가 동요로 작곡되어 발표되었고, KBS 동요제에서 우수상을 받을 만큼 음악적인 요소도 탁월하다. 음악성을 띈 동시는 전통적인 놀이를 바탕으로 다양한 목소리로 변주된다. 의성어와 의태어를 잘 사용하고 있으며, 공감각적인 표현을 통해 입체적으로 동시의 주제를 구현해 낸다.

> 꼬마야 꼬마야/ 뒤를 돌아라//
> 빙글빙글 친구들은/ 팔딱팔딱 뒤로 잘 도네/
> 긴 줄도 신이 나/ 더 잘 따라 돈다// (중략)
> 한 친구가/ 줄에 걸려 버렸네/
> 긴 줄도 안타까워/ 눈을 꼭 감아 버렸다.
>
> － 「긴 줄넘기」, 『어느 하루 정갈한 날』 금초문학 14집 전문

'빙글빙글', '팔딱팔딱'과 같은 의태어는 줄넘기의 묘미를 리듬감 있게 살리는 효과를 주며, 긴 줄을 의인화시켜 눈을 감았다고 진술함으로써 시적

반전을 보여준다. 이러한 표현은 외형률뿐만 아니라 의미상 운율의 탄력성을 가짐으로 리듬감을 획득한다.

> 꽹과리 소리/ 징소리/ 장구소리/ 소고소리…/
> 머리에 쓴 긴 줄로/ 둥그런 지구 그림을 그리며/
> 신바람 난 상쇠/ 신명나는 어울림에/
> 어깨춤 추는 구경꾼/ 하늘도 구름도/ 나무와 집도/
> 얼쑤얼쑤/ 한 덩이 되어/ 하늘로 오른다.
>
> – 「농악 놀이」, 『동심의 시』 24집 전문

서향숙 동시에 나타난 놀이 중에는 전통 놀이가 있다. 기본적인 민요의 리듬과 시어의 반복과 열거가 잘 어울린다. 서향숙 시인의 동시가 동요의 가사로 많이 쓰이는 것도 리듬을 잘 담고 있기 때문이다. 여러 의미를 가진 말들이 섞여서 하모니를 이루는 것이 농악놀이의 특징임을 잘 보여준 동시다. 동시의 마지막 부분도 이런 소리가 하늘로 오른다고 마무리 지음으로써 더 높은 차원의 변화를 꿈꾸는 이미지를 보여준다.

> 스카우트 야영 훈련의 꽃/ 캠프파이어 시간//
> 작은 불새들은/ 점점 키다란 불새들이 되어/
> 신들린 듯/ 불새 춤을 춘다//
> 신이 난 우리들도/ 둥그렇게 원을 만들어/
> 빙빙빙 추는 춤/ 불새 춤//
> 나무마다/ 뾰조족 부리 내민 채/
> 겨울나무 노래를 하는//
> 눈 새들의 노래를 따라부르며/ 불새 춤을 추는 우리들.
>
> – 「눈 새 불 새」, 『동심의 시』 30집 전문

서향숙 시인의 동시에서 드러난 놀이는 꿈을 비는 예식처럼 진지하고 생생하다. 아이들의 춤은 불꽃과 같이 멈추지 않는다. 불꽃 위로 떨어지는 눈은 한 마리 새의 이미지로 그려진다. 하늘을 나는 새의 비상을 춤추며 화자는 아이들의 꿈과 만난다. 시인은 리듬이 동시의 음악성을 획득하는 동시에 소리를 단순한 소리로 끝내지 않고 이미지화해서 만들어 낼 줄 안다. 이런 작업은 동시의 다양한 이미지를 살아 있는 존재로 느끼게 만든다.

잠이 와서 자꾸만/ 칭얼거리는 우리 아가//
둥개둥개둥개야/ 살살 흔들어 주면/
스/ 르/ 르/ 잠/ 이/ 든/ 다//
우리 아가/ 그네 타고 싶었나 보다.

- 「둥개둥개둥개야」, 「찰칵, 내 맘 다 찍혔겠다」 전문

시인은 엄마의 사랑으로 가득 찬 목소리를 자장가에서 찾아낸다. 이 자장가는 반복, 열거 등을 통해 흔들리는 그네 위에서 막 잠이든 아이가 타고 있는 것처럼 이미지화한다. 잠이든 아이가 꿈속에서 그네를 타며 노는 것을 떠올리게 하면서 자장가의 특징을 동시로 잘 표현하고 있다.

멋지고 둥글게 소라처럼 말렸다가
스르르 스르르 스르르 소라집이 풀린다
강강술래 강강술래 복스러운 달도 밝다
강강술래 강강술래 깜박이 별도 많다

- 「강강술래」(2018 kbs 창작동요)

동요 가사에서도 작가는 반복과 열거를 통해 맛깔나는 장면을 묘사한다. 마치 아리랑을 부르며 추는 군무를 보는 것처럼 풀었다 감겼다 하는 장면

을 소라 집으로 표현하는 장면이 인상적이다, 달 밝은 밤하늘에 깜빡이 별이 떠 있는 장면으로 깜박거리는 명암을 연출한다. 이 시의 리듬이 단순하게 반복, 열거에서 나오기도 하지만 이미지의 변화를 통해서도 발생할 수 있다. 이런 세밀하고 구체적인 표현으로 서향숙 시인의 리듬은 파도처럼 일렁인 뒤에 잔잔하게 잔향이 몰려오는 것 같은 생각이 들게 한다.

4. 아이들의 입체적인 감각과 이미지 구현

동시는 비유와 상징 다양한 알레고리를 통해서 시인의 마음을 보여준다. 이미지로 드러나는 동시의 주제와 의미는 시인의 소리에 모양을 만들어 주고 색을 입힌다. 서향숙 시인은 다채롭게 이미지를 직조한다. 공감각적인 이미지를 활용하면서 이미지에 색깔과 소리를 섞는 입체적인 표현을 즐겨 사용한다. 아이들의 감각이 입체적이라는 것을 현장 경험을 통해서 인식한 이유다.

> 우리 엄마의 기도를/ 그림으로 그리면/
> 어떤 모양이 되나/ 생각해 본다//
> 살며시 건드리면/ 토옥 터져 흩어지는/
> 까아만 봉숭아 씨앗일까?//
> 수많은 눈물 꽃이/ 피어난 나무일까?//
> 총총 빛나는 별이/ 흐르고 있는/ 은하수가 될까?
>
> － 「엄마의 기도」, 『우리나라 좋은 동시 33』 전문

'엄마의 기도를 그림으로 보여줄 수 있는 것이 무엇일까?'라는 질문은 이 시에서 중요한 지점이다. 화자의 질문이 그림을 불러오기도 한다. 봉숭아

씨앗과 나무와 은하수에서 시인은 엄마의 간절한 기도를 읽는다. 기도는 하늘로 올리는 인간의 편지 같은 것이다. 땅 위의 봉숭아에서 하늘을 향해 흔드는 나뭇가지로, 다시 나뭇가지에서 하늘 위에 떠 있는 별로 향하는 엄마의 기도문이 이미지로 형상화되어 있다.

추운 겨울날 저녁// 지하도 계단 아래에서/
동전 통 앞에 놓고/ 웅크리고 앉아 있는/ 할아버지//
어느새/ 내 마음도 웅크려져/ 불쌍한 할아버지가/
한가득 들어차 버렸다//
윙/ 윙/ 윙 매운 칼바람이 불어오는/
내 마음속도/ 꼬옹꽁 얼어붙었다.

– 「ㄷ (디귿)」, 「자음 모음 놀이」 전문

우리 사회의 어둡고 추운 이미지가 떠도는 지하도 계단이 배경인 시다. 아이들에게 칼바람 불어오는 마음의 풍경을 디귿의 이미지로 보여준다. 어떤 눈으로 세상을 보느냐에 따라 세상의 빛깔과 모양이 달라질 수 있음을 시인은 이 시를 통해서 말한다. 디귿으로 그려진 지하도 계단에서 소외된 이웃을 찾아내는 눈이야말로 우리 동시가 가져야 할 아름다운 덕목이며 그림이 아닐까.

춥고 지루한 겨울 내내/ 웅크리고 잠만 자던 땅/ 사알살 깨어나서/
커다랗게 하품하고 있어// 길게/ 더 기일게/ 하품하는 땅//
하얗게/ 더 하얗게/ 일어서는 땅.

– 「하품하는 땅-아지랑이」, 「하품하는 땅」 전문

땅을 의인화시켜 보여준 이미지의 활용은 동시 전체의 분위기를 술렁이게 만든다. 막 잠에서 깨어난 아이처럼 시인은 땅이 기지개를 켜는 것으로 본다. 의인화된 이미지는 이처럼 누워 있는 고정된 존재를 일어나게 하고 손을 뻗게 한다. 아지랑이가 가득한 봄날 아침 대지 위에 뛰어다니는 아이들을 상상하게 한다.

> 위이잉 윙 윙// 탈수하면서 계속 빙빙빙// 세탁기가 돌아간다//
> 끝났다는 음악 소리가 흘러나온다// 문을 발칵 열자//
> 얼마나 무섭고 어지러웠는지// 서로들 부둥켜안고 있는//
> 저 빨래를 좀 보아// 정말 무서웠구나.
>
> – 「겁쟁이 빨래들」, 『하품하는 땅』 전문

서로 부둥켜안고 있는 이미지는 혼돈의 시대를 견디며 살아온 어른들에게 많은 생각을 하게 한다. 이토록 고통스러운 현장을 아이들에게 어떻게 보여줄까 고민했던 시인의 의도가 상징적으로 발현되었다. 따뜻하게 그렸지만, 그 안에는 모든 것을 다 털린 빨래들의 모습이 덩그러니 남아 있다. 아이들에게 마냥 따뜻한 이미지만으로 동심을 그리던 시기는 이제 지났다. 시인은 과감하게 찢어지고 상처 입고 소외된 사람들의 이미지를 빨래로 형상화하듯 고스란히 있는 현실을 재현하는 것이야말로 아이들에게 진정한 학습이 아닐까?

> 또옥/ 내가 떨어뜨린/ 물 한 방울// 또오옥/ 단짝 승희가 떨어뜨린/
> 물 한 방울// 유리판 위에서/ 그만/ 한마음 된/ 물 두 방울//
> 우리 몸은/ 물 두 방울/ 마알간 마음은/ 물 한 방울//
> 그래!/ 콩콩콩 뛰어 봐!/ 어깨동무 한 마음
>
> – 「ㅇ(이응)」, 『자음 모음 놀이』 전문

동그라미 안에 갇힌 마음은 물 한 방울로 표현된다. 두 개의 물방울이 한 개의 물방울로 합일을 이룰 때 콩 콩콩 뛰어오를 수 있다. 동그라미는 바퀴로 대변될 만큼 역동적인 이미지다. ㅇ을 통해서 작가는 동그라미의 상징성을 물방울로 표현하였으며 콩콩 뛰는 존재로 그려낸다. 서향숙 시인이 동시에서 이미지는 입체적이다. 소리와 움직임 모양을 함께 갖춘다는 이런 작업은 동시를 입체적으로 만들기도 하지만, 무엇보다도 아이들에게 뚜렷하고 분명한 그림을 보여주기도 한다.

5, 무엇을 말할 것인가–작은 것들의 힘, 모성애와 자연

동심의 구현이야말로 모든 동시인의 꿈이 아닐까. 아동문학에서 동심을 구현하기 위한 다양한 방법들과 시도들이 있었다. 특별히 무엇을 말할 것인가가 결정되어야 동심이라는 막연하고 추상적인 주제가 구체적이고 뚜렷한 형상을 갖추게 된다. 서향숙 시인의 동시에서는 무엇을 말하고 있는가에 대해 명징하고 확연한 이야기들이 단순하게 주장으로 나타내지 않고 세밀한 묘사와 다양한 시적 진술을 통해서 입체적으로 형상화한다. 서향숙 시인의 동시에서 드러나는 동시들은 작은 것들이 크고 힘 있는 것들을 이겨내고 더 중요한 일을 해내는 존재로 그려지며 그것들의 바탕에는 모성애, 가족 사랑이라는 힘의 근원이 자리하고 있다. 또한 자연물을 대상으로 한 시가 많다. 그 안에는 자연 대상을 통해서 인간의 오만함을 경계하고 자연에서 우리의 존재가 있음을 알게 한다. 이런 주제들이 동심을 더욱 어린 이들의 것인 것뿐 아니라 어른들이 꼭 가져야 할 태도라는 것도 알려준다. 이런 시각에서 보면 특별히 작은 존재들의 목소리가 크게 들린다. 이런 작품을 통해서 우리는 작지만 맵고, 하찮은 것 같지만 빼놓고는 말할 수 없는 이야기의 주인공을 만나게 된다.

아무리/ 물이 먹고 싶어서 발버둥 쳐 봐/
수도꼭지가 없다면 어떻게 되지?

－「꼭지가 소중한 줄은」, 『동심의 시』 30집 부분

　모든 꼭지들은 가장 작은 모습을 가지고 있지만, 그 꼭지가 없었을 때 얼마나 어려운 상황이 되는지 알게 된다. 특히 엄마 젖꼭지가 배고픈 아이에게 얼마나 중요한지 알려줌으로써 이 동시는 작은 것들의 힘을 보여준다.

회전의자 너는/ 한 다리로 버티고 있으니/ 얼마나 힘이드니?

－「얼마나 힘이 드니?」, 『연못에 놀러온 빗방울』 부분

　우리 몸의 지체 중에 다리가 주는 의미는 많다. 지탱하고 버티며 받쳐 주는 다리는 몸을 걷게 하고 달리게 한다. "얼마나 힘이 드니?"라는 염려 섞인 물음으로 시작하는 이 동시는 시인이 무엇을 말하려는 지와 말하는 방식을 한꺼번에 보여준다. 우리는 성취와 능력만을 보고 대상을 평가하지만, 서향숙 시인은 존재의 자리와 자세, 그리고 그 힘의 근원에 대해 질문을 던진다. 그러므로 아이들은 우리의 힘의 바탕이 되는 것이 무엇인지를 알게 되는 것이다. 회전의자의 다리로 표상되는 것들이 우리 주위에는 참 많다. 그것이 아버지와 엄마일 수 있으며 공장의 노동자일 수 있으며 길을 쓰는 청소부일 수도 있다. 우리가 기대고 앉고 있는 바닥에 버티고 있는 모든 존재들의 의의를 알려준다.

갯벌 엄마는/ 수많은 아기들을/
가슴 속에 품고서/ 쉴 틈 없이/ 숨을 쉬고 잇구나!

－「갯벌」, 『햇살에 부치는 편지』 부분

이 작품에 모성애가 담겨 있다. 엄마가 얼마나 중요하고 위대한 존재인가를 알려준다. 엄마와 한몸을 이룬 존재 또한 위대하고 가치 있는 존재라는 것을 이야기한다. 이미지에서 다룬 동시 「엄마의 기도」에서 시인은 엄마의 기도를 봉숭아 씨앗으로 비유했다가 은하수로 비유를 확장시킨다. 이런 과정을 볼 때 모성애를 우주적인 것으로 보고 있음을 알 수 있다. 아이들이 이 우주를 어떻게 받아들일 것인가에 대한 질문으로 어머니의 사랑으로 답하고 있다.

> 외할머니의 주름 손이 만들어 놓은/ 푸르고 작은 애호박/
> 한여름 뙤약볕에 행여 델까 봐/ 마디마디 양산을 받쳐놓고/
> 호박넝쿨이 뻗어간다/ 외할머니 텃밭에
>
> — 「외할머니의 텃밭」, 『연못에 나온 빗방울』 부분

「외할머니의 텃밭」에서 시인은 할머니가 보내는 사랑의 메시지를 읽는다. 외할머니의 주름 손이 이런 것들을 만든 것이다. 이런 것들은 어떻게 왜 시작되었는가를 물으며 모성과 가족애에서 답을 찾는다.

> 가만히 보면/ 이파리 수만큼 와서/
> 놀고 있는 햇살들/ 반짝이는 아이들의 꿈//
> 가을이 저만큼 가고 나면/ 눈여겨보아라/
> 모두 다 날개를 달고 떠나는/ 미루나무 이파리들을//
> 열 개씩, 백개씩 천개씩…/ 가만가만 날아오르는/ 아이들의 꿈을
>
> — 「미루나무의 꿈」, 『연못에 놀러온 빗방울』 부분

서향숙 동시에서 다루고 있는 소재들은 자연에서 나온 것들이 많다. 동시의 배경까지 생각하면 서향숙 시인의 자연 사랑은 참으로 다채롭고 범위

가 넓다. 서향숙 시인의 시에는 자연 사물을 대상으로 의인법과 활유법이 많이 사용되었다. 의인법이나 활유법은 우리의 존재가 서로의 도움에서 만들어졌고 유지되고 있음을 알게 하는 중요한 기법이면서, 아동문학에서 가장 많이 다루는 방법이기도 하다. 서향숙 시인의 글에서는 의인법이나 활유법을 통해서 동등하게 또는 더 크게 자연을 대함으로써 아무리 위대한 존재도 어느 것 하나 스스로 된 것이 없다는 결론을 끌어내기 위한 장치로 기능한다. 이처럼 서향숙 시인의 작품에서 만나는 자연물은 고민 많고 욕심 많고 스트레스를 받는 인간적인 존재로 그려지기도 한다. 그래서 더욱 가깝게 느껴지는데, 동시에 아이들이 자신을 둘러싼 모든 현상에 대해 받아들이고 감사하며 뛰어놀 수 있게 하는 힘을 부여한다.

6. 다채로운 동심의 형상화를 위하여

서향숙 시인의 문학적 열정은 시인의 연보로 확인되듯이 계속 진행 중이다. 서향숙 시인은 동시와 동요, 동화, 그림책 등 여러 작업을 같이하고 있으며, 아동문학 활동도 병행하고 있다. 동화가 가지고 있는 스토리의 힘이 동시에서도 잘 받쳐 주고 있으며, 긴장감을 놓지 않는 문장들이 탄탄하다. 시적 진술은 의미를 끝까지 견인해 내는 힘을 잘 사용하고 있다. 갈등 구조를 거쳐 절정에 치닫는 이야기의 특성을 동시 속에 잘 녹여내, 시적 긴장감을 부여한다. 이런 진술이 시인이 무엇을 이야기하고 있는지를 알게 하고 오래 기억하게 하는 요소로 자리 잡고 있음을 알 수 있다.

또한 시인은 아이들의 놀이를 시의 주요 요소로 활용함으로써 동시와 동요 동화를 더욱 흥미롭게 만든다. 우리는 아이들은 놀면서 큰다는 말을 많이 들어 왔고 그렇게 자란다. 그러나 지금의 아이들은 놀이를 잃어 가고 있으며, 아이들은 잃어 가는 놀이에서 꼭 가져야 할 것들을 많이 놓치며 살아간다. 서향숙 시인은 이런 점에서 특별히 놀이를 동시의 내용으로 제시하고 있는 것 같다. 아이들은 놀기 좋아하고 노래 부르기 좋아한다. 이런 아이들만의 특징이 시인의 작품에 잘 나타난다. 전통 놀이뿐만 아니라 지금의 놀이에서도 서향숙 시인의 특별한 시각은 돋보인다. 동요를 많이 쓴 시인답게 동시에서도 다양한 리듬을 가진 시들이 있다. 그 안에는 반복, 열거 등의 기법이 활용되고 있으며 이미지의 잦은 치환도 활용된다. 놀이와 노래를 통해 시인은 아이들의 세계를 잘 묘사하고 있으며, 이곳이야말로 생명력 넘치는 세계가 아이들의 세계임을 증명한다. 아이들에게 콩콩 뛰는 울림을 전해 주고 싶어 하는 작가의 열망이 보인다.

　시인은 본질적으로 아동문학은 동심을 형상화 내는 일이라고 생각한다. 그것은 서향숙 시인의 선집 자서에서도 잘 나타나며, 이러한 모든 문학적 기법이 그것을 위해 기능하기 때문이다. 특히 이미지로 다양한 생각을 바꿔 내는 작업을 통해서 이미지가 시적 형상화에서 얼마나 중요한 역할을 하는지를 보여준다. 그 중에서도 사랑, 우정 등의 생각을 이루는 관념을 비유로 이미지화하는데 탁월하다. 입체적이고 공감각적인 이미지 작업은 단순하게 보이는 것뿐만 아니라, 구체적이고 뚜렷한 따뜻하고 아름다운 작가의 시선을 보여준다.

　시인은 이런 일련의 작업을 통해서 무엇을 말하고 있는지를 우리에게 알려준다. 시적 진술은 시인의 세상을 바라보는 시선을 나타내기도 하지만, 상대인 아이들이 이야기를 알아들을 수 있을까 하는 고심에서도 비롯되어야 한다. 그것은 아동문학이 가져야 하는 분명한 지점이다. 시인은 의인법을 통해 아이들의 목소리를 끌어내기도 하고 묘사를 통해 생각의 물꼬를 트기도 한다. 시인이 동시에서는 작은 존재들이 여러 과정을 거쳐서 새로운 의미를 가진 존재로 탈바꿈한다는 것이다. 또한 이 동시에서는 엄마의 마음으로 세상을 읽어 내는 따뜻하고 포근한 엄마의 목소리를 들을 수 있다. 존재하는 자연과 사물에 대한 애정 어린 시선도 잘 보여준다.

서향숙 시인의 언어로 그린 그림은 물 위에 그린 것일 수 있다. 언어가 만든 이미지는 이미지를 보여주는 순간 사라지기 때문이다. 서향숙 시인은 눈에는 보이지 않지만, 어디에서 봤음직한 이미지를 잘 살려 표현한다. 모든 상상의 바탕에는 자유로운 마음이 깔려 있어야 한다. 시인은 물 위에 소금쟁이가 다녀갔음을 물이 그려 놓은 그림이라고 묘사한다. 사랑, 미움의 빛깔과 모양, 향기도 그곳에 그려 넣는다. 그래서 서향숙 시인은 동시에서 다양한 접근과 상상력이 춤을 추는 이미지의 활용이 중요하다는 것을 우리에게 보여준다.

나에서 너, 우리를 찾아가는 초월적 공간의 세계

– 신새별론

장성유

1. 들어가며 : 폴 엘뤼아르 시와 신새별 동시의 연결성

신새별 시인은 '별빛을 꽃으로 시화'한 시인이다. 그의 첫 동시집 제목이 바로 『별꽃 찾기』이다. 시인이 그토록 매달리고 찾아가고자 한 '별꽃'은 어떤 꽃이었을까? 그 꽃은 어떠한 마음으로 자기의 빛깔을 드러내며 자기만의 성숙한 열매를 맺어 간 것일까? 이 첫 질문과 화두는 곧 신새별 동시 세계를 찾아가는 첫 관문이자 기준자가 된다.

우리가 익히 아는 신새별 시인은 참 단아하다. 실타래로 치자면 한 올 한 올 가지런히 실을 감아 놓은 타래의 모습이요, 옷가지로 치자면 차곡차곡 구김없이 잘 개어 놓은 옷감이나 옷장 안의 단정한 모습이다. 그러나 과연 신새별 동시는 어떨까? 그의 동시는 실타래의 실 가닥이 풀어지듯 여리고 섬세한 눈길을 보여준다. 또 혹시나 누군가 그 옷을 펼쳐 입어 주리라는 희망을 간직한 채 따뜻하게 배려하는 언어가 깃들어 있다. 과연 시는 시인 그 자체라고 하는 말이 결코 과장된 표현이 아닐진대, 말이 그 사람의 품성이듯 시어는 시인의 의식을 투영하여 그대로 시인 자체를 담아 낸다.

이제 신새별 시인과 그의 동시 세계가 보여 주는 것, 그리고 말해 주는 것, 그 내면의 결을 따라가 보고자 한다. 그 만남을 위해 필자는 시인과 잠깐씩 대화를 청해 볼 것이다.

신새별 시인은 1969년 아버지 신세훈 시인과 어머니 김향자 사이에 장녀로 태어났다. 1984년 시인 아버지는 자녀 3남매의 동시집 『하늘이와 새별이와 새해』를 내 주게 되는데, 이 어린이 시집을 통해 신새별 시인은 일찍 시집 출간이라는 독특한 경험을 갖는다. 1991년 경희대학교 불어불문학과를 졸업하고 동 대학원에서 그의 문학적 지향과 동시 세계에 줄곧 영향을 미치게 될 '폴 엘뤼아르'의 시 연구로 1994년 석사 학위를 받게 된다. 논문의 제목은 「폴 엘뤼아르 시의 변증법적 구조와 생성의 세계」이다.

그러나 학문적으로 불문학 연구에 더 진입해 나갈 시점에 시인 아버지는 불문학 박사가 되고자 파리 유학을 준비 중이던 딸 신새별 시인의 마음을 돌려놓는다. 신새별 시인은 깊이 고뇌한 끝에 아버지의 뜻을 따르기로 하고 결혼하여 여느 여성과 별반 다르지 않은 모습으로 한 아이의 엄마가 된다. 그 딸은 바로 이제는 어엿하고도 똑똑한 대학생으로 성장한 '은수'다. 그러는 중 신새별 시인은 오랜 시간 시 세계를 간직하고 탐구하며 시인이 되고자 했던 꿈을 이룬다.

1998년 1월 제106회 '아동문예문학상' 동시 부분에 「집짓기」 외 두 편이 당선됨으로써 신새별은 동시 시인으로 등단한다. 그 후 공역 저서로 『동화로 읽는 신화와 전설-그리스 신화』를 발간하기도 하며, 한국문화예술위원회 창작지원금 수상 작가로도 선정되었다. 등단 7년만인 2005년 첫 동시집 『별꽃 찾기』(아동문예)를 펴내고, 이듬해 2006년 '한국아동문예상'을 수상하였으며, 첫 동시집인 『별꽃 찾기』가 '올해의 좋은 동시집'에 선정되기도 했다. 2007년에는 「나무 물 먹는 소리」 등으로 '율목문학상'(과천문인협회 제정)을 수상하는 등 등단 후 10여 년 간 신새별 시인의 초기 동시 세계는 무난한 평가를 받으며 잘 자리 잡고 있었다.

그런 뒤 신새별 시인은 다시 6년만인 2011년, 어쩌면 그의 동시에서 새로운 '전환'으로 평가될지도 모를 두 번째 동시집 『발의 잠』(문학과문화)을 출간했다. 이 동시집의 표제작이기도 한 「발의 잠」은 그 해 제정된 '열린아동문학상' 제1회 수상작으로 선정되었다. 그 수상 소감에서 신 작가는 '고맙고도 의미 있는 상'이라고 제목을 썼다. 후배들이 좋은 동시집을 낼 때마다 부럽기도 했지만, '어차피 문학은 마라톤이야. 멀리 보자.'라며 스스로 위안하며 동시의 길을 걸어왔다는 소박한 소감을 남긴다. 이렇듯 신새별 시인에게 동시는 자기 인생과 함께 멀리 가야 하는 어떤 지점에 놓여 있는 존재였다. 동시는 그를 즐겁게 하기도 했고, 아프게 하기도 했고, 또 자기 자신의 상처를 돌아보게 하기도 했다. 자기 안에 있는 신성(神性)을 발견하고 그 인격 완성을 추구해 가는 도정 위에서, 그의 동시가 말해 주려고 하는 것……. 그 어느 지점에서 필자가 희미하게 포착한 것은 폴 엘뤼아르와 신새별 동시의 연결성이다. 앞서 언급하였듯, 신새별 시인은 불문학도가 되어 프랑스 시를 깊이 있게 연구하려는 뜻을 일찍 세운 바, 그 연구의 결실로 시인은 「폴 엘뤼아르 시의 변증법적 구조와 생성의 세계」라는 석사 논문을 제출하였다. 폴 엘뤼아르의 시 세계는 줄곧 불문학도 신새별 시인의 동시 세계에까지 은근히 직간접의 수혈 작용을 해 온 것이 아닌가 판단된다.

대표적으로 첫 동시집 『별꽃 찾기』에 수록된 「친구 이름」은 바로 폴 엘뤼아르의 시 「자유(Liberté)」를 모티브하여 창작된 것이다.

> 은행잎 위에/ 비 개인 관악산 봉우리 위에/
> 단풍잎길 위에/ 네 이름을 쓴다.*//
> 유리창 위에/ 나무 둥치에/ 가을 하늘에/ 바람의 흔들림에/
> 춤추는 물줄기 위에/ 네 이름을 쓴다.//
> 작은 이슬 하나에/ 소국 한 묶음에/ 풀벌레 울음에/
> 가을비 가닥에/ 마른 잔디풀 위에/ 네 이름을 쓴다, 친구야.//
>
> * 네 이름을 쓴다 : 폴 엘뤼아르의 '자유'라는 시에서 따온 말.
>
> — 신새별, 「친구 이름」 전문

내 어린 시절/ 학교 공책 갈피 위에/ 내 책상과 나뭇가지들 위에/

모래알들 위에/ 흰 눈송이들 위에/ 나는 그대 이름을 쓴다.// (…)

잠을 깬 오솔길 위에/ 꿈틀거리는 큰 길 위에/

아우성 들끓는 광장 위에/ 나는 그대 이름을 쓴다.// (…)

불이 켜진 청사초롱 위에/ 불이 꺼진 갑사초롱 위에/

모여 앉은 식구들 머리 위에/ 나는 그대 이름을 쓴다.

– 폴 엘뤼아르, 「자유」 부분

　신새별 동시 「친구 이름」은 폴 엘뤼아르가 「자유」에서 노래한 '그대 이름'
의 동시 버전이라고 할 만하다. 신새별 동시에서 폴 엘뤼아르의 '아우성 들
끓는 광장', '꿈틀거리는 큰 길' 이미지는 '마른 잔디풀 위', '풀벌레 울음'으
로 변주되었다. 비록 말 없는 자연일지언정 그 줄기, 그 흔들림, 그 작은 이
슬 하나에까지 생명을 부여하고 '영혼'의 이름을 부여하려는 시적 화자의
의지는 '목마름'으로 가득차 있다. 폴 엘뤼아르가 외쳐 말하고 싶었지만 '그
대 이름'이라는 상징적 기표 속에 함구해야만 했던 '자유'라는 이름…. 작은
것, 큰 것, 길, 하늘, 풀, 가지…, 삼라만상 구석구석 모두에 스며 있는 소
망, 울음, 아우성의 기호들…. 신새별 시인이 적어 본 "네 이름", "친구 이
름"이 '자유'를 향한 시인의 내적 영혼의 목소리였음을 알 수 있게 한다.
　신새별 시인은 「폴 엘뤼아르 시의 변증법적 구조와 생성의 세계」에서 폴
엘뤼아르의 시에 나타난 '자아'의 모습을 크게 3가지 방향으로 분석했다.
첫째, 정체적인 원초적인 1인칭 '나'의 모습, 둘째, 다른 사람과의 관계 속
에서 자신의 모습 '나'를 찾아가는 상대적인 또 다른 '나'의 모습, 셋째, 세
계 인류와의 다수적 관계 속에서 복수적 조화를 이루어 나가는 보편성을
지향한 '나'의 모습으로 시인은 '나–너–우리', 전 인류의 문제로 확산되어
사랑으로 극복해 가려는 성향으로 폴 엘뤼아르 시의 변증법적 구조를 해석
하였다.[1] 자아 지향성의 관점에서 폴 엘뤼아르 시의 변증법적 구조를 포착

한 신새별 시인의 '시선'은 또한 그 자신이 지향해 가는 동시 창작의 동심적 변증법으로 작용되어 간다. 이러한 연결성은 그의 첫 동시집 『별꽃 찾기』에서 '나'와 '너'의 관계 형상화 동시에 잘 나타나게 된다.

2. 별꽃 찾기 : 나와 너, 천상과 지상이 소통하는 공간 세계

잠시, 시인과 대화를 나눠 본다.

　□ 어느 날 찻집의 대화 1.
대담자 : 우선 여러 편의 동시 제목을 보니 꽃이라든지 별…, 이름이 새별 씨라서 그럴까요? 별에 대한 이미지가 많네요. 작품에서도 보면 '별' 하고 '꽃'이 결합이 되어서 '별꽃'이 되었는데, 시인이 바라보는 첫 동시집 『별꽃 찾기』에 대한 시적 경향을 간단히 말해 줄 수 있어요?

신새별 : 아무래도 자연을 보면서 쓴 시가 많아요. 제목도 '별꽃 찾기'라고 했지요. '별꽃'은 지상에 피어 있는 작은 실제 있는 그 별꽃이 아니고… 제가 말하고자 하는 별꽃은 하늘에 있는 별을 꽃으로 만든 '별꽃'이에요. 그래서 독자적인 시어가 필요했어요.
대담자 : 그러면 신새별 시인의 별꽃 찾기는 뭐라고 할까요?

신새별 : 아끼는 시가 '별빛 찾기 풀꽃 찾기'인데, 하늘에 있는 별이 땅에 내려오면 꽃이 된다. 추구하는 것이 하늘에 있는 뭐… 하늘을 많

---

1) 신새별, 「폴 엘뤼아르 시의 변증법적 구조와 생성의 세계」, 경희대학교 대학원, 1994. 5~6쪽.

이 올려다보고 별을 많이 찾은 것 같아요.

대담자 : 좋습니다. 신새별 시인의 '별꽃'은 무엇일까….

신새별 : 잘 찾아봐 주시기를….

첫 동시집 『별꽃 찾기』에서 추구하는 신새별 시인의 동경 세계는 '별빛'으로 집약된다. '별빛'의 세계는 비단 신새별 자신의 고유한 세계라기보다는 소위 '우리' 인류가 공통으로 지향하는 보편적 가치와 공감을 수렴하는 세계에 가깝다. 그만큼 신새별 시인은 등단 이후 꾸준히 자연 속에서, 자연과 더불어, 변하지 않는 진리를 내포한 '자연'을 통해 보편적 사랑이라는 테마를 시적 메시지로 추구해 왔다. 신새별 동시의 '별꽃' 이미지에 대해 전병호 시인은 "별은 하늘의 꽃이고, 꽃은 땅의 별이다."라고 풀이한 바 있다. 그리고 신새별 동시 시인의 시에서는 "상승과 하강의 이미지가 빈번하게 나타난다", "그 중에서도 많이 나타나는 것이 하강 이미지[2]"라고 하였다.

'꽃'과 '별'의 이미지를 '별꽃'으로 결합함으로써 천상의 세계와 지상의 세계를 하나로 연결해 보려는 신새별 시인의 의식을 우리는 다음 동시에서 쉽사리 엿볼 수 있다.

> 수은등 아래 핀 풀꽃들이/ 별빛 찾기 내기라도 한다면,//
> 비행기가 깜빡깜빡 불을 켜고 날아가도/
> '날으는 별빛이야.'/ 아기풀꽃들은 속삭일 테지.//
> 총총 맑은 별빛들도/ 풀꽃 찾기 내기를 한다면,//
> 파란 꽃대궁 끝에 달린 꽃들을 보고도/

---

2) 전병호,《아동문학평론》118호, 2006. 봄호.

‘풀밭에도 별들이 열렸네.’/ 꼬마별빛들은 속삭일 테지.//

– 신새별, 「별빛 찾기 풀꽃 찾기」 부분

풀꽃들은 ‘별빛 찾기’ 내기를 하고, 별빛들은 ‘풀꽃 찾기’ 내기를 한다. 천상과 지상은 허공을 사이에 두고 억만 겁 시간 속에 벌어져 있으나 늘 서로의 ‘닮은꼴’을 찾고 있다. 각각 ‘별빛’과 ‘풀꽃’을 찾던 ‘아기풀꽃’과 ‘꼬마별빛’은 비로소 작은 깨달음을 얻는다. 하늘을 쳐다보던 아기풀꽃은 비행기 불빛 속에서 ‘별빛’을 만나고, 땅 아래를 내려다보던 꼬마별빛은 풀밭 꽃대궁에 달린 꽃이 ‘별’임을 발견하게 된다. 서로의 닮은꼴 찾기와 그 확인 과정은 곧 타자의 자기 동일화 과정이며, ‘나’와 ‘너’의 순환을 통한 합일세계를 이룬다. 신새별 동시의 “별빛 찾기 풀꽃 찾기”는 어쩌면 하나의 가치를 지향하는 양 방향의 행동이라는 해석이 가능하다. 때로 별빛은 풀꽃으로 내려오고, 때로 풀꽃들은 별빛이 되어 올라갈 것이다. 이와 같은 수직적 상하 구조를 둘이 아닌 세계로 보려는 시인의 세계관은 직선이 아닌 동그란 선형적 구조로 전환해 간다.

날마다/ 동그라미 동그라미 그려야/
집을 지을 수 있는/ 이슬들, 꽃이슬들.//
밤새 별빛 켜 놓고/ 동그라미 그리기를 한다.//
깜빡 잠이 들었다가/ 새벽에 눈을 뜨고/ 저도 깜짝 놀란다.//
풀잎 끝에/ 동그란 방울집 보고./ 깨끗한 제 집을 보고.//

– 신새별, 「집짓기」 전문

이 동시는 밤새 동그라미를 그리며 집을 짓는 ‘이슬들’에 대해 묘사한다. 밤새 ‘집짓기’ 공사를 위해 이슬은 ‘별빛’을 켜 놓는다. 깜박 잠이 들었다가 깨어난 ‘이슬’은 ‘동그랗고 깨끗한’ 제 집을 보고 오히려 놀란다. 그러니까이 집은 '이슬' 혼자의 힘으로 지어졌다기보다 이슬이 '깜박' 잠이든 사이, '별빛'이 비밀스럽게 완성해 주었다는 의미를 더한다. '별빛'이 만들어 주는 신비스러운 세계는 얼핏 인간의 세계와 유리된 듯이 보이지만 은밀히 인간에 작용하는 보이지 않는 '손길'로 느껴진다.

이처럼 신새별 시인은 자연을 관찰하며 초월적 공간을 조형한다. 시인은 숭고한 자연의 비밀을 노래한다. 「바람」 연작 시리즈, 「봄바람과 나비」 1·2, 「우리나라 가을」 1·2·3·4 시리즈, 「겨울눈 말고 봄눈·가을눈」 1·2·3 시리즈 등과 같이 시인이 자연에서 발견하는 가치는 '숭고한 아름다움' 그 자체이다. 이러한 가치는 자연이 인간에게 내비치는 '사랑'의 표현이자, 인간이 자연을 통해 발견하는 '사랑'의 의미와 통한다. 화자와 자연의 '서로 바라봄' 사이, '나'와 '너'의 시선은 한순간 정지한다. 이때 숭고한 아름다움의 결정인 자연은 하나의 '풍경'이 된다.

한편, 동시 「매달려 있는 것」은 인연법에 의해 '서로 매달려' 있으면서도 당당한 제 모습을 '주장하는' 주체들의 노래이다.

> 나뭇가지에 매달려 있는 게 뭐지?/ 나뭇잎.//
> 나뭇잎에 매달려 있는 게 뭐지?/ 물방울.//
> 엄마한테 매달려 있는 게 뭐지?/ 나!
>
> — 신새별, 「매달려 있는 것」 전문

나뭇잎은 나뭇가지에 매달려 있을 때, 물방울은 나뭇잎에 매달려 있을 때, 또 어린이인 '나'는 엄마에게 매달려 있을 때, 그 어떤 세계와도 비교할 수 없는 크고 강력한 끈의 힘을 느낀다. '나'가 스스로 '당당한 주체'로 존재하게 됨은 역시, '나 아닌 세계'에 매달려 있기 때문이라는 의미심장한 철학적 메시지이다. 엄마와 어린이 화자는 완전히 숨었다. '나'와 '너'의 문답만이 남았다. 이 동시의 마지막 결구는 '나'라는 글자 하나이다. 그리고 '느낌표' 하나를 더했다.

폴 엘뤼아르의 '1인칭 화자' '나'(Je)가 '너'(Toi)를 포함하여 '우리'라는 세계를 지향해 나가듯, 이 동시의 '나!'는 '엄마한테'(너) 매달려 있음으로써 더욱 견고한 '하나'의 세계가 되었다. 이때 '나!'는 '너'를 통해서, '너'로부터, 또한 '너'와 함께하는 또 다른 '나'의 세계를 말하는 것이다.

동시 「비밀 번호」는 바라볼 수는 있지만 가 닿을 수 없는 세계, 또한 가질 수 없는 세계를 획득하고자 한다. 이러한 세계를 열기 위해서는 '별 여덟 개'(********) 비밀 암호가 필요하다. '별 여덟 개'가 우체국 문을 열어 줄 때, 서로 만나고 싶어 했던 두 사람의 '편지'는 '반짝' 하고 빛난다. '여덟 개의 별'은 이메일 '패스워드'(비밀번호)를 형상화한 기호이기도 하지만, '별표' 모양을 하고 있다는 점에 시인이 착안한 이미지이다.

'반짝임'으로 가득찬 시 세계. '반짝임'은 『별꽃 찾기』 동시집이 독자에게 안겨 주는 전체적인 느낌이다.

> "바람은/ 반짝이는 목소리"(「바람 1」)
> "짝꿍이/ 전학온 날,//
> 벚꽃길/ 하늘 틈새로/ 눈발도 반짝였다."(「바람 3」)
> "강물에 번쩍번쩍 번지는/ 보름달의 징소리"(「우리나라 가을 3」)
> "반짝 빛나는 그 아이의 웃음도/ 작은 비밀 번호다."(「비밀 번호」)
> "계단 돌들이/ 몸 씻고/ 햇살에 반짝반짝."(「봄비 온 뒤」)

'별빛'은 무형의 관념적 이미지이지만 신새별 시인이 그리는 초월적 세계를 보다 생기 있게 만들어 주는 원초적인 힘으로 작용한다. 그것은 상승과 하강의 상하운동을 거듭하면서도, 시인이 내내 품고 있는 생명에 대한 의지, 바로 내면에서부터 솟아나는 '반짝임'의 세계로 탄생한다. 그리고 이 '반짝임'의 세계는 시인의 첫 동시집 『별꽃 찾기』와 둘째 동시집 『밤의 잠』

을 이어 주는 내밀한 목소리가 된다.

3. 발의 잠 : '우리'라는 타자를 향한 공동체적 공감의 세계

　첫 동시집 『별꽃 찾기』에서 경이롭기만 하던 자연, 하늘, 우주적 존재의 이상적 모습은 두 번째 동시집 『발의 잠』에 이르러 냉엄한 사회 현실과 충돌하며 모순된 양가적 세계로 나타난다. 초월적 '아름다움'을 추구하던 시적 화자는 이제 더 이상 순종적 자아가 되지 못한다. 소외되고 불우한 사회적 존재들의 이름을 호출하며 '손'을 건네고 '품'을 내어 준다.

　몇 편의 시에서 보자. 「꼭지」라는 동시에서는 '열매'가 내민 손을 덩굴이 꼭 잡아 준다. 이를 시인은 "내가 내민 손/ 꼭 잡아 주는 엄마 손"과 같다는 비유로 육화하여 표현한다. 「계절 숙제」에서 여름과 가을은 계절을 떠나면서 각각 가을산 겨울산에게 "풀벌레 울음"을 잘 달래 주라고(가을산 숙제), "벌레알" 잘 품어 주라고(겨울산 숙제) 한다. 이러한 '숙제'를 서로 받아서 이어서 해 냈기에 봄 여름 가을 겨울, 자연의 아름다움은 영속되어 간다고 시인은 믿고 있다.

　「발의 잠」 역시도 마찬가지였다. 시인은 피치 못할 환경과 조건 속에서 버려지고 소외 받고 있는 사회적 약자들에 대한 우리 사회의 '숙제'들을 이야기한다. 미약하게 꺼져가는 듯이 보이지만, 그 하나의 생명들은 모두 한때 누군가에게는 귀한 존재였으며, 마땅히 우리 사회 위에 자기 주소를 가져야만 하는 당당한 주체였다.

　잠시, 시인과 또 대화를 나눠 본다.

　□ 어느 날 찻집의 대화 2.
　　대담자 : 두 번째 동시집 『발의 잠』 이야기를 해보려고 해요. 뭐랄까요, 이

것은 마치 이전 동시집에서 하나의 장면이 전환되는 것 같은 그런 느낌이 들어요. 『별꽃 찾기』에서는 시적 대상이 주로 자연이었다면, 『발의 잠』에서는 유달리 우리 주위의 사람 이야기가 쑥 들어온 느낌입니다.

신새별 : 장성유 박사님이 잘 보셨어요. 『별꽃 찾기』가 자연에서 발견했다면, 『발의 잠』은 좀 더 사람, 어린이와 어른, 사람과의 관계성에 관심을 가지고, 또 그런 내용이 많이 들어간 시집 같습니다. 딸아이가 초등학교에 들어가고 사회성, 관계성에 관심이 많아지면서 제 동시들도 조금 더 사람이 많이 들어간 시집이 되었지요. 정확하게 잘 보셨어요.

대담자 : 시인이, 이번에는 좀 다르게 해야지 하는 창작 의식이 작용되었을까요?

신새별 : 사실 저는, 첫 번째 시집과 두 번째 시집 모두 어떤 의도를 가지고 이렇게 써야겠다, 하는 그런 의도는 없었어요. 자연스럽게 흘러간 건데, 작가님의 평가를 듣고 보니 그런 것 같기도 해요.

대담자 : 정확하게 본 것이라기보다 아마 누구라도 발견할 수 있는 지점일 것 같아요. 근데 여기서 한 가지가 더 있다고 생각해요. 다시 말해, 이것은 시인의 관심과 시선이 사회의 타자로 향한 결과가 아닌가 해요. 가령 「발의 잠」을 볼까요. 인간의 체온을 느끼려면 가까이 가든지 가서 만져 보든지 해야 하는데, 전반적으로 육체의 체감, 감각적인 것들이 많이 등장하고 있어요.

'별꽃 찾기'의 노력으로 '아름다운 것'을 포착하려는 시인의 의지적 태도는 두 번째 동시집 『발의 잠』에 이르러, '어둡고 아픈' 사회의 이면을 통해 오히려 '아름다운 것'을 건져 올리려는 어머니의 행보로 변화해 간다.

　여기 흰 눈이 있다고 치자. 먼저 멀리 보는 눈이 마냥 희고 깨끗하였다면, 가까이서 만져 본 눈은 아프토록 차갑다. 멀찌감치 떨어져 바라보던 눈은 녹지 않을 것처럼 희고 균일하다. 그러나 가까이 다가가 만져 본 눈은 금세 체온을 만나 녹아 사라지게 된다. 이 '사라짐'에 대한 안타까움으로 더욱 강렬하게 그 '아름다움'을 붙잡고 싶어 하는 욕망이 『발의 잠』 속에 있다. 인내하고 기다려야만 하는 숙명의 시간 앞에 시적 화자는 이제 이 일체의 현상과 변화를 자신의 일부로 체화하여 받아들이고자 한다. 그러기에, 시적 자아는 초월 세계에 대한 의지적 자아를 내려 두고 그윽한 연민과 보살핌, 기다림의 실천으로 낮아진다.

> 새 이가 나지 않아/ 치과에 가서/ 엑스레이를 찍었다.//
> 젖니 밑에 숨어 있는/ 이의 씨앗//
> 잇몸땅 속에서/ 싹 틀 준비를 하고 있었다.//
> 쏘옥/ 고개 내밀 날을 기다리는/ 이의 새싹/ 봄 새싹과 닮았다.//
> "너도 이의 새싹처럼 자랄 거다./ 엄마는 기다리지."
>
> 　　　　　　　　　　　　　　　　　　－ 신새별, 「기다림」 전문

　성장이 한순간에 이루어지는 것이라면 우리의 삶이 그리 오래일 필요는 없을 것이다. 「기다림」에서 보듯, 씨앗은 생명의 결정체요, 그 생명이 제 모습을 틔워 자라나기까지는 '기다림'의 시간이 필요하다. 또한 하나의 '기쁨'이 완성되기 위해서는 단계 단계별로 거쳐야 하는 '차례'가 있고, '차례'의 수고스러움은 하나의 '기쁨'을 우리 '모두'의 것으로 만든다.

잠자던 흙/ 깨우는/ 물의 목소리.//

스스로 흙이 물을 머금는다./ 졸졸졸 화분에 물 내려간다/

뽁뽁뽁 뿌리는 물 빨아들인다./ 찰찰찰 물받이 위로 물 넘친다.//

화분이 신났다./ 흙도 신났다./ 뿌리도 신났다./

물받이도 신났다./ 물이 맨발로 사르르 걸어나왔다.//

— 신새별, 「물 줄 때」 전문

작은 화분 속에서 일어나는 '물'의 순례가 퍽 생동감 있게 느껴지는 동시다. 잠자고 있던 '흙'을 '물'이 깨운다. 아마 하늘에서 흠뻑 비가 내려 야외에 둔 화분을 적시고 있거나, 물뿌리개를 든 화분 주인이 화초에 물을 뿌리고 있거나 그런 상황일 것이다. 인간 세계는 배제되었다. 각 주체들은 '물'로 인해 '잠'을 깬 화분과 흙, 화분 속 틈바구니에서 살아가는 식물 뿌리들이다. '잠자던 흙'을 깨우는 순간부터 '물'의 작은 기적은 시작된다. 물로 인한 '머금고, 내려가고, 빨아들이는' 각 행위들은 대자연의 생명을 깨워 흔든다. 그러고도 물은 '실컷' 남아서 '넘친다'. 화분, 흙, 뿌리, 물받이는 모두 '신'이 났다. 이 동시에서 '신났다' 시어는 4회나 반복되었다. '모두' '함께' 신났다는 의미다. 그러나 이 '기쁨'을 생산하고 나누어 준 주체인 '물'은 모든 일을 마치고 조용히 '걸어나온다.' 어떻게? '맨발로 사르르'이다. 과연 이 동시에서 '물'은 무욕(無慾)의 은일자(隱逸者) 그 자체이다.

『발의 잠』각 시편들에서는 분주하게 움직이며 구석마다 어루만지는 엄마의 '손길'이 느껴진다. '추상적' 어린이를 기다리던 한 '엄마'는 이제 '실재의' 어린이를 길러 낸다. 어린이는 자라서 '사회'를 향해 걸어간다. 그러기에 '엄마' 화자는 아이들이 속해서 살게 될 이 '사회'가 서로 어울려 살아가기에 충분한 '우리' 모두의 공동체, 따뜻한 공감의 세계가 되었으면 한다.

두 번째 동시집 『발의 잠』 표제작이기도 한 「발의 잠」은 이러한 시인의 세계관이 응결된 수작이다.

서울역 광장에서/ 잠자는 아저씨의 까만 맨발이/

종이상자집에 누워 잔다.//

어릴 적 뽀얗던 발이/ 까맣게 잠들어 있다.//

어머니가 두 손으로 씻겨 주었을 발/ 힘없이 자고만 있다.//

곧 서리가 내린다는데…./ 아들딸한테 돌아가는 꿈이라도 꾸는지/

엄지발가락이/ 꼼지락 꼼지락,//

신발이/ 종이상자집 앞에서/ 까만 맨발을 지키고 있다.

– 신새별, 「발의 잠」 전문

'서울역 광장에서 잠자는 아저씨'라면 흔히 사회적 용어로 통칭되는 '노숙자'이다. '길에서 잠자는 사람'이라니. 어느새 이름도 번지도 잃어버린 존재들을 화자는 '노숙자'라고 부르지 않는다. '까만 맨발'이라고 호출하며 씻겨 줄 듯이 다가간다. '까만 맨발'은 어린이들이 흙 속에서 뛰놀다 돌아온 발의 모습이기도 하다. 그래서 '까만 맨발'은 '잠자는 아저씨'의 어머니가 "두 손으로 씻겨 주었을 발"이다. 곧 서리가 내리는 추운 날씨가 웅크린 몸. "엄지발가락이 꼼지락 꼼지락"거린다는 것은 무엇을 말함인가? 그것은 회복하고 싶은 생명의 몸부림, 생명의 의지적 표현이다. '신발'은 아무런 능력이 없는 허수아비 보호자인 양 '까만 맨발'을 지켜볼 뿐이다. 그러나 조금 전까지만 해도 까만 맨발을 감싸 주며 가장 가깝게 밀착해 온 그가 바로 '신발'이기에, 신발은 끝까지 '까만 맨발' 곁을 지키고 있다.

「발의 잠」은 제1회 열린아동문학상 수상작이며, 신새별 동시 시인의 대표작이기도 하다. '발'과 '잠'이라는 묘한 병치를 통해, 시인이 줄곧 탐색해 온 의식적 지향 "별꽃 찾기"는 '아프고 뼈저린' 인간의 체온 속으로 쑥 들어간다. 그런데 주목해 볼 점은, 사실 신새별 시인에게는 이와 같은 아픔과 고통의 미학적 승화가 이미 초기 동시집부터 발아되어 오고 있었다는 것이다. 「발의 잠」에 도착하게 된 전초의 작품은 『별꽃 찾기』에 수록된 「돌」이다.

못 생기고 구멍 숭숭 뚫려/ 버림받은 돌,/

주워다/ 작은 소나무 한 그루 심었다.//

그 돌 제 틈을 내어/ 뿌리 받아들이고/

물 머금었다 나눠 주었다.//

소나무 한 그루 멋있게 키운 산 돌.

– 신새별, 「돌–'아침 고요 수목원'에 다녀와서」 전문

이 시에서 중심 소재는 "못 생기고 구멍 숭둥 뚫려/ 버림받은 돌"이다. 화자는 이 '버림받은 돌'을 집으로 가져와 돌 틈에 "작은 소나무 한 그루"를 심는다. 얼마 후 돌은 "제 틈을 내어" 소나무의 "뿌리"를 받아들이고 "물"도 머금었다 나눠 주며 기른다. '버림받은 돌'은 이렇게 작은 희생으로써 "소나무 한 그루"를 "멋있게" 키워 낸다. 즉, 이 화자는 '버림받은 돌'에게는 '쓸모'를, '작은 소나무'에게는 '성장'이라는 상생적 실천을 하였다.

혹, 과연 '구멍 숭숭' 돌을 주워다가 '소나무 한 그루'를 심었다 한들, 이 한 그루의 소나무에게 '멋진' 미래의 자유를 기대할 수 있을까, 하는 생각이 들기도 한다. 그만큼 초기 동시에서 시인은 '나'를 중심으로 한 대상화의 관점이 더 크게 작용되었다. '반면, 「밤의 잠」이 보여주는 연민은 이전 동시 「돌」이 보여준 '나–너'의 울타리를 뛰어넘어 보다 '사회화'하는 경향을 보여준다. 화자는 시적 대상에 몰입하여 감정 동일화를 이루고, 그 대상의 과거와 미래까지 넘나들며 그 내면의 소망을 대변해 준다. 주체가 그 대상을 가슴 깊이 내면화하여 빚어낸 작품이기에, 우리는 신새별 동시 「밤의 잠」에서 울림이 큰 감동을 느끼게 된다.

4. 나오며 : 『별꽃 찾기』와 『발의 잠』, 그 너머의 말줄임표

신새별 시인의 첫 동시집과 둘째 동시집 사이에 놓여 있는 결의 다름은 무엇보다도 주체와 대상의 관계성 측면이 아닐까 한다. 제1 시집에서 주체는 완전한 형태의 초월적 공간으로서 대상 '하늘/별'을 추구하였고, 그것은 지상의 '별꽃'으로 화(化)하여 형상화되었다. '나-너'의 관계성이 다분한 보여주는 시인의 제1 시집은 주로 '바라봄의 풍경' 시학이었다. 그러나 제2 시집에 이르러 시인은 '나/너-우리'의 관계성을 그려 냄으로써 보다 확장된 '사회적 공감' 시학을 만들었다. 부단히 '결핍'을 발견해 내는 제2 시집을 통한 그의 의지적 시선은 상처를 지닌 대상을 향해 점점 낮아지며 내적 지향성이 강해져 갔다.

신새별 시인은 일찍이 프랑스 시인 폴 엘뤼아르 시를 만나 그의 시를 분석하면서 "불빛처럼 나타나는 명백한 테마(나→너→우리에 대한 우주 본질 존재 해명=인간 삶과 영원한 사랑)"를 발견했다. 그 또한 이 불멸의 변증법적 테마를 자신의 시에 내면화하면서 부단히 '개인'에서 '만인'의 지평에 이르는 열린 시공간을 만들어 온 것 같다.

언젠가 신새별 시인은 '열린아동문학상' 수상 소감에서 "동시 쓰기는 제게 생각을 깊이 하라고 가르쳐 줍니다. 인격 수양을 시키는 것 같기도 합니다. 종교 다음으로 제게 인격 수양을 시키는 것 같아요."라고 쓴 바 있다. 그만큼 시인의 동시는 과작이다. 인격을 수양시킨 그 결과로 한 편씩 한 편씩 태어나기 때문일 것이다.

이제, 최근 신새별 시인이 여러 문예지에 발표하는 근작들은 제3 시집에 이르는 또 다른 길을 예고하는 듯이 느껴진다.

……// 점 여섯 개가/ 남은 말 다 했다.

－ 신새별, 「말줄임표」 전문

마침표에/ 발걸이를 달아주었더니,// 쉼표 되었다.

– 신새별, 「마침표와 쉼표」 전문

문장을 쓰는 작가라면 매 문장마다 찍게 되는 마침표. '작가'라는 이름으로 수천 수만 번 이상 찍었을 마침표. 마침표를 찍어야 할 시간이 지연될 때, 때로는 어느 중간쯤 쉼표를 달아 주어야 한다. 마침표에 '발걸이'를 달아 준 것과 같은 형상을 '쉼표'라고 하였으니, 시인은 '쉼표'와 '마침표'를 인생 행로를 걸어가는 동반자적 발걸음에 비유한 셈이다. 역설적으로, 말하지 않고, 아니 말하지 못함으로써 남겨 두어야 하는 '말줄임표'에 담긴 시인의 내면 고백도 읽혀진다. 말을 줄임으로써 오히려 말을 다 했다는 아이러니의 지경을 시인은 말하기 시작했다.

마침표와 쉼표, 괄호, 말줄임표…. 얼핏 보기에도 또 다른 격을 보여주는 신새별 동시들. 이와 같은 기호학적 상징들은 또한 시인이 무엇을 지향해 나가며 탄생한 결과인 것일까. 그 초연성, 그 상징성, 그 실험성, 그 파격성! 신새별 동시를 통해 우리가 보아오던 '순수'의 또 다른 이름. 제3 시집에서 어서 만나고 싶다.

미래 일기와 동시의 씨앗 창고

– 이묘신 작품론

황수대

1. 시에 대한 열정과 끊임없는 노력

　이묘신은 1967년 경기도 이천에서 태어났다. 그는 2002년 MBC 창작동화대상에 단편동화 「꽃배」가 당선되었다. 이후, 2005년 푸른문학상 '새로운 시인상'을, 2019년 서덕출문학상을 받았다. 그동안 동시집 『책벌레 공부벌레 일벌레』(2010), 『너는 1등 하지 마』(2012), 『안이 궁금했을까 밖이 궁금했을까』(2019), 『눈물 소금』((2021)과 청소년 시집 『내 짧은 연애 이야기』(2016)를 펴냈다. 또한 동화집 『강아지 시험』(2019)을 비롯해 그림책 『후루룩후루룩 콩나물죽으로 십 년 버티기』(2016), 『쿵쾅! 쿵쾅!』(2020), 『신통방통, 동물의 말을 알아듣는 아이』(2021)와 사진 시집 『마법 걸린 부엉이』(2019) 등을 출간했다.

　이처럼 이묘신은 여러 방면에서 재능이 많은 작가이다. 현재 그는 동시, 동화, 그림책, 청소년시 등 다양한 장르를 넘나들며 왕성하게 활동하고 있다. 또한 동시 전문지인 계간 《동시먹는달팽이》의 주간을 맡아 좋은 작품을 발굴하고 보급하는 등 동시 문학의 발전에 크게 기여하고 있다. 특히 "아무리 바빠도 시를 읽고 쓰는 것을 게을리하지 않아요."(「시인의 말」, 『안이 궁금했을까 밖이 궁금했을까』)에서 알 수 있듯이, 그는 그 누구보다도 시에 대한 열정과 노력이 대단하다. 그래서인지 그의 작품은 그동안 여러 단체에서 선정하는 우수 동시에 단골로 뽑힐 만큼 재미와 감동을 두루 갖추고 있다.

　그런데도 지금껏 그의 동시에 대한 평가가 제대로 이루어지지 않고 있

다. 물론 「생활과 시가 일치하는 시인」(전병호, 《어린이책이야기》, 2010년 겨울호)
이나 「L에게 보내는 러브레터」(박혜선, 《열린아동문학》, 2017년 가을호) 등 개별 동
시집이나 특정 작품에 대한 단평이 있긴 하지만, 이들만으로는 그의 작품
전반을 온전히 이해하기 어렵다. 따라서 이 글에서는 이묘신이 지금까지
발표한 동시집을 대상으로 그의 작품 세계와 특징을 살펴보고, 향후 그의
동시가 나아갈 방향에 대해 알아볼 것이다. 논의의 편의상 동시와는 다소
성격이 다른 청소년 시집과 사진 시집의 경우는 분석 대상에서 제외하려고
한다.

2. 일상적 소재와 날카롭고 예리한 관찰력

이미 여러 논자가 평한 것처럼 이묘신 동시의 주된 특징 가운데 하나는
일상적 소재의 사용이다. 실제로 그가 노래하는 대상이나 사건은 가족이나
이웃, 그리고 우리 주변에서 흔히 볼 수 있는 사물들이어서 그다지 새로운
것이 없다. 그런데도 그의 동시는 특별하다. 아마도 그것은 박일의 말처럼
"그는 시의 내용이든, 제목이든 평범한 일상의 소재들을 비범으로 바꿀 줄
알고, 긴장하게 만들면서 독자들을 주목시킬 줄"(「이 작가를 주목한다」, 《오늘의
동시문학》, 2012년 여름호) 알기 때문이다. 이런 사실은 그가 평소 주변에 관심
이 많을 뿐만이 아니라, 매우 날카롭고 예리한 관찰력을 지니고 있다는 것
을 말해 준다.

> 할머니는 아침만 드시면/ 경로당으로 가요/ 굽은 허리 펴게 하고/
> 힘없는 다리 지탱해 주는 건/ 씩씩하게 앞장서 가는/
> 낡은 유모차지요/ 할머닌 아기 대신/
> 삶은 고구마를 유모차에 태우고/ 경로당 마당에 들어서요/

마당에 먼저 와 있는 유모차 곁에/ 나란히 세워진/
할머니 낡은 유모차 위엔/ 햇살도 놀러 와 타고 있어요

-「할머니 유모차」 전문

　이 동시는 『책벌레 공부벌레 일벌레』에 수록된 작품이다. "굽은 허리 펴
게 하고/ 힘없는 다리 지탱해 주는"에서처럼, 몸이 불편한 노인들이 이동
보조기구로 사용하는 유모차를 노래하고 있다. 최근엔 노인용 보행 보조기
가 다양하게 출시되고 있으나, 이 동시가 발표된 당시에는 실제 유아들이
사용했던 "낡은 유모차"가 그 역할을 대신했다. 지금은 이와 비슷한 소재
의 작품이 많아 감흥이 덜하지만, 처음 이 동시를 접했을 때의 느낌은 무척
신선했다. 주변에서 흔히 볼 수 있는 평범한 소재를 시적으로 형상화한 것
이 인상적이었고, 자칫 분위기가 침울해질 수 있는 소재임에도 특유의 밝
고 낙천적인 성격으로 그 분위기를 반전시키는 능력도 놀라웠다. "아기 대
신/ 삶은 고구마를/ 유모차에 태우고" 경로당에 마실 가는 할머니의 모습
과 경로당 마당에 놓인 "낡은 유모차" 위에서 평화롭게 놀고 있는 햇살의
풍경이 무척 정겹고 따스하게 다가오는 작품이다.

창호지 문에 손가락/ 구멍이 나 있다//
안에서/ 밖이 궁금했을까?//
밖에서/ 안이 궁금했을까?

-「절에 갔더니」 전문

어머!/ 우리 아빠는/ 핸드폰이 인형인가 봐//
잠을 잘 때도/ 꼭 옆에 두고 잔다//
내 동생이/ 곰돌이 인형 없으면/ 잠을 못 자는 것처럼

-「인형」 전문

이들도 앞의 동시와 마찬가지로 일상에서 소재를 취하고 있다. 「절에 갔더니」는 『안이 궁금했을까 밖이 궁금했을까』에 수록된 작품으로, 절에 간 화자가 "창호지 문"에 난 "구멍"을 보고 떠오른 생각을 담고 있다. 3연 6행의 간결한 형식에 내용도 그리 특별하지 않지만, 깊은 울림을 준다. 그것은 이 동시가 기본적으로 지극히 아이다운 발상에 기초하고 있는 것과도 관련이 있지만, 그와 같은 소소한 소재를 발견해 시적으로 형상화하는 능력이 크게 한몫하고 있다. 그 점은 『눈물 소금』에 실린 「인형」도 크게 다르지 않다. 이 동시는 현대인의 생활필수품 가운데 하나인 핸드폰과 관련한 내용을 담고 있다. "우리 아빠는/ 핸드폰이 인형인가 봐"에서처럼, 이 동시에 등장하는 아빠는 마치 애착 인형처럼 끼고 산다. "잠을 잘 때도/ 꼭 옆에 두고" 잘 만큼 심각한 핸드폰 중독에 빠져 있다. 그런데 어쩐지 그 모습이 조금도 낯설게 느껴지지 않는다. 또한 마냥 웃고 지나칠 수만은 없다. 왜냐하면 바로 그것이 우리들의 모습이기 때문이다.

이처럼 이묘신의 동시는 일상에서 흔히 접하는 사물이나 현상을 소재로 하고 있다. 그러면서도 독자의 마음을 사로잡는 묘한 매력이 있다. 이런 사실은 그가 평소 주변에 관심이 많을 뿐만 아니라, 남들보다 뛰어난 관찰력과 감수성을 지니고 있다는 것을 말해 준다. 사실 모든 시는 경험을 바탕으로 창작된다. 하지만 그것이 모두 시가 되는 것은 아니다. 같은 경험이라 하더라도 시인이 그것을 어떻게 해석하느냐에 따라 의미가 달라진다. 그런 점에서 시인은 어떤 대상에 새로운 의미를 부여하는 사람이라고 할 수 있다. 이묘신의 동시가 평범한 소재를 취하면서도 많은 재미와 감동을 주는 것은 사물을 재창조하는 그의 능력이 그만큼 출중하다는 것을 방증한다.

3. 따스한 심성을 바탕으로 한 비판 의식

이묘신 동시의 또 다른 특징은 비판 의식이 강하게 나타나는 작품이 많다는 점이다. 기본적으로 동시는 어른인 시인이 아이에게 읽힐 목적으로 창작한다. 그 때문에 반드시 그런 것은 아니지만, 동시의 경우 대부분 시적 화자가 아이들이다. 그렇다 보니 창작에 있어 소재와 내용을 표현하는 데 일정한 한계가 있다. 즉, 지적 혹은 경험적으로 아이들의 수준을 뛰어넘거나, 그들의 정서와 가치관에 안 좋은 영향을 줄 수 있는 소재와 내용은 지레 피하게 된다. 따라서 성인 시와 달리 동시에서는 현실을 비판한 작품이 그리 많지 않다. 그런 점에서 이묘신의 동시가 지닌 의미는 각별하다.

> – 5분이면 가는 거리를 또 지각했니?/
> 수학 학원 늦었다고 엄마가 소리친다/
> 엄마처럼, 개미도 안 보고/ 엄마처럼, 예쁘게 핀 꽃도 안 보고/
> 엄마처럼, 새소리도 듣지 않고/
> 엄마처럼, 가다가 공원 의자에 앉아 보지도 않고/
> 앞만 보고 걸어간다면/ 저도 5분이면 갈 수 있어요/
> 뛰어가면 3분 안에도 갈 수 있어요
>
> – 「난 그렇게 하고 싶지 않다」 전문

> 작은 게 좋아서/ 컵 속에 쏘옥 들어가는/ 강아지가 나오고/
> 컵 속에 쏘옥 들어가는/ 고양이가 인기다//
> 작으면 밥도 조금 먹고/ 똥도 조금 싸서/ 키우기 좋단다//
> 그렇게 작은 게 좋으면/ 개미를 키우지 그래
>
> – 「작은 게 좋으면」 전문

이들은 이묘신의 비판 의식을 잘 보여준다. 「난 그렇게 하고 싶지 않다」는 『너는 1등 하지 마』에 수록된 작품으로, 학원 문제로 엄마와 갈등을 겪는 아이의 마음을 노래하고 있다. 이는 가정에서 흔히 볼 수 있는 장면으로 소재 면에서 그리 흥미를 끌 만한 작품은 아니다. 오히려 이 동시의 가치는 "수학 학원에 늦었다고" 꾸중하는 엄마에게 "엄마처럼, 개미도 안 보고", "엄마처럼, 예쁘게 핀 꽃도 안 보고" 그저 "앞만 보고 걸어간다면" 학원에 늦지 않을 수 있다고 당당하게 말하는 화자의 진술에 있다. 왜 공부를 해야 하는지, 무엇이 진정한 공부인지 진지하게 되돌아보게 만드는 작품이다. 「작은 게 좋으면」은 『눈물 소금』에 실린 작품으로, 최근 사회 문제로 떠오르고 있는 동물권을 다루고 있다. 1연의 "작은 게 좋아서/ 컵 속에 쏘옥 들어가는/ 강아지가 나오고/ 컵 속에 쏘옥 들어가는/ 고양이가 인기다"에서 보는 것처럼, 반려동물을 마치 하나의 장난감처럼 취급하는 사람들의 행태를 지적하고 있다. 특히 이 작품의 경우 "그렇게 작은 게 좋으면/ 개미를 키우지 그래"에서처럼, 다른 작품과 달리 해학적 요소가 두드러지게 나타나는 것이 특징이다.

이 외에도 이묘신의 동시에는 "사람들이 만든 거미줄에/ 족제비가 걸렸다/ 산토끼도 걸리고/ 너구리도 걸렸다/ 오늘은 또/ 노루 한 마리가 걸려/ 끙끙거린다"(「거미줄」)와 "새로 산 가방 찍고/ 핼쑥한 자기 얼굴 찍고/ 갓 태어난 강아지 찍고// 이젠 넘어져 다친 친구/ 일으켜 주지는 않고/ 인증샷부터 찍는다"(「인증샷 시대」) 등 현실을 비판하는 작품이 많다. 이들은 어느 한 동시집에 국한하지 않고 모든 동시집에서 발견된다. 또한 비판의 대상도 교육·환경·생태·문화 등을 가리지 않고 폭넓게 진행된다. 그러면서도 이들 동시는 그와 비슷한 성격의 작품들에서 흔히 볼 수 있는 날것 그대로의 목소리를 찾아보기 어렵다. 아마도 그것은 천성적으로 따뜻한 그의 심성과 밀접한 관련이 있는 것으로 보인다.

누렇게 익은 호박아,/ 부엌 구석에 떠억 버티고 앉은 널/

심심해서 손톱으로/ 꾹꾹 찔러 보았어//

네 몸 색깔이 변하며 썩어갈 때/ 난 가슴이 철컹했어/

어쩜, 거기부터 썩었을까?/ 내가 손톱으로 꾹꾹 찌른 곳 말이야//

심심하다고 장난으로 해 본 건데/ 널 썩어 가게 만들었구나/

내가 만든 손톱자국 또 없을까?/ 상처가 덧나면 안 되는데

– 「늙은 호박」 전문

오랫동안 이묘신을 보아온 사람이라면 누구나 인정하는 것처럼 그는 마음이 참 착한 사람이다. 그래서 아주 작은 일에도 쉽게 상처받고, 다른 사람들에게 피해를 주는 것을 무척 싫어한다. 이 동시는 『책벌레 공부벌레 일벌레』에 수록되어 있다. "심심하다고 장난으로 해 본 건데/ 널 썩어 가게 만들었구나"에서처럼, 이 작품에서 화자는 자신의 잘못으로 인해 호박이 썩어 가는 것에 대해 죄책감을 느낀다. 그러면서 "내가 만든 손톱자국 또 없을까?/ 상처가 덧나면 안 되는데"라며, 혹 자신의 행동으로 누군가 상처를 받지 않았는지 걱정한다. 그런데 이런 화자의 행동은 평소 이묘신의 모습과 참 많이 닮았다. 항상 자신을 낮추고, 자신보다 남을 먼저 배려하고, 작고 여린 것들을 그냥 지나치지 못하고 따스하게 보듬어 주는 사람이 바로 이묘신이다. 이런 사실은 "저기 저 소금/ 제발,/ 행복해서 흘린 눈물로/ 만든 것이라면 좋겠다"(「눈물 소금」) 등의 작품에서도 얼마든지 확인할 수 있다.

송수권은 자신의 시론에서 "그 어떤 상상력이든, 상상력은 지적 발산 능력에서 온다. 이 지적 발산 능력은 곧 지식과 경험의 깊이를 말하는데, 우리는 보통 이 힘을 직관력이나 통찰력이라고 표현한다. 여기에서 사물의 깊이를 들여다보는 '지혜의 눈'이 비로소 생긴다."(「송수권의 체험적 시론」, 문학사상, 2006)라고 말한 바 있다. 이는 시적 상상력이란 시인의 정신을 드러내는 일종의 코드이며, 시인이 지닌 지식과 경험의 깊이가 곧 시적 감동과 직결되

는 문제임을 알게 해 준다. 이묘신의 동시가 그와 같이 날카로운 비판 의식을 지니고 있음에도 미학적으로 뛰어난 성취를 보여주는 것은 아마도 이와 관련이 있지 않을까 싶다. 즉, 천성적으로 고운 심성과 예술적 소양, 그리고 다양한 지식과 풍부한 경험이 하나로 집약된 결과라는 생각이 든다.

4. 동심적 상상력과 '동화시'의 가능성

이묘신의 동시를 논할 때 또 한 가지 빠뜨릴 수 없는 것이 '서사성'이다. 앞서 소개한 바와 같이 그는 동시보다 먼저 동화로 등단했을 뿐만 아니라, 이미 여러 권의 동화책과 그림책을 출간한 바 있다. 그래서인지 그의 동시에는 인물, 사건, 배경 등 서사적 요소가 두드러지게 나타나는 작품이 많다. 물론 "아까시꽃 냄새가 폴폴/ 고개를 들어 보니/ 꽃이 주렁주렁// 그 속에 까치집/ 한 채 들어섰다// 기둥도 꽃 기둥/ 문도 꽃문/ 지붕도 꽃 지붕// 푸드득 까치가 난다/ 향기가 난다"(「까치집」)처럼 함축성과 음악성이 돋보이는 동시도 있지만, 동화나 그림책으로 창작해도 좋을 것 같은 작품도 많은 수를 차지한다.

> 담모랭이 방앗간 아저씨는/ 가끔 정미소를 돌려요/
> 안 그러면 멀리까지 가서/ 방아를 찧어야 해요//
> 담모랭이 이발사 아저씨도/ 가끔 오는 손님 위해 이발소를 열어요/
> 안 그러면 머리 깎으러/ 멀리 읍내까지 가야 해요//
> 담모랭이 구멍가게 아줌마도/ 많지 않은 손님 위해 구멍가게를 열어요/
> 안 그러면 소금 하나 사러/ 멀리 시장으로 가야 하니까요//
> 정미소도/ 이발소도/ 구멍가게도/ 담모랭이 사람들과 함께 늙어 가요//
> — 「담모랭이 사람들」 전문

194

태어난 지 한 달 만에/ 엄마를 떠났어요/

사흘을 낑낑 울고 나서/엄마가 오지 않는다는 걸 알았지요/

새 주인은 잘해 주었지만/ 가끔은 발로 찰 때도 있었고/

잊었는지 밥을 안 줄 때도 있었어요/ 그럴수록 난 꼬리를 흔들었어요/

엄마를 조금씩 잊어 갔지만/ 가끔씩 잠이 안 오는 밤엔/

엄마가 보고 싶어요/ 윙윙 바람 부는 밤에는/

엄마 품에 안기고 싶어요

– 「강아지 자서전」 전문

　이들은 이묘신 동시의 그와 같은 특징을 잘 보여준다. 「담모랭이 사람들」은 『책벌레 공부벌레 일벌레』에 수록된 작품으로, '담모랭이'라는 특정 마을을 배경으로 마음을 나누며 살아가는 사람들의 모습을 노래하고 있다. 마을 사람들의 수고를 덜어 주기 위해 다소 귀찮고 불편함에도 늘 자신의 자리를 굳건히 지키고 있는 "방앗간 아저씨"와 "이발사 아저씨", "구멍가게 아줌마"의 마음 씀씀이가 무척 인상적이다. 한 번도 가 본 적은 없지만, 서로 의지하며 함께 늙어 가고 있을 담모랭이 사람들의 모습이 참 정겹고 아름답다. 「강아지 자서전」은 『너는 1등 하지 마』에 수록된 작품으로, "태어난 지 한 달 만에" 엄마와 헤어져 다른 곳으로 입양된 강아지를 노래하고 있다. 아무리 "새 주인은 잘해 주었"다고는 하지만 아직 어린 강아지로서는 엄마의 부재만큼 더 충격과 아픔이 또 있을까 싶다. "가끔씩 잠이 안 오는 밤"이거나 "윙윙 바람 부는 밤", 엄마를 그리워하며 울고 있는 강아지의 모습이 무척이나 안쓰럽다. 서로 정반대의 분위기를 지니고 있지만, 두 작품 모두 서사성이 강해 마치 한 편의 동화를 보는 듯하다.

화단에 골고루 심은/ 꽃씨들//

분꽃 옆에 맨드라미/ 맨드라미 옆에 채송화/

채송화 옆에 봉숭아/ 봉숭아 옆에 해바라기//

땅속에선 서로 모르고 지내다/ 땅 밖에서 이웃 되었다

- 「이웃사촌」 전문

그 점은 이 동시도 마찬가지이다. 이 작품은 『눈물 소금』에 수록된 것으로, 그 발상과 표현이 놀랍도록 아름답다. 이 작품에서 화자는 "화단에 골고루 심은/ 꽃씨들"이 활짝 피어난 것을 보고 "땅속에선 서로 모르고 지내다/ 땅 밖에서 이웃 되었다"라고 생각한다. 그런데 이러한 생각은 별것 아닌 것처럼 보이지만, 실상 아무나 할 수 있는 것이 아니다. 즉, 아이들의 심리를 바탕으로 자연과 인간, 또는 세계를 새롭게 빚어 낼 수 있는 동심적 상상력을 바탕으로 하지 않으면 불가능한 일이다. 더욱이 이 작품은 3연 8행으로 이루어졌지만, 사실 이들은 단 하나의 문장에 불과하다. 그런데도 그 어떤 작품 못지않게 큰 재미와 감동을 주고 있다.

이처럼 이묘신의 동시는 서사성이 강하다. 또한, 동심적 상상력을 바탕으로 창작된 작품이 많다. 특히 이들 작품은 등단 초기에 발표한 동시집에서 자주 발견된다. 실제로 최근 발표되는 작품들의 경우 이전보다 서사성이 약해지고, 그 대신 시적 요소들이 더욱 강화된 모습을 보인다. 『안이 궁금했을까 밖이 궁금했을까』에 수록된 「안아주는 나무」나 『눈물 소금』에 수록된 「핸드폰을 집어던진 이유」처럼 서사성이 두드러진 작품이 전혀 없지는 않지만, 초창기보다 현저히 줄어든 것만은 확실하다. 그런데 개인적으로는 이와 같은 변화가 조금은 아쉽다. 왜냐하면 그동안 그의 시 작업을 관심 있게 지켜본 사람으로서 그가 지금의 시적 성취를 일궈 낸 것이 무척 기쁘고 반갑지만, 사실 오래전부터 내심 그를 '동화시'를 계승할 적임자라고 생각해 왔기 때문이다. 물론 지금도 그와 같은 생각에는 변함이 없다. 지나친 욕심일지 모르지만, 언젠가 그가 동화시만으로 엮은 동시집을 마주할 수 있는 날이 오기를 기대해 본다.

5. 다시 쓰는 미래 일기

앞서 본 것처럼 이묘신 동시의 특징은 크게 세 가지를 들 수 있다.

첫 번째 특징은 일상적 소재를 다룬 작품이 많다는 것이다. 그의 동시는 대부분 일상에서 흔히 볼 수 있는 사물이나 사건을 형상화하고 있다. 그런데도 깊은 감동과 재미를 준다. 이런 사실은 그가 평소 주변에 관심이 많으며, 어떤 대상을 새롭게 해석하는 능력이 뛰어나다는 것을 말해 준다.

두 번째 특징은 비판 의식을 담아낸 작품이 많다는 것이다. 그러면서도 그의 동시는 미학적으로도 높은 성취를 보여주고 있다. 이는 기본적으로 그의 심성이 따뜻한 것도 있지만 뛰어난 예술적 소양, 다양한 지식, 풍부한 경험이 하나로 집약된 결과라고 생각된다.

세 번째 특징은 동심적 상상력과 서사성이 두드러지게 나타나는 작품이 많다는 것이다. 특히 이러한 특징은 초기에 발표한 작품에 자주 발견되는데, 이것은 그가 동시 창작에 앞서 동화로 먼저 등단한 것과 전혀 무관해 보이지 않는다.

일찍이 박일은 이묘신의 동시에 대해 "그의 동시는 우리 동시가 가야 할 길을 제대로 잡아 주고 있는 것은 아닐까. 평범한 소재들을 시적 긴장이나 낯섦음으로 형상화시키는 그 수법 말이다. 동시를 공부하는 이들이라면 그의 착상력과 시적 긴장감을 우리 동시에서 어떻게 응용해야 하는가를 눈여겨봐야 할 것이다."(「'머리만 믿지 않기' 외 5편에 대한 평론」, 『오늘의 동시문학』, 2012년 여름호)라고 말한 바 있다. 또한, 최규리는 세 번째 동시집 『안이 궁금했을까 밖이 궁금했을까』을 논하며 "시인의 시를 읽노라면, 시를 읽고 쓰는 것을 게을리하지 않았다는 작가의 고백이 허투루 들리지 않는다. 한 편의 시마다 세상을 바라보는 시인의 시선은 날카롭고 예리하다."(「통찰과 성찰의 힘, 소통」, 계간 《동시먹는달팽이》, 2020년 봄호)라고 평가한 바 있다.

실제로 조금이라도 이묘신을 겪어 본 사람이라면 그와 같은 박일과 최규리의 평가가 얼마나 정확한 것인지 알 수 있다. 이묘신은 자신의 첫 번째 동시집과 두 번째 동시집 「시인의 말」에서 "내 수첩에는 이렇게 앞으로의 바람을 써 둔 미래 일기와 동시의 씨앗들이 가득해요. 늘 동시 생각에 길을 가다 멈춰 서고, 이야기를 하다가도 메모를 해요.", "속이 상하면 동시를 읽다가 동시집을 안고 잠을 자요. 우린 서로 잘 만났다는 생각이 들어요."라며 동시에 대한 깊은 애정을 드러낸 적이 있다. 아마도 그는 지금도 그 어디에선가 수첩을 열고 미래 일기를 쓰며 열심히 동시의 씨앗을 모으고 있을 것이다. 그리고 자신의 동시 창고에 차곡차곡 쌓이는 씨앗을 바라보며 미소를 짓고 있을 것이다. 그만큼 동시에 있어서만큼 이묘신은 언제나 진심이다.

체재의 구축미와 '동심동시' 그 기미(機微)의 실현

– 이성자 동시론

노창수(문학평론가, 한국문협부이사장)

Ⅰ. 들어가는 말

한 시인에 대해, 또는 그의 작품에 관해 논의한다는 건, 기사가 바둑을 어떻게 두느냐와 같은 비유적 관계가 있을 듯하다. 상대 수를 관망하고 통찰하는 것, 그 집과 배경을 읽어낸 뒤의 포석(布石)과도 같지 않을까. 숙고를 거듭하는 창백한 기사(棋士)의 무표정 앞에, 흰 손톱에 미끌려 살짝 튕겨지는 돌, 거기 깃든 사유가 막 이륙한 지점을 읽어 내는 일, 그게 '시인과 작품론'일법하다. 아니, 반대로 미로의 길을 따라 목적한 집에 응대·응수를 기대하며 한 발을 선수(先手)로 넣어 보는 수도 있겠다. 그리고 시인이 사는 방원(方圓)의 방에 배치된 살림살이를 탐색하고 희로애락을 함께한 흑백 식솔의 이야기를 캐는 채굴자의 호미질 같은 역할일지도……. 어쩌면 한 시인이 장만한 손때 묻은 가구를 만지며 대대로 살아온 정신사를 꿰어 가듯, 계속 수(手)를 두다가 패나 축으로 대마(大馬)를 점령해 보는 일일법도 하다. 그러므로 평론가가 쓰는 시인·작품론이란 가히 기사(碁士)가 진행하는 대국이거나, 그 관전자가 축도하여 그리는 기보(棋譜)이렷다.

유년의 강을 건너, 외갓집 길을 달려가듯 6권의 동시집 읽기를 마치고, 이제 시인 겸 동화작가인 이성자의 모두(冒頭) 앞에 선다. 그리고 다짐 하나를 챙긴다. 필자는 우선 다른 평자들처럼 시인의 이데올로기를 중심으로 논필을 전개하지 않으리란 것이다. 그러니까 「이성자 동시론」이란 제목

만큼 본질로 직행한다는 작심이겠다. 이제 우선 그를 작품성과 동심성에서 지존의 시인임[1]을 말함으로써 글을 시작하겠다. 그의 동시집 6권에 실린 작품 중 어느 편이든 읽어 보더라도, 우선 (1)밀밀한 구조에 동심의 단초인 기미(機微)[2]가 돋보인다는 점, 또 그의 동시에는 (2)온기의 정서와 서정을 내포하고 있을 뿐만 아니라 그것이 '동심동시'[3]로 향해 시심을 편다는 점이 그렇다. 참, (3)어린이와 어른, 또는 사물과 자연물의 내·외면을 연결하는 이른바 스토리텔링 기법을 사용하여 읽히는 동시, 재미있는 동시를 추구한다는 점도 말해 두어야겠다. 나아가 (4)어린이들이 스스로 선택하여 행동화의 지침으로 삼을 동시를 창작하는가 하면, (5)전통적 소재로 어린이 심전(心田)을 재경작(再耕作)하는 그 깊이갈이에 수확을 예견하게도 한다.

　필자가 보기에, 등단작 「시계와 밤과 아이」(1992년 12월《아동문학평론》신인상) 이후부터 그는 체재의 세련미를 위해 부심한 듯하다. 그 흔적이 시편마다 깔끔한 차림으로 신선한 맛을 주는 데서 그러하다. 그만큼 그는 미적 구축을 위해 절차탁마(切磋琢磨)의 길을 벗어나질 않았다고 지금도 그렇다. 그래서 다소 무거운 제목 같지만 그가 축조한 27년에 이르는 창작의 성(城) 앞에, 우선 나름대로 논의의 뼈대를 세우고, 새벽 필력을 채찍삼아 그의 '동시학'을 한 걸음씩 걸어서 진술해 나가고자 한다. 이는 워싱턴 어빙(Irving,

---

1) 필자와의 시인의 인연이 문단에서 20년은 넘는 지기이다. 시인은 완벽주의자답게 자기관리에 철저한 문학인이자, 제자 사랑하기가 남다른 시인으로 알려져 있다. 이에 대해 전원범 시인은 "모든 동시가 알심 있게 짜여 있고 독특한 자기 세계가 잘 형상화되어 읽는 우리에게 잔잔한 기쁨을 주고 있는 시인"(동시집 「입안이 근질근질」 발문, 122쪽)으로 평가한다.

2) 시의 기법에서, '기미(機微)'란 미세한 감각과 느낌으로 사물의 작은 움직임이나 그 심리적 영향까지 알아차릴 수 있게 하는 기법으로 우리 고유의 시학이다. 하지만 주로 심리적 이미지, 감각적 이미지란 용어로 서양 시학에 편승해 알려져 있다. 최근 우리의 서정시, 심리시, 동심동시, 동화시 등에 많이 쓰인다.

3) 여기서 '동심동시'란 흔히 아동문학 문단에서 일컫는 '동심의 시'가 아니다. 어린이 동심 자체가 시인의 심리와 정서 속에 들어와 한 몸이 되어 시를 빚어낸다는 의미로 쓰인다. 이 글의 여러 장면에서 나오는, 특히 '이성자표' 동시를 말하는 바 필자가 새로 규정한 용어이다. 대부분 어른 시인들은 자신의 어린이 시절로 돌아가(퇴행) 그 시대의 관념으로 시를 빚는 수가 많다. 그러나 이성자 시인은 보다 현존하는 어린이의 동심과 시인의 심리가 일치하는 현장(시심=동심)에서 시를 쓰고 있다고 보아 그가 쓰는 시를 감히 '동심동시'란 명칭으로 부르고자 한다.

Washington, 1783~1859)의 「립반 윙클」 같은 환상 여행, 그리고 마해송의 「떡
배 단배」 같은 재미, 윤동주의 동시에 보인 감수성의 언어 등에 비견될 만
큼, 막힘 없이 헤집는 스토리텔러로서 '이성자표'의 '동심동시'의 위상을 살
피는 일이겠다. 나아가 그의 '동시학(童詩學)'이란 화살(x)이 날아가 꿰뚫는
과녁에 대하여, 문학적 성취(y)로서의 어떤 죄표점(a,b)을 확보하는지에 대
해 작품집 가운데서 연관성이 있는 작품을 골라 이의 시학을 중심으로 논
변하고자 한다.

Ⅱ. 작품집 발간 현황과 이력

   시인은 작품에 의해 위상이 새롭게 평가된다. 시인·작가의 인증서 격인
'작품성(作品性)'이라면 이성자 시인을 빼놓고 이야기할 수 없을 만큼, 그는
아동문학의 장르들(동시, 동화, 그림책)을 넘나며 합종연횡으로 활동하는 문
학인이다. 하므로, 그 위치 또한 돌올하다고 느낀다. 이는 다음 4·5장에서
확인할 수 있을 것이다.
   그는 1992년 등단 후 27년 동안 6권의 동시집, 15권의 동화집, 7권의 그
림책을 내놓았다. 문단이라는 중원을 달리는 준마와 같은 문학적 삶을 필
력에 실어 왔다. 그리고 그의 창작열은 늘 현재 진행형이다. 뿐만 아니라
'계몽사 아동문학상', '동아일보 신춘문예', '어린이문화신인상', '눈높이아
동문학상', '한정동아동문학상', '우리나라좋은동시문학상', '한국불교아동
문학상', '방정환문학상', '오늘의동시문학상', '한국아동문학상' 등 굵직한
수상 경력도 있다. 그래 '시인은 작품으로 말한다'는 아포리즘에 건보(建步)
의 족적을 남기는 시인이다.
   그가 문단에 쌓은 실적은 다음과 같은 동시집 발간 이력과 연결되므로,
그 개요와 내력을 표로 정리해 보인다.

[표] 시인의 동시집 개관

순	제목	출판사	그림 그린이	발간 연도	발문	비고
1	너도 알거야	창비	이은경	1998. 10. 30	없음	창비아동 문고 167
2-1	키다리가 되었다가 난쟁이가 되었다가	문원	김진화	2006. 3. 20	없음	좋은책 두두 29
2-2	키다리가 되었다가 난쟁이가 되었다가	청개구리	윤지은	2017. 10. 20	어린이들이 찾아 읽는 동시집/전병호	시읽는 어린이 88
3	입안이 근질근질 〈초등학교 교과서 수록〉	청개구리	이지연	2009. 2. 19	가슴을 잔잔하게 울려 주는 동시들/전원범	시읽는 어린이 26
4	손가락 체온계	청개구리	주세영	2013. 7. 11	따뜻하게 가슴이 젖어오는 시/문삼석	시읽는 어린이 46
5	엉덩이에 뿔났다 〈동시로 배우는 교과서 속담〉	청개구리	윤지은	2015. 8. 31	삶의 지혜와 교훈을 담은 속담동시/노원호	생각커지는 지혜동시 01
6	피었다, 활짝 피었다 〈우리 풀꽃 이야기〉	국민서관	신슬기	2016. 7. 28.	꽃향기로 가득한 풀꽃 친구들 이야기/이준관	내친구 작은거인 52

표에서처럼 시인은 6권의 동시를 상재했다. 초판 이후 11쇄를 찍은 『너도 알거야』를 비롯해, 『키다리가 되었다가 난쟁이가 되었다가』가 4쇄, 『입이 근질근질』과 『엉덩이에 뿔났다』가 2쇄를 찍은 게 각각 보인다. 등단 경력 27 년차 그는 장·단편동화가 16권이나 되고, 그림책도 7권을 낸 뚝심의 작가다. 앞으로 평설하겠지만 필자가 명명한 그의 '동심동시'는 어린이의 심리와 시인의 정서를 일치시킨 작품을 뜻한다. 그래 재차, 삼차 읽을 맛을 더하는 동시들이 탑재된 곳간을 지녀 늘 부자다. 앞으로 '동심동시'를 담은 시집들이 더 나올 샘솟는 그의 힘에 믿음을 실어도 좋을 것이다.

Ⅲ. '동심동시'의 기미(機微), 그 작품 보기

작품론이란, 진술이 논리적으로 접근되어야 할 필요가 있다. 해서, 다음과 같은 유형 항목을 조직해 본다. 여기에서 말하는 화자란, 참고로 필자가 「동시의 화자와 그 기능」이라는 논문⁴⁾에서 지적한 어른이 어린이를 흉내

낸 화자는 아니다.

이 글에서는 시인만이 지닌 '동심동시의 화자'가 현재의 사물과 지금의 현상을 보는 심리적 위치와 그 입장을 작품 속에서 살펴보는 일임을 먼저 밝힌다.

3-1. 밀밀한 구조 & 동심의 기미(機微)-활력을 주는 동시

3-2. 온기의 정서 & 가장 어린이다운 화자-시심과 동심의 일관성

3-3. 어린이와 어른 & 사물과 자연에 대한 스토리텔링-읽히는 동시

3-4. 체재의 세련미 & 어린이 자체의 텍스트화-자아 발견의 노래

3-5. 전통 소재 & 발현의 몸짓-전통성의 일반화

각 항목은 연합된 두 개의 요소로 되어 있다. 각 동시 작품의 내용과 주제에 대해 앞의 용어와 상대 용어를 표기했고, 뒤의 용어는 그 용어가 드러낸 효과면을 함축하여 진술했다. 이제, 위에서 설계한 5가지 동심동시 유형에 대하여 해당 작품을 살펴보고, 어떤 동심 좌표에 속해 있는가를 살펴본다.

3-1. 밀밀한 구조 & 동심의 기미(機微)-활력을 주는 동시
  3-1-1. 「혼자 밥 먹는 날」(『입안이 근질근질』, 106~107쪽)

밥을 삼키는데 /콧물이 나오고/ 눈물도 나오고//

자꾸만 문 쪽으로 눈이 갔어/ "모르는 사람 오면 절대 문 열어 주지 마!"/

---

4) 졸저, 「동시의 화자와 그 기능」『한국 현대시의 화자 연구』, 푸른사상사, 2007. 261~284쪽 참조.
  이 책에서 사용한 '퇴행적 화자'란, 어른 시인이 어린 시절로 돌아가 자기 삶을 반추하거나, 어른이 어린이 흉내를 내서 쓰는, 추억 연상이 드러난 '말하기'다. 이 용어는 흔히 시인이 관념적으로 휘두르는 과거 퇴행의 동시를 두고 쓴 말이다. 여기서 말하는 '동심동시의 화자'와는 정반대 개념이다.

단단히 일러두던 엄마 목소리/ 텔레비전을 켰어/

그래도 자꾸만 밥알이 목에 걸렸지//

"띠리리리릭"/ 내 귀는 온통 벨 소리 뿐이었어//

누구라도 좋아/ 벨 소리 한 번만 울렸으면 좋겠어

아이 혼자 밥을 먹다가 엄마 생각이 나 울먹이는 모습, 그 동심의 전달이 리얼하다. 화자 아이는 "문 쪽으로 눈이" 갈 때마다 "모르는 사람 오면 절대 문 열어주지 마"라고 일러둔 "엄마 목소리"를 환기한다. 혼자가 무서워 "텔레비전을 켰"음에도 불구하고 "밥알이 목에 걸"리기도 한다. 아이는 종일 "벨 소리"를 의식한다. 심지어 엄마가 아닌 "누구라도 좋"으니 찾는 "벨 소리"라도 "울렸으면 좋겠"다고까지 생각할 정도이다. 아이 화자는 그만큼 외롭고 무섭다.

이 동시는 화자의 현실과 비동일화 관계가 빚어낸 가상(假想)을 다룬다. 화자에 의해 발화된 시상은 '동일화의 동시'와 '반동일화의 동시'로 나눌 수 있다. 둘 다 시인이 장치한 절대 목소리로 어린이를 끌고 가려는 강제성이 있는 게 공통점이다. 하지만 비동일화의 동시는 어린이의 생각을 따라가도록 분위기를 끌어 준다. 이때 시인은 시적 화자와 속삭이는 또 하나의 어린이가 되는 걸[5] 즐겁게 여긴다. 여기 「혼자 밥 먹는 날」에도 화자는 그 상황을 무서워하는 현실적 심리로 변하는데, 그게 "벨소리"가 "한 번만"이라도 "울렸으면" 하는 바람에서 구체화된다. "누구"도 아닌 "엄마"만을 기다려야 하는 화자의 갈등과정을 묘사, 함축해 보인다. 하므로, 동심주의와는 다른 작품이라 할 수 있다. 이른바 이원수가 말한 현실사회에 대한 '주체로서

---

5) 김종헌, 「동심의 회감과 통전」 『동심의 발견과 해방기 동시문학』, 청동거울, 2008, 214쪽 참조.
　　지은이는 '하나의 대상을 단성적으로 이해하는 게 아니라 다성성(多聲性)에 의해 이해'하는 것이 '비동일성의 시'라고 생각하고, '부분보다 전체를 보는 시각'으로 작용해야 됨을 강조한다. 비동일화의 시를 쓴 시인으로 이원수, 권태응 등을 들어 이들이 '어린이의 주체성을 강조'하고, '비동일적 동심 구성'을 하는 데에 따른 창작에 고민한 대표적 작가임을 들고 있다.

의 아동관[6]을 의식한 동심동시라 할 수 있다. 이 같은 과정은 다음 동시에서 더 구체화된다.

3-1-2. 「화분 하나」(『너도 알 거야』, 15쪽)

화단 구석에 버려진/ 화분 하나//
오랫동안/ 꿈 하나 키우며/ 살았을 거야//
밤마다/ 작은 별을 바라보며/ 기다렸을 거야//
고운 나무 한 그루/ 가꿀 꿈을 꾸면서.

시의 주체는 "화단 구석에 버려"져 뒹구는 "화분 하나"다. 화분은 "오랫동안" 키워 온 "꿈"을 담고 있다. 그건 자기 품에다 "고운 나무"를 "한 그루" 가꾸는 일이다. 빈 화분인 자기를 채워 줄 나무, 비생명체지만 그가 갈망하는 생태성은 줄기차다. 그걸 동심으로 재해석하여 빈 화분에게로 독자를 다가오게 기미의 심리도 이채롭고 따뜻하다. 이처럼 세상엔 아무도 돌보지 않은 존재가 널렸다.

생명성이란 비생명성의 메시지를 들어주는 일이다. 무생물이나 폐기물이 갖는 꿈을 되살릴 방도는 바로 이 생명체와 접속시킬 때 가능하다. 그게 동심의 기미이자 시심이다. "빈 화분"과 "나무"의 관계를 보는 "작은 별"의 눈을 빌려 '동심동시'의 효과를 높인다. 이 소재를 가지고 여타 시인들은 교육적 측면으로 노래한 전례들이 많지만 엄밀히 이는 동심동시가 아니다. 과거 기성 시인들은 교훈적인 면에서 아동문학의 기능을 이야기해 온 바도 있다. 하지만 이는 아동문학이 곧 동심문학임을 간과하는 일이라는 비판이

---

6) 이원수, 『아동문학 입문』, 웅진, 1988. 103~104쪽 참조.

아동문학연구가인 마리아 니콜라예바(Maria Nikolajeva)로부터[7] 제기받기도
했다. 위 「화분 하나」는 화분과 나무처럼 자연과 자연, 자연과 인간을 잇는
소통의 길을[8] 기미로 파악, 안내하는 '동심동시'라 할 수 있다. 뿐만 아니라
독자에게 사유를 연유하게 하여 읽는 재미도 있다.

3-2. 온기의 정서 & 가장 어린이다운 화자—시심과 동심의 일관성
3-2-1. 『참새가 방앗간을 그저 지나랴』(『엉덩이에 뿔났다』, 72~73쪽)

> 떡볶이 가게 앞에서/ 범수가 코를 벌름벌름//
> 그래, 먹을 것 보고/ 그냥 지나갈 리 없지//
> 사 주고 싶지만/ 내게는 땡전 한 푼 없어//
> 히죽히죽 웃으며/ 바지 호주머니를/ 쫙 벌리는 범수//
> 냄새라도 넣어 가려나 봐

  동심은 곧 어린이가 품는 온기의 정서이다. 이 동시에서 어린이 화자가
등장하는 것도 이러한 따뜻한 정서와 맞닿아 있다. 앞서 든 사례와 같은 맥
락이지만, 시인의 시심과 어린이의 동심 간의 일치성이 보인다. 「참새가 방
앗간을 그저 지나랴」란 속담을 제재로 범수의 심리적 동기, 즉 "냄새라도
넣어가려나 봐"에 잘 드러난다. 처음과 끝, 즉 1연과 5연에 "떡볶이 가게 앞
에서 범수가 코를 벌름벌름"하는 것으로부터 "냄새라도"로 이어진 의미 발

---

7) 마리아 니콜라예바, 김서정 옮김, 『용의 아이들—아동문학의 새로운 지평』, 문학과지성사, 1998. 19쪽 참조.
  마리아 니콜라예바는 스톡홀름 대학의 비교문학과 교수로 국제아동문학연구협회 회장을 지낸 아동문학연
  구가이다. 저서로 『아동문학 역사에서의 이슈와 견해들』 외에 아동문학 관련 논문을 다수 발표했다.
8) 유창근, 「한국 아동문학 실태와 전망」, 《새국어교육》 제57호, 한국국어교육학회, 1999. 340~341쪽.
  이와 관련하여 야콥슨(Jacobs)은 어린이들에게 동시를 읽게 하는 목적으로, 첫째 즐거움을 주는 일, 둘째 마
  음을 정화시켜 주는 일, 셋째 내면적 체험을 배우게 하는 일, 넷째 작품을 통해 선악을 판단하게 하는 일, 다
  섯째 모국어와 인격의 틀을 배우게 하는 일 등을 들고 있다.

전망이 그렇다. "떡볶이"의 유혹, 그러나 범수는 돈을 가지고 있지 않다(2~4연까지 내용). 수미상관법(首尾相關法)이란 표현 양식의 하나이지만, 이 동시에서는 수미인과법(首尾因果法)으로 독자가 범수 행동에 대해 그 원인을 생각해 보게 하는 사유를 담는다. "냄새"나마 "넣어가려"고 "호주머니"를 벌리는 심리가 곧 시적 모티프다. 하여, 어쩌면 채움보다는 비움을 예상하고, 그 비움이 범수를 진정성에 다가오게 하는 시심일지 모른다.

3-3. 어린이와 어른 & 사물과 자연의 연결 스토리텔링–읽히는 동시
3-3-1. 「보기 좋은 떡이 먹기도 좋다」(『엉덩이에 뿔났다』, 82~83쪽)

둥그렇게 모여 앉아서/ 송편을 빚었어//
엄마가 잘 익은 송편을/ 쟁반에 꺼내 놓았지
식구들이 하나씩 들고/ 호호 불며 냠냠//
고스란히 남은 송편 몇 개/ – 치, 내가 만든 건 왜 안 먹어?/
– 맛이 없게 보이잖아./ 누나가 웃으며 놀렸어//
삐뚤빼뚤 못난이 송편/ 날 원망하는 것 같았어

이 동시의 핵심은 "고스란히 남은 송편"과 "삐뚤빼뚤 못난이 송편"의 맞대응시킨 결과를 추적한다. 두 알리바이에는 누나가 지적한 말이 논증으로 작동되기도 한다. "맛이 없게 보이잖아"란 말이 그것이다. 누나의 이 말을 속담과 연계하여 따져보면 '맛'은 '먹기도 좋다'에, '보이지 않아'는 '보기 좋은 떡'에 연몌된다. 하여, '보기 좋은 떡이 먹기도 좋다'를 은연중 드러낸다.
이처럼 『엉덩이에 뿔났다』에 소개된 속담풀이 동시들은 가르치는 의미가 직접 구사되지 않아 오히려 작품성이 도드라진다. 화자는 누나의 말에 화를 내며 부정할 듯도 하지만, 귀착은 자신에게 돌아간다. 왜냐하면 화자가 잘

못 빚어 "못난이"가 된 송편이 자기를 "원망하는 것 같았"다고 자책하는 이유에서다. 화자인 어린이 생각을 현실감 있게 노출시킨 면이 돋보인다. 식구들로부터 소외당하는 송편에 대해서도 서툰 솜씨를 반성하지 않고 원망하는 송편의 눈으로 돌린다. 이 또한 생태성이겠다. 생동의 기미를 잡는 화자의 "못난이 송편"에 대한 관심은 독자가 들도록 재편성되는 것이다.

3-3-2. 「너도 알 거야」(「너도 알 거야」, 16쪽)

"왜 한 구멍에 콩을 세 알씩 심어요?"/
흙을 다독거리는 할머니께 물었다/
"한 알은 날짐승 주고/ 또 한 알은 들짐승 먹이고/
남은 한 알은 너 주려고 그런단다."//
할머니는/ 콩밭 군데군데 수수도 심으셨지/
"수수는 왜 심어요?"/ 할머니는 빙그레 웃기만 하셨다//
참새는/ 콩밭을 한 바퀴 돌고는/
— 콩은 너무 커/ 주둥이가 작은 참새까지도 생각하신/
콩밭을 두 바퀴 돌고 나서는/ — 수수 알갱이는 먹기 좋은데//
가을이 되어서야 알았지/ 할머니의 마음.

「너도 알거야」란 표제 동시집에 실린 이 작품은 할머니의 자연사랑을 전한다. 시가 극적이어야 한다는 건 브룩스와 워렌(Brooks 1906~1994, & Warren 1905~1989)의 시학이다. 소재에 극적 스토리를 입혀 재미를 장치한다. 화자는 할머니에게 묻는다. "수수는 왜 심어요?" 할머니는 빙그레 웃기만 하고 답은 주지 않는다. 정서란 함께 어울린 사람이 나에게 심어 줄 시심에 기우는 일이다. 화자의 정서는 할머니의 감정을 이입 받아 나의 것으로 변화시킨다. 식물은 햇볕이 있는 쪽으로, 사람은 사랑이 있는 쪽으로 마음을 돌리듯[9] 비로소 "가을이 되어서야" 알게 된 "할머니의 마음"에 담긴 온기와 정서가 곧 자기화되는 과정을 읽을 수 있다.

3-4. 체재의 세련미 & 어린이 자체의 텍스트화—자아 발견의 노래
3-4-1. 「끄덕끄덕, 절레절레」(『손가락 체온계』, 64쪽)

> 수학 시험 잘 봤니?/ 엄마가 묻자/
> 끄덕끄덕/ 고개가 먼저 대답//
> 그럼 백점 맞았어?/ 엄마가 다시 묻자/
> 절레절레/ 고개가 먼저 대답//
> 못 말리는 고개/ 어쩌자고 나보다 먼저/
> 날름날름 대답하는지 몰라.

이는 시로 읽는 '아동심리학'이다. 시험을 치른 후부터 화자는 안절부절, 가만히 있질 못한다. 때마침 엄마가 "수학 시험 잘 봤니?" 하고 묻는데, 그만 "끄덕끄덕" 자기도 모르게 "고개가 먼저 대답"을 한다. 헌데, 엄마는 여기서 질문을 멈추지 않는다. "그럼 백점 맞았어?" 재차 묻자, "절레절레" 고개가 또 "먼저 대답"을 하고 만다. 참으로 "못 말리는 고개"다. 어리석게 "어쩌자고 나보다 먼저 날름날름" 대답하는지 모를 일이다. 그만 양심 "고개"에 들키고 만다. 거짓말 탐지기 같은 고개가 이미 화자를 포착한 듯 순간 심리를 '동심동시'로 작품화한다. 착한 습성인 화자는 매사 사실을 감추지 못한다. 자신도 모를 고갯짓에 진실이 넘어가 속뜻이 공개된다. 이렇듯

---

9) 유경환, 「노래의 신토불이」, 《아동문학연구》 제17집 1995년 봄호, 한국아동문학연구소, 23쪽.

화자와 시인이 동심(同心)으로 동심(童心)이 된 시, 그게 '이성자표'가 갖는 시의 특성이라 할 수 있다.

3-4-2. 「키다리가 되었다가 난쟁이가 되었다가」(『키다리가 되었다가 난쟁이가 되었다가』, 18~19쪽)

선생님께 칭찬받은 날은/ 키다리가 되었다가//
야단맞은 날은/ 난쟁이가 되었다가//
하루 종일/ 앞서거니 뒤서거니/ 따라다니며//
키다리가 되었다가/ 난쟁이가 되었다가//
그림자는/ 어떻게 알았을까/ 내 속마음을.

이 작품은 '[그림자 변화=화자 마음]'의 관계를 나타낸다. 사회학자 찰스 호턴 쿨리(Charles Horton Cooley 1864~1929)는 '인간은 그를 둘러싼 주변 사람들에게 비치는 파편을 모아 자신의 입장을 내재화하는데, 이게 정체성 형성에 도움이 된다'고 했다. 그는 현상에다 자신을 비교해 보는 일에 '경상자아(鏡像自我, the looking-glass self)'[10]란 말을 사용했다. [칭찬 받은 날→키다리]에서 [야단맞은 날→난쟁이]로의 변신은 기분에 따라 달라지는 심리를 "그림자"를 빌려 전한다. 기분이 좋고 나쁜 날에 대한 정보도 그림자를 통해 깨닫는다. "그림자는 어떻게 알았을까 내 속 마음을"이란 마무리에서 이 같은 '경상자아'에로의 경도(傾度)를 읽을 수 있다. "칭찬 받은 날"과 "야단맞은 날"에 키로서 변주함은 기발한 착상이다. '경상자아'로 되비쳐 보는 자성(自省)의 '동심동시'라 할 수 있다.

---

10) '경상자아(鏡像自我)'란 인간 각자의 출생 원조, 개성 형성, 발달 과업을 설명하는데 타인들이 자기를 어떻게 보고 생각하는가를 마치 거울에 비쳐 보듯 스스로 결점을 보완해 간다는 의미이다.

3-5. 전통 소재 & 발현의 몸짓-전통성의 일반화

3-5-1. 「메밀 베개」(『입안이 근질근질』, 61쪽)

할머니가 만들어 준/ 메밀 베개 베고 누우면/

마음은 벌써 시골로 달려가지/ 멍멍 짖어대던 누렁이가/

맨 먼저 마중 나왔어//

사촌 동생 영남이 만나서/ 밤새 까불고 놀았지//

– 학교 안 갈 거야?/ 엄마가 소리쳤어//

깜짝 놀라 일어나 보니/ – 이를 어째, 지각이다!/

햇살이 방 안까지 따라와 있었지

전통의 대상물을 보는 긍정의 시선은 사실 아이들 작품(어린이 시)에서 더 많이 볼 수 있다. 전통이라면 교사가 강조식으로 지도하는 체재, 그러니까 어른 위주 동심을 주지시키는 결과로는 이런 시를 낳지 못한다. 동시 지도에서 교사는 성급하기 짝이 없다. 전통이 중요하다는 이데올로기에 압박되어 어른이 어린이의 순수성을 지배하려 드는 까닭이다. 예컨대, 합성수지로 만든 "베개"와 반대로 "할머니가 만들어 준 메밀베개"의 대립 표현도 그렇다. 대저 메밀베개는 좋지만 합성수지 베개는 건강에 좋지 않다는 식의 직접 교훈성을 노출하기는 쉽다. 함에도 이 동시에선 그런 구린 냄새를 피했다. 메밀베개가 좋다는 것보다 아이가 숙면하게 하는 기구로써(심지어 지각에까지 이를 만큼) '깊이의 동심시학'을 실천한다. 또 마무리로 "이를 어째, 지각"이라는 화자의 변환 코드도 시인만의 순발력과 재치부림이다. 하니, 이 또한 '동심동시'의 수범작이라 해도 좋을 듯하다.

3-5-2. 「요강나물」(『피었다, 활짝 피었다』, p.89)

열두 살 어린 나이에/ 시집가던 애기 각시//
하도 추워서, 들고 가던 요강/ 눈 속에 꼭꼭 묻어 두었다지//
이듬 해 봄,/ 요강 찾으러 갔는데/ 요강은 간데없고//
그 자리에/ 요강 닮은 꽃봉오리/ 흐드러지게 봉긋봉긋//
요강 대신 꽃 들고 돌아가는/ 애기각시 얼굴에도/
봉긋봉긋 웃음 피어났다지.

"요강나물"은 그 이름에서부터 전래담의 화소가 예견된다. 스토리는, "열두 살 어린 나이"에 "시집가던 애기각시"에 관한 에피소드다. "애기각시"는 시집[媤家]으로 가는 길이 "추워서" 들고 가던 "요강"을 "눈 속"에 묻어 두기에 이른다. 그리고 이듬해 봄 각시는 "요강"을 찾으러 갔는데, 거기 요강은 없고, 그 자리에 요강을 "닮은 꽃"이 피어있지 않은가. 하여, 각시는 요강 대신 그 "꽃"을 들고 집으로 돌아오게 된다. 무렵, 그녀 얼굴에는 요강 같은 "봉긋봉긋"한 "웃음"이 꽃처럼 피어나더라는 전설이다. 물론 시인이 허구로 창작한 이야기겠지만 '동심동시'로서 재미와 위트를 구현해 낸다.

이렇듯 그의 동시에는 전통 소재에 스토리를 더빙하여 독서 효과를 높인다. 놓칠 뻔한 작은 풀꽃에 다가가게 하는 동인(動因)도 읽을 수 있다. 시인이 일견 동화작가란 점에서 그런 기획을 할 수 있다고 보지만, 시인의 태생적 자질이 더 크게 작용했다고 본다. 소재를 다루는 진술에 여유와 유머가 있어 '이성자표' 구성의 역량을 볼 수 있다.

VI. 나오는 말

'어린이가 말하는 것은 시를 읊는 것이다. 그러므로 어린이 자신은 이미 시인'[11]이란 말은 필자가 「동시의 화자와 그 기능론」을 쓰면서 먼저 던진 두 문장(頭文章)이다. 동시는 동심에 의한, 동심을 위한, 동심 자체의 말하기이다. 동심의 말하기란 시인이 행하지만 사실 말해지는 환경은 어린이의 심리다. 하여 동심은 곧 시심이다. 동심을 지닌 어린이가 곧 시인이 된다는 뜻이다. 이 원리를 실천, 실현한 사람이 이성자 시인이다.

6-1. 동심과 시심을 융합한 화자의 일치

시인이 늘 동심에 의한 '동심동시' 추구를 한 소이연은 여러 평자들의 발문에 드러난 바와 같다. 시인들의 전철, 즉 어른 시인의 과거로 돌아가는 동심, 그러니까 이미 '퇴행적 화자'가 되어 버린 아이적 동심으로 시를 쓰는 건 시대착오적이다. 이는 현재 자라나는 어린이에게 재미와 감동을 주지 못한다. 그 천편 일률성은 현존 어린이의 심리와는 거리가 멀다. 상투적으로 동심인 척할 뿐 현실 존재인 그 동심은 아니다. 오늘날 아동문학 평자들이 즐겨 쓰는 '어린이다움'이란 말도 따져보면 현실적 동심을 배제한[12] 과거지향의 동심을 이르는 말일 뿐이다.

지금까지 논의해 온 바, 시인은 타 시인에 비해 현재적 '동심동시'를 쓰며, 동심이 곧 [동심=시인]이 되도록 창작함을 알 수 있었다.

동시 체재가 세련되고 동심 구축이 남다른 바를 각 시집의 서문과 발문을 통하여 객관화해 보고자 했다. 또 본론에서 동심의 발원지가 [시인=동

---

11) 졸고, 「동시의 화자와 그 기능」, 『한국 현대시의 화자 연구』, 푸른사상사, 2007, 265쪽.
12) 강정규 외, 『아동문학창작론』, 학연사, 2001, 77쪽 참조.

심]이란 '동심동시'를 구축한 시인으로 보고, 다음과 같이 요약했다. 즉,

첫째, 밀밀한 구조체에 동심의 기미(機微)를 담아내어 활력을 주는 동시를 쓴다는 점.

둘째, 온기의 정서와 어린이다운 화자를 등장, 지은이 시심과 어린이 동심에 일치성을 견지하는 점.

셋째, 어린이와 어른, 사물과 자연의 관계에 스토리텔링으로 읽히는 동시를 쓰는 점.

넷째, 체재의 세련미와 동심 자체를 텍스트로 변환하여 자아발견을 의도한다는 점.

다섯째, 전통 소재와 그 발현, 전통성의 일반화에 노력하는 점 등이다.

6-2. '동심동시'와 '동화동시', 그 재미와 생태의 깊이

이성자 시인의 '동시학(童詩學)'이라는 화살이 꿰뚫는 과녁(x)에 대해 문학적 성취(y)가 예견되는 좌표점(a,b)으로 이동하는 바를 본고에서 다루었다. 서론에서 밝힌 바, 한마디로 시인의 성취 축(y)에 나타난 과녁(x)은 동심 좌표(a), 시인 좌표(b)의 두 점, 그러니까 y=x(a+b)이다. 이는 [동심(a)+시심(b)]의 만나는 [점(a+b)]으로 '동심동시'를 나타낸다. 결국 시심과 동심의 혼용은 시인에게 '동심동시'로 이끌게 하는 좌표 구실을 한다고 볼 수 있다.

결국 아동문학 작품은 수용자(어린이)의 가치 기준과 상대 맞춤이란 무대로 가져와 논의하는 일이다. 이 원칙과 기준에 비추어, 논변과 진술이 다소 빗나간 감도 없지 않지만 '이성자표' 동시를 한눈에 정리한 동기가 되었다는 점으로 자평해 보기도 한다.

이제 결론의 근착점에 이르렀다. 새삼스럽지만, 좋은 동시란 '동심동시', '동화동시'로 '재미의 깊이'와 '생태적 구성'[13]을 완비한 작품임을 말한다.

이성자 시인을 비롯하여 무릇 아동문학가가 유념할 일이 그것이다. 아동문학이 성인문학에 비해 단순한 구조와 그 언어의 층위로 일방적 구문이란 오해가 있다.[14] 이른바 성인문학 이론에 대한 일종의 번안 이론으로 보는 경향이다. 이를 범한 사람들이 이른바 '차용문학이론'을 들이대며 백안시한 평론가들이다. 그러나 현재 아동문학계에서는 성인문학이 이루지 못한 실재한 동심의 대상, 어린이 심리의 표상어와 긴축 스토리텔링 등이 발빠르게 적용·활용되고 있다. 다만 이를 체계화한 저술이 적다는 점은 있다.

이에 즈음하여, 앞으로 이성자 시인의 작품도 현존 동심의 본류, 즉 과거 회상적 동심이 아닌 현재적 동심으로서 '동심동시'를 심화해가리라 믿는다. 나아가 스토리텔링의 곁가지가 아닌, '동화동시'의 본가지로 나아가는 축에 매김 될 좌표로서의 작품이 더 많이 발표되기를 기다린다. 하면, 이제 그 기도의 아침이다.

---

13) 졸고, 「시의 재미와 구성, 그리고 깊이를 위하여」, 《광주문학》 2019 가을호, 광주문인협회, 416쪽 참조.

14) 마리아 니콜라예바, 김서정 옮김, 『용의 아이들-아동문학 이론의 새로운 지평』, 문학과지성사, 1998. 21쪽 참조.

독특한 캐릭터, 시적 화자 탐구

– 이오자론

1 시인과 시적 화자

　동시에서 창작자인 시인이 직접 작품 속의 화자로 등장하는 경우는 극히 드물다. 아시다시피 동시는 어른인 시인이 독자인 어린이에게 주기 위해 의도적으로 쓴 문학작품이다. 즉, 창작자인 어른이 어린이의 공감과 감동을 얻기 위해 어린이의 눈으로 사물과 사건을 바라보고 쓴 것이다. 그렇기 때문에 창작자인 어른과 독자인 어린이 사이에는 어쩔 수 없는 간극이 존재한다. 이 간극을 어떻게 해야 줄일 수 있는가. 이것은 동시인에게 숙명처럼 주어진 과제가 아닐 수 없다. 시인이 작품 속에 직접 등장하지 않고 분신이라고 할 수 있는 시적 화자를 대신 내세우는 것도 그 해결책 중 하나라고 할 것이다.

　시인이 곧 시적 화자가 아닐 수 있지만 시적 화자가 시인의 분신인 것은 맞다. 시인은 현실 속에서 일상생활을 영위하는 현실적 존재라고 한다면 시적 화자는 시인의 생각을 반영하여 시적 상황에 맞게 재창조해 낸 가상의 존재라 할 것이다. 시인은 작품마다 그 작품에 맞는 시적 화자를 등장시켜 자신이 보여 주고자 하는 동심을 구현하고자 한다. 어느 동시집이든지 읽고 나면 마음속에 떠오르는 대표적인 시적 화자가 있다. 그 시적 화자가 시인이 자신의 동심을 구현하고자 창조해 낸 가상의 캐릭터라고 할 수 있다.

이오자 시인의 동시집도 읽고 나면 독특하게 그려지는 아이가 있다. 성별은 여자아이, 초등학교 5~6학년쯤 될 것 같다. 성격은 밝은 편이지만 그렇다고 외향적이지는 않다. 많은 친구를 사귀기보다는 적은 수의 친구를 깊게 사귀는 타입이다. 가끔 자신의 생각을 감추지 않고 지나칠 정도로 솔직하게 드러냄으로써 친구 사이가 틀어지기도 한다. 이성에 대한 호기심도 많고 자존감도 강하다. 사춘기에 들어선 여자아이의 행동 특성을 그대로 보여 준다.

　이오자 시인은 이 여자 아이를 시적 화자로 내세워 자신이 그리는 동심의 세상을 펼쳐 보여 준다. 2011년에 펴낸 첫 동시집 『뽀작뽀작 다람쥐 밤참 부셔먹지』을 비롯하여 『햇살 뭉치 달빛 뭉치』, 『도깨비 소탕작전』과 가장 최근인 2019년에 펴낸 동시집 『까만 하트 오글오글』에 이르기까지 일관되게 등장하는 여자아이다. 어쩌면 재기발랄하던 소녀 시절, 시인의 자화상일지도 모른다는 생각도 하게 한다. 물론 시적 화자로 이 여자아이만 등장하지는 않는다. 또래 남자아이도 등장한다. 그러나 이 아이는 주도적 역할을 하는 것이 아니고 잠시 등장하는 주변인으로 그려진다.

　이오자 동시에 등장하는 시적 화자는 나름대로 독특한 개성을 발휘한다. 상당히 매력적인 캐릭터라고 생각한다. 이 글에서는 이오자 동시에 등장하는 시적 화자를 통해서 이오자 동시의 시적 특성을 살펴보고자 한다.

2. 너무 솔직하거나 혹은 당당하거나

　이오자 동시에 등장하는 시적 화자는 사춘기적 행동 특성을 보여 준다. 사춘기는 2차 성징이 나타나는 급격한 육체적 변화와 함께 자아 존중감이 증대하면서 자아 정체성 확립을 위한 감정이 극도로 예민해지는 시기이다.

"논리적 사고가 발달하여 독립심이 생기고 자아의식이 강하게 일기 시작한다. 또한 주위에 대한 부정적 태도가 강해지며 구속이나 간섭을 싫어하고 반항적인 경향으로 치닫는 일도 많"다.[1]

부모로부터 독립하고 자율성을 획득해야 하는 청소년들은 부모에 대한 애착을 점차 줄이면서 또래 집단에 의존하기 시작한다. 형식적 조작 사고가 가능한 청소년들은 부모의 가치관에서 논리적인 모순을 발견하고 의문을 제기하기도 한다. 또한 신체적 성장은 물리적 처벌이나 통제를 불가능하게 하고, 청소년의 발언권을 증가시킨다.[2]

이와 같은 견해는 사춘기 청소년의 심리 및 행동 특성을 살피는 데 매우 유용하다. 이오자 동시에 나타난 시적 화자의 사춘기적 행동 특성을 직접적으로 살펴보자.

엄마 새가 삐~ 하면/ 아기 새가 삐~ 하고/ 째~ 하면/ 째~ 하더니//
엄마 새가 삐~ 하는데/ 아기 새는/ 삐삐삐삐째째 빼빼째째/
삑삑삑삑/ 째째째째// 엄마 새 한 마디에/ 열 마디 백 마디//
창문 밖/ 감나무 둥지에/ 소란소란 난리다

– 「사춘기」 전문

시인은 어느 날 창문 밖 감나무 가지에서 새들이 요란하게 지저귀는 소리를 들었다. 이것이 표면적인 모습이다. 그런데 새소리가 하도 요란해서 시인은 감나무 가지에 앉은 새들을 자세히 들여다보았다. 엄마 같은 새가 한 마디 하니까 아기 같은 작은 새가 열 마디 백 마디 한다. 이것을 보고 시

---

1) 다음 백과, 「사춘기」(2020. 12. 28.)
2) [네이버 지식백과] 사춘기 [puberty](심리학용어사전, 2014. 4.)

인은 딸을 떠올린다. 예전에는 고분고분 말도 잘 듣고 따르던 딸이 언제부터인가 엄마가 한 마디 하면 열 마디 백 마디한다. 시인은 그 일을 대입하여 시로 형상화하고 시의 제목을 「사춘기」라고 붙였다. 아기 새가 엄마 새의 말에 조금도 지지않겠다는 듯 보여 주는 반항적 태도는 사춘기 행동 특성 중의 하나라고 할 것이다.

> 채송화/ 내가 제일 좋아하는 꽃//
>
> 노랑, 빨강, 진분홍, 색도 최고/ 땅에 붙은 키 때문에 더 귀여워/
>
> 자잘자잘 붙은 잎 고건 또 어떻고// 그렇다고/ 으스대진 말아라//
>
> 세상 예쁜 꽃, 너 뿐은 아니지// 단지/ 내 취향에 딱 맞기 때문이야.
>
> – 「개인의 취향」 전문

편안한 마음으로 읽다가 끝부분에 가서 깜짝 놀라 다시 읽게 하는 시다. 시적 화자의 자기 주장이 매우 강함을 알 수 있다. 채송화에게 너를 좋아하지만 그렇다고 으스대진 말라고 한다. 이 말이 충고가 아닌 경고로 들린다. 그만큼 강하다. 채송화가 잠 깨듯 화들짝 놀라 시적 화자의 말을 다시 새겨들을 것 같다. 취향이란 말도 그렇다. 내가 좋아하는 마음이나 경향을 가리키는 일방적인 자기주장일 터이다. 그럼에도 시적 화자는 네가 예뻐서가 아니라 내 취향이기 때문에 좋아한다고 말한다. 말을 듣는 상대가 긴장할 텐데 거리낌이 없다. 망설임도 없다.

이 말에서 시적 화자의 성격적 특성을 확실하게 알 수 있다. '내가 가장 좋아하는 꽃'이라는 것은 절대적 기준이 아니라 상대적이며 개인적인 기준에 의한 것이다. 결코 우호적인 태도라고 할 수 없다. 그럼에도 시적 화자가 "세상 예쁜 꽃, 너 뿐은 아니지"라는 발언을 거리낌 없이 쏟아놓을 수 있는 것은 무엇 때문일까. '너와 나의 관계 맺음'의 중요성을 역설하고 있는 것이 아닐까. 이런 태도 역시 사춘기의 행동 특성이라고 할 수 있다.

언니의 자습서는/ 하트 그림 연습장//

수학 영어 공부 대신/ 사랑 공부 하고 있나//

장장마다 넘겨보면/ 까만 하트 오글오글//

까아만 하트 덧칠 속에/ 누구 얼굴 숨겼을까?//

아른아른 언니 마음/ 오글오글 내 마음

－「까만 하트 오글오글」 전문

시적 화자는 동생이다. 동생은 언니의 자습서에서 그렸다가 까맣게 덧칠한 하트를 보고 언니가 누군가를 좋아하고 있다는 것을 알아차린다. 사춘기의 언니에게 이성에 대한 호기심은 자연스러운 것이다. 동생인 시적 화자는 언니의 마음을 상상한다. 동생은 언니의 일이 마치 자기가 겪는 일 같이 느껴진다. 그래서 자기도 모르게 '오글오글'해진다고 한다. 손발이 오그라든다는 '오글오글'은 흉내 말이면서 시적 화자의 마음을 함축해서 담아낸 핵심 시어이다. 사춘기 소녀의 설렘임, 놀람, 호기심 등을 감각적인 언어로 담아냈다.

　－ 이정민, 너/ 지우 껌딱지라며?//

툭 뱉은 한 마디에/ 가장 친한 친구/ 저만큼 멀어졌다//

묶어놓고 싶어지는/ 혀의 이간질

－「혀 때문에」 전문

「혀 때문에」서도 사춘기 여자아이의 행동 특성을 여지없이 보여 주고 있다. 친구를 배려하고자 했다면 우회해서 묻거나 단 둘이 있을 때 조용히 물어보았을 것이다. 그런데 시적 화자는 돌발적이라고 할 만큼 느닷없는 질문을 한다. '이정민'은 '지우' 좋아하는 것을 비밀로 하고 싶었을 것이다. 그런데 시적 화자인 '내'가 여지없이 '까발린' 것이다. '이정민'은 크게 당황

했을 것이다. 어찌 친구 사이가 멀어지지 않겠는가. 싸움이 안 나면 다행이다 싶다. 시적 화자도 자기가 잘못했다는 것을 안다. 조금 참았어야 했는데 하고 후회하는 감정도 읽힌다. 하지만 이 버릇 쉽게 고쳐질 것 같지 않다. 이것도 사춘기 아이의 행동 특성 중 하나라고 할 수 있다. 생각해 보니 근본적인 이유는 시적 화자가 입이 가벼운 탓도 있겠지만 그보다는 이성에 대한 호기심이 매우 컸기 때문이 아닐까 싶다. 어쩌면 '지우' 좋아하는 이정민에게 배신감 또는 질투를 느꼈을지도 모르는 일이다.

짝이랑 다투고 있는데/ 선생님이 들어오셨다//

"오늘은 짝 얼굴 그리기예요/ 예쁘게 그려주세요"//

선생님 말씀 채 떨어지기도 전에/ 까맣게 쓱쓱 색칠을 했다//

짝꿍은 씩씩대다 나가버리고/ 선생님은 꾸중만 하시고//

그림보다/ 내 속이 더 까매졌다

– 「단짝끼리」 전문

아무리 다투었다고 하더라도 뻔히 보는데 짝의 얼굴을 "까맣게 쓱쓱 색칠"하기는 어려운 일이다. 시적 화자의 이런 행동을 어떻게 해석해야 할까. 시적 화자의 행동은 거리낌이 없다. 자기 감정을 있는 그대로 드러낸다. 꺾일지라도 굽히지 않겠다는 태도다. 짝꿍이 씩씩대다 나가 버리고 선생님께 꾸중을 들어도 시적 화자는 자기주장을 굽힐 생각이 조금도 없어 보인다.

시적 화자의 태도를 보면 느끼는 점이 참 많다. 우선, 참 당당하다는 것이다. 자칫 이런 태도가 친구 사이를 멀어지게 하고 고립을 자처하게 될까 봐 염려된다. 그러나 여기에서 조금 더 깊이 생각해 보아야 할 점이 있다. 시적 화자가 그림 그리기 전에 이미 짝이랑 다투었다는 사실이다. 마음속에 싸운 앙금이 남아 있다는 말이다. 누가 옳고 그른지 억울한지는 아직 판단 보류다. 시적 화자의 태도를 보면 자신이 억울하다고 생각하는 것 같다. 자칫 선생님의 억압적 강요나 친구와 사이좋게 지내야 한다는 도덕적 강박증에 의해 화해한다면 그것은 거짓 화해다. 시적 화자에게는 결코 바람직한 일이 아니다. 앙금이 있다면 다 풀어야 한다. 그래야 앞으로 더 좋은 관계로 발전시킬 수 있다. 시적 화자는 그것을 원한다.

시적 화자의 솔직하면서도 당당한 태도는 이제까지 우리 동시에서 별로 보지 못하던 캐릭터이다. 물론 불우한 친구는 도와주어야 한다. 아픈 친구는 돌봐 주어야 하고 힘 약한 친구는 보호해 주어야 한다. 그렇다고 어른의 강요와 도덕적 강박감에 의해 시시비비를 명확하게 가리지 않고 덮을 수는 없는 일이다. 그것은 상처를 치료하지 않고 서둘러 봉합해 버리는 것과 같다. 이오자 동시에 등장하는 시적 화자는 이런 친구 관계를 스스럼없이 깨 버린다.

이오자 동시에 등장하는 시적 화자는 친구와 갈등 관계를 형성하게 될지라도 할 말은 다 한다. 따질 것은 다 따진다. 그 다음에 양보할 것은 양보한다. 야박한 게 아니다. 자기 존중감이 강한 것이다. 이제까지 보지 못하던 캐릭터다. 그런데 참 이상하다. 이런 시적 화자가 등장하니까 시가 생동감이 넘친다. 시가 살아있다. 어쩌면 우리는 그동안 어린이들에게 '사이좋게' 지내라고 하면서 거짓으로 착함을 강요했던 것이 아닐까. 이오자 동시의 시적 화자는 그런 고정관념을 과감하게 깨고 있다. 자기 할 말 다 하고 주장할 권리가 있으면 다 주장한다. 그 과정에서 충돌도 발생한다. 그럼으로써 시 속의 어린이가 떠들고 뛰고 웃는다. 다시 말하면 건강하다. 살아 있는 캐릭터다.

시적 화자의 당당함은 「멋진 등굣길」에서 절정의 모습을 보여 준다.

학교 가는 길//

하아얀 울타리 사이로/ 새빨간 장미꽃들이/

쏙 · 쏙 · 쏙/ 얼굴을 빼고 있다//

"어디! 어디!"/ 나를 보기 위해/ 까치발 딛는 팬들 같아//

난 유명 스타처럼/ 입꼬리 살짝 올리고/

하나하나 눈 맞춤하며 걸었다

- 「멋진 등굣길」 전문

학교 가는 길 양쪽에서 장미꽃이 얼굴을 쏙 · 쏙 · 쏙 내밀고 있다. 등굣길 시적 화자는 그 길을 유명 스타처럼 걸어간다. 시적 화자의 모습을 떠올리면 슬며시 웃음이 나오기도 한다. 하늘을 찌를 것 같은 시적 화자의 자존감을 누가 감히 꺾을 수 있을까. 사춘기 아동의 행동 특성 중 하나이다. 그런데 참 묘하다. 이런 시적 화자를 바라보는 마음이 '즐겁다'. 자신을 당당하게 드러낼 줄 아는 살아있는 캐릭터에게 마음이 끌린다.

3. 익숙한 듯 낯설다

시적 화자가 자연을 바라보는 눈도 독특하다. 자기만의 눈으로 자연을 보고 숨은 의미를 읽어 낸다. 그럼에도 '아하, 이렇게 볼 수도 있구나' 하고 수긍하게 되는 것은 공감을 얻고 있기 때문이다. 매일 대하는 자연을 익숙함에서 벗어나 시적 화자의 눈을 통해 낯설게 바라볼 수 있다는 것은 반가운 일이다.

"무궁화 꽃이 피었습니다"/ 술래가 눈을 감고 외치면//

조금씩/ 조금씩/ 다가가는 것처럼//

눈을 돌릴 때마다/ 조금씩/ 조금씩//

현관 앞 감나무에/ 빨간 물이 더해간다//

하늘은 못 본 척/ 시치미 뚝 떼고

- 「가을이 놀이처럼」 전문

술래가 "무궁화꽃이 피었습니다"를 외치고 돌아볼 때마다 가을이 한 발 자국씩 다가오고 있다고 한다. 익숙한 듯 낯설다. 독자는 자신의 경험 속에서 술래잡기하던 추억을 되살리게 되기 때문일까. 가을이 다가오는 것이 실제적으로 느껴진다. 자기만의 독특한 시선으로 바라보니까 익숙한 것도 낯설고 새롭게 느껴진다는 사실을 깨닫는다.

고층 빌딩 건너다가/ 모서리에 걸렸네//

뾰족한 갈고리를/ 어찌 빼서 떠나나//

밤새도록 혼자서/ 용쓰는 건 아닐지

- 「초승달」 전문

이 시의 비유도 보라. 낯설면서도 다소 충격적이다. 그럼에도 공감을 얻고 있으니 성공적인 비유라고 하겠다. 갈고리 같은 초승달 이미지가 눈앞에 또렷이 떠오른다. 시인만의 독특한 감각에 관심이 간다.

4. 겉으로는 다투는 것 같지만

시적 화자는 가족들과 어떻게 생활하고 있을까. 예상을 크게 벗어나지 않는다.

오리 가족/ 물 위에 떠 있다//

아기 오리 옆에 붙어/ 안절부절 못하는/ 엄마 오리/ 꽥/꽥//

"과잉보호요./ 자립심을 키워야지"/ 아빠 오리/ 꿱/ 꿱//

사랑법 달라/ 조용한 날 없다

– 「수영 연습」 전문

　엄마 오리는 아기 오리 옆에 붙어 안절부절 어쩔 줄 모른다. 반면에 아빠 오리는 느긋하다. 그런 아빠 오리를 보고 엄마 오리는 속에 불이 난다. '꽥/ 꽥', '꿱/ 꿱' 조용할 날 없다. 자녀 양육을 둘러싸고 벌어지는 한 가정의 모습을 보여 주는 듯하다. 아빠 오리를 무관심하다고 탓할 수 있을까. 아니면 엄마 오리가 너무 집착한다고 할 것인가. 중요한 점은 목소리 톤이 높을지 모르지만 엄마와 아빠가 활발하게 의견을 주고받음으로써 합리적인 의사 결정을 하게 될 것이라는 기대를 갖게 된다는 점이다. 이점 상당히 중요하다. 겉으로는 "사랑법 달라/ 조용한 날 없다"며 부정적으로 그리고 있지만 부정하는 것이 아니다. 반어법적 표현인 것이다. 그럼으로써 이웃의 호응과 응원과 공감을 얻는다. 시인만이 가진 독특한 방법임을 깨닫는다.

　낮잠을 자는데/ 잠만 잔다며 야단이시다//

　"엄마랑/ 미국 여행 꿈꿨어" 했더니//

　"꿈에서도/ 엄마 돈 썼지?"/ 그러신다//

　아이고야/ 참!

– 「엄마도 참」 전문

　"꿈에서도/ 엄마 돈 썼지?"하고 묻는다고 엄마가 돈에 너무 강박관념을 갖고 있는 것이 아닌가 하고 마음대로 단정하면 안 된다. 이 시에서 우리가 눈여겨보아야 할 것은 엄마와 딸 사이의 격의 없음이다. 다 아시다시피 엄마와 딸 사이는 세상에서 가장 가깝다. 겉으로는 할 말 못할 말 다 하면서 다투는 것처럼 보인다. 그러나 이는 서로 간의 깊은 사랑을 에둘러 표현하고 있음이다. 그 때문일까. 두 사람의 대화를 듣다 보면 인간적인 면이 환하게 드러나면서 무장 해제된 듯 그만 하하 웃게 된다. 이들 앞에 무슨 벽이 있을까. 없다. 이때 발견되는 웃음은 억지로 웃기려고 어설프게 조작하는 웃음과는 결이 다르다. 세상에서 가장 가까운 사람들만이 만들어 낼 수 있는 웃음 코드이다.

5. 진심은 힘이 세다

이 글을 쓰면서 가장 궁금해지는 것 중 하나는 시적 화자의 진술한 내면이다. 내면이란 진실한 자기 모습을 볼 수 있는 자화상 같은 것이다. 시적 화자는 남들과 어떻게 얼마나 다를까. 이제까지의 행동으로 봐서 무척 독특할 것 같은 생각도 든다. 하지만 의외의 모습이 포착된다.

> 하늘엔/ 달 혼자// 마당엔/ 나 혼자//
> 나마저 들어가면/ 달은 혼자 뭐하나
>
> — 「혼자」 전문

달은 원래 밤하늘에 혼자 떠 있는 것이다. 해와 같이 떠 있을 수 없다. 그것은 달의 숙명이다. "하늘엔/ 달 혼자// 마당엔/ 나 혼자"에서 보듯 시적 화자는 어느 날 마당에 서서 밤하늘에 혼자 떠 있는 달을 보며 자신을 동일시한다. "나마저 들어가면/ 달은 혼자 뭐하나" 하고 걱정하는 말이 실은 자신을 걱정하는 말처럼 들리는 것도 이 때문이다. 혼자 된 달의 외로움은 곧 시적 화자인 나의 외로움이다. 그걸 보고 독자도 시적 화자처럼 자신을 달과 동일시 하게 된다. 흡인력이 강한 시다. 시적 화자의 소박하고 직관적인 시어가 큰 공감대를 형성한다. 그 때문에 기교도 부리지 않고 마음에서 우러나오는 대로 담담하게 감정 절제하여 쓴 이 시가 마음을 강하게 끌어당긴다. 진심은 힘이 세다.

> 연필은/ 생각 낚는 낚싯대// 머릿속 낚시터에/ 수많은 생각들//
> 하나하나 연필 끝에/ 낚여 나오지//
> 낚여 나온 생각들/ 하얀 공책 위에서//
> 파다닥파다닥/ 지느러미 흔들지
>
> – 「생각 낚기」 전문

「생각 낚기」도 같은 유형의 시다. 시적 화자의 내면 탐구 자세는 사뭇 진지하다. 관념을 사물화했다. 연필을 생각 낚는 낚싯대로 비유한 것을 보니 시적 형상화 능력이 뛰어남을 알 수 있다. 공감이 된다. 어린이들도 충분히 공감할 수 있는 제재이다. 시적 사고도 충분히 수용 가능하다. 상상력도 유감없이 발휘되고 있다. 무엇보다도 주목할 점은 시적 완성도가 높다는 것이다. 이런 유형의 시를 더 많이 빚기를 기대한다. 사색 속에서 낚아 올린 그의 시들이 파다닥파다닥 지느러미를 흔들며 힘차게 동심의 바다를 헤엄치기를 빈다.

6. 자기를 내세우는 것이 자신과 남을 위하는 것

이오자 동시에 등장하는 시적 화자는 자아 존중감이 유독 강한 특징을 보여 준다. 때로 자기주장이 강하다는 말을 듣기도 하는 이유다.

앞에서 예로 들었던 여러 시들을 떠올려 보자. 시적 화자는 엄마와 대화할 때 무조건적으로 수용하기보다는 자기주장을 충분히 내세운다. 그것이 때로 의견 충돌을 일으킨다. 하지만 그 때문에 엄마와 충분한 의견 교환이 이루어져 나중에는 합리적인 의사 결정을 할 수 있게 된다.

친구 사이에서도 마찬가지이다. 친구의 기분을 맞추기 위해 또는 친구와 사이가 멀어질까 봐 걱정되어 마음에도 없는 말을 하지 않는다. 느낀 그대로 솔직하게 자기의 마음을 드러낸다. 그 때문에 의견 충돌을 빚기도 한다. 하지만 친구와는 수평적 관계를 형성한다. 자아 존중감을 발휘함으로써 얻어 낸 긍정적 결과이다.

그렇다고 이오자 동시의 시적 화자는 자신이 남보다 낫다는 등 우월감 따위는 갖고 있지 않다. 오히려 남보다 부족하다는 생각을 하고 있는 듯 싶다. 자만하지 않으면서 매사에 적극적으로 참여하여 자신의 존재감을 드러내고 있는 이유이다. 이때도 먼저 자신을 솔직하게 보여 줌으로써 상대가 나를 향해 마음을 열고 다가오게 한다.

웃음도 있고 아픔도 있지만 밝은 얼굴로 생활하는 시적 화자는 이오자 동시에 생기와 활기를 불어넣는다. 그 시적 화자가 가족과 친구들과 풍요로운 삶을 가꾸어 가며 재미있고 감동적인 시를 더 많이 들려주기를 기대한다.

향기에 대취하다

– 조두현 작품론

최명란

1. 꽃

어디서든 미소가 먼저 다가오는 조두현[1] 동시인! 우리는 그를 만나기 위해 봉평으로 가는 기차를 탔다. 기차가 출발하자마자 옆자리에서는 김밥을 펼치고 허겁지겁 먹어 댔다.

1단계 배고픔이 시작되었다. 우리도 역사에서 도시락을 사올 걸 그랬다. 요기를 하면 좋을 텐데. 가서 거하게 잘 먹을 거라고 참으란다.

2단계 배고픔도 지나고 점점 허기가 밀려 왔으나, 메밀꽃이 푸른 허공을 이고 지상의 은하처럼 펼쳐진 봉평 들판을 생각했다. 막걸리와 메밀전을 떠올리며 침을 삼켰다. 차창으로 지나는 이정표마다 꽃들의 이름표로 바뀐다는 상상을 하며 무료함을 달랬다. 그나마 경쾌하고 장난스런 시간은 빠르게 흘러갔다.

일기장을 가득 채운/ 그 애 이름 / 보라보라……//

숱하게 지웠다 쓴/ 아린 이름 / 보라보라……//

---

1) 조두현 동시인은 경기도 여주에서 태어났다. 2002년 《아동문학평론》으로 등단했으며 동시조 〈쪽배〉 동인으로 활동하고 있다. 동시집 『어디서 봤더라?』, 『달콤한 내 꿀단지』, 동인지 『우리 가락 좋은 동시』, 『날마다 봄 여름 가을 겨울 산울림이 울었다』, 『사로잡고 사로잡혀』 등을 펴냈다. 오랫동안 새마을문고 중앙회에 근무하며 독서운동을 펼쳤고, 한국 4H본부에서 청소년 육성에 힘썼다. 지금은 봉평으로 귀농해 프로바이오 농법 친환경 농작물을 가꾼다. 도시의 많은 소비자들의 건강한 밥상을 책임지고 있다.

산마을/ 도라지 꽃밭 가득/ 물결치는 보라보라……

– 조두현, 「도라지」 전문

상상이 시들해지자 아이들처럼 꽃 이름 대기 놀이를 했다. 하나 둘 꽃들을 호명하자 여기저기서 밝은 목소리로 대답하는 것 같았다. 모두 다음 해에 다시 와서 꽃이 될래요! 하는 것처럼 들렸다. 계절에 따라 피고 지는 꽃들이 참 많기도 했다. 화려하게 피었다 스스럼없이 툭 지고 또 다시 꽃 피우는 순환을 생각하니 뭉클했다.

인간사 역시 그렇지 않던가. 그간 저마다 꽃이 피고 지고 피는 길에 있었다. 그리운 마음 한 조각이 떠올라 심상에 펼쳐졌다. 먹고살기 위해 부산하게 움직여 사람 향기를 절절하게 풍기는 조두현 시인이 가슴에 꽃의 비밀을 품고 시와 어깨를 맞대고 있었다.

용기를 내 그 애에게 / 붓꽃 화분을 주었다. //

쓸 듯 쓸 듯 / 쓰지 못하는 / 꽃을 보면 알려나. //

붓 끝에 가두어 놓고 / 끝내 못 쓴 / 비밀 하나.

– 조두현, 「붓꽃」 전문

꽃들을 두고 서로 생각을 달리 하는 동안 우리를 기다리던 조두현 시인이 승용차를 가지고 마중했다. 빙그레 미소 지으며 다가오는, 변함없는 그의 표정을 보면서 근면, 성실이라는 말이 먼저 생각났다. 한국 4H본부에서 오랜 시간 몸담은 사실을 상기시켜 주듯 그는 4H 일을 하며 한 해도 빠지지 않고 자신의 삶을 분갈이 했을 것이다. 그래서 이토록 맑고 단정할 것이다.

핸들을 잡은 그의 팔이 유난히 길었다. 팔이 긴 사람은 천재에 가깝다고 했던가.

230

내 열 번째 생일날에/ 할머니가 분갈이를 하신다.//

내가 태어나던 해에/ 사 오셨다는 난초 화분./

한 해도 거르지 않고/ 너울 쓴 각시 같은 흰 꽃을/

열 번이나 피워 낸 소심란.//

할머니는 조심조심 포기를 둘로 나눠/

각각 다른 분에 옮겨 심고/ 하나를 나에게 내미신다.//

스무 살 생일날에는 너도/ 분갈이를 할 수 있을 거라면서/

새 화분 건네줄/ 한 친구를 생각하며/ 해마다 향기 짙은 꽃을/

피워 보라 하신다.

– 조두현, 「분갈이」 전문

＊소심란 – 동양란 중의 한 종류

2. 농사

우리는 벌처럼 까불거리며 나비처럼 팔랑대며 넓은 들판에 펼쳐진 꽃밭을 들여다보았다. 시인은 꽃을 가꾸고 그의 아내는 농작물을 심는다고 했다. 모두 키 작은 해바라기처럼 약소한 길 가장자리에 우뚝 우뚝 서 있다가 우리보다 더 높이 목을 빼고 서 있는 해바라기 앞에서 포즈를 취했다. 모두 갖은 자세로 서로 사진 찍기에 바빴다. 그 모습들이 꼭 해바라기 같았다. 그야말로 사람과 해바라기가 뒤섞인 해바라기 밭이 되었다.

조두현 시인도 사진을 찍다 말고 특별히 긴 두 팔을 벌리고 해바라기처럼 웃었다. 아담한 체격에 팔을 펼치니까 정말이지 팔이 더 길어 보였다. 해바라기 얼굴에 빼곡하게 들어앉은 씨앗이 켜켜이 쌓인 그의 일상과도 같아 보였다.

그 애가 전학 오자/ 교실 안에 해가 뜬 듯/

내 마음 그쪽으로/ 한 뼘씩 자라나요./

고개도 그 애를 좇아/ 자꾸만 돌아가죠.//

낭랑한 목소리도/ 깔깔대는 웃음도/ 씨앗처럼 알알이/

내 마음에 깊이 박혀/ 스치는 그 애 눈길에/ 까맣게 익어 가요.

– 조두현, 「해바라기」 전문

귀농 이후 몸이 홀쭉해진 모습을 보며 짠하기도 했으나 건강은 더 좋아져서 다행이란 생각이 들었다. 흘린 땀의 양만큼 몸이 줄었으리라. "나는 농사꾼이다. 훌륭한 농사꾼은 못 되더라도 적어도 게으른 농사꾼은 되지 말아야겠다." 그의 말을 되새기며 고개를 주억거렸다. 예쁜 꽃을 피우기 위해 얼마나 많이 꽃밭을 들여다보았으며 얼마나 자주 농작물이 자라는 들판을 맴돌았을까.

사랑스런 그 눈길을 받으며 꽃밭이 웃음으로 소란스럽고, 정성어린 그 손길을 받으며 농작물은 튼실한 몸을 키웠을 것이다.

다섯 평 짜리 밭을 얻어/ 농사짓는 우리 아빠./

상추, 쑥갓, 오이, 감자……/ 가지가지 가꾸셨다./

농사꾼 맏아들이라고/ 큰소리 떵떵 치면서.//

"고것도 농사라고……"/ 혀를 차는 할아버지./

오이 받침대랑/ 고랑도 내어주신다./

참주인 만났다는 듯/ 어깨춤 추는 채소들.//

상추쌈에 삼겹살에/ 점심 파티 열어 놓고/ 까불대는 동생은 나비//

나는 윙윙대는 벌./ 마음은 오만 평보다 넓은/ 풍성한 우리 농장.

– 조두현, 「주말농장」 전문

두 주먹만 한 개구리참외를 성급하게 따와서 우리 앞에 불쑥 내밀며 미소 짓는 조두현 시인. 얼룩덜룩해서 개구리라는 이름을 붙인 것 같은데, 더 적절한 이름을 찾기 위해 머리 써 보았으나 찾지 못했다. 우리는 개구리참외를 한쪽씩 맛나게 나눠 먹으며 고운 이름을 지어 주지 않으면 아무래도 개구리가 배 안에서 자랄 것 같은 상상을 했다. 개구리참외는 개구리참외로 기필코 살아남을 것이다.

3. 아내

조두현 시인의 아내 이름 자는 박정희. 절대 잊어버리지 않을 이름이다. 우리가 두리번거리는 까닭을 눈치 채고, 그는 아내가 지금 직장에서 근무 중이라고 했다. 그녀를 기다리는 동안 우리는 거실에 둘러앉아 복숭아술을 나누며 이야기꽃을 피웠다. 이야기가 붉어 가고, 바깥 풍경이 합세해서 분위기를 띄어 주고, 꽃들도 고개를 들이밀어 붉은 꽃보다 더 붉어 가는 우리를 들여다보며 웃었다.

안주인도 없는 집에서 복숭아술과 가을 분위기에 흠씬 취했다. 흥이 무르익자 노래로 춤으로 이어졌다. 너나없이 목청 높여 노래를 불렀고 그는 긴 팔을 들어 덩실덩실 춤을 추었다. 팔이 길면 춤은 더 아름답다. 집은 아무도 뭐라고 할 사람이 없을 만큼 띄엄띄엄하게 앉은 집들 중에 한 채였다. 맘 놓고 떠들었다는 말이다. 다만 모두는 내심 안주인에 대한 우려가 있었다. 어느 집이든 아내가 호응해 주지 않으면 불편은 내내 그 주변 자리를 맴돌기 때문이다. 잠시 후, 걱정은 붙들어도 될 일이라는 걸 알았다.

나무들이 흥겨워서/ 큰 소리로 웃는 웃음.//
풀들이 속삭이며 / 입 가리고 웃는 웃음.//

꽃들은 웃음보따리를/ 철따라 풀어 놓는다.//
햇빛이 살짝 건드려도/ 배꼽 잡는 벚나무.//
붉은 웃음 짓는 장미/ 하얗게 웃는 찔레꽃//
겨울엔 함박웃음 지으며/ 눈꽃도 끼어들고.

– 조두현, 「꽃 웃음」 전문

그의 아내가 퇴근을 했다. 현관문으로 들어서는 그녀를 보고 우리는 모두 깜짝 놀랐다. 표정과 몸짓만 보아도 안다. 다들 귀신도 보인다는 오십 줄을 넘어섰다. 자태가 곱고 미소도 아름다운 봉평 들꽃을 닮은 여인. 이름이 주는 견고한 이미지와 달리 나긋하고 부드럽기 그지없었다. 조용하고 상냥하여 금방 가까워졌다. 그녀가 손님인 우리를 대하는 태도는 가히 존경스러울 정도였다. 조두현 시인의 평소 표정이 좋은 까닭을 알 것 같았다. 남편의 사회생활은 거의 아내의 영향을 받는 경우가 많다고 하지 않던가.

아빠가 사 들고 오신/ 장미꽃 서른여덟 송이./
엄마는 창가에다/ 고이 걸어 두셨다./
꿈꾸듯 잠들어 있는/ 마른 꽃 송이송이.//
"당신은 이 세상에서/ 가장 예쁜 꽃이야!" /
꽃을 건네며 던졌던/ 달콤한 그 아빠 말이/
오늘도 엄마 얼굴에/ 향기로 피어난다.

– 조두현, 「꽃향기」 전문

4. 강아지

조두현 시인의 선량한 성품은 마당에서도 볼 수 있다. 집에 잇대어 있는 산기슭에서 마당까지 줄을 길게 이어서 강아지가 그 줄을 타고 왔다 갔다 할 수 있도록 해 두었다. 강아지는 줄을 타고 산으로 쓰윽 올라갔다 마당으로 쓰윽 내려왔다 반복을 했다. 대략 오십 미터는 되어 보였다. 그 광경이 신기해서 구경하고 선 방문객을 향해 강아지는 꼬리를 흔들고 야단이었다. 산에서 들에서도 몰래 키워 온 부드러운 손들을 내밀어 강아지가 심심하지 않도록 친구가 되어 주고 있었다.

> 가을 벌판이/ 불쑥 꺼내 든/ 하얀/ 손, 손, 손……//
> 억세게 억세게 자라나더니/ 푸르게 푸르게 풀잎 칼날 갈더니/
> 몰래몰래 키워 온/ 부드러운/ 손, 손, 손……//
> 칭얼대는 바람을 가만가만 달래며 / 가을하늘을 쓸어 내는/
> 맑은/ 손, 손, 손……
>
> – 조두현, 「억새꽃」 전문

누가 왜 이렇게 긴 줄을 이어 놨냐고 물었다. 강아지가 한 자리에 가만히 묶여 있으면 그 주위만 뱅뱅 도니까 안쓰럽기도 하고 이렇게 해 주면 날뛰지는 못 하더라도 운동이라도 되지 않겠냐는 생각에서 그랬다고 했다. 풀어 둘 수도 없으니 여기까지 생각이 미쳤을 것이다. 정말 기발하다는 생각이 들었다. 그 강아지는 예쁘기도 하지만 짖지도 않는 것이 꼭 마음씨 좋은 주인을 닮았다.

기슭에 솔잎이 하나씩 떨어지고 있었다.

> 너, 그거 아니?/ 사철 푸르기만 하던 솔잎이/
> 땅바닥에 떨어지면 샛노래진다는 거.//
> 너, 또 그거 아니?/ 바람도 찔릴까 봐 조심하던 솔잎이/
> 오랫동안 뒹굴다가는/ 부드러운 흙이 된다는 거.//

그리고, 아! 솔향기./ 소풍날 광릉수목원 솔 숲길 걸을 때/

가슴 속까지 솔솔 파고들던/ 그 싱싱한 향기.

- 조두현, 「솔잎」 전문

　　조두현 시인은 집 이곳저곳을 구경시켜 주었다. 집 1층이 주로 사용하는 곳이고 2층은 게스트하우스 같았다. 2층으로 올라가는 계단이 오밀조밀하여 흥미진진 동화 속으로 빠지는 듯 했다. 테라스에 나서니까 넓은 들판이 한눈에 펼쳐 보이고 신선한 바람이 얼굴을 간지럽게 했다. 조그만 비닐하우스 안에는 빨간 고추를 널어 말리고 있었다. 그 옆에 소 멍에가 있었는데 그가 가벼운 듯 들어 지고는 이거 뭔지 아냐고 물었다. 멍에를 진 그의 모습에서 순간 인생 절반의 무게가 응축되어 다가왔다. 눈가의 늘어난 주름처럼 구절마다 삶의 질곡이 있어 보였다.

엄마가/ 버무린 김치에/ 도드라진 고운 햇살.//

고 속에/ 야무진 주먹/ 몰래 숨어 있었나 봐.//

입 안이/ 화끈 달아오르게/ 매서운 주먹 한 방.

- 조두현, 「고추」 전문

5. 메밀국수

　　평창도 식후경! 메밀국수를 먹지 않을 수 없었다. 참깨처럼 고소하고 맛있는 메밀 요리를 먹기 위해 평창에서 메밀 요리 가장 잘하기로 소문이 난 식당으로 향했다. 허기진 우리는 재빨리 식사를 했다. 식사를 마치는 순서대로 마루에 나가 걸터앉았고, 그때마다 조두현 시인이 카메라를 들었다. 같은 포즈를 취하는데 장면마다 다른 풍경이 다가왔다. 카메라 앞에서는 모두 웃었다.

> 활짝 열린 꽃 대문마다/ 부지런히 드나드는 작은 꿀벌들./
> 붕붕 윙윙 한바탕 축제가 끝난/ 어느 날 아침//
> 깨밭 고랑 사이사이마다/ 하얗게 깔린 깨꽃 깨꽃들/
> 눈을 씻고 들여다보니/ 꽃이 진 자리마다/ 아, 깨주머니!//
> 주머니마다/ 가득가득 여무는/ 벌과 깨꽃의 고소한 사랑 열매.
>
> — 조두현, 「깨꽃」 전문

    식당 마당에는 언제 식사를 마치고 나왔는지 힘 잘 쓰는 시인이 내일 행사 때 사용할 천막 설치하는 일을 돕고 있었다. 어느새 땀범벅이 되었고 매캐한 몸 향을 사방으로 풍겼다. 내일이 축제 시작이며 천막 아래서 절임 배추 주문을 받을 거라고 했다. 집 앞 들판에서 좋은 공기와 토양으로 건강하게 자라고 있는 배추를 이미 본 터여서 여기저기 전화를 걸어 미리 주문을 받기도 했다. 조두현 시인의 기운이 담쟁이넝쿨처럼 살살 뻗어나갈 것이다.

> 호기심 하나 쏘옥/ 목을 내밀고/
> 호기심 또 하나 길게/ 팔을 뻗는다.//
> 자꾸만 자꾸만 기어올라가/
> 기어이 엿보고 싶어하는/ 담쟁이넝쿨.//
> 2층 창문에 턱걸이하고/ 몰래 들여다보다/
> 다시 3층 창문으로/ 살살 기어오른다.//
> 담벼락 하나 가득/ 담쟁이넝쿨들의 파릇한/ 호기심 여행길.
>
> — 조두현, 「담쟁이넝쿨」 전문

6. 크리스천

어둠이 내리자 우리는 삼삼오오 메밀밭으로 향했다. 캄캄한 메밀밭에는 하얀 메밀꽃이 취할 듯 빛을 발하고 있었다. 척박한 땅에서도 꽃을 피우는 메밀은 그리 오래 기다리지 않아도 새하얀 모습을 드러낸다. 가녀린 줄기와 스산한 하얀 꽃잎이 바람에 흔들렸다. 누군가의 아버지가, 누군가의 어머니가 밭일을 마치고 집으로 돌아가는 모습이 상상 속에서 풍경으로 겹쳐 보였다. 조두현 시인의 기도하는 손이 하얀 메밀꽃 곁에 홀로 핀 별꽃을 어루만졌다.

> "별 닮은 보라 꽃을/ 생각하며 먹어 봐라."/
> 시구 같은 엄마 말에 / 꼭꼭 씹은 도라지나물./
> 알싸한/ 향기에 그만/ 눈이 절로 감겼어요.//
> 어느새 내 마음은/ 외가 텃밭에 가 있고/
> 도라지꽃 좋아하던/ 외사촌 누이도 떠올라/
> 밥상이/ 꽃밭인 듯해요/ 젓가락질이 즐거워요.
>
> – 조두현, 「도라지나물」 전문

꽃향기와 함께 낮에 설치를 거들었던 무대는 아직 시큼한 땀내를 풍겼다. 목사님, 장로님, 성도님들이 함께하는 아름다운 '길동무협동조합'이었다. 모두 찬양하고 있었다.

"이곳에 생명 샘 솟아나 눈물 골짝 지나갈 때에 머잖아 열매 맺히고 웃음소리 넘쳐나리라. 꽃들도 구름도 바람도 넓은 바다도…… (생략)"

사랑이 벌처럼 나비처럼 날아드는 향기에 취한 우리의 가을이 또 그렇게 흘러갔다.

어디로 가는 걸까?/ 까아만 밤./
아침에 눈을 뜨면/ 감쪽같이 사라지는.//
어디 갔다 오는 걸까?/ 까아만 밤./
숙제 끝내고 놀려 하면/ 슬금슬금 돌아오는.//
꼭 아빠 같은 밤./ 새벽 길 열며 출근했다가/
지친 발걸음에 어둠을 걸고/ 저만치 골목길을 돌아서 오는.

– 조두현, 「밤」 전문

조두현 시인은 유기농으로 자라 울퉁불퉁 못생긴 오이와 고추, 콩을 골고루 나눠 주었다. 베푸는 그의 인정만큼 짐을 무겁게 들고 상행 기차를 탔다. 일행을 배웅하며 미소 짓고 서 있는 그의 표정에서 그리스도 향기가 느껴졌다. 분명 사랑을 실천하는 조두현 시인이었다.

시골길 차창 밖에서/ 산이 말처럼/ 달리고 있었다.//
산등성이 키 작은 나무들은/ 휘날리는 산의 갈기./
뜨거운 햇볕,/ 사나운 비바람에/ 잘 다듬어진 멋진 갈기.//
백마의 잔등에 올라타고서/ 이랴, 이랴!/
신나게 채찍질하며/ 갈 길을 재촉하는 겨울바람.//
하얀 눈보라 속에서/ 앞서거니 뒤서거니/
깃발처럼 갈기를 휘날리며/ 큰 산과 작은 산이/ 내달리고 있었다.

– 조두현, 「산의 갈기」 전문

7. 그 후

첫서리가 내렸다. 이효석의 문학정신을 기리기 위해 생가가 복원되어 있는 봉평 마을. 주막 충주집과 물레방앗간이 있고, 이후 조두현 시인이 터를 잡은 그곳에서 청정하게 자라고 있을 농작물의 안부가 궁금하다. 그는 여전히 꽃밭을 가꾸고 그의 아내는 채소를 매만지고 있겠지. 입담 좋은 그와 그의 아내가 서로 그윽이 바라보며 담소를 나누는 모습이 한껏 그립다.

> 칼날 바람이 새벽에/ 하얀 카펫을 깔며 지나갔다./
> 점점이 새겨져 있는/ 환한 무늬, 하얀 서리.//
> 새들이 콩콩콩 뛰어가며/ 고개를 갸우뚱/ 어디서 봤더라?//
> 그래!/ 봄 뜨락의 채송화,/ 한여름의 백일홍,/
> 가을 길 코스모스……//
> 콕콕 쪼아 보면/ 부리가 시/ 맑은 알갱이들.//
> 겨울 길 하얀 카펫을/ 해님이 귤빛 손으로/ 돌돌돌 말아 올린다./
> 흔적도 없이 사라지는/ 꽃 같은 하얀 서리.
>
> — 조두현, 「첫서리」 전문

그날 이리저리 자리를 옮길 때 포토 존에서 찍은 사진들을 들여다본다. 그의 아내와 팔짱을 끼고 찍은 사진이 눈에 들어온다. 밤빛이 스며들어 희미한 풍경을 소설의 장면으로 여기며 그날 밤을 다시 그린다. 어두운 메밀밭에서 미로 같은 길을 따라가다 그만 일행을 놓쳤던 그 무시한 밤기운과 조우한다. 그러기에 추억이 되는 거고 그 추억이 아름다운 거다. 추억은 사람이 있기에 아름다운 거고 되돌릴 수 없는 것이기에 더 간절한 거다.

또 놀러 오라고 한다.

> 꽉 닫힌 마음 조금 열어놓고/
> 소나무 한 그루, 들풀 몇 포기/ 키우고 있다.//
> 흔들리면 안 돼!/ 약해지면 안 돼!/ 단단해야만 돼!/

스스로 굳게굳게 다짐하면서도//

꼭 다문 입술에/ 들꽃 몇 송이 피워 놓고/ 나비와 꿀벌도 부르고//

작지만 멋지게 자란/ 소나무 가지를 흔들며/

새들도 놀러 오라 부르고 있다.

- 조두현, 「바위」 전문

산에 둘러싸인 집이 있고 그 앞으로 넓은 들판이 펼쳐지는 그곳에서 중년의 소년 조두현 시인은 오늘도 꽃밭을 어루만지며 엷은 미소를 띠고 있을 것이다. 묵은 때를 씻어 낸 해맑은 얼굴로 정다운 길동무와 함께……

학교에 가는 길이/ 유난히 깨끗하다./

오늘따라 더 싱그러운/ 가로수 푸른 잎들./

간밤에 내가 잠든 사이/ 목욕들을 했나 봐.//

짹, 짹, 짹! 맑은 새 소리/ 넝쿨장미 빨간 꽃송이./

이슬에 흠뻑 젖은/ 반가운 길동무들./

간밤에 몰래 옷 벗고/ 묵은 때를 씻었나 봐.

- 조두현, 「간밤에 무슨 일이」 전문

올해는 봄꽃보다 바이러스가 먼저 찾아와 세상이 꽁꽁 닫혔다. 그럼에도 조두현 시인은 자연의 순리에 따라 땅을 갈고 봄 농사를 시작했으리. 들판 가득 꽃씨를 뿌렸으리. 조두현 시인이 꽃을 좋아한다는 건, 위에서만 보더라도 알 수 있는 일이다. 꽃에 대한 시가 얼마나 많은지를 보아도 알 수 있는 일이다. 꽃 시들을 의도하고 찾았으나 사실 이보다 더 많이 있다. 꽃이 져도 그의 꽃은 시 속에 남아 있다.

우리의 일상에도 빨리 봄이 왔으면 좋겠다. 당연! 지금 봉평은 향기 나는 봄일 테니까.

겉만 보곤 알 수 없지/ 향기 보따리라는 걸./

입 가까이 대고 호오 불면/ 스르르 매듭이 풀려/

코 안으로 소올솔/ 흘러 들어오는 향기.//

나비가 찾지 않는다고/ 그냥 지나치면 안 되지./

잎사귀 사알살 쓰다듬으면/ 파란 대문 조금 열고/

손바닥에 한 움큼씩/ 쥐어 주는 향기.//

하찮아 보이는 가녀린 풀잎./ 가까이 다가가 보듬어 줘야/

대낮같이 환한 향기/ 얻을 수 있지.

– 조두현, 「로즈마리」 전문

* 로즈마리 – 향기 나는 풀인 허브 종류 가운데 하나로 강하고 깨끗하며 상쾌한 약초향
　　　이 난다.

네 가지 마술 코드로 본 조영수의 동시 세계

– 조영수 작품론

1. 동심이 부려놓은 마술 무대로의 초대

마술사는 우리에게 믿기지 않는 일을 눈앞에 감쪽같이 보여주는 존재이다. 없다고 여겼던 것 혹은 있었으면 하는 것들을 펼쳐 놓아 보는 이들을 꿈꾸게 하고 행복감에 젖게 한다. 반면 모든 감각과 기술을 동원한 준비의 시간을 갖지 않은 마술사는 무대 위에서 허술함이 노출되어 보는 이들을 실망시키고 마술사로서의 생명력도 잃는 위험성을 지니고 있다.

시인의 운명도 그와 같지 않을까? 서정적 감각을 벼리는 지난한 시간을 견디어야만 비로소 환상적인 시의 마술을 선보일 수 있기 때문이다. 특히 동시는 어린이라는 독자 대상과 짧은 장르의 특수성을 안고 있는 만큼 시인의 자세도 남달라야 한다. 어린이의 눈높이, 단어 하나, 문장 한 줄, 조사와 문장 부호까지 어느 것 하나 허투루 다룰 수가 없다. 인색한 감각을 가까스로 동원하여 조합해 놓은 시들 앞에서는 오래 머물기가 힘들다. 존재 자체가 변화무쌍한 어린이들은 더욱 그러하다. 철저하고 예리한 감각을 발휘해 어린 독자와 마주해야 하는 게 동시를 빚는 시인의 운명인 것이다.

그런 면에서 조영수[1] 시인은 동심이라는 본연의 감각으로 동시의 미학

---

1) 조영수 시인은 1959년 대전 유성에서 태어났으며, 2000년 《자유문학》에 시, 2006년 《조선일보》 신춘문예에 동시가 당선되어 시인으로 활동하고 있다. 시집 『행복하세요?』, 동시집 『나비의 지도』, 『마술』이 있으며, '오늘의 동시문학상'과 '자유문학상'을 수상하였다.

네 가지 마술 코드로 본 조영수의 동시 세계-조영수 작품론 ● 243

을 구축하는 데 성공한 마술사라고 할 수 있다. 끊임없이 대상의 근원에 가 닿으려는 노력, 대상을 바라보는 따스한 눈길, 오래도록 공들인 듯한 결 고운 언어, 무엇보다 시 속에 숨겨 놓은 주제 의식이 함축과 운율의 동시 미학을 구축하고 있다.

사랑을 통해 마술을 넘어 상생의 세계로 나아가는 조영수의 시 세계를 『나비의 지도』와 『마술』로 살펴보고자 한다. 시집 발간 순서가 아닌, 두 권에 실린 동시들을 한 데 모아 뒤섞고, 시에서 드러내고자 한 주제들을 분류한 뒤, 주제에 접근하는 창작 방법으로서의 마술 코드를 적용하여 낱낱의 작품을 분석하고자 한다. 즉, 시적 심상들이 동심의 네 가지 마술 코드에 의해 어떠한 변화와 변신을 꾀하는지 볼 것이다.

2. 주제 형상화 기법으로서의 네 가지 마술 코드

1) 자연 마술

자연은 스스로 · 저절로 · 있는 그대로를 말한다. 피고 지고 나타났다 사라지며 때론 묵묵했다가 때론 격정적인 자연의 자연스런 모습에 시인은 서슴없이 마술을 건다. 그런데 조영수의 자연 마술로 태어난 시들은 '문학 생태학'[2]적 관점에서 본 '생태 동시'[3]와는 조금 다르다. 그가 보여주는 자연 마술은 독자의 의식 전환을 꾀하고자 하는 생태학적 상상력이라기보다, 우

---

[2] 문학 생태학이란, '문학'과 생물의 생활 상태 및 생물과 환경의 관계를 연구하는 생물학의 한 부문인 '생태학'이 결합되어 만들어진 용어이다. 일반적으로 생태 의식을 일깨우고 생태학적 세계관을 보여주는 문학을 가리킨다.

[3] 환경 파괴, 자본주의적 소비 욕망에 따른 삶의 방식 또는 인간중심적 세계관으로 생물 환경에 문제를 일으키는 것에 대한 비판, 생물 평등주의 지향과 같은 뚜렷한 주제 의식을 보이는 동시들이 바로 '생태 동시'에 속한다. 조영수의 자연 마술에 속하는 시들 중에는 「이사」, 「산은」, 「구름공장」, 「메뚜기 집터」, 「하늘 따먹기」 등 인간과 환경에 대한 생태 의식이 엿보이는 시들도 있다. 하지만 이들 역시 생태학적 관점에서 독자의 의식 전환에 목소리를 높인다기보다, 인간과 자연이 자연스레 어울릴 수 있도록 넌지시 자리를 마련해 주는 역할이 더 크다.

리가 몰랐던 있는 그대로의 자연을 그만의 감각으로 발견해 내고 그것을 내면화하여 보여주는 상상력이다.

「빨랫줄」은 장마 끝에 벌어진 자연의 미세한 변화를 담백한 풍경화로 보여준다.

> 장마가 끝난 뒤/ 아빠와 이불을 널려고 하는데//
> 이런이런//
> 나팔꽃이/ 먼저/ 넝쿨손을 뻗어/
> 젖은 분홍 꽃봉오리를 널어놓았다//
> 이런이런//
> 수세미가/ 먼저/ 넝쿨손을 뻗어/
> 젖은 노랑 꽃을 널어놓았다.//
>
> – 「빨랫줄」 전문

여름날 장마가 끝난 뒤 아빠와 이불을 널려고 하는데, 언제 왔는지 나팔꽃과 수세미가 먼저 젖은 꽃봉오리를 널어 놓았다는 내용이다. 자연이 슬며시 스며들어 온 장면에 마술이 걸린 순간이다. 화자의 '이런이런'이라는 말을 실마리로 하여 시가 끝난 자리에 빙그레 꽃이 피어난다. 나와 아빠의 멋쩍지만 너그러운 웃음꽃이다. 꽃들에게 빨랫줄을 내어준 뒤, 도로 이불을 가지고 들어가는 나와 아빠를 보며 관중들은 따뜻한 박수갈채를 보냈으리라.

자연 마술을 통한 마음속 깊은 여운은 「봄」에서도 느낄 수 있다.

'매화꽃/ 목젖이 다 보이도록 웃습니다'로 시작된 이 시는 '봄의 웃음도/ 목젖이 다 보입니다'로 끝난다. 여기서 봄은 초봄도 아니요, 끝물의 봄도 아니다. 흐드러진 봄의 한가운데이다. 시인은 '목젖이 다 보이도록 웃는' 사람의 모습에 마술을 걸어 꽃들을 활짝 피워낸다. 만발하는 매화, 만발하는 민들레, 만발하는 목련을 목격하며 무르익은 봄에 절로 입이 벌어진다. 봄의 웃음 한가운데서 덩달아 목젖이 다 보이도록 웃으며 왈츠를 추고 싶은 건, 시인의 자연 마술에 단단히 사로잡혔다는 뜻일 게다.

「영차영차 봄을」에서는 숨막히는 보도블록을 기어코 밀어 올린 새싹의 자연 마술을 볼 수 있다. 생명이 살 수 없을 것 같은 보도블록 밑에서 새싹이 태어나고야마는 마술. 여기에 동원된 상상력은 '밀어 올리는 자연의 힘'이다. 보도블록 밑에서 느티나무 뿌리가 개밥두더지를 무등 태워 밀어 올리고, 개밥두더지는 지렁이를 무등 태워 밀어 올리고, 지렁이는 풀씨를 밀어 올리는 데 안간힘을 쓴다. 그러던 중 '열린 틈새로/ 옹크린 풀씨가/ 발을 쭉 뻗었습니다'로 끝나는 봄의 순간! 그 대견하고 앙증맞은 자연 마술에 응원의 함성이 파도친다.

「지구의 세탁」은 지구에 내리는 비의 종류를 세탁 기능에 빗댄 위트 있는 자연 마술이다. 변덕스런 여름 날씨가 한눈에 보인다. 거대한 지구 세탁기가 불림 코스 여우비를 흩뿌린다. 이어 소나기로 신 나게 세탁을 하고, 내리붓는 장대비로 헹궈 낸 뒤, 바람으로 탈수를 마친다. 그렇게 빨래를 끝내고 나니 울음을 멈추었던 매미가 다시 울고, 호박꽃이 오므렸던 꽃잎을 열고, 젖었던 자전거가 뽀송하게 마르는 동안 산등성이에는 무지개가 뜬다. '세탁을 마친 하느님이 무지개를 어깨에 걸치고 산등성이를 넘어간다'는 표현으로 절묘한 자연 마술의 마침표를 찍는다.

이밖에 「떡잎」, 「지문 찍기」, 「바다 생일 잔치」, 「이삿짐 차」, 「곱다, 곱다」, 「선물」 등에서도 시인의 참신한 마술적 상상력에 이끌려 미처 보지 못한 자연의 경이로움에 새로 눈뜨는 즐거움을 맛볼 수 있다.

2) 돋보기 마술

보이지 않는 것을 보는 마음이 어린이의 마음이요 동심이다. 조영수 시인이 동심의 눈으로 본 것들을 매만지고 다듬고 골라 색칠한 자리에는 반드시 시가 피어난다. 돋보기 마술에서는 시인이 대상을 경험하고 인식한 뒤 내면화하는 과정에 확대의 초점을 맞추어 놓았다.

「태어났어요」에서는 웃자란 새싹을 햇살이 살몃살몃 핥아 목을 가누도록 하는 장면이 확대된다. '갓 태어난 강아지를/ 어미 누렁이가 핥아 주'는 것처럼 햇살과 어미 개의 모성애에 서정의 돋보기를 대어 봄이 피어나는 과정을 마술로 보여준 것이다.

「나무늘보」에서는 오직 잠만 자는 나무늘보가 새끼를 낳자 사람들이 걱정을 한다. 그러자 시인은 나무늘보의 모성에 돋보기를 갖다 댄 뒤 그 느린 사랑의 과정을 세심하고도 곱게 보여준다.

> 취미도 잠/ 특기도 잠인 나무늘보가/ 새끼를 낳았어요//
> – 잘 기를 수 있을까?//
> 사람들 걱정이/ 기린처럼 자라고/ 코끼리처럼 뚱뚱해져도,//
> 졸면서도 젖 먹이고/ 자면서도 젖 먹이던/ 나무늘보가 씨익 웃었어요//
> – 난 엄마야
>
> – 「나무늘보」 전문

누구도 흉내 낼 수 없고 누구도 막을 수 없다. 졸면서도 젖 먹이고 자면서도 젖 먹이는 나무늘보의 모성애가 세상만사 초탈한 '씨익 웃었어요'로 보는 이들의 마음을 뭉클하게 만든다. 그리고 '난 엄마야'라며 사람들에게 쓸 데 없는 걱정일랑 접어두라고 반전의 한 방을 날리며 시는 통쾌하게 마무리된다. 눈물겹도록 사랑스러운 돋보기 마술이 아닐 수 없다.

「빈 자리」에서는 엄마를 기다리는 아이의 속마음에 돋보기를 대어 마술을 건다.

아이는 출장 가고 없는 엄마의 빈 자리를 채우기 위해 작전 중이다. 양말과 수건을 여기저기 던져 놓고, 장난감을 좌르륵 쏟아 놓기도 한다. 잔소리

할만한 상황을 만들면 엄마가 달려올 거라 생각한 동심을 잘 포착한 대목이다. 물리적 공간은 양말과 수건과 장난감으로 채워졌지만, 마음속 허전함은 오히려 더 깊어진다. 이내 아이는 작전을 변경하여 엄마를 걱정시키기로 한다. 다치거나 울면 득달같이 달려오는 엄마를 떠올린 아이다운 발상이다. 그런데 통조림 깡통에 다치고 도둑고양이 울음소리에 놀라도 '엄마의 걱정이 뛰어들어'오지 않는다. 이번 작전도 실패다. '엄마 따라 간 잔소리 크기만큼/ 점점 늘어나는 마음속 빈 자리'를 어찌하지 못한 아이는 '밥통 뚜껑을 열었다가 닫았다가/ 냉장고 문을 열었다가 닫았다가.' 새로운 잔소리 찾기를 계속한다. 엄마가 없는 빈 자리의 허전함이 출렁거리며 그리움과 범벅되는 과정을 짜임새 있게 잘 확대한 돋보기 마술이다.

> – 생일 축하해/ – 졸업 축하해//
> 기쁜 자리에/ 꽃이/ 축하와 손잡고 온다//
> – 힘내/ – 곧 나을 거야//
> 아픈 자리엔/ 꽃이/ 위로와 손잡고 온다
>
> – 「꽃이 손잡고」 전문

꽃의 가치를 극대화한 작품이다. 시인의 마음 씀씀이가 꽃보다 더 진한 빛깔과 향기로 전해져 온다. 생일 혹은 졸업식과 같은 기쁜 자리에 꽃을 들고 와 축하해 주는 장면에 살짝 각도를 틀어 시의 마술을 부려 놓았다. 꽃이 '축하와 손잡고' 와 주었고, 꽃이 '위로와 손잡고' 와 주었다니! 이보다 더 꽃의 꽃다운 가치를 어여쁘고도 다정하게 표현할 수 있을까? 기쁨과 슬픔에, 축하와 위로에 그리고 꽃을 든 손에 주목한 돋보기 마술이다.

조영수는 모성애, 그리움, 가지 등과 같은 내상의 근원에 돋보기를 갖다 댈 줄 아는 마술사이다. 새로운 각도로 일상적인 것들을 깨트리고, 깨진 것들에 잘 다듬은 단어를 꿰어 보석같이 귀한 시를 탄생시킨다.

3) 공감 마술

공감은 다른 사람의 처지나 입장·감정·의견·주장에 자기도 그렇다고 여기며 이해하고 느끼는 것을 말한다. 인지적인 측면과 감정적인 측면이 섞여 있지만, 감정에 압도당해 동정으로 기울지 않는 게 공감이다. 어떤 사람의 처지에 더 크게 울거나 분노하지 않는 것, 어떤 사람의 심정보다 더 크게 반기거나 더 크게 웃지 않는 것, 성급하게 나서지 않고 그저 이해해 주는 것이다. 마음으로 그렇다고 여기며 기다려 주는 게 바로 조영수 시인이 시의 무대에서 선보이기 좋아하는 공감 마술이다.

> 울타리 밖에 버려진/ 해바라기 한 포기를/
> 데려다 심었다//
> 물을 주어도/ 고개를 푹 숙이고/
> 그늘을 지어 주어도/ 고개를 푹 숙이고//
> 지켜보던/ 할머니가 그냥/ 기다려주라고 했다//
> 일주일/ 기다리고/ 또/ 일주일//
> 해바라기 마침내/ 해를 이고 섰다//
> 축, 오늘이 새 생일이다
>
> – 「해바라기 아이−입양된 아이에게」 전문

상처는 건드리면 건드릴수록 덧나기 마련이다. 해바라기의 상처도 마찬가지이다. 뿌리 뽑힌 채 울타리 밖에 버려졌다는 건 말라 죽을 위험에 처했다는 뜻이다. 다행히 발견되어 다시 흙을 덮긴 했지만 뿌리가 입은 상처의 깊이가 만만치 않다. 그걸 알 리 없는 어린 화자는 조급한 마음에 이런저런 조치를 취해 본다. 애가 타 동정하는 모습이다. 물을 준들, 그늘이 생긴들, 상처 받은 뿌리가 생기를 되찾기에는 아직 역부족이다. 이를 지켜보던 할머니가 조용히 한 마디를 건넨다. 그냥 기다려주란다. 일주일 또 일주일을 기다리니 놀라운 일이 벌어진다. 고개를 푹 숙이고 비실비실하던 해바라기가 생기를 되찾았다. 마침내 뜨거운 해를 이고 꼿꼿하게 섰다. 기다려준 공감이 약이 된 순간이다.

이 마술은 '축, 오늘이 새 생일이다'라는 문장으로 폭죽을 팡 터트리듯 끝난다. 하지만 우리의 마음은 자리를 뜨지 못한다. 입양된 아이를 버려진 해바라기에 비유한 시의 속뜻에 붙들려, 시가 끝난 자리에 둘러앉아 속마음을 터놓고 싶어지는 것이다. 이게 바로 마음을 마주하고 기다려준 공감 마술의 힘이다.

「개구리알을 보다가」에는 몽글몽글한 개구리 알을 건져다가 친구들에게 팔까 말까 고민하는 아이가 등장한다. '문구점에선 알 5개에 5백 원인데' '친구들에게 알 5개에 3백 원씩/ 팔까, 말까/ 생각하다가,' 그만 웅덩이 '나뭇잎 아래서/ 알을 지키고 있는/ 개구리눈과 딱 마주쳐' 움찔 놀란다. 엄마 개구리의 마음이 느껴졌기 때문이다.

알을 잃은 엄마 개구리가 잠이나 잘 수 있을까? 먹을 수나 있을까? 입장을 바꾸어 생각하니 도저히 알을 건져 갈 수가 없다. 이 공감 마술은 '그래,/ 개구리 이야기만 담아가는 거다/ 이야기보따리 가득 담아가는 거다.'로 정점을 찍으며 마무리 된다. 알을 가져가지 못하는 아쉬움을, 엄마 개구리의 마음이 되어 본 사연을, 이야기보따리 가득 담아 친구들에게 풀어 놓을 걸 생각하니 벌써부터 신이 난다. 폴짝폴짝 달려가는 아이의 뒷모습이 눈에 선하다. 공감이 공감을 뛰어넘으면 더불어 행복이 되는 것이다.

「낙엽」은 가을에 떨어지는 나뭇잎을 나무가 접어 보내는 단풍 종이학으로 비유한 공감 마술이다.

가을걷이를 끝낸 나무가/ 땅속에서
두레박질을 멈춘 뿌리에게//
힘들지, 한 마리/ 고마워, 한 마리/

애썼어, 한 마리/ 바스락 또 한 마리//

햇빛에 물들여/ 달빛에 물들여/

곱게 마음 접어 보낸/ 천 마리 단풍 종이학.

- 「낙엽」 전문

시인은 낙엽을 예사로 보지 않는다. 특유의 세심한 집요함으로 한 잎 한 잎 떨어지는 사연에 귀를 기울인다. 그 사연은 다름 아닌 나무가 뿌리에게 보내는 1년 살이의 고마운 속삭임이다. 나무는 자신이 봄에 꽃피우고 여름에 열매 맺고 가을에 수확의 기쁨을 맛볼 수 있었던 건, 땅속에서 묵묵히 쉬지 않고 두레박질을 해 준 뿌리 덕분이라는 사실을 안다. 고단한 뿌리의 수고에 정성으로 답한다. 낮에는 햇빛에, 밤에는 달빛에 나뭇잎들을 곱게 물들인 뒤 천 마리 학을 접어 뿌리에게 보내는 것이다. 한 잎 보내며 힘들었지, 또 한 잎 날리며 고마웠어, 또 한 잎 떨구며 그동안 애썼어…… 조명이 쏟아지는 공감 마술의 무대 위에 천 마리 단풍 종이학이 날리는 환상적인 장면이 아닐 수 없다.

이 밖에 「불쌍한 산타할아버지」, 「느티나무 노래방」, 「닭」, 「귀를 쓰윽」, 「돌부처」, 「서로」 등에서도 마주보고, 기다리고, 느낌을 나누는 공감 마술을 만끽할 수 있다.

4) 나눔 마술

조영수 시인이 두 권의 시집에서 가장 공들여 보여주고자 했던 게 나눔 마술이 아닌가 싶다. 「떡잎」, 「포도밭 할아버지」, 「산수유나무」, 「손님」, 「감나무는」, 「새들의 도시락」, 「달밤에」, 「마술」, 「순서」, 「살구나무 밥집」, 「아무리 봐도」, 「바뀌지 않아」, 「살구나무 꽃다발」, 「가장」, 「축하 나누기」, 「1학년 공부」, 「저수지 모자」, 「감싸기-우도에서는」 등 편수만 보아도 시인이 나눔에 얼마나 의미를 두고 있는지 알 수 있다. 물질적인 나눔뿐만 아니라 진심까지도 기꺼이 나누어 준다. 이는 「새 이름」, 「탑」, 「그 말」, 「기다리다가」, 「손과 손이」, 「새살−강원도 산불」 등에서 상처를 낮게 하는 치유 마술로 번진다. 나눔이 치유로 이어지는 마술에서는 특히 '먹고 사는 밥'에 관심을 쏟고 있다.

1
잔가지 끝에서/ 모락모락 뜸이 든 조밥//
저린 팔다리에 힘을 주며/ 늙은 산수유나무가 차린 꽃밥상//
올해도 잊지 않고/ 노란 밥상을 이고 서 있다

2
지금쯤/ 초대장을 읽은 벌과 나비/
뭘 입고 갈까/ 거울 앞에서 옷을 대보고 있겠다//
초대받지 못한/ 개미가 산수유나무의 발을 간질이고/
멧새는 앞산에서 입맛을 다시고 있겠다//
노란 밥상에는 어느새/ 봄이 둘러앉아 있다.

− 「산수유나무」 전문

늙은 산수유나무는 우리네 엄마 혹은 할머니를 떠오르게 한다. 조건 없이 뭐든 퍼줄 수 있는 사람을 꼽으라면 단연 엄마일 것이다. 꽃피우고 열매 맺느라 성한 데 없이 늙어 버린 산수유나무는 오늘도 어김없이 뜸을 들여 밥상을 차린다. '저린 팔다리에 힘을 주며' 한 송이 한 송이 피워 낸 힘겨운 밥상이다. 자식들 다 키워 떠나보내고, 그 자식들이 밥은 먹고 다니는지 기도하는 마음으로 조촐히 차린 밥상에 이웃들을 부른다. 벌과 나비는 뭘 입고 갈지 거울 앞에서 옷을 대보며 신났고, 초대받지 못한 개미는 슬쩍 산수유나무의 발을 간질여 밥상에 합류하고, 분명 앞산에서 입맛 다시고 있는 멧새도 손짓하여 불렀을 것이다. 산수유나무의 소박하지만 짙은 나눔에 모두들 감사했을 것이다.

조영수 시인의 밥 나눔 마술은 가족이나 가까운 이웃뿐만 아니라 먼 나라 이웃 나라에까지 퍼져 나간다.

> 돼지저금통이/ 마술을 부렸다//
>
> 아프리카에 가서/ 염소 한 마리 되었다//
>
> 배고픈/ 아이에게 젖 나눠주는/ 젖엄마가 되었다
>
> - 「마술」 전문

돼지저금통이 젖엄마가 되어 배고픈 아이들에게 젖을 나누어 준다는 상상이라니, 그야말로 입이 떡 벌어질 만한 시의 마술이 아닌가. '밥 받으려고/ 줄 선/ 배고픈 나라 사람들// 줄이 자꾸만 늘어나고/ 밥이 자꾸만 줄어들어도/ 어린이가 오면 끼워주고/ 어린이가 오면 또 끼워주고/ 어린이가 오면 또 끼워주고// 배고픔도 참으며/ 만들어내는/ 착한 순서를 텔레비전에서 보았다'(「순서」 전문)처럼 조영수 시인의 나눔 마술에 초대되면 따뜻한 밥 한 끼로 마음까지 치유되는 경험을 하게 된다.

「가장」과 「새살-강원도 산불」에서도 나눔이 치유로 변주되는 마술 광경을 볼 수 있다.

> 감나무가/ 가장 잘 익힌 감을/ 까치도/
>
> 들쥐도 모르게/ 아래로 던졌다//
>
> (철퍼덕)//
>
> 가장 작은 벌레가/ 가장 빨리 달려와/
>
> 가장 맛있게 먹었다//
>
> - 「가장」 전문

빈 것, 작은 것, 낮은 것, 후미진 것을 남몰래 채워 주는 나눔 마술의 시이다. 감나무는 까치가 와서 먹어도, 들쥐가 와서 먹어도 묵묵하다. 그러던 어느 날 감나무는 소중히 공들여 익힌 감을 아무도 모르게 아래로 던진다. 너무 잘 익힌 나머지 땅에 닿자마자 그만 '철퍼덕' 와작이 난다. 그런데 이는 감나무의 속 깊은 전략이다. 누가 발견한들 퍼져 버린 감을 가져갈 수 있겠는가. 가난한 작은 벌레들을 위한 만찬이었던 것이다. 낮은 곳을 향해 허리를 숙인 나눔 마술이 뭉클하게 목울대를 누른다. 그 마술은 더 멀리 뻗어나가 세상사 아픈 구석을 어루만지고 위로하는 치유로 이어진다.

> 누가/ 소독을 해 주었을까요/
> 연고를 발라 주었을까요/ 붕대를 감아 주었을까요//
> 파랗게 새살이 돋고 있습니다/ 불타버린 낙산사 뒷산/
> 시커먼 상처에//
> (중략)
> 파랗게 새살이 돋고 있습니다/
> 불타버린 낙산사 뒷산 시커먼 상처 위에.
>
> － 「새살－강원도 산불」 일부

2005년, 강원도 양양에 산불이 나 낙산사 일부와 뒷산이 불타 버린 사건이 있었다. 사람들이 '텔레비전 앞에서 눈을 동그랗게 뜬 채' 혀를 끌끌 차는 사이, '성금을 낼까 말까' 머뭇대는 사이, 자연은 앞뒤 재지 않고 제 할일을 하여 스스로 회복한 모습을 보여준 시이다. '햇살은 소독을 해 주고, 비는 연고를 발라 주고, 바람은 붕대를 감아 주었'고, 낙산 앞바다의 잠 못드는 기도와 바닷새와 산새가 물어 나른 풀씨가 마침내 낙산사 뒷산의 시커먼 상처에 파랗게 새살을 돋게 한다. 묵묵한 자연의 나눔이 치유로 변주되는 과정을 소란스럽지 않게 보여준다. 나누었을 때 배가 되는 기쁨, 나누었을 때 반이 되는 아픔, 그 나눔이 상처를 보듬고 치유해 주는 마술이 된 것이다.

3. 마술을 넘어 상생의 세계로

　동심은 마술도 되고 판타지도 되고 이 세상 너머의 그 어떤 것도 될 수 있다. 될 수 있는 그것들을 우리 눈앞에 보여주는 게 바로 시인이라는 마술사이다. 조영수는 누구에게든 어떤 것에든 동심의 마술을 걸 수 있는 노련한 마술사임에 틀림없다. 그의 마술 무대에는 생색 내지 않는 자연이 있고, 그냥 지나치지 않고 자세히 살피는 관심이 있으며, 마주보고 고개 끄덕여 주는 공감, 상처의 회복을 꾀하는 나눔과 치유 그리고 감사와 평화가 깃들어 있다. 이 주제들을 형상화하는 데 시인은 그동안 갈고 닦은 서정적 감각을 총동원하여 시의 마술 무대를 펼쳐 주었다. 덕분에 없다고 여겼던 것들을 목격했고, 있었으면 하는 것들을 보게 되었다. 이 비현실적인 경험과 가슴 짜릿함은 어린이들을 또 다른 꿈의 세계로 이끌 것이다.

　자연과 인간에게 다가가는 진실한 마음이 바탕을 이룬 조영수의 시 세계는 사랑 그 자체이다. 허황되다고 치부해 버렸던 것들을 허황되지 않게 그려 놓는 솜씨와 초월적인 어떤 것에 기대지 않고 오롯이 아이들이 바라는 것들을 눈앞에 보여주는 동심. 있다고 믿으면 있고 없다고 여기면 없는, 마술을 넘어 상생의 세계로 나아가는 조영수의 동심에 위로받지 못할 영혼이 있을까?

　　　서진이는/ 나팔꽃 같다//

　　　복도를 걸을 때도/ 덩굴손 뻗어/ 친구 손을 감고서야, 한 발짝//

　　　계단을 오를 때도/ 덩굴손 뻗어/ 선생님 허리를 감고서야, 한 계단//

그러면서도/ 활짝/ 활짝/ 활짝,//

온몸이 덩굴손 되어/ 구불구불한 길도 잘 가고 있다

- 「나팔꽃 서진이」 전문

어쩌면 이 세상에는 서진이처럼 몸이 불편한 사람보다 마음이 곪아 힘든 사람이 더 많을지도 모른다. 그게 우리 자신일 수도 있다. 따라서 누구든 덩굴손을 내밀 때 서진이의 친구처럼 손을 잡아 주고, 선생님처럼 허리를 내어 준다면, 더디더라도 구불구불 힘든 길을 활짝 웃으며 갈 수 있으리라. 이게 바로 조영수 시인이 '한 송이도 치이지 않고 서로 어울리길 바라는(『마술』, '시인의 말' 중에서)' 상생의 세계인 것이다.

조영수 시인에게 주제의 한계는 없어 보인다. 지면의 한계로 주제 형상화 기법에 초점을 맞추어 시들을 소개하다 보니, 넓고 분방한 그의 시 세계에 몇 걸음밖에 다가가지 못한 것 같아 아쉽다. 인식의 낯선 구성과 리듬, 시적 화자의 독특한 진술, 반전의 이미지, 동심으로 꿈꾸는 평화 등은 다시 한번 그의 시들을 면밀히 새겨볼 만한 가치를 느끼게 한다. 그런 면에서 조영수 시인이 앞으로 내놓을 새로운 시들에 궁금증이 부풀고 더욱 기대가 크다.

차영미 동시에 나타난 문화 기술적 접근 방법
- 차영미 작품론

Ⅰ. 들어가며

차영미 시인은 경남 밀양에서 태어나 부산에서 자랐고, 지금은 경기도 고양시에 거주하고 있다. 2001년 『아동문학평론』 신인문학상 동시 부문에 당선되어 문단에 나온 이후, 2011년에 제1 동시집 『학교에 간 바람』(청개구리), 2016년에 제2 동시집 『막대기는 생각했지』(도서출판 소야주니어), 2020년에 제3 동시집 『으라차차 손수레』(브로콜리숲)를 출간하여 문단의 주목을 받았고, 이주홍문학상을 수상하는 등 활발한 활동을 이어 가고 있는 중견 시인이다.

필자가 차영미 시인을 처음 만난 것이 언제인지 정확한 기억은 나지 않는다. 아마도 한국아동문학인협회나 한국동시문학회 행사에서였을 것이다. 다만 첫인상이 수줍음이 많고 말 수가 적었던 것으로 기억된다. 그 후 차영미 시인의 동시집을 받아 보고는 시인의 말없음과 조용함이 오히려 더 깊은 표현으로 표출되고 있음을 발견하게 되었다. 차시인의 여고 시절 문예부 지도교사였던 이봉희 교수도 시인에 대해서 이렇게 썼다.

> 그는 글을 잘 썼고 말소리가 낮고 말수가 적었다. 그는 두 가지 깊은 것을 가지고 있었다. 눈과 침묵이었다. 그의 눈은 그 속에 깊은 세계 하나를 품어 안고 있었다. 항상 '현재, 이곳'에 머물지 않고 '현재가 아닌 시간, 알

수 없는 세상'으로 옮겨 다닌다는 느낌도 주었다(이몽희 : 2017).

시인 스스로도 '낯가림이 심하고 내성적이었던 나는, 그 시절 생활에서도 뿌리 내리지 못한 나무 같았다.'(2012)고 회상하고 있다.

차영미의 시 속에는 다른 사람을 사랑하고 배려하는 마음이 나타나 있다. 또한 자연 친화적인 글감을 바탕으로 이를 내재화하고 소재를 객관화시키는 능력이 뛰어나다. 필자가 이 글의 제목을 문화 기술적 접근 방법이라고 쓴 까닭도 여기에 있다. 그 속에 들어가 보지 않고서는 파악할 수 없는 소재의 특징들을 잘 잡아내고 있기 때문이다.

참고로 문화 기술적 연구 방법은 주로 사회과학이나 교육학 관련 분야에서, 연구자가 연구 대상 속에 깊이 침투하여 연구 대상의 변화 등을 조사·연구하는 방법론을 말한다. 어떤 집단이나 조직 속에 들어가서 연구하는 것은 물론, 침팬지나 고릴라의 생태를 연구하기 위해서 그들과 함께 생활하며 연구한 일화는 유명하다. 차영미 시인은 글감 속에 들어가서 마치 자신이 그 소재 자체인 양 그들의 특징을 내면화하고 객관화하는 능력이 돋보이는 시인이다. 차영미 시인의 그러한 소질과 사랑과 배려의 시어들을 탐구해 보고자 한다.

II. 차영미 시인의 시 세계

1. 사물 또는 인간의 연결 고리로서의 동시 쓰기

못의 용도는 다양하다. '의자에 박힌 못', '책상의 이음새를 잡아 주는 못', '큰 액자, 무거운 시계 든든히 걸었던/ 벽에 박힌 못(「못 한 개의 자리」, 「학교에 간 바람」)도 있다.

그러나 시인의 눈에 들어온 못은 '아빠, 삼촌, 고모/ 하나 되게 묶어/ 환한 꽃다발로 걸었던 못'이다. 이는 못이 사람과 사람이 하나 되는 연결 고리로써의 가치를 알고 있기 때문에 가능한 표현이다.

'우리 고랑의 고구마잎/ 단비네 고랑으로/ 너울너울 놀러 가고// 새침데기 단비네 강낭콩/ 고물고물 줄기를 타고/ 우리 고랑으로 마실 왔다'(「주말농원에서」, 『학교에 간 바람』)고 고구마 잎과 강낭콩이 단비네와 '우리'를 연결해 주고 있음을 표현하고 있다. 고구마 잎과 강낭콩은 서로 연결 고리로써의 역할만이 아니라 이미 하나의 공동체로 변화하였음을 '이야기보따리를 풀어 놓'은 것에서도 확연히 알 수 있다.

'고추랑 깨가,/ 잘 익은 감들이,/ 아픈 할머니를/ 자꾸자꾸 꼬여 내기 때문이다.'(「고추랑 깨가」, 『학교에 간 바람』)에서도 꼬여 내는 것이 할머니와 고추, 깨, 감과 소통할 수 있는 연결 고리의 역할을 하고 있음을 알 수 있다.

『학교에 간 바람』에 수록된 「지금쯤」이란 동시에서도 '길'이 연결 고리로 작용하고 있음을 보여 주고 있다. '다투고' 나서 '혼자서/ 걸어가는 길'은 '멀기만 한 길'로 형상화 되어 '너'가 없어서 '멀기만 한 길'이 되었음을 아쉬움 담긴 시어로 표현하고 있다.

「새벽일 가시는 아빠」(『학교에 간 바람』)에서도 '새벽 눈길'과 '하얀 눈길'을 등장시켜 아빠와 나, 아빠의 일의 관계로 연결시키고 있다. 그래서 마침내 '새벽길/ 서둘러/ 달려온 아침'(「새벽길 서둘러 달려온 아침」, 『학교에 간 바람』)으로 연결되는 것이다.

인터넷 환경의 진화와 휴대전화의 발달로 종이 신문을 보는 사람은 많이 줄어들었다. 필자도 10여 년 전만 해도 종이 신문을 보았었는데, 지금은 보지 않는다. 시인은 비 오는 날 새로 배달된 종이 신문을 세상과 아빠의 소통 통로로 자리 잡아 주고 있다. '젖은 신문 대신/ 새 신문을 펴 들며/ 아빠는 환하게 웃으셨다'(「비 오는 날」, 『학교에 간 바람』)에서 보듯이 아날로그적 매체인 종이 신문이 연결 고리의 역할을 해냄으로써 '우리 아빠의 출근길'은

'힘차게' 변화할 수 있는 것이다.

또 '우리를 태운 아빠 차'(「마음이 먼저」, 『학교에 간 바람』)는 시골 할머니 집과 연결시켜 주기도 하고, '사거리 건널목'(「우리 동네 민지」, 『학교에 간 바람』)과 '파란 신호등'이 우리 동네 사람들이 길을 건너게 하는 연결 고리로 작용하고 있음을 파악하고 있다.

하물며 지렁이까지도 비록 '느리게/ 느리게 여는'(「지렁이의 길」, 『학교에 간 바람』) 길이지만 지상과 지하의 길을 연결시켜 주고, '그 길을/ 따라// 어린 나무/ 하얀/ 실뿌리가/ 꼼지락/ 꼼지락/ 발을 뻗는' 소통의 공간을 마련해 주고 있다. 이몽희(2017)는 이를 '시인은 땅속을 투시하면서 다음 다음으로 지렁이의 길이 그 의미를 바꿔 갈 것을 상상한다.'고 하였다.

지금은 '엽서'(「고맙다고 힘내라고」, 『학교에 간 바람』)가 무엇인지 모르는 어린이들이 더 많을 것이다. 편지도 쓰지 않는 시대이다. 필자도 엽서는 물론 편지도 언제 써 봤는지 기억이 없다. 전자 우편도 조금 긴 내용이거나 시간적 여유가 있을 때 쓴다. 문자나 카톡으로 실시간으로 소통이 가능한데 엽서는 너무나도 오래 걸리는 인간적인 소통 도구다. 그런데 시인은 봄을 대표하는 색채인 '연둣빛'을 내세워 '도란도란/ 새봄 편지를' 쓰게 하고, '햇살무늬/ 알록달록/ 가을 엽서를' 쓰게 한다. '잊지 않겠다고' 추억을 회상하게 하기도 한다. 인간과 자연과의 연결 고리로 '엽서'와 '편지'가 작용하게 하는 것이다. 「우리 아빠」(『학교에 간 바람』)에서도 '편지'는 '늘 지갑 속'에서 아빠와 나를 연결시켜 주고 있다. 「여름 편지」, (『학교에 간 바람』)에서도 편지의 기능을 다시 알려 주고 있다.

'씨앗'(「씨앗에게」, 『학교에 간 바람』)은 무한한 가능성을 가진 존재다. 그 형체를 보고 어떤 씨앗인지 알 수 있을지라도, 어떤 색의 꽃을 피울지, 어떤 열매를 맺을지를 구체적으로 상상하기란 결코 쉽지 않다. 최계락의 「꽃씨」에서 보여 준 가능성이 각인되어 있는 사람들에게 '씨앗'에게 '꿈꾸는/ 네/ 작은 세상'이 있음은 부정할 수 없는 사실이다. 시인은 그런 '씨앗'이 떨어짐의 행위를 통해 현실과 '꿈꾸는' 세상을 이어 주고 있음을 감지하고 있다. '꽃'(「쥐똥나무 이야기」, 『학교에 간 바람』)은 씨앗과 세상을 연결시켜 주기 위해 '씩씩거리며 꽃을 피운'다고 표현하고 있다.

'봄비'(「너 아니었으면」, 『학교에 간 바람』)는 '할머니 과수원'에 '새 움을 틔'우게 하고, '집'(「그 집」, 『학교에 간 바람』)은 이제는 이 세상에 계시지 않는 할아버지와 할머니, 그리고 '우리'를 연결시켜 주기도 한다.

'새싹'(「새싹」, 『학교에 간 바람』)은 '연둣빛/ 발자국'을 통해 세상으로 '나가고 싶어' 하고, '산길'(「산길」, 『학교에 간 바람』)은 '오르는 길', '내려오는 길', '고마운 길', '미안한 길'로 작용하며 통로 역할을 한다.

'달팽이'(「달팽이」, 『학교에 간 바람』)는 사람마다 생각하는 의미가 다를 수 있다. 그러나 달팽이가 어떤, 또는 유의미한 존재로 중요하게 생각하는 사람은 많지 않을 것이다. 그럼에도 불구하고 시인은 달팽이가 '지나온/ 길'을 '눈물 자국'과 '은빛/ 발자국'을 연결시켜 주는 통로로 인식하고 있음을 보여 준다.

시인은 두 번째 동시집 『막대기는 생각했지』(2016, 도서출판 소야주니어)에서도 일관되게 소통의 길을 탐색하고 있다.

'골목길'(「봄」, 『막대기는 생각했지』)을 등장시켜 '길'을 내게 하고, '그 길을/ 물어물어// 어여쁜/ 새봄'과 연결시킨다.

「할아버지 집 가는 길」(『막대기는 생각했지』)에서도 수많은 의미가 담긴 '길'들로 '할아버지 집'과 나를 연결시킨다. '누렁소 끔뻑끔뻑 따라가는 길/ 송아지 껑충껑충 쫓아가는 길// 검둥개 졸랑졸랑 따라가는 길/ 산그늘 어둑어둑 내려앉는 길/ 굴뚝새 쯔빗쯔빗 날아가는 길// 할머니 저만치서 기다리는 길/ 저녁 별 함께 나와 서성이는 길'이 그것이다. 길을 꾸며 주는 수식어들도 재미있다.

그런데 그 소통의 길이 때로는 가로막혀 '사람들'(「1월」, 『막대기는 생각했지』)을 '종종걸음을 치'게 할 때도 있음을 시인은 간과하지 않는다. 그러면서도

'길이 자주 얼었'지만, '밤하늘에는/ 시리게 빛나는 별이/ 더/ 돋아'난다고 희망을 노래하는 것을 잊지 않는다. 이런 희망의 길이 시인이 주장하는 연결의 길인 것이다. 그래서 시인은 '길을 걷다가'(「길을 걷다가」, 『막대기는 생각했지』)도 '길가에/ 뒹구는 돌도/ 새로워서 다시'보는 눈을 뜨게 된다.

시인의 시 속에서 골목길은 소통의 공간으로 자리 잡고 있다. 「우리 동네 골목길」(『막대기는 생각했지』)에서 보면, '우리 동네 골목길은/ 꼬불꼬불'하지만, '술래잡기 할 사람! 부르면' '낯익은 얼굴들이/ 쏙쏙 고개를 빼고/ 나갈게 기다려! 신나게 대답하'는 정겨운 장소이다. 우리는 '여긴 아무도 없어!/ 시침을 뚝 떼'고 '숨겨 주고', '깨꽃 같은 별들이/ 뜰 때까지/ 우리랑 놀'아 주는 한결 같은 장소로 승화되어 있다.

현실에서도 '지하철/ 많은 사람들 속에서/ 누군가/ 여기 내려요,'(「길」, 『막대기는 생각했지』) 하면 '촘촘 빼곡한/ 사람들 사이/ 겨우 한 사람/ 비집고 나올 길이 생'기기도 한다.

또한 '할아버지 산소에/ 가면'(「아빠에게는」, 『으라차차 손수레』) '노랑지빠귀 소리도', '산비둘기 소리도', '할아버지 목소리'로 치환되고 내면화되는 변화를 낳기도 한다.

2. 사랑과 배려의 시어들

물질문명의 발달과 거대 사회의 가속화로 사랑과 배려가 소멸되어 가고 있음은 이미 지난 세기의 많은 학자들이 주장한 바 있다. 그러므로 오히려 그것이 더 필요하다는 역설을 가능하게 하였다. 특히 올 초부터 전 세계적으로 번진 코로나19의 시대에는 다른 사람을 먼지 생각하고 행동해야 한다는 것을 일깨워 주었다. 시인의 시 곳곳에서 그런 시어들이 발견되는 것은 참으로 흐뭇한 일이다.

시인에 따르면 우리는 '이웃들과' '햇빛을 나누며 살'고, '걱정도 나누며 살'(이상 「오종종 모여」, 『학교에 간 바람』)고 있다. 또한 '파란 신호등'(「우리 동네 민지」, 『학교에 간 바람』)조차도 '큰 눈을 깜박이며／ 민지를 기다려' 주는 배려심을 발휘한다. 「시냇물의 노래」(『학교에 간 바람』)에서는 '물'로 치환된 화자(시인)가 '솔 향기 골짜기 찾아가'서 '어린 소나무의 마른 발을／ 흠뻑 적셔 주자'고 자연에 대한 무한 긍정의 사랑과 배려를 그려내고 있다. 이몽희(2017)도 '물줄기는 또 다른 물줄기와 만날 것을 기대하며 거기서 더 나아간다.'고 희망의 언어로 평가하고 있다.

그리고 비록 '뾰족뾰족'(「누구 없나요」, 『학교에 간 바람』)한 '손'이지만 '햇빛이' 그 손을 내밀어 '도시로 나가고／ 주인 없는／ 텅 빈 집'을 지켜주는 사랑을 그리고 있다. 「맑은 날 아침엔」(『학교에 간 바람』)에서는 '어제 싸운 진우와 화해해야지' 하고 먼저 손을 내밀기도 하고, '친구를 만나면 먼저 인사해야지' 하고 다짐하기도 하고, '좋은 생각만 자꾸 하게' 된다고 스스로를 위로한다. 심지어 시인의 배려심은 '화분에 물을 준 일'(「제일 잘한 일」, 『학교에 간 바람』)을 하면서도 '감기 들까 봐／ 미지근한 물을 흠뻑' 주면서 스스로 기뻐하는 데까지 이르고 있다.

시인에게는 '겨울 나무'(「나무와 풀꽃」, 『학교에 간 바람』)까지도 '걱정스레／ 찬 바람 막아서는' 배려 깊은 존재이고, '토끼풀 꽃'도, '서리 내린／ 풀밭의／ 나무와 풀꽃'들도 서로 '등을 기댄 채／ 겨울을／ 맞는다,'는 사랑을 알려 주고 있다. 또 '숲'(「함께라면」, 『학교에 간 바람』)은 '무서운 태풍에도／ 세찬 폭우에도／ 끄떡없'게 지켜주는 사랑을 베풀기도 한다.

소외된 삶은 얼마나 외롭고 힘겨운가? 시인은 '구석진 자리'(「구석진 자리」, 『학교에 간 바람』)가 비록 '도시의 공원 모퉁이에／ 아무도 찾지 않는' 곳에 있지만 '작은 새 한 마리'와 '젖은 몸'의 '고양이'를 등장시켜 그에게 쉼터를 제공해 주는 배려와 사랑의 기능이 살아있음을 알려 준다. '쓸쓸'한 '구석진 자리'도 제 역할이 있음을 보여 준다. 그리고 '오래된 공터'(「안녕! 친구!」, 『막대기는 생각했지』)의 '옆구리에서 톡톡톡, 봉숭아가 피'고 '눈 시린 하늘이 내려와 놀다 가고/ 속닥속닥 보슬비도 놀다 가고/ 등이 파란 바람도 다녀'가게 하고, '금잔화 씨앗 한 줌'을 '꼭, 꼭, 꼭 심'는 사랑을 실천한다. 또한 '숙제를 잊고'(『고양이를 만난 날』, 『막대기는 생각했지』), '엄마를 잊고', 심지어는 '나를 잊고' '길모퉁이/ 하얀 고양이를 따라/ 달려'가기도 하는 것이다.

이사 간 친구에 대한 그리움을 표현한 시도 읽어 보자. 「혼자 놀다가」(『막대기는 생각했지』)를 보면, '학교 운동장에서 혼자 놀다가/ 느티나무 아래서 혼자 놀다가/ 개울가에서 혼자 놀다가' 찾아간 이사 간 친구 '현수 집'에 가서 '현수야, 노올자' 불러 봐도 '기울어진 대문이/ 삐걱 삐걱/ 울었다'는 표현에서 친구에 대한 그리움과 우정의 소중함이 묻어 나오는 것을 느낄 수 있다.

'꽁꽁 언 한겨울 쥐똥나무'(『쥐똥나무 단골집』, 『막대기는 생각했지』)가 '배고픈 새들을 위해/ 까만 열매 오종종 남겨 두'는 사랑을 주면 '새들은 고마워서/ 산 너머로, 언덕 위로/ 다문다문 씨앗을 퍼뜨렸고', '씨앗들은 힘내어/ 뾰족뾰족, 다시/ 쥐똥나무가 되'는 자연의 순환을 그리기도 한다.

시인은 족제비를 숨겨 주기도 하고(『비밀』, 『막대기는 생각했지』), '달팽이를 보면/ 길섶 풀밭으로 옮겨'(『활짝 핀 말씀』, 『막대기는 생각했지』) 주기도 해야 하고, '깔따구/ 우렁이/ 장구애비/ 물방개/ 무당개구리'(『유기농 농사』, 『막대기는 생각했지』) '모두 불러/ 밥 먹이'는 끝없는 사랑을 베풀기도 한다. '진돗개를 세 마리나'(『피노키오 아저씨』, 『막대기는 생각했지』) 길렀다는 술 취한 아저씨도 '아무리 술에 취해도 그 녀석 밥 주는 걸/ 잊은 적이 없'는 눈물겨운 사랑을 만들어 내기도 한다.

그런 사랑은 정말로 현실로 돌아와 시인의 손에 의해 '손수레가/ 으라차차/ 할아버지를 밀고'(『으라차차 손수레』, 『으라차차 손수레』) 가는 현상으로 표현된다. 심지어 '소나기'(『소나기』, 『으라차차 손수레』)도 '새들이 재빨리/ 숲속으로 날아들고// 엄마가 장독 뚜껑을 덮고/ 내가 빨래를 걷고// 아버지가 새끼 밴 백구를/ 광으로 옮길 때까지' 기다려 주고, 번개와 천둥도 '잠깐 더 기다려 주다가// 쏴아아아아아~ 비를 내'리는 기다림을 보여 주기도 한다.

시인은 무심코 지나치기 쉬운 돌탑을 보고도 사랑과 배려를 먼저 생각한다. '머리 위에/ 아슬아슬/ 돌을 이고 선 돌탑'(「길을 가다가」, 『으라차차 손수레』)을 보면 '그 위에/ 돌 하나/ 얹으려'는 것이 사람의 심리다. 그러나 시인은 '그만두었'고, '그 돌로/ 비뚜름한 제비꽃/ 받쳐 주'는 시도를 보여 준다. 돌멩이의 역할을 재해석하는 용기를 통해, 인위적인 것으로부터 생명을 살리는 것으로의 전환을 꿈꾸고 있는 것이다. 백우선(2020)은 이를 두고 '상대가 돌이든 꽃이든 남의 어려움과 힘듦을 먼저 헤아리는 마음이 잘 나타나 있습니다.'고 하였다.

흔히 '잡초'라고 하는 풀이 있다. '가꾸지 않아도 저절로 나서 자라는 여러 가지 풀'(다음 국어사전)을 일컫는다. '풋고추 토마토 토란이/ 자랄 때// 쇠비름 바랭이 뚝새풀도/ 자란다.// 기를 쓰고 자란다.'(「바득바득」 전문, 『으라차차 손수레』). 함께 살자고 자라나는 풀을 뽑아야 하는 농부의 손길이야 얼마나 안타깝겠는가? 시인은 그들과 함께 하는 공동체를 꿈꾸고 있는 이상주의자인지도 모른다. 독도도 '섬초롱꽃, 해국, 패랭이꽃/ 까치수염, 까마중, 참억새/ 나팔꽃, 닭의장풀, 땅채송화'(「독도의 힘」, 『으라차차 손수레』) 같은 '우리 땅/ 여러 풀꽃들을/ 꼬옥 안고' 사는데 말이다.

자동차도 한겨울 '칼바람 부는 밤/ 길고양이 가족을/ 포옥 품어 주는'(「겨울밤」, 『으라차차 손수레』) 것에 이르면 시인의 사랑이 넘쳐나는 것을 느낄 수 있다. '바스락바스락 가랑잎'(「겨울밤에는」, 『으라차차 손수레』)들도 '모여들어/ 언 땅의 씨앗들을 덮어 주'는 것과 함께 '기다리는 법을 나직나직 일러 주'기도 한다.

3. 자연에 빠져든 사랑

　자연은 우리가 삶을 영위할 수 있게 만들어 주는 기초이자 쉼을 허락하는 공간이다. 시인은 자연을 인간과의 공존을 넘어서 공동체의 일원으로 함께 존재해야 할 대상으로 이름지어 주고, 그들 깊이 파고 들어가서 그만의 시어로 우리 눈앞에 펼쳐 보이고 있다. 자연에 대한 사랑이 물씬 풍겨나는 그의 시어들을 탐색해 보자.

　자연은 그들 나름대로 서로를 친구로, 또는 더불어 살아가는 존재임을 배우고 있어 우리에게 시사 하는 바가 크다. '큰 바위 곁'(「나무와 바위」, 『학교에 간 바람』)에는 '나무'가 있어 '바위의/ 꿋꿋함 닮고', '큰 나무 옆'에는 '바위'가 있어 '나무의/ 넉넉함 배우'는 공존의 삶이 존재한다. 또한 '겨울 나무들/ 손가락 걸고'(「바람 부는 날의 약속」, 『학교에 간 바람』) '약속'하는 아름다운 모습을 보여 주기도 하고, '겨울 나무/ 거친 발을/ 꼬옥 안아'(「비탈」, 『학교에 간 바람』) 주기도 하며, 「우리 동네 느티나무」(『학교에 간 바람』)는 '고맙다고/ 팥시루떡 한 상 차려/ '보호수'라는 이름표 딱 붙이고/ 이제는 동네 사람들이 지켜' 주기도 한다.

　「다영이」(『막대기는 생각했지』)는 '노랑제비꽃'과 함께 '다섯 살 새봄에게' 달려가고, '붉은 머리/ 오목눈이'(「살구꽃 피면」, 『막대기는 생각했지』)는 '온종일/ 해종일// 동무들을/ 부'르는 자연과의 하나 됨을 꿈꾸기도 하고, 「노랑나비 따라가다가」(『막대기는 생각했지』)에서는 노랑나비와 노랑제비꽃이, 또 양지꽃이 동화되기도 한다. '예초기/ 지나간/ 풀밭'에도 '흰 나비/ 갸웃이/ 내려앉'으면 '밑동만/ 남았던/ 파름한 풀들'이 '파랗게/ 새파랗게/ 몸을 일으킨다.'고 자연의 사랑을 읊고 있다.

　결국 그런 사랑은 '모래흙에 심은 봉숭아'(「봉숭아」, 『막대기는 생각했지』)도 '뿌리를 다시 심고/ 돌멩이 두 개로/ 줄기 옆을 받쳐주'면 그 관심에 힘입어 '봉숭아는/ 바득바득 뿌리내리고/ 초록 잎들 펼쳐드'는 답신을 보낸다.

'우거진 갈대숲이/ 꼬옥 품고 있는 걸// 누가 볼까 조마조마/ 나는 모르는 체'(「한 편」, 『으라차차 손수레』)함으로써, 외면하는 것이 오히려 사랑을 낳는다는 역설을 보여 주는 시도 있다. 새알을 품은 둥지를 못 본 체하는 것이 오히려 그들을 지켜주는 것임을 은연중에 말하고 있다. '신발이 된 악어'(「악어」, 『막대기는 생각했지』)에게 물리기도 하는 현실은 자연에 대한 배신을 경고하기도 한다.

4. 현실로의 복귀

시인은 자연에 대한 사랑과 배려뿐만 아니라, 이 시대의 아픔에도 무관심하지 않다. 시대의 고통을 함께 느끼며 한 사람의 참여자로서 그 흔적을 지우기 위해 노력한다. 자연에 대한 사랑과 배려는 '길'이라는 통로를 통해 소통하며, 마침내 우리의 현실을 눈앞에 마주할 수 있게끔 데려다 놓는다.

4월 '봄이 오면/ 개나리꽃// 울타리마다/ 노란 리본/ 빼곡할 텐데// 그 환하고 여린 노랑/ 바늘처럼/ 콕, 콕, 콕 찔러댈 텐데// 어쩐다냐/ 봄이 오면'(「이제」, 『막대기는 생각했지』) 하고, 말하지 않아도 다 아는, 말할수록 상처가 깊어지는 그때의 기억을 소환해서 우리를 일깨워주고 있다. 그래서 '멀쩡하이 알라 키우는 기/ 와 이리 죄 짓는 거 같노'(「이상한 말」, 『막대기는 생각했지』) 하고 현실에 대한 분노를 끌어내기도 한다.

Ⅲ. 나오며

필자는 이 글의 처음에서 차영미 시인을 문화 기술적 접근 방법으로 시를 쓰는 시인으로 이름 붙이고자 하였다. 어느 시인이든 작품을 쓸 때 그 소재와 주제 속에 빠져들지 않는 시인이 있겠는가? 유독 차 시인의 시를 읽으면서 그런 느낌을 더 많이 받았기 때문이다.

차 시인의 시에는 의미의 전달이 방해되지 않는 한도 안에서 최소한의 언어를 사용하여 최대의 감동을 주고자 하는 노력이 돋보인다. 글감 속으로 파고드는 끈질긴 연구가 계속된다면, 글감과 주제를 확대하여 다양한 작품을 펼쳐 보이는 시도가 이어져 좋은 결과를 낳을 것이다.

시인은 등단 초기 작품 「달팽이」를 소개하면서 그 시절을 '세상을 향한 통로가 없는 듯 느껴지던 시절'(2012)이라고 표현하였다. 오랫동안 살아왔던 도시를 떠나 '불어오는 바람조차 생경한 곳으로 이사를'(차영미 : 2012) 한 시인에게 여러 가지 어려움이 있었을 것이다. 시인에게는 그 어려움으로부터 탈출할 통로가 필요했고, 그 통로로써 표현된 것이 '길'이 아니었을까 생각해 본다.

길은 곧 연결의 의미로 한 세상과 다른 세상을 연결해 주기도 하지만, 한 세상으로부터의 탈출 통로이기도 한 것이다. 그 '길' 깊은 곳으로 들어가려다 보니 글감에 대한 관찰과 연구가 필요했고, 그것이 필자에게 문화 기술적 동시 창작법이라는 생각에 이르게 하였다. 또 그 '길' 주변에서 본 것에서 시인은 사랑과 배려를 끌어 올리고 있는 것이다. 자연에의 사랑과 배려를 차 시인의 시에서 감지되는 중심 시어로 자리 잡아 주고 시인의 시작이 더욱 익어 가기를 바라는 마음 간절하다.

차 시인이 자신의 문학 수업기 「다시 길 위에서」(2012)에 인용한 릴케의 '시인의 길을 가려면 자신 속으로 침잠하라'를 재인용하면서 글을 마치고자 한다.

시를 쓰려면 글감 속으로 빠져들어라!

삼라만상을 깨워 '삶의 단면'을 노래하다

– 천선옥[1] 작품론

신정아

1. 마술 부린 듯 반짝이는 시

『안개의 마술학교』는 천선옥 시인의 첫 동시집이다. 시집을 읽어 보면, 제목에서처럼 작은 마술학교를 연상케 한다. 어느새 시인이 마술사가 되어 책 속에서 잔뜩 마술봉을 휘두르고 있는 것이다. 그의 시는 자연의 소리에 귀 기울이는 것에서부터 시작한다. 1부에 실린 시인의 등단작이기도 한 「무궁화 꽃이 피었습니다」는 물론, 「단체줄넘기」외 다수 작품이 자연 친화적 작가의 면모를 잘 보여 준다.

> 운동장에서/ 친구들과 줄넘기하지요. / 잠자던 바람도 깨우지요./
> 앞 다투어 들어오는 햇살도/ 한 몸이 되어 줄넘기하지요./
> –노랑나비도 들어와라, 함께 넘어 보자!/
> –비둘기야 들어와라, 발맞추어 하나, 둘, 셋!/
> 파란 하늘도 들어와서/ 팔락팔락/ 뛰어넘지요.//
>
> – 「단체줄넘기」 전문

위의 작품 읽어 보면, 시적 이미지가 머릿속에 선명히 그려진다. 화자는

---

[1] 천선옥 시인은 2008년 『아동문예』 동시 부문 신인상을 받으며 등단했다. 이후 2017년 『아동문학평론』 동화 부문에 신인상을 받았다. 단국대학교 대학원 문예창작학과 박사 과정에서 아동문학을 전공했으며, 지은 책으로 동시집 『안개의 마술 학교』, 『블랙박스 책가방』, 『해바라기가 된 우산』과 동화집 『엄지공주의 초대』가 있다. 경기재단과 서울문화재단에서 창작 지원금을 받았다.

양쪽에서 친구들이 잡고 돌리는 줄을 넘는다. 친구들이 한 번, 두 번 줄을 돌릴 때마다 바람이 인다. 바람도 따라서 줄넘기를 하는 것이다. 햇살도 들어와 화자와 한몸이 되어 줄넘기한다. 날아가던 노랑나비도 함께 넘는 줄넘기, 비둘기도 들어와 하나, 둘, 셋 발맞춘다. 어느새 파란 하늘도 들어와서 팔락팔락 뛰어넘으니, 이것이야말로 모두 한 마음 되어 넘는 단체줄넘기임에 틀림없다. 바람, 햇살, 나비, 비둘기, 파란 하늘과 함께 뛰는 줄넘기라면 '발을 못 맞춰 줄에 걸리기라도 하면 어쩌지?' 하는 걱정 따위 날려 버려도 될 것 같다. 이러한 천선옥 시인의 자연에 대한 관심과 애정은 작품 「콩나물」에서 더욱 심화되어 나타난다.

해님을 싫어하는/ 까만 콩/
물을 솔솔 뿌려 주면/ 한 방울도 안 남기고/
쑤욱/ 화분 밑으로 다 쏟아내는/ 오줌싸개./
쿨쿨/ 잠자고 일어난/ 까만 콩 머리에/
키[2]를/ 씌워 놓은 듯/ 노란별이 소금처럼 반짝이고 있으니까.//

- 「콩나물」 전문

콩나물은 햇빛을 보면 잘 자라지 않는다. 그래서 콩나물을 기를 때는 까만 천을 덮어 햇빛을 차단한다. 시인은 이와 같은 콩나물의 특성을 '해님을 싫어하는 까만 콩'이라 표현한다. 또 물을 주면 화분 밑으로 다 쏟아 내는 콩나물을 의인화하여 오줌싸개라고 말한다. 시인의 톡톡 튀는 발상에 과학적 이미지가 가미되어 작품을 돋보이게 한다. 해가 들지 않는 곳에서 자라는 콩나물에게는 매일이 캄캄한 밤일 것이다. 하루 종일 밤인 줄 알고 콩나물은 고개를 숙이고 잠만 잔다. 한껏 구부러진 콩나물 머리가 꾸벅 조는 모습을 연상게 한다. 꾸벅꾸벅 자나가, 먹은 물을 나 쏟아 내니 정말 오줌싸

---

[2] 곡식 따위를 담고 까불러서 쭉정이 검부러기 등의 불순물을 제거하는 기구. 옛날에는 이불에 오줌을 싸면 아침에 키를 머리에 씌워서 이웃집에 보내 소금을 얻어 오게 했다.

270

개로구나! 읽는 이의 무릎을 탁, 치게 만든다.

시에 곁들인 콩나물 시루 그림을 보면, 다 자란 콩나물이 세상에 나왔다. 까만 천이 열리고 콩나물도 '쿨쿨 잠자고 일어'났는데, 콩나물 머리는 아직도 수그러져 있다. 그 모양새가 마치 밤새 오줌을 싼 벌로 머리에 키를 씌워 놓은 듯하다. 시인의 시적 상상력으로 키에 소금을 얹은 콩나물들이 하얀 소금처럼 반짝거린다. 다음 작품도 시인의 세심한 자연 관찰에서 얻은 수확이다.

> 아파트 19층 꼭대기/ 우리 집에서 바라보는 밖은/ 지금/
> 안개가 자욱하지요./
> 아파트 단지 앞/ 뾰족한 시계탑이/ 제멋대로 흐느적거려요./
> 학교 가는 길이 사라지고 없어요./ 신호등이 반쯤 허공에/
> 둥둥 떠 있어요./
> 보이지 않던 차들이/ 갑자기/ 빵빵!/
> 소리를 냅다 지르며 달리고 있어요./
> 뾰족 모자를 쓴 마술사처럼/ 안개는/
> 마술 부리는 손을 갖고 있나 봐요./
> 안개의 마술 학교/ 나도 그 학교 학생이 되고 싶어요.//
>
> – 「안개의 마술 학교」 전문

시집의 제목과도 같은 「안개의 마술학교」는 시인의 상상력이 돋보이는 작품이다. 아파트 꼭대기 층에 사는 화자는 안개 낀 창밖을 바라보고 있다. 안개 자욱한 하늘에서의 뾰족한 시계탑은 제멋대로 흐느적거린다. 마치 꼼짝 않고 서 있기 지루한 시계탑이 안개가 몸을 가려주는 틈을 타 기지개라도 켜는 것 같다. 하지만 작가의 동화적 상상력은 그러한 시계탑의 움직임을 놓치지 않는다.

학교 가는 길이 사라지고 없다. 실제 학교에 가는 대신 화자는 창밖에 펼쳐진 마술학교에 등교한다. 마술학교에서는 계속해서 신기한 일들이 벌어진다. 신호등이 반쯤 허공에 둥둥 떠 있고, 보이지 않던 차들이 빵빵 소리를 지르며 달린다. 안개에 가려 뿌옇게 보이는 것들을 '안개가 마술을 부린다.'고 표현한 점이 재치 있다. 아이 같은 순수한 동심 없이 상상하기 힘든 일이다.

마지막 행 '그 학교 학생이 되고 싶어요.'에 화자의 바람이 드러난다. 이 바람은 독자들 마음에까지 투영되어 '나도 마술학교 학생이 된다면?' 하는 상상의 나래를 펴게 할 것이다. 어린이의 눈으로 자연과 사물을 바라본다면, 안개 마술 선생님처럼 신비한 마술사가 될 수 있지 않을까?

> 앞산에/ 희끗희끗 하얀 눈/
> 우리 엄마/ 흰 머리카락처럼/ 듬성듬성.//
> 해님이 쨍쨍// 앞산에 희끗희끗 하얀 눈/ 쏙쏙/ 뽑고 있다.//
> -엄마, 늙지 마.//
> 해님이 쨍쨍// 나처럼/ 희끗희끗 하얀 눈/ 쏙쏙/ 뽑고 있다.//
>
> ―「엄마, 늙지 마」 전문

「엄마 늙지 마」는 엄마에 대한 염려와 사랑이 드러난 작품으로, 비유적 표현이 적절히 형상화되었다. '앞산에 희끗희끗 하얀 눈'을 '우리 엄마 흰 머리카락'에 비유한 것이다. 눈이 내려 산머리가 희끗희끗 늙어 보인다. 예전의 푸르른 산이 그리운지, 해님이 나와 앞산의 눈을 녹여준다. 이를 '흰 머리를 쏙쏙 뽑아 준다.'고 표현한 점이 개성 있다. 제목에도 드러나 있듯 화자 또한 엄마가 늙지 않았으면 한다. 그래서 엄마 머리에 듬성듬성 나 있는 흰 머리카락을 뽑는다. 이렇듯 서로 다른 두 대상을 시인만의 독특한 발상으로 이미지화 한다. 특히 시에 적용된 의태어와 반복 기법은 그 운율적 요소가 리듬감을 더해 준다. 해님의 마음이 곧 화자의 마음에 투영되어 읽는 이에게 감동을 준다.

천선옥 시인이 가족 사랑을 읊은 또 다른 시 「초승달」이 있다. 작품에서 '초승달'은 구부러진 할머니 등에 비유된다. 장날, 할머니 손에 이끌려 나갔던 바둑이는 우리들 공책과 연필이 되어서 돌아오고, 할머니 머리에 이고 나갔던 참깨 들깨는 운동화가 되어서 돌아온다. 또한 등에 매달려 나갔던 빨간 고추는 자전거가 되어서 돌아온다. 할머니가 주신 선물을 받고 좋아하는 '우리들 웃음'을 시인은 '눈부신 웃음'이라 말한다. 할머니에게는 손주들 웃음이 무엇보다 눈부시다는 의미로 해석될 수 있을 것이다. 마지막 연 '하ㅡ, 눈부신/ 우리들 웃음 때문에/ 할머니 등은/ 자꾸만/ 초승달처럼 구부러지고'에서 우리를 위해 일하시느라 구부러진 할머니 등이 애달프면서도 초승달처럼 빛이 난다.

「엄마 늙지 마」와 「초승달」 모두 가족 사랑을 노래하면서도, '앞산'과 '초승달'같은 자연물이 바탕에 깔려 있음을 알 수 있다. 다음 작품은 제목에서부터 독자에게 물음표를 던진다. 쉬는 시간도 아니고, 공부 시간도 아니고, 싸움 시간이라니 무슨 이야기일지 궁금해진다.

우리들이/ 서로 다투면/ ㅡ모두 두 손 번쩍 들어./
엄마가 빨래집게처럼 말한다.//
우리들은/ 투덜투덜/ 빨랫줄에 매달린 옷이 된다.//
우리들 마음/ 빨래처럼 보송보송해질 때쯤/
ㅡ모두 두 손 내려./ 엄마가 호루라기처럼 말한다.//
마음이 하얗게 씻긴/ 우리들,/ 또/ 귀밑에 웃음소리 걸어 놓는다.//

ㅡ「싸움 시간」 전문

'아이들은 싸우면서 큰다.'는 말을 증명하듯 싸우다가도 언제 그랬냐는 듯 금방 깔깔대는 것이 우리 어린이들이다. 시인은 이러한 어린이들의 모습을 빨래한 뒤 축축하게 젖은 옷들에 비유한다. 젖은 옷들이 빨랫줄에 집게를 꽂아 널어 놓으면 언젠가 마르는 것처럼 어린이들의 싸움 시간도 오래지 않아 화해하기 마련이다. 그 화해의 마음을 보송보송해진 빨래에 빗대어 표현한 시인의 발상이 남다르다.

시에서 '두 손 번쩍 들어.'라고 벌을 서게 한 엄마는 빨래집게가 된다. 문득 윗옷의 소매가 대롱대롱 빨래집게에 매달려 있는 모습이 떠오른다. 빨래가 마를 때까지 두 팔을 들고 서 있는 옷의 모양새가 마치 벌을 서는 것 같지 않은가. 두 팔을 들게 한 빨래집게의 행위를 엄마라고 생각한 점이 재치 있다. 처음에는 두 손을 들고 투덜대지만, 시간이 지날수록 마음이 풀린다. 다툰 것을 후회하고, 반성하고, 마음이 보송보송해질 때쯤 '두 손 내려.' 기다렸던 엄마의 목소리가 들린다. 보송보송해진 옷들이 빨래집게에서 내려오고, 벌섰던 두 손도 내려온다. 앞서 보여지듯 시인의 세심한 관찰력과 참신한 생각이 우리들 귀밑에 웃음소리를 걸어 놓는다. 이 시집을 읽고 있노라면, 우리도 신비한 마술사가 될 수 있을 것만 같다.

2. 사물 속에 숨은 '삶의 단면' 찾기

첫 번째 동시집에서는 자연과 가족을 소재로 한 작품이 두드러졌다면, 두 번째 동시집 『블랙박스 책가방』은 사물을 소재로 한 시인의 섬세한 관찰과 묘사가 돋보인다. 천선옥 시인은 작은 사물조차 그냥 지나치지 않는다. 사물 하나하나에 애정을 갖고 끊임없이 대화한다. 특히 「오래 된 할아버지의 시계」, 「구멍 난 양말」 등은 우리가 일상에서 무심코 지나치는 '시계'와 '양말' 소재를 통해 삶을 살아가면서 추구해야 할 것이 무엇인지를 깨닫게 하는 작품들이다.

등이 굽은 할아버지/ 시침처럼 느릿느릿 걸어가지요//

무뚝뚝한 아빠/ 분침처럼 뚜벅뚜벅 걸어가지요//

목을 길게 뺀 나는/ 초침처럼 딸깍딸깍 걸어가지요//

든든한 아빠 손이/ 야윈 할아버지 손, 조막만한 내 손을/ 꼭 잡고/
둥글 납작 걸어가지요//
그래, 그래/ 함께/ 온기 나누며, 뻐꾸기 소리 들으며/
먼 길, 둥글 납작 걸어가지요//

- 「오래 된 할아버지의 시계」 전문

위의 시는 할아버지를 시침, 아빠를 분침, 화자인 나를 초침에 비유한 것이 인상적이다. 3대가 나란히 걸어가는 모습을 흔히 볼 수 없는 시대에 위의 시구만으로 선명한 그림이 그려진다. 그 그림은 마치 쉼 없이 돌아가는 시곗바늘처럼 인간의 삶의 흐름을 보여 주기도 한다. 초침처럼 딸깍딸깍 걸어가는 화자는 한시도 가만히 있지 못하는 어린 아이의 모습에 다름 아니다. 화자는 어떤 이유로 목을 길게 빼고 있는 것일까? 바로, 작은 일에도 관심과 호기심을 갖고 들여다보는 천진난만한 어린이의 이미지가 담겨 있다. 이것은 시침이나 분침보다 기다란 초침의 모습과도 잘 어우러진다.

반면, 등이 굽은 할아버지는 '멀리서' 아들과 손자를 바라보면서 느릿느릿 걸어간다. 이때 '멀리서'는 시계 밖의 세상을 찬찬히 바라볼 여유가 생겼다는 의미이다. 바늘이 가장 짧은 시침은 시계 밖 세상과 가장 멀찌감치 떨어져 있으므로 이것 또한 독자의 고개를 끄덕이게 한다. 그 사이에서 중심을 잡고 있는 대상은 가장으로서 묵묵히 '뚜벅뚜벅' 걸어가는 아빠이다. 시인은 '무뚝뚝한' 아빠라고 표현했으나, 가족을 위해 희생하면서 묵묵히, 힘든 일도 마다않는 든든한 아빠의 모습이 고스란히 표출된 시구인 것이다. 무엇보다 둥글납작한 시계 안에서 서로 손을 꼭 잡고 뻐꾸기 소리를 들으며 함께 가는 할아버지와 아빠, 나의 모습에서 따스한 온기가 느껴진다.

양말이 뻥! 구멍이 났다// 양말 구멍으로 삐죽이 나온/
오른쪽 엄지발가락//
왼쪽 엄지발가락이/ 재빠르게 오른쪽 엄지발가락을 감쌌다//

따뜻하게 감쌌다// 내 몸을 거뜬히 받치고 있는/

양쪽 엄지발가락을 양손이 엎드리며 감쌌다//

따뜻하게 감쌌다// 내 온몸도 고개를 숙이며 따뜻하게 감쌌다//

– 「구멍 난 양말」 전문

위의 시는 '구멍'을 소재로 쓴 작품이다. 구멍의 뜻은 여러 가지가 있다. 첫째, 뚫어지거나 파낸 자리, 둘째, 어려움을 헤쳐 나갈 길을 비유적으로 이르는 말, 셋째, 허점이나 약점을 비유적으로 이르는 말이 바로 그것이다. 양말에 난 구멍은 표면적으로는 '뚫어진'의 첫 번째 의미를 지닌다. 그러나 구멍은 양말의 허점이나 약점이 될 수 있으므로 세 번째 의미로도 해석이 가능하다. 구멍 난 양말 밖으로 오른쪽 엄지발가락이 삐죽이 나오자 왼쪽 엄지발가락이 재빠르게 오른쪽 엄지발가락을 감싼다. 누군가의 허점 내지는 약점을 찾아 웃음거리로 만드는 것이 아닌, 그것을 감싸고 도와줌으로써 세상은 더욱 따뜻해질 수 있음을 이미지화한 것이다.

사람은 누구나 강점을 가지고 있고, 동시에 약점도 가지고 있다. 그렇기에 자신이 가지고 있는 조건 중에서 강점을 찾아내 발휘하는 것이 무엇보다 중요하다.[3] 부족한 점을 채우는 것도 좋지만 못하는 것을 잘하려고 너무 애쓰는 것보다 소질이 있고 잘하는 것을 더 키우는 것이 옳다. 나의 부족한 부분은 그것을 잘하고 소질이 있는 다른 사람이 채워 줄 수 있다. 그런 면에서 이 작품은 모자라서 남에게 뒤떨어지는 점을 서로 채워 주고 감싸 주는 세상을 지향하는 시인의 의지가 투영된 작품이라 하겠다.

하지 마라! 하지 마라!/ 엄마 잔소리//

우리는 엄마 손에 이끌려/ 투명한 유리병에 담긴 효소가 되지요//

우리를 훤히 꿰뚫어 보는 엄마/

---

3) 김민우, 「나의 희망을 세일즈한다」, 청림출판, 2009.

유리병을 흔들 듯이 우리를 마구 흔들지요//

35~45℃// 순간 새콤달콤한/

우리 생각과 마음이 풍선처럼 빵빵 터지지요//

봄이 가고/ 여름이 가고/ 가을이 가고/ 겨울이 가고//

딱, 엄마 입맛에 맞게/ 살짝, 우리 생각이 묻어나게//

우리는 지금 발효 중이지요//

– 「우리는 발효 중」 전문

    대부분의 엄마들은 자녀를 사랑하고 이해하면서도 한편으로는 자신의 뜻대로 따라 주기를 간절하게 바란다. 어른의 입장에서는 아이를 교육시키는 것이라고 할 수 있겠지만, 아이는 나름대로 자신이 하나의 인격체라는 의식을 가지고 있다. 그 때문에 몰아붙이거나 강요하는 어른의 말투나 태도는 아이에게 반감을 불러일으키고 신뢰를 떨어뜨릴 수 있다. 즉, 아이를 하나의 인격체로 인정한 상태에서 그 말에 귀를 기울이고 대화를 하는 것이 필요하다.[4] 위의 시는 어린이의 생각과 마음이 자라는 데 부모의 태도와 역할이 중요함을 비유적으로 표현하면서도, 한편으로는 부모의 일방적인 태도에 대해 비판적인 시선을 가지고 있다. 이것은 "우리는 엄마 손에 이끌려", "유리병을 흔들 듯이 우리를 마구 흔들지요"라는 시구에서 더욱 극명하게 드러난다.

    민주적 부모는 자녀의 주장에 귀를 기울이고 이유를 설명해 주고, 아이의 입장을 고려해서 판단을 한다. 권위적 부모는 자녀의 주장에 신경 쓰지 않고 계속해서 일반적인 결정을 내린다.[5] 어른은 언제나 어린이를 위한 삶을 살아왔다고 자부하지만, 나이 많음을 권위로 방패삼아 목소리를 높인다. 무의식중에 때로는 당연하게 위계를 행사하려 하는 것이다.[6] 부모의

---

4) 신순갑·이정환, 『엄마 도와줘』, 달과소, 24~25쪽.

5) 데이비드 엘카인드, 『쫓기며 자라는 아이들』, 김용미 역, 학지사, 2000, 176~177쪽.

6) 유경희, 「평등한 소통이 답이다」, 『함께 가는 여성』 216, 2013, 21쪽.

지나친 관심은 오히려 아이의 성장에 독이 될 수 있다. 시인은 관심의 적정한 온도를 35~45℃로 표현한다. 부모가 아이의 미래를 시시콜콜 그려 줄 필요는 없으며, 목표를 세웠을 때 이를 성취해 나가는 데 도움을 줄 수 있는 적절한 환경만 만들어주면 된다.[7] 우선적으로 아이를 믿어주고 필요로 할 때 도움을 주는 보조 역할로서의 부모, 올바른 길로 갈 수 있도록 이끌어 주는 지지자로서의 부모라야 아이의 "생각과 마음이 풍선처럼" 크게 자라날 수 있을 것이다.

3. 어린이의 마음을 치유하다

어른의 한마디 말이 용기와 격려를 주기도 하고 반대로 실망과 좌절, 마음의 상처를 주기도 한다[8]는 것은 의심의 여지가 없다. 천선옥 시인의 『해바라기가 된 우산』은 어린이의 입장에 서서 어른이 어떻게 행동하고 대처하는 것이 바람직한 모습인지 다양한 시편을 통해 보여준다. 그런 면에서 세 번째 동시집은 어린이에게 좀 더 가까이 다가가 있다고 할 수 있다. 다음 시편들을 중심으로 살펴보자.

> 벚꽃이 피었다. / 엄마 아빠하고 손잡고 구경 갔다.//
> 사람이 바글바글// 이리 밀리고 저리 밀리다/ 꾹, 발등을 밟혔다.//
> 그만/ 울음이 터지려고 했다.//
> 애야, 미안하다. 다치지 않았니?/ 인사말에 울음이 쏙 들어갔다.//
> 운동화에는 꽃잎 자국만 남았다. / 사람꽃이었나 보다.//
>
> — 「사람꽃」 전문

7) 유은정, 『아이의 마음을 여는 공감대화』, 푸른육아, 2013, 102쪽.
8) 김영숙, 「유아의 자아존중감 형성과 언어환경에 대한 고찰」, 『인문과학연구』 3(1), 1995, 1~14쪽 참고.

위의 시는, 어느 봄날 벚꽃 구경을 간 어린 화자의 이야기를 담고 있다. 화자는 벚꽃 구경을 한다는 생각에 잔뜩 기대를 하고 부모님과 집을 나섰으나, 벚꽃 구경을 즐기려는 사람들로 붐벼서 이리 밀리고 저리 밀리다 발등을 밟히고 만다. "그만 울음이 터지려고 했다"라는 시구는, 밟힌 발등이 아프기도 하지만, 사람들에게 치어서 벚꽃도 제대로 구경하지 못하고 실망한 화자의 마음이 읽히는 대목이다.

위의 작품을 통해 시인이 전하고자 하는 바는, '사람꽃'으로 비유된 어른의 태도에서 드러난다. 어른은 발등이 밟힌 아이가 다치지는 않았을까 걱정하면서 진심으로 사과하는 모습을 보여 준다. 시의 배경은 벚꽃 구경을 하는 상황에 한정되어 있으나, 실제 어린이에게 잘못을 하고도 사과하지 않는 어른은, 현실에서도 어렵지 않게 찾아볼 수 있다. 아이들이 행복하게 자라고, 건강한 인격체로 잘 자랄 수 있게 하려면 어른들도 아이들에게 잘못했을 때 사과하는 태도를 보여야 한다. 아이들도 하나의 인격체이기 때문에 어른들의 무심한 말 한 마디와 행동 하나에 상처를 받게 된다. 아이에게 사과하기가 쑥스럽다는 핑계로, 말하지 않아도 알 거라는 생각으로 얼렁뚱땅 넘어가는 태도가 바람직하지 않은 자세임은, 조금도 의심할 것이 없다. 「사람꽃」에서도 어른의 진심어린 사과 한 마디에 아이의 속상한 마음이 쏙 들어가지 않은가. 시인은 작품을 통해 아이를 하나의 인격체로 대하고 존중해야 함을 강조하고자 한 것이다.

콩! 하고 엄마는 알밤을 줬지만
쾅! 하고 내 마음속에서는 지진이 일어났다고요.
– 「엄마는 실수할 때가 없나요?」 전문

「엄마는 실수할 때가 없나요?」는 아주 짧은 동시에 많은 의미가 함축되어 있다. 앞서 언급한 「사람꽃」 동시와 더불어 어른과 아이의 관계에 대해서 생각해 볼 수 있는 작품이다. 실제 아이가 잘못했을 때는 위의 시의 상황에서처럼 엄마가 알밤을 주거나 윽박지르기 일쑤지만, 반대로 어른이 실수하거나 잘못했다고 해서 아이가 어른에게 폭력을 행사하지는 않는다. 이것은 회사로 따지면, 상사가 잘못해도 후배가 무조건 참는 것과 다를 바 없다. 아이들 입장에서는 정당하지 않은 상황이 그저 억울할 뿐이다.

아이를 있는 그대로 받아들이고 사랑한다는 것은 말처럼 그리 단순하지 않다. 과연 부모가 저마다 옳다고 믿는 기준들이 아이에게도 꼭 맞는 정답이 될 수 있을까?[9] 아이와의 진정한 소통을 위해서는 첫 번째로 아이의 입장에서 바라보고 이해하려는 노력이 필요하다. 부모의 강압적인 명령과 지시는 즉각적인 효과를 기대할 수는 있으나 장기적으로 지속적인 효과를 기대하기는 어렵기 때문이다.[10] 사람은 누구나, 어른 아이 할 것 없이 잘못을 저지르거나 실수를 한다. 위의 시는 어른이라는 이유로 아이를 일방적으로 꾸짖기보다는 아이의 눈높이에 맞춘 대화, 즉 소통으로 문제를 해결해야 함을 제언한 작품이다.

> 달나라 떡 방앗간 쿵덕쿵덕 바쁘다.//
> 토끼가 무슨 떡을~/ 온 지구 사람들은 토끼가 뭘~/ 했다.//
> 그런데 이게 웬걸,/ 온 지구 사람 떡 받아먹고 와! 감탄/ 했다.//
> 노란 단물 뚝뚝,/ 제법이라고 칭찬이 자자/ 했다.//
> 토끼가 떡 보따리에 쪽지 하나씩 붙여 보냈다./ 뭘~ 하지 말고/
> 지구 환경 오염시키지 마시오./ 맛난 달떡 먹으려면 아시겠소./
> 했다.//
>
> – 「토끼네 방앗간」 전문

「토끼네 방앗간」은 판타지 동시이다. 달나라 떡 방앗간에서 떡을 만드는 토끼에게 지구 사람들은 '토끼가 뭘~'이라고 말하면서 무시하는 태도를 보

---

9) 유은정, 위의 책, 134~135쪽.
10) 위의 책, 105쪽.

인다. 그러나 실제 받아 먹어 본 떡이 기대 이상으로 맛이 있자, 감탄하면서 제법이라고 칭찬하기까지 한다. 시인은 이 시를 통해 무엇을 말하고자 한 걸까? 토끼를 아이들에 비유해 보면 어렵지 않게 작품의 의도를 파악할 수 있다.

아이들은 늘 자기에게 소중한 존재인 부모에게 인정받기 위해 애쓴다.[11] 어른도 마찬가지지만, 아이들은 특히 이해받고 인정받고 싶은 욕구가 매우 강하다. 그 욕구가 충족되면 아이들은 정서가 안정되고 행복[12]해지는 것이다. 그럼에도 불구하고 현실에서의 부모는 '아이들이 뭘 알겠어.' 또는 '아이들이 하면 얼마나 잘하겠어.'라고 생각하는 때가 적지 않다. 또는 부모의 기대치가 너무 높은 나머지, 충분히 잘해 내고 있는 아이들을 칭찬하기는커녕 더욱 욕심을 내는 경우도 더러 있다.

아이들의 칭찬받고 싶은 마음은 부모에게 칭찬받는 것, 부모에게 필요한 사람이 되는 것을 기본으로 만들어진다.[13] 이것으로 아이들의 자존감과 부모에 대한 신뢰도가 형성된다고 할 수 있다. 위의 시에서 토끼는 "앞으로도 맛난 달떡 먹으려면 뭘~ 하고" 무시하지 말고 잘하라고 지구 사람들에게 당부하는데, 앞으로의 미래를 열어 갈 어린이의 입장에서 호소하는 것으로 읽히기도 한다. 아이들은 미래의 가능성을 활짝 열어 둔 새싹과도 같은 존재인 까닭이다.

---

11) 위의 책, 80쪽.
12) 다카하시 카즈미, 「아이는 부모 대신 마음의 병을 앓는다」, 이수경 역, 시루, 2012, 115쪽.
13) 위의 책, 168쪽.

추필숙 동시문학의 특성
- 추필숙 작품론

Ⅰ. 펼치며

추필숙(1968~)은 2002년 《아동문예》 문학상 동시 부문 당선으로 아동 문단에 얼굴을 내밀었다. 그는 현재 동시, 청소년 시, 장편동화, 그림동화, 일반 시 등 여러 장르[1]에서 활발하게 문학 창작활동을 하고 있다. 그의 동시집으로는 제1 동시집 『애들아, 3초만 웃어 봐』(2010), 제2 동시집 『새들도 번지점프한다』(2014), 제3 동시집 『일기장 유령』(2016) 등과 청소년 시집으로는 『햇살을 인터뷰하다』(2014), 『어제, 생일』(2019) 등이 있다.

그는 1995년부터 일반 시 동인 활동을 먼저 시작한 후 2017년에 전병호, 최명란, 최수진, 추필숙 등이 '마음에 동심의 싹을 틔우는 씨앗'이라는 의미를 가진 〈동씨〉 동인을 결성하여 『나는 꽃이다』(2017), 『단단한 싹』(2018), 『안녕 나비』(2021) 등을 출간하였으며, 2018년에는 김성민, 박성우 등이 결성한 《동시다발》 동인에 참여하여 『구름버스 타기』 등을 냈다. 제1 동시집은 한국도서관협회 우수문학도서에 선정(2010), 제2 동시집은 오늘의동시문학상(2015) 수상, 제3 동시집은 방정환문학상(2017)을 수상하였다. 동시 「애들아, 3초만 웃어 봐」는 중학교 국어교과서에 실리기도 하였다.

추필숙은 제3 동시집 서문에서 그가 주구하는 동시의 색깔에 대하여 다

---

1) 추필숙의 장편동화집으로는 『방과후 탐정교실』(2015), 그림동화집으로는 『아빠를 조심하세요!』(2022)가 있다. 일반 시집 『골목 수집가』(2023)도 출간했다.

음과 같이 언급하였다.

> 이 시집엔,//
> 단번에 아하! 고개를 끄덕이게 하는 시/ 술술 이야기를 풀어내는 시/
> 알 듯 말 듯 마음이 먼저 따뜻해지는 시/ 어라, 이것도 시야?
> 싱거울 만큼 쉬운 시/ 내 얘긴걸, 어떻게 알았을까?
> 궁금해지는 시/ 누구나 주인공인 시//
> 이런 시들이 숨어 있어.

 그 자신이 창작하는 동시의 색깔이나 성격, 내용에 대한 열거하고 있는데 참신한 동시, 이야기 동시, 긍정이나 배려 동시 등 그가 평소에 다양하게 시도한 작품에 대하여 언급하고 있다. 추필숙 동시의 색깔에 대하여 '강렬한 한 줄로 큰 울림을 주는 시'(최명란), '동화적 상상력의 이야기가 담긴, 길게 풀어 쓴 산문시'(강인석), '어둡고 그늘진 곳이나 힘들어 불편한 곳까지 외면하지 않는 따스한 마음을 그린 시'(김재수), '긍정적이고 미래지향적인 청소년 화자의 내일을 보여주며 기쁨을 주는 시'(성환희)라고 한 여러 아동문학가들의 그에 대한 자리매김을 들어보면 추필숙 동시문학의 개성적인 면모를 잘 지적하고 있다고 할 수 있다.
 이렇게 추필숙의 동시문학은 한 줄짜리 동시부터 동화적 상상력의 산문시, 성장기 청소년 시까지의 다양한 형식에서도 그렇거니와 해학과 익살스러운 작품부터 풍자성이 강한 알레고리 작품까지 그 문학적 스펙트럼의 범위가 매우 넓고 화려하다고 할 수 있다. 그래서 그를 개성 있는 팔색조 동시인이라고 불러도 좋을 것이다. 즉, 추필숙은 여덟 가지의 아름다운 빛깔을 가진 팔색조와 같이 변화무쌍하고 다채로운 동시문학의 특성을 보여주는 시인이라는 것이다.
 추필숙의 동시문학 연구에는 김관식의 「참신한 시각으로 상상력을 자극하는 동심의 세계」, 전병호의 「세상을 보는 또 하나의 새로운 눈, 동심」(제 2 동시집 『새들도 번지점프한다』), 하빈의 『『새들도 번지점프한다』를 읽고」, 최명 란의 평론 「순정하고 재치있는 시」(《아동문학평론》 2017. 봄호), 성환희의 「추필 숙 읽기」(《열린아동문학》 2019. 봄호) 등이 있고, 서평으로는 제2 동시집에 대한 이정석의 「동시의 알레고리」(《어린이책이야기》 2014. 겨울호), 제3 동시집에 대 한 출판사 서평인 강인석의 「추필숙 시인의 신작 동시집 『일기장 유령』」 등 이 있으며, 단평, 해설, 추천사, 심사평 등으로는 문삼석의 「뛰어난 감성이 창출한 자유로운 동심의 공간」(오늘의동시문학상, 2015), 김재수의 「긴장 속에서 배어나는 따스함의 매력」(오늘의동시문학상, 2015), 신현득의 「금오산에서 피운 동심의 꽃」(동시집 『얘들아, 3초만 웃어 봐』), 전병호의 「변화를 위한 지속적인 노 력」(《아동문학평론』 2017. 여름호) 등이 있다.

여러 전문가들의 분석을 간단히 정리해 보기도 한다. 먼저 제2 동시집 『새들도 번지점프한다』에 대하여 김관식은 "역동적인 시각과 재치가 넘치 는 동심의 세계, 일상생활의 참신한 시적 형상화 이 탁월한 시적 재치와 순 발력, 동심적인 시각으로 동심을 육화시키는 시적인 흡인력은 추필숙만이 가지는 장기"라고 평가하였고, 전병호는 "사물을 의인화하는 방법을 적극 활용, 시상을 단순화해서 표현, 보이는 것보다 보이지 않는 아름다움을 찾 는 눈을 길러주고, 유머와 웃음 등 네 가지로 분석하면서 따로 시 세계의 모습을 고정관념을 깨고 새로운 관점으로 사물을 바라보고, 외롭고 소외된 어린이에게 위로와 용기를 북돋워, 부조리하고 비합리적 현실을 비판적인 시각으로 지적"이라고 정리하였다.

문삼석은 "추필숙의 기발하면서도 엉뚱한 상상력 공간은 그만이 갖는 언 어의 독특한 용법에 의해 매우 흥미롭게 구축되고 있다. 교훈이나 의도 따 위의 목저성이 배제된 무한한 상상력의 발로아밀로 가장 원초석이고 자유 로운 생명력의 공간을 확보하는 일이 되기 때문이다."라고 언급하였고, 김 재수는 "추필숙의 작품의 행간마다 팽팽한 긴장감을 주는 과감한 생략이 있고, 질서를 잃지 않고 명료하게, 즐겨 쓰는 시어들이 우리와 먼 곳에서 가져온 특별한 언어들이 아니라 일상의 언어임에도 우리 귀에 신선하게 울림을 주는 제주를 지녔다."고 하였다.

제3 동시집 『일기장 유령』에 대하여 전병호는 방정환문학상 심사평에서 "제3 동시집에 대하여 변화와 발전을 모색한 결과로 획득한 다양한 형태의 시를 보여주고 있는데, 선명한 이미지를 각인시켜 주는 아주 짧은 시를 썼는가 하면 그와 대비되는 형태의 산문시도 썼다. 산문시에는 서사를 도입해서 시를 찾아내었다."고 하였다.

이 글은 추필숙 동시문학의 다양한 특성 중 긍정과 배려의 동심, 참신한 감각과 한 줄 동시, 무한한 동화적 상상력, 분명한 주제 의식 등 네 가지로 나누어 작품과 함께 자세히 살펴보고자 한다.

Ⅱ. 추필숙 동시의 특성

가. 긍정과 배려의 동심

추필숙은 《열린아동문학》(2019. 봄호)의 '이 계절에 심은 동시나무' 특집에서 「길 위의 시」의 글을 마무리하면서 "꼭 쓰고 싶은 것은 늘 한결같다. 긍정, 희망, 위로, 치유, 그리고 아이들에 관해 쓸 것이다."라고 동시 창작의 추구 대상에 대해 언급한 적이 있다. 그가 '한결같'이 추구하고 있는 것이 '긍정, 희망, 위로, 치유'라고 하였다. 모두 인간의 삶에 필요한, 중요한 가치이지만 하나 같이 동시 작품화하기 쉽지 않은 주제라 할 수 있다.

이 중에서 그가 작품에서 꼭 쓰고 싶은 첫 번째 동시 창작 지향점으로 '긍정'이라는 단어를 뽑고 있다. 그의 대부분의 동시집을 읽어 보면 작품의 가장 기본적인 뼈대를 이루고 있는 주제와 정서가 바로 '긍정'임을 확인할 수 있다. 긍정적인 사람은 흔히 열정에 차 있고, 활기 넘치며, 자신감에 차 있고, 활발하며, 기민한 상태를 보인다고 한다. 그의 작품도 그렇다는 것이다. 활기 넘치는 아이, 자신감이 차 있는 아이, 활발한 아이, 기민한 상태의 아이, 즉 긍정적인 행동을 하는 아이, 긍정적인 생각을 하는 아이가 등장하는 작품이 꽤 많다. 그는 작품 속에서 시적화자나 등장인물의 긍정성과 장점을 찾아 강조한다는 것이다. 긍정성이 드러난 작품으로는 「세 뼘쯤이야」, 「납작코」, 「얘들아, 3초만 웃어 봐」, 「공기놀이」, 「똥강아지 촌수」, 「물의 나이」, 「우산을 지켜라」, 「배 아픈 날」, 「연뿌리」, 「앞구르기 연습」 등이다.

배려 또한 추필숙의 동시문학에서 자주 볼 수 있는 주제이다. '배려'는 자기보다는 남을 중심으로 생각하는 이타적인 태도를 말한다. 즉, 배려는 상대방의 처지에서 생각하는, 역지사지를 강조하는 행동 양식이라고 할 수 있다. 이런 배려심은 상호 평등을 전제로 하는 것이지 일방적 시혜나 감정을 앞세우는 연민을 의미하는 것은 아니다. 배려심은 우리 사회에서 다른 사람들과 함께 어울려 살아가야 하는 아이들이나 어른들 모두 각자가 반드시 갖추어야 할 덕목이라 할 수 있다. 그의 동시에서도 배려를 강조하는 작품들이 상당하다. 「자벌레 한 마리」, 「약속 시간」, 「새 친구에게」, 「둘이서」, 「지각이야, 꿀꿀」, 「손톱만한 청개구리」, 「봄이에요」, 「떡볶이 배달 왔어요」, 「혼자라서」, 「내 그림자」, 「경운기 소리」 등이 있다.

> 애들아, 3초만 웃어 봐./ 괴어 있던 웃음/ 입속에서 나오는 데/
> 딱 3초면 돼.//
> 먼저 입술을 살짝 당겨 봐./ 마음속에 숨겨둔 웃음을/ 목젖 너머에서/
> 입 밖으로 발사!//
> 그 순간,/ 콧등에 얹힌 안경알이 씽긋/ 하늘에 수줍은 흰 구름도 쌩긋/
> 웃음 한 가닥 보탠다는 걸 아니?//
> 지구 밖으로 날아간 웃음소리/ 하하하, 별마다 들렀다가/
> 하, 내 마음속으로/ 되돌아온다는 걸 아니?//

아주아주 크게/ 3초만/ 웃어 보면 알게 될 거야.

－「얘들아, 3초만 웃어 봐」 전문

키 큰 진이랑 걷고 있는데/ 내 등 뒤에서/ 아이들이 수군수군//

"쟤들 키 좀 봐."/ "세 뼘은 차이가 나겠는 걸."//

못 들은 척 씽긋/ 진이 어깨에/ 한 팔 터억 걸쳐 본다.//

키 높이는 달라도/ 생각 높이는 같은 걸.

－「세 뼘쯤이야」 전문

작은 고모할머니네/ 똥강아지//

앞발로/ 내 발등을 긁는다/ 발로 악수하잖다.//

인사성 밝은 건/ 나 닮았다.//

우리 할머니 똥강아지인 나/ 촌수는 몰라도/ 무조건 내가 형님!

－「똥강아지 촌수」 전문

「얘들아, 3초만 웃어 봐」, 「세 뼘쯤이야」, 「똥강아지 촌수」는 긍정성이 아주 잘 드러난 작품이다. 「얘들아, 3초만 웃어 봐」는 그의 대표작으로 마음을 열고 환하게 웃으면 자신뿐만 아니라 온 세상이 긍정적으로 바뀐다는 것을 강조하고 있고, 「세 뼘쯤이야」는 왜소한 키 때문에 생길 수 있는 열등감보다는 정신력과 사고력이 친구와 동등함을 긍정적인 태도로 강조하고 있으며, 「똥강아지 촌수」는 진짜 똥강아지와 할머니의 똥강아지인 시적 화자가 촌수가 같다는 웃음과 긍정을 주고 있다.

「얘들아, 3초만 웃어 봐」에서는 긴장감 완화, 기억력 증진, 면역력 강화, 스트레스 해소 등 웃음의 의학적 효과를 강조하기 위한 것은 아니다. 날마다 살아가는 생활 태도나 자세를 긍정적으로 가지자는 것이다. 그러기 위해서 '3초만 웃어 봐'라는 것이다. 앙천대소나 가가대소처럼 긍정적인 웃음을 던지는 순간 콧등의 안경알도, 하늘의 흰 구름도, 지구 밖 별들도 긍정의 대열에 합류하고, 결국 그 긍정의 웃음소리는 다시 내 마음속으로 돌아온다는 것이다. 대담한 문학적인 상상이고 멋진 시상이다. 「세 뼘쯤이야」의 시적 화자는 친구와 세 뼘 정도 차이가 나는, 왜소한 자신의 키에 위축되지 않는 당당한 태도, 긍정적인 행동을 보여주고 있다. 자신의 짧은 한 팔을 일부러 친구 어깨에 걸쳐 보고, 수군거리는 아이들에게 일부러 씽긋 긍정적인 미소도 보낸다. 「똥강아지 촌수」에서 쓰인 시어 '똥강아지'는 두 개의 의미가 겹쳐 있음을 알 수 있다. 눈치코치도 없이 똥을 아무데나 싸대서 천하게 부르는 동물 똥강아지와, 예쁜 손주에 대하여 할머니의 애정이 듬뿍 담긴 칭호의 똥강아지이다. 시적 화자는 이런 상반된 의미를 분간 못하고 닮은 인사성을 들먹이며 같은 촌수, 형님으로 생각하고 있는 것이다. 긍정과 해학의 작품이다.

> 할아버지와 누렁소/ 벼농사 지어//
> 낟알은 할아버지가/ 볏짚은 소가//
> 오물오물 쌀밥/ 우물우물 여물//
> 꼭꼭 씹고/ 되새겨 씹고.
>
> — 「둘이서」 전문

> 텔레비전 켜 놓고/ 엄마 아빠 기다리다가/ 혼자 밥 먹다가//
> 텔레비전 켜 놓고/ 혼자 밥 드실/ 할머니께 전화 걸어요.//
> "할무이, 밥은?"
>
> — 「혼자라서」 전문

> 털/ 털/ 털/ 털.//
> 길섶에서 놀던/ 풀벌레들/ 어서 피하라고//

바퀴보다/ 꼭,/ 앞서간다.

- 「경운기 소리」 전문

　「둘이서」, 「혼자라서」, 「경운기 소리」는 사람과 동물, 사람과 벌레 사이, 또는 똑같이 외로운 처지에 있는 할머니와 손자 사이에 흐르는 따뜻한 배려심을 잘 표현한 작품이다.

　「둘이서」에서는 강압적으로 누렁소를 부리는 할아버지는 없다. 채찍을 맞으면서 벼농사에 내몰리는 누렁소는 없다. 틀림없이 할아버지와 누렁소가 공동으로 가꾼 벼농사인 것이다. 그래서 할아버지가 먹는 낟알과 쌀밥, 누렁소가 먹는 볏짚과 여물은 동등한 가치를 가지고 있다는 것이다. 비록 서로 따뜻한 말을 직접 나누지는 않았지만, 충분히 서로를 배려하고 있음을 알 수 있다. 사람과 동물이 상호 평등한 관계를 유지하고 있다. 「혼자라서」에서는 손자인 시적 화자의 할머니에 대한 관심, 즉 '할무이, 밥은?'이라는 짧은 전화 통화가 너무나 감동적이다. 엄마 아빠를 기다리다가 혼자 밥 먹는 시적 화자의 처지는 쓸쓸하고 외롭다. 그런데 이때 갑자기 떠오르는 사람은 바로 늙은 할머니의 얼굴이다. 시적 화자보다 더 쓸쓸하고 외롭게 지내는 할머니가 아닌가! 이 장면에서는 굳이 손자의 효성을 언급할 필요는 없을 것이다. 너무 인간적이고 속 깊은 아이라는 것이다. 할머니에게 저녁 식사 여부의 전화 통화는 따뜻한 배려심을 넘어 인간적 연민과 사랑이 가득한 정경이라고 할 수 있다. 「경운기 소리」에서는 경운기 소리를 바퀴 돌리는 기계적인 소음으로 처리하지 않고 있다. 풀벌레들에게 바퀴가 지나가는 자리에서 피하라는 경고 소리라는 것이다. 자연 속에 살고 있는 수많은 작은 벌레, 미물들을 배려하는 따뜻한 모습을 보여주고 있다. 이 작품에서 재미있는 것은 경운기를 몰고 가는 사람의 모습이 가려져 있다는 점이다. 벌레에 대한 따뜻한 배려심은 경운기 주인을 대신하여 경운기 소리가 베풀고 있음을 알 수 있다.

나. 참신한 감각과 한 줄 동시

서두에서 그를 팔색조 동시인이라고 하였다. 그는 「길 위의 시」(《열린아동문학》 2019. 봄호)에서 또 언급한 것이 있다. "동심과 시의 교차점을 찾아서 어느 한쪽이 기울지 않도록 애쓸 것이다……. 동시의 길과 동씨의 길이, 갈림길이 아니라 한길임을 믿고 더욱 분투하고 있다." 여기에서 그의 문학에 대한 빛나는 도전 정신을 찾아볼 수 있다. 동시 창작, 청소년 시 창작, 일반 시 창작뿐만 아니라 동씨 창작에 매진하겠다는 것이다.

웬만한 시인은 염두에 두기도 힘든 독특한 작업이다. 사실 각각의 문학 특성을 살려 창작하기가 무척 어렵다. 그런데도 벌써 동시집 3권, 청소년 시집 2권, 일반 시집 1권, 〈동씨〉 동인집 3권을 발간하였다. '동씨'란 그 동인들이 내린 정의를 옮기면 씨앗처럼 핵심이 되는 작지만 단단한 동시로 5행 이내의 작품을 말한다. 한 줄 동시는 짧은 시행 속에 천진난만한 동심이나, 또는 참신함이나, 또는 선명한 주제를 담고 있어야 작품의 생명력을 유지할 수 있다. 즉, 신선한 시적 감수성, 즉 참신한 감각이 살아있어야만 동시, 청소년 시, 동씨 등 각 영역별로 작품의 완성도를 높일 수 있다는 것이다. 그의 동씨를 읽고 있으면 그의 끈기와 노력 그리고 도전 정신이 대단함을 알 수 있다.

「새들도 번지점프한다」에서 참새의 낙하 모습을 번지점프로 표현하고, 「우리도 바닷물」에서는 아이들을 바닷물로, 「폭포1」에서는 폭포를 웨딩드레스로, 「피아노 치는 꽃게」에서는 언니 손을 꽃게로 표현하고 있다. 참신한 감각과 독특하고 낯선 시어들을 과감하게 끌어들여 작품의 완성도까지 높여 가고 있다. 동시 영역에서 참신한 감각을 유지하고 있는 작품을 들어보면 「봄 낚시」, 「폭포1」, 「사막」, 「우리도 바닷물」, 「피아노 치는 꽃게」, 「홈런」, 「나뭇가시」, 「간지럼 타는 굴렁쇠」, 「새들도 번지점프한다」, 「들꽃 한 다발」, 「일기장 유령」 등 상당히 많다.

낚/ 싯/ 대/ 끝/ 에//

사과나무는 사과꽃을/ 배나무는 배꽃을/ 대추나무는 대추꽃을//

매/ 달/ 아/ 놓/ 고//

기다린다./ 나비와 벌이/ 낚싯밥을 물 때까지.

- 「봄 낚시」 전문

내 일기장엔/ 유령이 산다.//

까만색을/ 무지 싫어하는/ 하얀 종이 유령이 산다.//

그래 나는/ 아주 짧게 쓴다.//

그래서 가끔/ 새하얗게 비워 둔다.

- 「일기장 유령」 전문

산에 가 보면 휘고 구부러지고 비스듬히 자란 나무와 풀 있다 깊이 들어
갈수록 몸을 구부정하게 말아 발밑을 들여다보며 걷게 하는 길 있다//

행간을 살펴야 하는 책 속에도 그런 길 있다

- 「길」 전문

　「봄 낚시」와 「일기장 유령」은 동시집에서, 「길」은 청소년 시집에서 인용한
작품이다. 이 작품들은 참신한 감각으로 독특한 비유나 상황을 설정하여
전개하고 있다. 「봄 낚시」에서는 봄꽃을 날카로운 낚싯바늘에 끼워진 미끼,
즉 낚시밥으로 비유하고 있고, 「일기장 유령」에서는 일기장 하얀 지면으로
기상천외한 유령을 끌어와 재미있는 상황을 만들고 있으며, 「길」에서는 책
속에서 놓치기 쉬운 숨겨진 의미를 구불구불한 산길에 비유하고 있다.

　「봄 낚시」에서 사과꽃, 배꽃, 대추꽃 등 봄꽃들을 낚싯밥으로 비유하는
것도 파격적이지만 꿀을 따려는 벌과 나비를 물고기에 비유하는 것도 참신
하고 재미있다. 봄꽃이 매달린 나뭇가지도 낚싯대, 봄꽃이 핀 꽃밭이나 과

수원을 호수나 저수지로 설정하고 있다. 참신한 감각이 두드러진 작품이라 할 수 있다. 「일기장 유령」에서 가장 눈에 띄는 것은 일기장 안으로 무서운 혹은 괴기스러운 유령을 끌어온 상황 설정이다. 일기장을 열고 무엇을 쓸까 고민하거나 일기 쓰기를 싫어하는 시적 화자의 속마음을 그만큼 잘 표현하고 있다고 할 수 있다. 즉, 3연에 일기를 짧게 쓰거나 4연에 일기를 아예 쓰지 않고 새하얗게 비워 두는 행위는 일기장 유령 핑계를 댐으로써 정당화되고 만다는 것이다. 「길」에서 2연까지 읽고 나서 다시 1연을 음미하면 1연이 서정성이 강하고 비유적이라는 것을 알 수 있다. 2연에서 말하는 '행간을 살펴야 하는 책 속에도 그런 길'은 다양한 생각을 요구하는 글, 깊은 의미를 포함하고 있는 글, 여러 가지 꿈을 꿀 수 있는 글, 세상 사람들의 서로 다른 삶을 보여주는 글 등 청소년 독자들에게 올바른 책 읽기 방법을 제시하고 있다고 할 수 있다.

아빠 손 그네 타고 오네

– 「수박」 전문

길 위에 안 피고 길 곁에 핀다

– 「그래서 꽃길」 전문

덥지?// 내겐 그늘이 아니지만/ 네겐 그늘이 되어 줄 수 있어

– 「내 그림자」 전문

「수박」, 「그래서 꽃길」, 「내 그림자」는 동씨라고 이름 붙여진 동시로, 〈동씨〉 동인집 3권에서 각각 1편씩 뽑아 낸 작품이다. 한 줄 동시의 특성을 잘 보여주는 작품들이다. 먼저 「수박」에서 눈여겨볼 것은 두 가지이다. 하나는 아빠가 가족을 위해 기쁜 마음으로 수박을 사 들고 귀가하고 있는 점, 다른

하나는 단순하고 무감각한 끈 대신 사람들의 즐거운 놀이기구인 그네로 표현한 점 등이다. '손 그네'는 아빠의 가족 사랑 마음, 즐겁게 흔들리는 아빠의 손, 힘찬 발걸음, 가족의 여유로운 시간 등 여러 가지가 함축되어 있는 핵심적인 시어라고 할 수 있다. 「그래서 꽃길」에서는 보통 꽃길의 의미를 꽃이 심어진 길로 간단히 이해하고 있지만 놓치지 말아야 할 것은 그 꽃들은 사람이 걸어 다니는 길의 양옆에 줄지어 심어져 있다는 사실이다. 길 중앙 부분에는 꽃을 심거나 꽃이 피지 않는다는 것이다. 꽃들은 길옆에 서서 길을 환하게 빛나게 한다. 이 작품은 우리에게 가끔 타인을 위해 조연 배우로 사는 게 어떠냐고 넌지시 권하고 있는지 모른다. 「내 그림자」에서도 남을 위한 삶을 강조하고 있다. 내 그림자는 내가 만든 그늘이라 할 수 있다. 그러나 내가 만든 그늘에서 쉬고 놀 수 있는 대상은 너를 포함한 타인이라는 것이다. 철저하게 그늘의 이타성을 노래하고 있다.

다. 무한한 동화적 상상력

추필숙은 앞의 동씨 동인집에 발표한 작품처럼 한 줄 동시 또는 5행 이내의 짧은 동시가 매우 많다. 반면에 제3 동시집에는 이야기가 들어 있는 긴 산문적 경향의 동화시가 많이 게재되어 있다. 그는 참신한 감각의 짧은 동시 창작에도 뛰어난 능력을 보여주면서 이와는 다른 성격을 가진, 이야기나 동화적인 요소를 지닌 긴 동시에도 능수능란한 솜씨를 보여주고 있다. 동화시나 이야기 동시는 일정한 서사 구조를 가지고 있는 이야기의 힘을 활용해 주제를 전달한다. 바꿔 말하면 이야기 만들기, 사건 만들어 시상 전개하기라고 할 수 있다. 그는 우리가 잘 알고 있는 이솝우화에 나오는 「토끼와 거북이」 이야기를 재미있게 산꼭대기에서 산 아래 큰길까지 달리기 시합을 하는 현대판 이야기 동시 「끝나지 않은 이야기」, 마법사 모자를 쓴 할아버지와 구두 신은 고양이가 구두 병원으로 출퇴근하는 이야기 동시 「구두 신은 고양이」, 자전거 타고 가다가 손톱만 한 청개구리를 만나 부딪치지 않으려고 비틀거리는 이야기 동시 「손톱만 한 청개구리」 등 여러 편을 통해 무한한 동화적 상상력을 보여주었다. 「자판을 꼬꼬꼬」, 「고양이에게」, 「살구랑 감자」, 「구두 신은 고양이」, 「끝나지 않은 이야기」, 「지각이야 꿀꿀」, 「손톱만 한 청개구리」, 「시험지 다 풀고」, 「긴 대답」, 「떡볶이 배달 왔어요」, 「나도 데려가 쾌액꽥」, 「콕!」, 「벌똥」, 「수수꽃다리 집」 등이 있다.

쿨럭쿨럭 기침 참으며 감자 캐던 외할머니 호주머니에서 살구 하나 꺼내 베어 먹었대 살구랑 감자가 기침엔 최고라며 쭈그리고 앉아 감자 캐다 퉤 살구씨를 심었대 우리 엄마가 외할머니 뱃속에 있을 때였는데 그래서 감자밭 한가운데 살구나무는 우리 엄마와 동갑이야 살구 좋아하는 외할머니 가끔 살구나무와 수다를 떤다는데 엄마 흉도 본다는데 요즘은 내 칭찬도 슬쩍 끼워준다는데 나는 외할머니가 살구나무 그늘에서 쉬어 엄 밭일도 쪼오끔 했으면 좋겠는데….//
그때나 지금이나 쿨럭쿨럭 할머니 밭 살구는 땅 위에서 감자는 땅속에서 쑥쑥 자라느라 봄을 꼴딱 샌다는데….

– 「살구랑 감자」 전문

다 풀고 뒤집어 놓은/ 시험지//
엉덩이만 한 시험지 돗자리처럼 깔고 앉아 공기놀이하고 싶다 정답과 오답이 답답하다고 소리치겠지 공깃돌 하나씩 집을 때마다 오답 하나가 정답 하나로 바뀌어 1점씩 늘어나 100점을 훌쩍 넘으면 어쩌지 어쩌지….//
종이 울리자/ 걱정까지 걷어간다.

– 「시험지 다 풀고」 전문

도토리가 둥글둥글 동그랗기만 했다면 매끌매끌 매끄럽기만 했다면 다람쥐가 보든 말든 구슬처럼 데굴데굴 산 아래 마을까지 단숨에 데굴데굴 비무장 지대 철조망 사이도 눈 깜짝할 새 데굴데굴 대륙 횡단 열차와 앞서거니 뒤서거니 데굴데굴 햇살 도르르 감고 밤낮을 굴러 지구 한 바퀴 데굴데굴 어쩌면 구르기 신기록을 세우느라 땅속에 콕, 심기지 못하고 데굴데굴.

– 「콕!」 전문

「살구랑 감자」, 「시험지 다 풀고」, 「콕!」은 산문적 경향의 이야기 동시들이다. 「살구랑 감자」는 할머니 감자밭에서 자라는 살구나무 이야기, 「시험지 다 풀고」는 시험 보는 시간에 답안지를 엎어 놓고 벌어지는, 점수와 관련된 공상 이야기, 「콕!」은 나무에서 떨어진 둥근 도토리가 지구 한 바퀴 돌아 구르기 신기록을 세우는 도토리 이야기가 들어 있다.

「살구랑 감자」에서는 할머니 감자밭에 심어진 엄마와 동갑인 살구나무 이야기, 살구나무 아래에서 딸의 흉과 외손녀의 칭찬을 하면서 수다를 떠는 할머니 이야기, 늙으신 외할머니의 건강을 걱정하는 시적 화자 이야기 등 재미있고 비밀스런 이야기가 들어 있다. 「시험지 다 풀고」에는 시험 문제를 다 풀고 끝 종소리를 기다리는 긴장된 시간에 잠시 어처구니없는 공상에 빠진 이야기가 나온다. 시험지를 돗자리처럼 깔고 앉아 공기놀이한다든지, 공깃돌 집기에 성공하면 오답이 정답으로 변한다든지, 맞힌 점수가 만점을 넘는다든지 등 도저히 불가능한 일을 머릿속으로 그려 보고 있다. 「콕!」에서는 구르기를 잘하는 도토리의 세계 여행 이야기가 등장한다. 산 아래 마을로 구르기부터 비무장 지대 철조망 사이 구르기, 대륙 횡단 열차와 시합하며 구르기, 햇살 감고 밤낮으로 구르기, 지구 한 바퀴 구르기 등 대담한 도토리 구르기 신기록 수립 이야기가 이어져 있다. 그의 대단한 동화적 상상력을 확인할 수 있다.

라. 분명한 주제 의식

추필숙의 동시문학의 특징 중 하나는 주제 의식이 분명하다는 것이다.

여기서 분명한 주제라는 것은 작품 속에 주제가 자연스럽게 잘 녹아 들어 굳이 주제라고 뽑아 내지 않아도 메시지가 독자들에게 잘 전달된다는 것이다. 사실 동시 창작 과정 속에 주제를 드러내는 일은 그리 쉽지 않다. 작품에서 눈에 띄게 제시한 주제는 너무 교훈적이어서 읽기가 거북스러워진다거나 작품의 문학적 완성도가 떨어질 수 있기 때문이다. 또한 그의 일부 동시에는 현실 세태에 대한 고발, 사회 비판 등 사회적 문제의식을 드러내는 알레고리를 보여주기도 한다. 조용한 주제 의식을 보여주고 있는 작품으로는 「줄서기」, 「모순」, 「날개」, 「내 나이 때」, 「내 그림자」, 「식물 복지」, 「비」, 「편지 봉투」 등이 있다.

> 친구 뒤통수만 보고// 한 줄로 선다는 건//
> 키 순서대로/ 생일 빠르기로// 가나다 이름순으로//
> 성적 순으로// 앞만 보고 선다는 거야//
> 옆을 볼 수 없다는 것야// 우리가 나란히 설 수 없다는 거야
>
> – 「줄서기」 전문

> 빗방울 후드득–// 땅 위의 모든 것들이/ 마냥, 젖습니다.//
> 사람들 후다닥–/ 우산을 펼쳐// 비를, 밀어냅니다.
>
> – 「비」 전문

> 지금의 내 나이 때/ 광복을 겪었다는 우리 할아버지//
> 나를 볼 때마다/ 맛난 것 사 먹으라며 용돈 주신다//
> 지금의 내 나이 때/ 전쟁을 겪었다는 우리 할머니//
> 나를 볼 때마다/ 책 사 보라며 용돈 쥐어 주신다//
> 평범하게 밥 먹고 책 읽는 게/ 평화라는 걸, 내 나이 때 알고 계셨다
>
> – 「내 나이 때」 전문

「줄서기」, 「비」는 사회 현실에 대한 비판적인 주제 의식, 「내 나이 때」는 평화의 중요성이라는 주제 의식을 보여주고 있는 작품이다. 「줄서기」는 줄서기를 통해 수평적인 인간관계 부재를 강렬하게 비판하고, 「비」는 사회생활에 유용한 우산의 쓰임새에 대하여 반자연적인 면을 드러내 인간 사회를 은근하게 비판하며, 「내 나이 때」는 할아버지 시대와 손자 시대의 사회상을 대비적으로 보여줌으로써 평화의 소중함을 강조하고 있다.

　「줄서기」에서는 학교나 사회에서 자주 볼 수 있는 일상적인 학생들이나 사람들의 줄서기 모습이 등장한다. 그동안 무심하게 지나쳤던 줄서기가 불평등과 권위, 명령 등이 횡행하는 수직적 인간관계를 표현하고 있었는지도 몰랐다는 것을 알 수 있다. 상하 관계를 키 순으로, 생일 순으로, 가나다 순으로, 성적 순으로 세운다는 것은 사람의 가치가 동일하지 않다는 것을 의미하며, 인간관계가 평등이나 수평적이지 않다는 것을 의미한다는 것이다. 상당히 강렬한 주제 의식을 보인 작품이라 할 수 있다. 「비」에서는 상호 대비되는 것이 두 가지가 있다. 하나는 ‘사람’과 ‘땅 위의 모든 것’, 다른 하나는 ‘마냥, 젖습니다’와 ‘밀어냅니다’이다. 이 작품에서 은근히 강조하고 있는 것은 우산 펼치기가 빗방울을 막기 위한 사람들의 우아한 문화적인 행위가 아니고 반자연적인 행태이며, 자연 생태계에 대한 배신 행위라는 것이다. ‘마냥, 젖습니다’는 ‘땅 위의 모든 것’의 자연 동화 또는 자연 순응인 반면 ‘밀어냅니다’는 ‘사람’의 자연에 대한 탐욕, 오만이라는 것이다. 어쩌면 현재 진행되고 있는 지구 온난화 문제, 기상 이변도 본질적으로는 이 작품의 주제 의식인 사람들의 독선적 우산 펼치기가 아닌가 생각된다. 「내 나이 때」에는 8·15광복과 6·25전쟁이라는 시대적 배경이 깔려 있다. 할아버지의 혼란 속 고된 삶과 할머니의 처참한 전쟁 속 삶을 대비하여 평화로운 현재의 시적 화자 일상이 얼마나 소중한가를 가르쳐 주고 있다.

Ⅲ. 닫으며

성환희가 《열린아동문학》의 「추필숙 읽기」라는 시인 탐구 글에서 추필숙에 대하여 언급한 부분이 있다.

추필숙은 사물을 바라보는 눈이 무한대로 열려 있다. 새롭게 보기, 다르게 보기, 그래서 독자들에게 즐거움을 주는 맛있는 시를 고민하고 또한 쓸 줄 안다. (중략) 시어를 낚거나 시형을 낚는 재주꾼이다. 낚시의 달인이다.

그를 동시 낚는 재주꾼, 동시 낚시의 달인이라고 부르고 있다. 추필숙 동시문학의 개성적인 면모를 잘 지적하고 있다. 필자가 앞에서 문학적 스펙트럼의 범위가 매우 넓고 화려한 팔색조 동시인이라고 부르는 것과 일맥상통하다고 할 수 있다.

그의 동시문학 특성 네 가지를 살펴보았는데, 첫째 긍정과 배려의 동심에서는 그 동시문학에서 가장 기본적인 뼈대를 이루고 있는 긍정과 배려, 둘째 참신한 감각과 한 줄 동시에서는 신선한 시적 감수성과 짧은 시행 속에 천진난만한 동심, 셋째 무한한 동화적 상상력에서는 일정한 서사 구조를 가지고 있는 이야기 동시, 넷째 분명한 주제 의식에서는 작품 속에 자연스럽게 잘 녹아들어 주제 의식 등을 찾아보았다.

항상 새로움에 도전하고 있는 추필숙의 앞으로의 문학적 행보가 무척 궁금하다. 좋은 작품을 기대한다.

최명란의 동시 세계
- 최명란 작품론

1. 들어가며

최명란은 일반 시단에서 활발한 작품 활동을 하고 있는 중견 시인이다. 2006년 《문화일보》 신춘문예에 시 「내 친구 야간 대리운전사」가 당선되어 등단한 이래 『쓰러지는 법을 배운다』, 『자명한 연애론』, 『명랑생각』, 『이별의 메뉴』 등의 시집을 펴냈다. 그는 "현실에서 새로운 이미지를 찾아내고 특유의 활기 있는 언어 감각으로 일상과 이상 사이의 경계를 탐사하는 시인"(제16회 천상병시문학상 심사평)으로 높은 평가를 받았으며, 편운문학상 · 천상병시문학상 등을 수상했다.

최명란은 동시인으로도 그 활동이 눈부시다. 2005년 《조선일보》 신춘문예에 동시 「봇꽃」이 당선되어 동시를 쓰기 시작하여 동시집 『하늘天 따地』, 『수박씨』, 『알지 알지 다 알知』, 『바다가 海海 웃네』, 『해바라기야!』, 『우리는 분명 연결된 거다』, 『별자리 동시집 북두칠성』 등을 펴냈다. 그 결과 방정환문학상 · 천상병동심문학상 등을 받았다.

요즘 동시단에는 2000년대 중반부터 일반 시단에서 독자적인 시 세계를 구축했던 시인들이 동시 쓰기에 뛰어들어 동시집을 펴내고 있다. 그러나 일반 시인들의 동시 쓰기는 그들이 일반 시단에서 거둔 만큼의 성과를 보여주지 못하고 있다. 그 이유는 동시가 동심과 시심이 어우러진 독자적인 장르로서 전문성을 갖추지 못하면 동시 창작이 쉽지 않기 때문일 것이

최명란의 동시 세계-최명란론 ● 299

다. 그런 측면에서 봤을 때 시와 동시를 양수겸장으로 쓰고 있는 시인으로서 두 장르에서 뛰어난 성과를 나타낸 시인이라면 이준관과 더불어 최명란을 꼽을 수 있다. 이들의 공통점이라면 일반 시단뿐만 아니라 동시단에서도 등단 관문을 거쳤다는 점이다. 최명란은 이준관이 그랬듯이 시보다 동시로 먼저 문단에 나와 개성적인 작품 세계를 보여주고 있다.

이 글에서는 그가 지금까지 펴냈던 동시집 중에서 기획성 있는 동시집들을 제외하고 『수박씨』(창비, 2008), 『해바라기야!』(창비, 2014), 『우리는 분명 연결된 거다』(창비, 2018)를 중심으로 그의 동시 세계를 살펴보려고 한다.

2. 짧은 시와 시적 직관, 그리고 발견의 시학

최명란의 동시는 대부분 짧다. 10행 이상의 시는 동시집에서 서너 편에 불과하고, 5행 미만의 시가 상당히 많다. 심지어 한두 행으로 이루어진 시도 있다. 그의 시들은 산문처럼 붙여 놓으면 두 줄도 채 되지 않을 것이다. 짧은 시 쓰기는 대단히 어렵고 힘들다. 극도로 언어를 아끼고 아껴 함축과 절제의 미를 보여주어야 하기 때문이다. 따라서 짧은 시 쓰기는 한 점 군더더기 없이 절제된 언어로 미적 완성도를 높이는 작업이라 할 수 있다.

나는 지금 빨래 중이다

― 「나는 비」 전문

비는 하늘의 머리칼
참 숱도 많다

― 「비」 전문

하늘의 배꼽, 또는 숨구멍

– 「보름달」 전문

위의 시들은 한 줄로 된 시도 있고 두 줄로 된 시도 있다. 이 시들은 길이가 짧다는 점 외에 사물과 현상을 의미화했다는 공통점이 있다. 짧은 시의 강점이라면 사물의 본질이나 현상을 단번에 꿰뚫는 직관력이다. 그것은 마치 천둥 번개 같아서 고정관념에 젖은 독자들의 뒤통수를 후려치고 강한 전율을 안긴다.

「나는 비」와 「비」는 비에 대한 우리의 고정관념을 깨뜨린다. 비는 만물에 활력을 부여하고 삶에 생동감을 불어넣는다. 하늘이 베푸는 것으로 풍요와 다산, 생명력을 상징한다. 하지만 이들 시에서 시인이 표현하고 있는 비는 인격화된 사람과 같은 비다. 비는 먼지·매연 등에 의해 오염된 세상을 손수 물을 뿌려 빨래 중이며, 사람 몸으로 은유되어 숱이 많은 머리칼로 이미지화한다. 시인의 그런 시적 직관은 관습적으로 보았던 달의 고정관념도 깨뜨린다. 「보름달」에서 보름달은 우주론적인 차원의 신격으로 섬겨지던 일월 신앙의 대상이 아니다. 그것은 시인의 직관으로 파악한 "하늘의 배꼽, 또는 숨구멍"이다. 시인은 불과 한 줄로 보름달을 그렇게 표현했지만 그 행간의 여백에는 많은 이야기가 감춰져 있다. 그것을 상상하며 행간의 여백을 채워 넣는 것은 독자들의 몫이다.

그 밖에도 시적 직관으로 사물의 본질이나 현상을 관통하는 작품으로는 「방울토마토」, 「발바닥」, 「봄」 등이 있다. 「방울토마토」는 시인의 순수 직관으로 빨간 방울토마토를 빨간 해로 보아, 방울토마토 먹는 것을 "나는 지금/ 빨간 해를 한 알씩 삼키고 있다"고 표현한다. 또한 「발바닥」은 몸을 지탱하는 신체 부위인 발바닥을 통해 남에게 드러내지 못하는 자아의 숨겨진 부분을 암시한다. 그리고 「봄」은 온갖 꽃들이 피어나는 생명력 넘치는 봄의 자연 현상을 '눈부신 연주'라 하여, 땅속에 오케스트라도 있고 멋진 지휘자도 있다고 상상한다.

　최명란은 동시집 『우리는 분명 연결된 거다』 머리말에서 자신의 특별한 발견의 체험을 소개한 바 있다. 어느 날 그는 아침에 일어나 세수를 하러 욕실에 갔다. 그런데 욕실에 들어서자마자 배수구를 보고 깜짝 놀라고 말았다. 배수구 철망 사이로 가녀린 새싹 하나가 손가락 길이만큼이나 높이 올라와 있었던 것이다. 새싹은 뒤엉킨 머리카락에 간신히 뿌리를 박고 자라고 있었다. 그는 대체 어떻게 이런 곳에서 싹을 틔웠는지 알 수가 없다. 딱딱한 콘크리트 바닥에서 저절로 싹이 돋을 리는 없고, 그렇다고 씨앗을 뿌린 것도 아니고, 사방이 벽이기 때문에 밖에서 씨앗이 날아들 리도 없었을 테니까. 시인은 하루 종일 궁금하여 곰곰 생각해 보다가 마침내 무릎을 쳤다. 지난 주말, 날씨가 좋아서 산에 갔는데 그때 씨앗 한 알이 머리카락에 붙어 따라온 것이다. 그것도 모른 채 땀을 씻어 내기 위해 머리를 감았고……. 그 씨앗이 떨어져 배수구로 흘러가서 싹을 틔운 것이다. 최명란은 동시가 그런 거라며 언제 어디서든 싹을 틔우고 자란다고 밝혀 놓았다.

　필자는 이 이야기를 읽고 최명란 시인이 자신의 시론을 설명하고 있다고 생각했다. 시인은 남들이 무심히 지나치거나 보지 못하는 것까지 보는 사람이다. 시인은 발견의 눈을 지니고 있기 때문이다. 최명란은 욕실 배수구 철망 사이로 머리카락에 간신히 뿌리를 박고 자라는 새싹 하나를 발견했다고 밝혔다. 일상적이고 관습적인 눈을 가진 사람이라면 이를 보지 못하고 그냥 지나쳤을 것이다. 최명란의 동시를 보면 그가 남들이 보지 못하는 것을 볼 수 있는 발견의 눈을 가졌음을 확인할 수 있다. 그는 사물이나 현상을 끊임없이 관찰하고 이를 통해서 의미 있는 사실을 발견하여 작품으로 보여준다.

　　우주 가동 되는 소리가 사람에게 들린다면/
　　사람이 어떻게 살 수 있겠니/

사람 움직이는 소리가 개미에게 들린다면/
개미가 어떻게 살 수 있겠니

– 「소리」 전문

하늘을 받치고 선/ 앙상한 나뭇가지들/ 바로/
하늘의 핏줄이야/ 추운 겨울밤에도/ 구름이 잘 흘러

– 「겨울 나뭇가지」 전문

「소리」는 소리에 대한 시적 발견이다. 우리는 여러 가지 소리를 듣고 산다. 새소리, 바람 소리를 듣는가 하면 자동차 소리, 휴대폰 소리를 듣는다. 우리가 소리를 들을 수 있는 것은 공기의 진동 때문이다. 공기의 진동을 통해 소리가 전달되는 것이다. 그런데 이 시의 화자는 "우주 가동 되는 소리가 사람에게 들린다면 사람이 어떻게 살 수 있겠니?" 하고 묻는다. 우주 가동 되는 소리라면 상상할 수 없을 만큼 어마어마하게 큰 소리일 것이다. 지구가 자전(自轉)하면서 내는 소리가 그러할 텐데, 우리 귀에 그 소리가 들리지 않는 것은 우주 공간에는 소리를 전달해 주는 공기가 없어서다. 이 시는 그런 과학적인 근거를 제시할 필요 없이 우리가 미처 깨닫지 못한 사실을 발견하여 우리를 사유의 세계로 이끌어 준다. 이를 통해 독자들은 자연의 섭리나 우주론적 질서, 신과 인간의 관계, 우주를 창조한 절대자의 사랑 등을 생각할 수도 있다.

"사람 움직이는 소리가 개미에게 들린다면 개미가 어떻게 살 수 있겠니?"라는 질문도 마찬가지다. 사람도 이 광활한 우주 속의 작은 행성인 지구에 사는 미물에 불과하지만, 개미는 사람보다 더 존재감이 없는 아주 약한 미물이다. 사람과는 비교가 되지 않을 만큼 작고 하찮은 존재이다. 개미도 소리를 내지만 하도 작아 우리 귀에 들리지 않는다. 그러니 개미에게는 사람이 어마어마하게 큰 존재로 비쳐질 테고, 사람 움직이는 소리는 우주가 가동 되는 소리만큼 크게 들릴 것이다. 그런데도 개미는 그 소리를 듣지 않고 살 수 있다니, 독자들은 자연의 섭리나 인간과 생물의 관계, 지구 생태계 자연 환경 등을 생각할 수도 있다.

「겨울 나뭇가지」는 추운 겨울밤을 견뎌 내는 겨울 나무에 대한 시적 발견이자 성찰이다. 사계절 가운데 봄이 부활의 계절이라면 겨울은 죽음의 계절이다. 나무는 그 고통과 시련의 계절을 앙상한 몸으로 버티며 죽은 듯이 서 있다. 그런데 이 시의 화자는 하늘을 받치고 선 앙상한 나뭇가지들이 바로 '하늘의 핏줄'이라고 단언한다. 그렇기에 추운 겨울밤에도 구름이 잘 흘러간다는 것이다. 겨울 나뭇가지를 자세히 들여다보면 우리 몸속의 핏줄처럼 보인다. 그리고 우리 몸속의 핏줄도 나뭇가지처럼 얽혀서 흐른다. 따라서 우리 몸속의 핏줄에 빗대어 겨울 나뭇가지를 '하늘의 핏줄'이라 부르고, 하늘의 핏줄 때문에 '하늘의 피'인 구름이 추운 겨울밤에도 잘 흘러간다는 발상은 고개를 끄덕이게 한다. 이 시는 시인이 시적 발견에 그치지 않고 이를 작품으로 형상화하는 능력이 뛰어나다는 것을 말해 준다.

3. 아이들의 말과 행동에서 건져 올린 동시

최명란은 동시집 『수박씨』 머리말에서 이렇게 밝힌 적이 있다.

저는 아이들을 만날 때가 가장 기쁘고 행복해요.
아이들을 만나면 아이들의 말을 귀담아듣게 되고 아이들이 하는 행동을 눈여겨보게 되지요. 서로 친하게 지내다 보면 재미있고 감동스런 동시를 만나기도 한답니다. 미처 생각하지 못한 재미난 발견이나 기발한 말 한 마디로 아이들은 어른들을 깜짝 놀라게 하지요. 이처럼 아이들의 말을 귀담아들으면 시가 들리고 아이들의 행동을 잘 지켜보면 시가 보여요. 아이들 자체가 바로 움직이는 동시니까요.

아이들과 늘 가까이 지내면 혼자 있을 때도 동시 쪽에 더듬이를 두게 돼요. 그러면 더 많은 시가 보이지요. 이 동시집의 시 대부분이 아이들과 지내는 동안 태어난 동시들이에요. 제 아이들을 키우면서 또는 친척이나 동네 아이들과 친하게 지내면서 그냥 지나치기 아까운 것들을 시로 표현한 것이지요.

– 「머리말–아이들을 만나는 행복」(『수박씨』) 일부

이 글을 통해 알 수 있는 것은 최명란의 시적 관심사가 아이들의 말과 행동에 있다는 것이다. 그는 "아이들의 말을 귀담아들으면 시가 들리고 아이들의 행동을 잘 지켜보면 시가 보"인다고 털어놓는다. "아이들 자체가 바로 움직이는 동시"라는 것이다. 그의 동시집을 펼쳐 보면 그의 이런 동시관을 바탕으로 한 동시들을 쉽게 찾아볼 수 있다.

내가 엄마 배 속에서/ 어디로 나왔는지 궁금했다/
오늘 엄마한테 물었다/ 배꼽으로 나왔단다/
나는 엄마가 잠들었을 때/ 엄마 배꼽을 가만 살펴보았다/
이 작은 구멍 속으로/ 어떻게 내가 나왔을까/
산타가 굴뚝 속으로 나온 것보다/ 더 우스웠다

– 「배꼽」 전문

아이들은 태어나 자라면서 질문이 많아진다. 자신의 생각과 느낌을 말로 표현하면서 보고 듣고 만지는 것에 대해 끊임없이 질문을 한다. 세상에 대한 호기심이 커져 '왜?'라는 의문을 입에 달고 산다. 「배꼽」에 나오는, "내가 엄마 배 속에서 어디로 나왔는지 궁금"해서 던지는 질문은 엄마라면 한번쯤 들어봤을 질문이다. 그럴 때 엄마는 어떻게 대답할지 몰라 안절부절못하다가 "배꼽으로 나왔다."고 대충 얼버무리게 된다.

이 동시에서 시의 화자는 엄마의 대답을 듣고 잠든 엄마의 배꼽을 살펴본다. 그러고는 자신이 이 작은 구멍 속으로 어떻게 나왔을까 어이없어 하다가, 산타가 굴뚝 속으로 나온 것보다 더 우스웠다고 짐짓 말한다.

최명란의 동시에는 이렇듯 사람과 세상에 대해 호기심을 가지고 새롭게 알아가는 아이들의 이야기가 자주 나온다. "엄마 아빠 결혼 사진에/ 내가 없다/ 삼촌 고모 이모 다 있는데/ 나만 없다"(「가족 사진」), "전깃줄에 앉아 있는/ 작은 새 한 마리/ 감전되지 않을까?"(「작은 새」), "지하철이/ 비를 맞을까요?/ 맞아요/ 왜요?/ 가끔 지상으로 올라오니까요"(「지하철」), "저리 세계 때리자면/ 자기들도 힘들 거야/ 몸살 날 거야"(「태풍」), "낮에는 달님이 별님이/ 잠을 자고/ 밤에는 해님이/ 잠을 자고/ 모두 같이 자면/ 온통 밤"(「온통 밤」) 등에서 보듯이 호기심이 왕성한 아이들이 세상과 자연에 대해 관심을 쏟고 스스로 알아가는 내용들이다.

사과/ 배/ 수박/ 모과//
과일은 대개 까만 이빨을 숨기고 있다//
이빨 안 닦아도 되겠다// 좋겠다

– 「충치」 전문

주사실로 질질 끌려간다/ 꼼짝 마!/
엎드려!/ 손 머리로!/ 주사기한테 나는 포로다/
이제 난 죽었다

– 「감기」 전문

최명란의 동시는 동시와 아동시의 경계를 아슬아슬하게 오간다. 아이들의 말과 행동을 관찰하여 시인 자신이 아이로 돌아가 쓴 시이기 때문이다.

그래서 어떤 동시는 아이가 쓴 작품처럼 보이고, 별다른 기교 없이 산문적인 진술로 아이들의 말과 행동을 그대로 옮겨 놓은 듯한 작품도 있다.

「충치」는 과일 씨를 이빨에 비유했는데, 교과서에 실려 많은 아이들에게 읽힌 「수박씨」를 연상시키는 작품이다. 과일을 보며 까만 이빨을 숨기고 있어 이빨 안 닦아도 되겠다는 아이다운 생각과 동심이 돋보인다. 「감기」는 주사 맞는 순간의 두려움을 다루고 있다. 주사 맞는 것은 아이들이 가장 싫어하고 무서워하는 일이다. 이 시는 아이가 주사 맞으러 가는 것을 전쟁놀이하는 듯한 상황으로 그리고 있다. "꼼짝 마!", "엎드려!", "손 머리로!" 등으로 주사기한테 포로로 잡히는 긴박한 순간을 실감나게 표현했다. 최명란의 동시는 천진난만한 아이들의 말과 행동을 그대로 보여주어 독자들에게 웃음을 자아낸다. "엄마를/ 냉장고에 넣고 싶어요/ 더 이상 늙지 않게"(「엄마 주름살」), "혼자서는/ 넘어져도 안 울어요/ 누군가/ 보고 있으면 울어요"(「나」), "교실 청소를 어떻게 하면/ 깨끗이 할 수 있느냐/ 선생님을 무서워하면 됩니다/ 방 정리를 어떻게 하면/ 깨끗이 할 수 있느냐/ 엄마를 무서워하면 됩니다"(「정답」), "엄마가 동생을/ 낳아 주지 않으면/ 로봇에게 부탁해야지"(「동생을 더 갖고 싶어」), "엄마!/ 잠 좀 쫓아내지 마세요/ 불쌍하잖아요"(「잠」)에서 보는 것처럼, 최명란의 동시는 아이들의 말과 행동에서 건져 올린 작품으로 아이들의 마음과 생각이 생생하게 들어 있음을 알 수 있다.

4. 가족 사랑을 노래하다

최명란의 동시에서 자주 나타나는 시어는 엄마, 아빠, 동생, 누나, 할머니 등이다. 이들은 가족의 구성원으로, 혼인과 혈연으로 맺어져 함께 사는 사람들이다. 최명란의 동시에는 같은 생활 공간에서 가족간의 교감을 나누는 작품들을 많이 찾아볼 수 있다.

우리 아빠와 두 살 동생이/ 거실 맨바닥에서 잠이 들었다/

아빠 배 위에 동생이 엎드리고/ 아빠는 왼팔로 동생을 안았다/

잠이 들어도 팔을 풀지 않는다/ 아빠가 숨을 들이쉬면/

동생이 위로 살짝 들리고/ 숨을 내쉬면 살짝 내려온다/

아빠 숨은 참 힘도 세다/ 한 번의 숨으로/

동생을 들었다 놨다 한다/ 동생이 아빠 심장 같다

－「아빠와 동생」 전문

하굣길에 소나기를 만났다/ 힘껏 뛰었다/

게임방 입구에서 잠시 피했다가/ 다시 뛰었다/

피자집 담벼락에 붓꽃 한 송이/ 우산도 안 쓰고 비를 맞고 있었다/

빗줄기가 세차게 때리는데도/ 눈을 감고 꿋꿋이 이겨 내고 있었다/

나도 뛰던 걸음을 멈추고/ 붓꽃이 되어 서 있어 보았다/

멀리 골목 어귀에서/ 엄마가 우산을 들고/

붓꽃처럼 웃고 서 있었다

－「붓꽃」 전문

동생이 공중화장실에서/ 엄마한테 꾸중을 듣고 있어요/

동생은 가만히 고개를 숙이고 있어요/ 편들어 주고 싶은데/

우리 엄마라도 무지 무서워요/ 돌아서서 손을 씻는데/

물이 엄청 큰 소리로 울어요/ 동생 대신 물이 울어요

－「물이 울어요」 전문

위의 작품들은 아이가 일상생활에서 가족과 겪은 일을 다루고 있다. 「아빠와 동생」은 아이인 화자가 잠든 아빠와 동생을 관찰한 일을, 「붓꽃」은 하굣길에 소나기를 만났다가 우산을 들고 나온 엄마를 만난 일을, 「물이 울어요」는 동생이 공중화장실에서 엄마한테 꾸중을 들은 일을 세밀하게 관찰하여 형상화하고 있다. 이 작품들에 중심을 이루고 있는 것은 가족 간의 사랑이다.

「아빠와 동생」에 나오는 '우리 아빠와 두 살 동생'은 거실 맨바닥에서 잠이 들었는데, 아빠 배 위에 동생이 엎드리고 아빠는 왼팔로 동생을 안아 거의 한몸처럼 보인다. 아빠의 들숨날숨으로 동생을 들었다 놨다 한다. 그리하여 화자는 동생이 아빠 심장 같다는 생각을 한다. 아빠와 동생은 그처럼 뗄래야 뗄 수 없는 한몸 같은 혈연관계다. 그러므로 가족은 서로 아끼고 사랑하며 교감을 나누는 사이라는 것을 이 작품이 말해 주고 있다.

「붓꽃」은 최명란의 등단작으로, 갑작스레 소나기를 만난 일로 시가 시작된다. 화자는 우산도 없이 힘껏 뛰다 게임방 입구에서 잠시 비를 피해 보지만, 좀처럼 비가 그치지 않자 다시 뛴다. 그러다가 우산도 안 쓰고 비를 맞고 있는 붓꽃 한 송이를 발견한다. 붓꽃은 빗줄기가 세차게 때리는데도 눈을 감고 꿋꿋이 이겨내고 있다. 그때 나도 뛰던 걸음을 멈추고 붓꽃이 되어 서 있어 본다. 이 시에 등장하는 소나기는 무엇을 의미할까? 그것은 우리가 인생을 살면서 겪게 되는 예기치 않은 고난과 역경이다. 그때 현실의 고난과 역경을 막아 줄 수 있는 것은 우산을 들고 붓꽃처럼 웃고 서 있는 엄마, 아마도 든든한 울타리가 되어 줄 가족일 것이다. 이 시는 그런 가족의 의미를 생각하게 하고 가족 간의 사랑을 일깨워 준다.

「물이 울어요」는 형제애를 드러내고 있어 주목된다. 우리 동시들 중에는 가족 간의 사랑을 그린 작품들이 많지만 대부분 부모와 자식 간의 사랑을 다룬 것들이다. 그에 비해 이 동시는 형제 간의 정을 그리고 있어 눈길을 끈다. 동생이 잘못하여 엄마한테 꾸중을 듣고 있는 상황에서 동생 편을 들어 주지 못하는 형의 심정을 잘 나타냈다. 형은 동생 편을 들어 주고 싶지만 선뜻 나서지 못하고 있다. 엄마가 무지 무섭기 때문이다. 그때 형은 돌아서서 손을 씻는데 물이 엄청 큰소리로 운다. 그 순간, '동생 대신 물이 운다'고 느낀다. 꾸중을 들을 때 엄마가 무서워 감히 울지도 못하는 동생. 그 동생을 대신하여 큰소리로 우는 수돗물. 어쩌면 동생 편에 서지 못해 괴로워 울고 싶은 형의 심정을 그렇게 표현했는지도 모른다. 이 동시는 동생을 생각하는 형의 마음을 오롯이 담아 내어 잔잔한 감동을 준다.

5. 재치와 유머가 담긴 동시

최명란의 동시에는 재치와 유머가 담겨 있다. 그래서 웃음을 유발하고 읽는 재미를 준다. 우리 동시들 중에는 웃음이 절로 나오는 유머 감각이 넘치는 작품이 드문 편인데, 그런 작품을 가볍게 여기는 풍조에다가 엄숙주의, 교훈성 추구 때문일 것이다.

> 내가 동생 낳아 주지 말라고/ 그렇게 계속 말했잖아요/
> 저 말썽꾸러기 동생 대신/ 차라리 내가/
> 한 번 더 태어날 걸 그랬어요
>
> — 「엄마」 전문

> 입 속에는 거짓이 없어요/ 속을 다 보여주기 때문이죠/
> 내가 다니는 치과 민아 선생님은/ 뾰족한 부리의 악어새처럼/
> 이빨 사이사이를 깨끗이 청소해 주시죠/ 오늘 뽑은 이빨은/
> 집에 가서 베개 밑에 살짝 넣어 두래요/ 밤이 되면 요정이 찾아와서는/
> 나도 몰래 살며시 가져간대요/ 그럼 할머니 이빨도/
> 요정이 다 가져간 건가요?
>
> — 「이빨 요정」 전문

위의 작품들은 아이인 화자가 자신이 겪은 일을 진술하는 형식을 띠고 있다. 「엄마」의 경우에는 화자가 엄마에게 항변을 하고 있는데 그 내용이 깜찍하고 맹랑하기까지 하다. "내가 동생 낳아 주지 말라고 그렇게 계속 말했는데, 왜 동생을 낳아 골치 아프게 만들었느냐"는 것이다. 화자의 동생은 아무도 못 말리는 말썽꾸러기다, 동생에게 질린 '나'는 "저 말썽꾸러기 동생 대신 차라리 내가 한 번 더 태어날 걸 그랬다"는 말을 하기에 이른다. 이 대목에서 독자들은 팡팡 웃음을 터뜨리게 된다. 내가 한 번 더 태어나서 동생 노릇까지 하겠다니 그게 어디 가당찮은 일인가? 악의 없는 웃음을 자아내게 하는 것은 이 시만이 가진 재치와 유머, 능청스러움 때문이다.

「이빨 요정」은 뽑은 이빨을 어떻게 처리하는가 하는 문제를 다루고 있다. 그런데 이 시에서는 우리가 알고 있는 전통적인 방식, 즉 뽑은 이빨을 지붕 위로 던지며 "까치야 까치야, 헌 이 줄게, 새 이 다오."라는 동요를 부르는 것이 아니다. 이 방식은 이빨을 지붕 위에 던져 놓으면 까치가 물고 가서 고운 새 이빨을 가져다 줄 것이라는 주술적인 의미가 있다.

하지만 이 시에서 다룬 방식은 뽑은 이빨을 집에 가서 베개 밑에 살짝 넣어 두라는 것이다. 그러면 밤에 요정이 찾아와서 그 이빨을 살며시 가져간다는 것이다. 이런 방식은 유럽에서 오랜 옛날부터 행해지던 풍습이다. 이빨 요정이 있어 베개 밑에 넣어 둔 이빨을 가져가는데, 악한 정령으로부터 아이들을 보호하기 위해서다. 악한 정령에게 이빨이 넘어가면 주문을 걸어 아이들을 해칠 수 있다는 것이다. 이 작품은 이같은 서양적인 풍습에 근거하여 쓰여졌지만, 독자들을 박장대소하게 하는 것은 마지막 대목에 와서다. 이빨 요정이 있다면 할머니 이빨도 요정이 다 가져간 거냐는 것이다. 뻔한 이야기로 끝날 뻔한 걸, 상황의 반전으로 포복절도하며 웃게 만든다. 시치미 뚝 떼고 이야기를 능청스럽게 풀어 놓는 시인의 재치와 유머 감각에 감탄을 하지 않을 수 없다.

최명란의 동시에는 전반적으로 특유의 유머와 익살, 해학이 들어 있다.

콩나물 시루가 아무리 빽빽하게 비좁아도 배짱 좋은 놈은 누워 있다거나 (「줄서기」), "김치 조금 된장 조금 시금치 조금/ 나더러 싫어하는 것들만 골고루 먹으래 놓고/ 동생에게는 한 가지만 먹여요/ 고소하고 부드러운 우유만 먹여요"라고 형이 편식에 대한 불만을 토로하거나(「편식」), "소나기 모두 차렷!" 모두 차렷시키고 하늘에서 누구 높은 분이 오시냐(「차렷」)는 등의 이야기는 웃음을 터뜨리게 할 뿐만 아니라 그 시에 담긴 의미를 곱씹게 한다.

6. 은유의 수사학

최명란의 동시에서 마지막으로 살펴볼 것은 표현 기법으로, 수사법상 비유법의 하나인 은유가 그의 작품에 자주 나타난다는 점이다. 비유법은 사전적으로 정의하면 다른 것에 빗대어 표현하는 수사법이다. 수사법 가운데 가장 널리 알려진 것으로, 표현하는 대상(원관념)을 그것과 비슷한 다른 대상(보조관념)에 빗대어 표현하는 방법이다. 비유법에는 직유·은유·제유·환유·의인·활유·풍유·의성·의태 등이 있는데, 은유는 'A는 B이다'나 'B인 A'처럼 A를 B로 대치하는 비유법이다. 즉, 은유는 원관념과 보조관념을 동일시하여 대상을 설명하거나 묘사하는 것이다.

그릇들은/ 조금만 건드려도/ 엄살이 심하다/ 내가 내리친 것도 아니고/
손가락에 살짝 건드렸을 뿐인데/ 딸그락/ 우르르르/
큰 소리를 내며/ 주저앉는다/ 내 동생은 그릇이다

– 「엄마 앞에서」 전문

설날이다/ 친척들이 많이 왔다/
빽빽하게 누워 잔다/ 촘촘 비좁다/ 크레파스다

– 「크레파스」 전문

「엄마 앞에서」와 「크레파스」는 최명란 동시의 특징 중에 하나인 가족 사랑을 노래한 작품이다. 「엄마 앞에서」는 동생을, 「크레파스」에서는 명절에 모인 친척들을 그리고 있다. 그런데 「엄마 앞에서」는 마지막 행에 "내 동생은 그릇이다"라고 하여 내 동생을 그릇에 비유하고 있다. 그리고 「크레파스」는 "설날이다/ 친척들이 많이 왔다/ 빽빽하게 누워 잔다/ 촘촘 비좁다/ 크레파스다"라고 하여 친척들을 크레파스에 비유하고 있다. 여기서 사용된 비유법은 은유로, 대상을 은유화했다. 원관념인 동생과 친척들은 보조관념인 그릇과 크레파스로 표현되고 있다. 은유의 기본 원리는 동일성에 있는데, 원관념과 보조관념을 하나로 묶어 줄 만한 유사성을 찾아내어 결합시켜야 한다. 사실 동생과 그릇, 친척들과 크레파스는 전혀 상관이 없다. 이렇듯 원관념과 보조관념의 사이가 멀고 생소해야 은유는 큰 힘을 발휘하게 된다. 「엄마 앞에서」에서 동생과 그릇은 전혀 다른 것이지만 조금만 건드려도 큰 소리를 내고 엄살이 심하다는 공통점이 있다. 그리고 「크레파스」에서 친척들과 크레파스도 전혀 관련이 없지만 촘촘 비좁은 곳에 빽빽하게 누워 있다는 점에서 서로 닮아 있다. 은유는 이렇게 대상에서 비롯되는 유사성에 바탕을 두고 동일성의 원리가 작동되어야 그 효과를 발휘한다.

최명란은 은유의 수사법에 의존하여 동시를 즐겨 쓴다. 그의 동시들 중에는 대상을 은유적으로 형상화시킨 작품이 많다. 안방에서 잠자는 코골이 '우리 아빠'를 호랑이에 비유한 「호랑이가 나타났다」, 엄마를 도깨비에 비유한 「우리 집 도깨비」, '나'를 엄마 품 안의 초승달에 비유한 「나는 초승달」, '나'와 엄마를 붓꽃에 비유한 「붓꽃」, 달을 하느님의 전등에 비유한 「달」, 동생을 '자전거 탄 강아지'에 비유한 「세발자전거」, 가위를 상어 입에 비유한 「가위」, 보름달을 단무지에 비유한 「보름달」, 빗방울을 벌레에 비유한 「빗방울」, 자동차를 '그 형'에 비유한 「자동차」, 콩을 '너'에 비유한 「콩」, 보름달을 '하늘의 배꼽' 또는 '숨구멍'에 비유한 「보름달」, 겨울 나뭇가지를 '하늘의 핏줄'에 비유한 「겨울 나뭇가지」, 세 살 동생을 거인에 비유한 「돌보기」, 아빠 눈썹을 송충이 눈썹에 비유한 「눈썹」, 할머니를 콩에 비유한 「할머니」, 물음표를 할머니에 비유한 「?」, 할머니 손을 고사리 손에 비유한 「고사리」, 가족을 부호에 비유한 「.!.?」, 가족을 샌드위치에 비유한 「샌드위치」, 동생을 아빠 심장에 비유한 「아빠와 동생」, 형을 호랑이, '우리'를 토끼에 비유한 「형」, 청둥오리를 물 위에 뜬 돌에 비유한 「청둥오리」, 개구리를 동생에 비유한 「개구리」, 매미를 아이에 비유한 「매미」, 비를 '하늘의 머리칼'에 비유한 「비」 등이 은유가 나타난 작품들이다.

7. 나가며

이상으로 최명란의 동시 세계를 살펴보았다. 최명란의 동시는 대부분 짧다. 10행 이상의 시는 동시집에서 서너 편에 불과하고, 5행 미만의 시가 상당히 많다. 짧은 시 쓰기는 한 점 군더더기 없이 절제된 언어로 미적 완성도를 높이는 작업이라 할 수 있다. 짧은 시의 강점이라면 사물의 본질이나 현상을 단번에 꿰뚫는 직관력이다. 최명란은 그런 시적 직관으로 동시를 쓴다. 아울러 사물이나 현상을 끊임없이 관찰하고, 이를 통해서 의미 있는 사실을 발견하여 작품으로 보여 준다.

또한 그의 동시에는 사람과 세상에 대해 호기심을 가지고 새롭게 알아가는 아이들의 이야기가 자주 나온다. 이 작품들에는 아이들의 마음과 생각이 생생하게 들어 있음을 알 수 있다.

최명란의 동시에서 자주 나타나는 시어는 엄마, 아빠, 동생, 형, 누나, 할머니 등이다. 이들은 가족의 구성원으로, 혼인과 혈연으로 맺어져 함께 사는 사람들이다. 최명란의 동시에는 같은 생활 공간에서 가족 간의 교감을 나누는 작품들을 많이 찾아볼 수 있다. 그리고 그의 동시에는 재치와 유머가 담겨 있다. 그래서 웃음을 유발하고 읽는 재미를 준다. 최명란 동시의 또 다른 특징은 수사법상 비유법의 하나인 은유가 자주 나타난다는 점이다. 그의 동시들 중에는 대상을 은유적으로 형상화시킨 작품이 많다.

최명란은 『수박씨』, 『해바라기야!』, 『우리는 분명 연결된 거다』 등의 동시집에서 일관된 작품 세계를 보여주고 있다. 하지만 이제는 시적 변화를 꾀할 때가 되지 않았나 하는 생각이 든다. 그는 등단 20년을 바라보는 중견 동시인으로서 다양한 경향의 작품으로 동시의 지평을 더욱 넓혀 가야 할 필요가 있다. 시인 자신이 동시집 『해바라기야!』 머리말에서 다짐했듯이 "시라는 작은 구멍을 통해 큰 세계를 열어 보이는 일"을 하며 동시의 길을 뚜벅뚜벅 걸어가기 바란다.

소망과 가치의 빛나는 이름표, 동심

– 한상순 작품론

함윤미

1. 시인이라는 예쁜 이름표 하나

> 해마다/ 꼭 그 자리에// 약속처럼/ 꽃 하나 피어//
>
> 실바람에도/ 온몸 뒤척이어요.//
>
> '나도 남들처럼/ 탐스런 이름 하나 갖고 싶다.'//
>
> 하느님, 나에게도/ 눈 감으면 딱 떠오르는//
>
> 예쁜 이름표 하나/ 달아 주세요.
>
> – 「예쁜 이름표 하나–풀꽃 · 7」 전문

한상순 시인은 1999년 《자유문학》으로 동시 신인상을 받으며 문단에 데뷔하였다. 첫 시집의 표제작 「예쁜 이름표 하나」에서 그가 간절히 소망했던 것처럼 '눈 감으면 딱 떠오르는' '예쁜 이름표', 즉 '시인'이라는 이름표를 달게 된 것이다. 다음은 신현득 시인이 한상순 시인의 첫 시집 발간에 부친 내용의 일부이다.

시인이라는 이름표는 예쁘고 좋아 보인다. 그러나 시인으로 지내 보면 그렇지만은 않다. 시를 찾아다녀야 하고, 생활 속에서도 시를 찾아 생각을 해야 한다. 사물 하나라도 눈여겨보고, 요모조모 살펴서 재미와 감동을 찾아야 한다. 어떻게 보면 그것이 고통일 수 있다. (… 중략 …) 이름표 하나 달기는 오히려 쉬우나 이름을 지키기에는 힘이 든다. 그 이름을 꽃피우기까지는 더욱 힘이 든다. 노력이 있기를……

　시인이라는 이름표 하나 달기는 쉬울 수 있으나 그 이름을 지키는 일은 예쁘기만 할 수 없고 오히려 심연의 고통이 따를 수 있음을 조언하고 격려하였다. 이 조언과 격려에 힘입은 듯 데뷔한 그 해에 첫 시집 출간을 시작으로 현재까지 총 일곱 권[1]의 동시집을 펴냈으며, 꾸준한 작품활동으로 시인이라는 이름표를 지켜오고 있다.

　한 인간이 나고 자라는 과정에서 수많은 경험과 시행착오를 겪고 변화와 성찰을 통해 발전하듯이, 한 작가의 작품 세계 역시 특징적인 변화와 발전의 면모를 갖추기 마련이다. 한상순의 작품 세계 역시 그렇다. 출간 시기별로 가장 두드러진 특징은 시적 화자의 변화에 있다. 시를 이끌어 가는 화자의 위치와 목소리에 따라 소재가 확장되고 주제에 있어서도 깊이가 달라진다. 물론 출간 시기와 상관없이 한상순 시의 특징적인 매력이라 하면 동시의 중요 요건 중 하나인 리듬을 잘 갖추고 있다는 점이다. 이에 본고는 한상순 시인이 그동안 내놓은 시의 변모 양상을 통해 그가 추구하는 동심의 세계를 살피고자 한다.

2. 시적 화자의 숨바꼭질

　한상순 시인의 첫 시집 『예쁜 이름표 하나』에 실린 80여 편의 시에는 어린 시절의 추억이 주를 이루는 동심이 담겨 있다.

---

1) 『예쁜 이름표 하나』(아동문예, 1999), 『갖고 싶은 비밀 번호』(아동문예, 2004), 『뻥튀기는 속상해』(푸른책들, 2009), 『병원에 온 비둘기』(푸른사상, 2014), 『딱따구리 학교』(크레용하우스, 2016), 『세상에서 제일 큰 키』(걸음, 2020. 5), 『병원에선 간호사가 엄마래』(푸른책들, 2020. 9)

시인이 직접 〈책 끝에〉 '어린 시절 경험했던 생활이나 엄마 품 같은 자연을 노래'하였다고 밝힌 것처럼, 대부분의 시들에서 그의 어린 시절과 자연을 품은 고향의 향수가 짙게 느껴진다. 그래서인지 첫 시집에서는 어린 시적 화자의 모습보다는 동심을 전하고자 하는 시인의 곱고 예쁜 심성이 더 두드러져 보인다.

> 꿈 따먹기를 했다/ 유리구슬에/ 하늘을 담고/ 햇살 하나 얹어서.//
> 햇살 한 줌/ 쥐었다/ 풀어놓을 때마다/ 꿈 하나/ 동글동글 굴렀다.//
> 그때마다/ 바지 호주머니에/ 옹기종기 모여 앉은/
> 작은 꿈들이/ 찰랑찰랑/ 맑은 소리를 냈다.//
> 꿈 따먹기를 했다/ 유리구슬에/ 바다를 담고/ 바람 하나 얹어서.

아이들이 하는 구슬치기 놀이를 꿈 따먹기에 비유한 시다. 그 꿈은 하늘과 햇살과 바다와 바람을 품어 알록달록 영롱하다. 손으로 움켜쥐었다가 펼 때마다 동글동글 꿈들이 구른다. 영롱한 유리구슬 같은 아이들의 꿈에 대하여 노래하는 시인의 곱고 어여쁜 심성이 느껴진다. 어른이 되어 어린 시절을 떠올리다 보면 즐거웠던 일뿐만 아니라 힘들었던 일조차도 아름다운 추억의 한 페이지로 장식되곤 한다. 시인은 그 마음으로 추억 속의 영롱한 유리구슬의 이미지를 어린이들이 품는 꿈에 대입시킨 듯하다. 그런데 알다시피 어린이 세계에서 구슬치기는 세상을 얻느냐 잃느냐 하는 치열한 싸움에 가깝다. 한 개라도 더 따고 싶어 목소리를 높이고 안달하는 눈치작전의 판이다. 동심의 욕망이 들끓는 곳이 바로 구슬치기 현장인 것이다. 그런 점에서 「구슬치기」 속 어린 화자는 시인이 간직하고 싶은 곱고 예쁜 추억 속의 한 장면으로 보인다.

첫 시집의 모든 시가 그렇다는 뜻은 아니지만, 대체로 시인의 어린시절 기억과 자연 경관, 그리고 추억이 탁본되어 나타나는 경향이 눈에 띈다. 그러다 보니 시적 화자의 역할은 동시라는 숨바꼭질에서 웅크리고 숨어 있는 모습으로 비칠 때가 많다. 그러던 것이 두 번째 시집 『갖고 싶은 비밀 번호』에 오면 시인의 관조적 입장은 거의 사라지고 시적 화자의 목소리가 들려온다. 동시라는 숨바꼭질에서 어린 화자가 스스로 동심의 숲을 누비기 시작한 것이다.

> 엄마와/ 약속한 거래.//
>
> 네 자리 숫자/ 꼭꼭/ 누르면//
>
> 차르르/ 현금지급기가/ 돈 떨궈 주기로.//
>
> 우리 식구랑/ 약속한 거래.//
>
> 네 자리 숫자/ 콕콕/ 누르면/
>
> 삐리릭/ 현관문이 알아서/ 열어 주기로.//
>
> 그런 거/ 나도 하나 있으면/ 얼마나 좋아.//
>
> 수학책 펴 놓고/ 0319/ 비밀번호/
>
> 쿡/ 누르면/ 답이 줄줄줄 나올 수 있게.

– 「갖고 싶은 비밀 번호」 전문

아이는 비밀번호가 곧 약속이라는 사실을 생활 속에서 체득했다. 그것을 이용해 당장 발등에 떨어진 어려운 일을 해결하고자 발칙한 동심의 욕망을 드러낸다. 숙제를 하려고 수학책을 펼쳐 놓기는 했지만 문제가 너무 어려워 풀리질 않는다. 골치가 아픈 아이는 숙제를 뚝딱 해치울 방법에 골몰한다. 그러다가 번뜩 엄마의 카드 비밀번호와 현관문 비밀번호를 힌트로 자신만의 비밀번호를 만들어 낸다. 이것만 있으면 엄마가 현금지급기에서 돈을 찾듯이, 현관문이 열리듯이, 어려운 수학 문제의 정답 또한 줄줄줄 나오리라. 비밀번호를 상상함으로써 문제의 해결책을 스스로 마련한 셈이다. 더 이상 시인은 추억 속 어린 시절을 탁본하여 감상에 젖지 않는다. 그리고 시에 등장하는 아이 역시 예쁘고 착하지만도 않다. 그런 면에서 「갖고 싶은 비밀번호」는 어린이들의 현재진행형 욕망을 잘 포착한 동시라 할 수 있다.

한상순 시인이 첫 번째 시집을 거쳐 두 번째 시집에서 찾은 시적화자의 어린이다운 눈높이와 목소리는 세 번째 시집 『뻥튀기는 속상해』에서 펑 하고 터진다. 흔한 소재의 봄노래 동시 두 편을 놓고 시적 화자의 위치와 역할에 따라 시에 어떤 특징적 변화가 일어나는지 보자.

가만히 귀 대어봐.//

똑똑/ 봄비가/ 땅문을 노크하지?//

가만히 눈 맞춰봐.//

쏙쏙/ 새싹이/ 쪽문을 열고 얼굴 내밀지?

– 「봄」 전문

첫 시집 『예쁜 이름표 하나』에 실린 작품이다. '봄비'와 '새싹'을 등장시켜 봄이 오는 모습을 '똑똑'이라는 청각적 이미지와 '쏙쏙'이라는 시각적 이미지로 보여주고 있다. 그런데 이 시에서 시적 화자를 찾으려고 하면 그 모습이 선명하지가 않다. 목소리 또한 어른인지 아이인지 구분하기가 어렵다. '귀 대어 보'고 '눈 맞춰' 보라고 했지만, 정작 시적 화자는 봄에게 바짝 다가가지 못한 채 멀리서 풍경을 읊고 있는 것처럼 보인다.

이번에는 세 번째 시집 『뻥튀기는 속상해』에 실린 봄노래를 보자.

봄은/ 참 키도 크다//

아파트 15층/ 우리 집 베란다//

거기까지/ 찬찬히 들여다보고//

군자란 꽃대/ 쑤욱 쑥 올리는 것 좀 봐

– 「키 큰 봄」 전문

아파트 15층에 살고 있는 시적 화자가 우리 집 베란다에 찾아온 봄을 자세히 관찰한 시다. 이 시를 이끌어 가는 주인공은 키가 작은 아이처럼 보인다. 첫 대목에서 '봄은/ 참 키도 크다'라며 부러움의 감탄을 자아내는 목소리 때문이다. 자신은 키가 작아 높은 아파트를 올려다보는 것도 힘겨운데, 봄은 어찌나 키가 큰지 거인이 된 걸리버처럼 15층까지 고개가 닿아 베란다를 들여다볼 수 있다. 군자란을 발견한 봄은 열심히 쑤욱 쑥 꽃대를 뽑아 올린다. 봄의 모습이 새로우면서 눈에 선하다. '키 큰 봄'이 부럽고, 군자란 꽃대처럼 '쑤욱 쑥' 키가 크고 싶은 어린 화자의 마음이 고스란히 전해진다. 표현에 있어서나 주제 형상화에 있어 참신한 동심이라 할 수 있다.

동심의 숲에서 활기를 찾은 시적 화자의 숨바꼭질은 여기서 멈추지 않는다. 초등학교 국어 교과서에 실린 바 있는 두 편의 시를 보자.

> 잠 좀 자라/ 공부 좀 해라/ 네 방 청소 좀 해라/
> 제발,/ 뛰지 좀 마라/ 게임 좀 그만해라/
> 텔레비전 좀 그만 봐라/ 군것질 좀 그만해라//
> 엄마 잔소리 속에/ 꼭 끼어드는/ 좀좀좀좀.
>
> –「좀좀좀좀」 전문

엄마의 잔소리 속에 콕콕 박혀 있는 '좀'이 꼭 '좀벌레'처럼 아이의 마음을 갉아먹고 있는 게 보인다. 저 좀들이 쌓이고 쌓이면 과연 어떤 일이 벌어지게 될까? 구멍이 숭숭 뚫린 채 형체를 알아볼 수 없게 너덜너덜해진 동심과 마주칠지도 모른다. 그런데 그런 일은 결코 일어나지 않는다. 좀좀좀좀 하며 점점 커지는 글자의 크기와 언어유희로 "잔소리는 이제 그만!"이라고 외치는 시적 화자의 단단한 마음 덕분이다. 이 시에서 어린 화자는 스스로 상처를 치유할 줄도 회복할 줄도 아는 기특함을 지녔다.

시장에 간 우리 고모/ 물건 사고 아주머니가 돌려주는/

거스름돈,/ 꼭 세어 보아요//

은행에 간 고모/ 현금지급기가 '달깍' 내미는 돈/

세어 보지도 않고/ 지갑에 얼른 넣는 거 있죠?//

고모도 참

- 「기계를 더 믿어요」 전문

　사람보다 기계를 더 믿고 의존하는 사회의 부조리를 어린 화자의 시선과 목소리로 들려주고 있다. 이처럼 세 번째 시집부터는 시적 화자의 위치와 역할, 그리고 목소리에 더 이상 물음표가 붙지 않는다. 어린이다운 활기와 생동감으로 투덜거릴 줄도 알고 호기를 부릴 줄도 알며, 어른 혹은 세상의 부조리에 일침을 가하기도 한다. 그러면서 조금씩 마음의 키를 키워 남의 처지를 이해하고 주변을 살피는 방법까지 터득해 나간다.

난/ 입이 있어도/ 누굴 흉보지 않아/ 누가 뭐래도/

아무 때나 입을 열지 않지/ 꼭 다문 입/

빨랫줄에/ 빨래가 널리면/ 그때/

내 입은 번쩍 열리게 돼/ 그리고 덥석 문 빨래/

함부로 뱉지 않지

- 「빨래집게」 전문

　빨래집게라는 소재로 시적 화자의 고백을 통해 자기 성찰을 이룬 시다. 빨래집게의 모양과 쓰임새를 이용해 말에 대한 중요성을 재미있게 표현했다. 어떤 소재든 시가 될 수 있고, 주제 형싱화에 있어 제약이 없음을 보여주고 있다. 빨래집게는 입이 있어도 누굴 흉보지 않는단다. 누가 뭐래도 아무 때나 입을 열지 않고 꼭 다물고 있단다. 그 다문 입이 번쩍 열릴 때가 있는데, 바로 빨랫줄에 빨래가 널릴 때란다. 무엇보다 빨래를 문 뒤에는 함부로 뱉지 않는단다. 이 시에서는 아이의 처지가 두 가지로 읽힌다. 자신이 누군가를 흉봐서 문제가 생긴 적이 있거나, 누군가가 자신을 흉봐서 마음의 상처를 입은 경우다.

첫 번째 처지라면, 이 시는 통째로 반어법이다. 자신이 저질러 놓고 너무 후회가 되어 완전히 반대로 억지를 피우는 모습이니까. 억지를 부리기는 하지만 이미 뱉은 말이기에 주워 담을 수도 없고 감당이 되질 않아 쩔쩔 매는 아이의 모습이 드러나 있다. 이 반어법적 고백이야말로 시인이 파악한 동심의 탁월한 표현법이 아닐까 한다. 시의 분위기로 보아 정반대로 억지를 부리고 난 아이는 자신이 흉봐서 상처 받은 친구를 찾아가 사과를 할 것 같은 여운을 남긴다.

다음으로 두 번째 처지라면, 아직 분이 풀리지 않아 어깨숨을 씩씩거리고 있는 상황이다. 허리에 손을 얹고 자신을 흉본 친구에게 '난 절대로 남의 흉은 보지 않는다'며 따지고 억울해 하는 모습이 보인다. 역시나 시의 분위기로 보아 주인공을 흉본 친구는 곧 다가와 손을 내밀어 사과하고 화해를 청할 것 같다.

어린이들 사이에서 누군가 함부로 뱉은 말로 인해 일어날 수 있는 상황을 빨래집게의 고백을 통해 서로의 처지를 헤아려 보는 동심의 성찰이다. 같은 맥락에서 이번에는 네 번째 시집 『세상에서 제일 큰 키』에 실린 시를 보기로 하자.

하루에 만 걸음//

만보기가 내준 숙제/ 언제 다 하려고//

텔레비전 보다,/ 소파에 누워 있다,/ 텔레비전 보다,//

뒤 늦게 타박타박/ 숙제하러 나가셔요.//

아파트 한 바퀴 돌고/ 만보기 보고/

두 바퀴 돌고/ 만보기 보고…….//

할머니도 우리처럼/ 숙제는 싫은가 봐요.

- 「숙제는 싫어」 전문

건강을 지키기 위해 하루에 만보를 걸어야 하는 할머니의 모습에, 숙제를 해야 하는 자신의 모습을 비춰 본 아이의 고백이다.

할머니에게 만보 걷기는 하루의 숙제다. 그런데 가만 보니 숙제를 해야 하는 할머니가 이래저래 걷기를 미룬 채 딴청을 피우고 있다. 텔레비전을 보다가 소파에 누워 있다가 다시 텔레비전 보기를 반복한다. 그 모습이 마치 숙제를 뒤로 하고 딴청을 피우는 자신의 모습과 빼닮았다. 할머니를 묘사하고 있지만 그 과정은 모두 자신의 처지이다.

그렇게 할머니는 미루고 미루던 만보 걷기 숙제를 하기 위해 느린 걸음으로 나간다. 하지만 숙제는 녹록치 않다. 열심히 걸은 것 같은데 만보가 되려면 아직 멀었다. 할머니는 아파트 한 바퀴 돌고 만보기 보고 두 바퀴 돌고 만보기 보고를 거듭한다. 그 모습에 아이는 '할머니도 우리처럼/ 숙제는 싫은가 봐요'라는 말로 할머니라는 거울에 자신을 비춰서 숙제하기 싫은 솔직한 심정을 토로한다.

이처럼 시적 화자의 변모에 따라 시의 소재와 주제, 그리고 표현법에 있어 달라진 양상을 여러 모로 살폈다. 이에 더하여 네 번째 시집 『병원에 온 비둘기』에 이르면 '이름' 또는 '이름표'에 좀 더 천착하는 시인의 모습을 볼 수 있다. 첫 시집에서 소망했던 '시인이라는 이름표'를 달고 동심을 노래하며 달려온 길 위에서 잠시 멈춘 그는, 이름들과 이름표들의 존재 이유를 되묻고 있다.

두 다리가 없어도/ 반듯 서 있지/ 우리 집 복실이보다/

하얀 겨울을 좋아하지/ 아무리 추워도/ 방 안으로 안 들어가지

말은 안 해도/ 아이들 마음 더 잘 알아주지/

해님이 날개 펼쳐/ 포옥 안아주면/ 엉엉 울어버리지/

발가벗었어도/ 부끄럽지 않지//

ㄴ ㅜ ㄴ ㅅ ㅏ ㄹ ㅏ ㅁ

- 「누구게?」 전문

꼭 두 다리가 있어야만 설 수 있는 건 아니라고, 말보다 마음이라고, 진심이 통하면 벌거벗은 겉모습 따윈 문제가 아니라고…. 그 마음을 알아준 해님에게 안겨 그만 엉엉 울며 온몸 녹아 사라지면서도 여한 없어 보이는 눈사람의 마음이 동심의 근본과 닮았다. 「명태」라는 시에는 명태의 또 다른 이름들이 주르르 나열된다. '생태 동태 황태 북어 코다리 노가리/ 백태 먹태 통태 짝태 깡태 무두태/ 춘태 오태 추태 꺾태 망태 조태 강태…' 이 많은 명태의 또 다른 이름은 사람들이 저마다의 쓰임에 맞춰 붙여 준 것이다. 그런데 명태는 원래 이름인 명태로 불리기를 원한다. 자신이 태어난 '동해바다 놀이터에서/ 엄마가 늘 불러주던 이름'이기 때문이다. 40년 동안 꿋꿋하게 지켜 온 '배신자'라는 이름을 '내가 학교에 입학'하면서 한순간에 개명한 엄마 이야기와 캄보디아의 어느 소녀가 코리아에서 구호품으로 보내 준 교복에서 '고아라'라는 이름표를 발견하고 이에 대해 쓴 일기 외에도 「민달팽이」, 「4번 타자」, 「나도 콩이야」, 「지렁이」, 「나는 보람이」, 「외갓집 외양간」, 「내 이름은 용태 동생」과 같은 시에 이름과 이름표의 의미를 새롭고도 남다르게 새겨 놓았다. 그리고 첫 시집부터 마지막 시집까지 한상순의 시에는 변함없는 특성이 눈에 띄는데, 그것은 바로 시의 리듬이다.

언어의 소리는 말하는 사람의 감정 상태를 민감하게 반영해 그 언어의 의미까지도 바꾸어 놓는 힘을 가졌다. 시는 그 언어의 소리를 강하게 의식하면서 의도적으로 리듬을 더해 미적 효과를 조직해 나간다. 「허, 고놈 참」을 보자.

과학의 날 글짓기 대회/ 금상을 받아 왔죠.//

할아버진/ 머릴 쓰다듬어 주시며/ "허, 고놈 참."//

어버이날 카네이션/ 예쁘게 만들어 달아드렸죠.//

할아버진/ 온종일 가슴에/ 꽃 달고 다니시며/ "허, 고놈 참."//

동생과 장난치다 그만/ 할아버지가 정성껏 키운 난초 화분/

쫙 깨뜨렸지 뭐예요.//

할아버진/ 깨진 화분 조각 쓸어내시며//

"허, 고놈 참/ 허, 고놈 참…."

　할아버지의 혼잣말인 "허, 고놈 참."은 여러 번 반복되는 것만으로도 시에 리듬을 부여한다. 게다가 그 말은 똑같은 의미로 반복되는 게 아니라, 각 연마다 소리의 양태에 따라 뜻이 달리 해석된다.

　시적 화자가 과학의 날 글짓기 대회에서 금상을 받아왔을 때는 '기특하다'는 뜻이, 어버이날 카네이션을 달아드렸을 때는 '고맙다'는 뜻이 담겨 있다. 할아버지가 아끼는 난초 화분을 깨뜨렸을 때는 "허, 고놈 참."이 연거푸 반복되는데, '이크' 혹은 '이게 무슨 일이람'처럼 놀람의 뜻과 '괜찮다'는 의미가 내포되어 있다. '허, 고놈 참.'이라는 말의 반복과 소리의 양태에 따라 달라지는 할아버지의 마음이 시의 리듬을 유지해 주면서 할아버지의 사랑을 확인하는 시적 화자의 섬세한 감정이 점층적으로 드러난다. 이게 바로 한상순 시인의 특징적 시의 리듬인 것이다. 앞에서 소개했던 「좀좀좀좀」을 비롯해 「남은 것」, 「친구 되어 주기」, 「내 이름은 용태 동생」, 「이 청개구리 시계야」, 「가을 마중」, 「미세먼지」, 「거꾸로 동생」, 「'개굴!' 한 번 해봐」, 「딱이야 딱」, 「억울하겠다」, 「외침」, 「차라리」, 「알아맞혀 봐」 등에도 시적 리듬이 잘 나타나ㅓ 있다.

3. 소망과 가치의 빛나는 이름표

한상순 시인은 그렇게도 소망하던 '시인'이라는 예쁜 이름표 하나를 얻기 전에 이미 충분한 가치를 지닌 이름표 하나를 달고 있었다. 그것은 바로 '간호사'라는 이름표이다. 세상의 아픈 구석을 먼저 살피는 직무를 지닌, '눈 감으면 딱 떠오르'는 이름표가 아닐 수 없다. 지난 2년여 동안 팬데믹의 위험이 전 세계를 공포에 떨게 했던 코로나19 시국을 돌이켜 볼 때 무엇보다 그 가치가 빛났던 이름표이기도 하다. 그런데 시인은 첫 시집부터 여섯 번째 시집을 낼 때까지 '몸이 불편하고 마음이 아픈 이들과 40년을 함께하는 간호사로, 어린이를 위한 시를 쓰는 시인으로' 이 두 개의 이름표를 어떻게 달고 다녀야 할지 몰라 고민에 빠졌던 듯싶다. 그 고민의 흔적을 시집들 중간중간에 넣어 놓긴 했지만 독자들이 한눈에 알아차리기는 쉽지 않았다. 그러던 것이 마침내 시인은 일곱 번째 시집 『병원에선 간호사가 엄마래』에서 마음을 툭 터놓고 고백하기에 이른다.

> 이상하게 마음이 자꾸 허전하지 뭐니. 간호사로서의 삶은 더할 나위 없는 만족감으로 꽉 차 있는데, 간호사 시인으로서는 뭔가 할 일이 남아 있는 것 같았거든.
> '이 마음은 뭐지?'
> 고민에 빠졌지.
>
> – '시인의 말' 중에서

고민에 고민을 거듭하는 와중에도 시인은 시 쓰기를 멈추지 않았고 쓰면서 고민하고 쓰면서 돌아본 끝에 드디어 '아주 명쾌한 답'을 얻었다고 선언한다. 다른 누구도 아닌 스스로 '간호사 시인'이라는 이름표를 만들어 달고 '병원 동시'를 써서 '어린이들에게 선물'하자는 결심에 이른 것이다. 그 선물이 바로 2020년에 나온 『병원에선 간호사가 엄마래』라는 일곱 번째 동시집이다.

> 학교에서 돌아와/ 상우 손잡고
> 엄마가 입원한/ 동네 병원 찾아갔다.//
> 간호사 누나가 엄마 팔에/ 링거 주사를 놓고 있었다.//
> 엄마! 하고 부르려는데/ 상우가 으앙!/ 울음을 터트렸다.//
> "엄마 아파요,/ 큰 주사 말고 짝은 주사로 주세요."

- 「작은 주사로 주세요」 전문

대부분의 아이들에게 주사는 아프고 두려운 것에 속한다. 그런 주사를 간호사 누나가 엄마의 팔에 놓으려고 한다. 가뜩이나 아픈 엄마에게 더 아픈 주사를 놓으려고 하다니! 동생은 그만 공포에 질려 우리 엄마 아프다며, 큰 주사 말고 작은 주사로 놔 달라고 천진한 동심을 드러내어 독자를 울고 웃게 만든다. 그 모습에 엄마 역시 웃음과 함께 눈물이 핑 돌았을 것이다. 이처럼 시인이 간호사의 경험을 담아 빚어낸 동시는 무엇과도 비교할 수 없는 치유의 힘을 지녔다.

> 난/ 바로 얼마 전에 태어났어.//
> 지금 텔레비전, 라디오, 신문마다/ 내 얘기로 야단이야.//
> 모두들 내가 말 붙일까 봐/ 마스크로 꾸욱, 입을 닫고/
> 손이라도 한 번 잡았을까 봐/ 손 씻기 싹싹.//
> 또 내가 신나게 뛰어놀까 봐/ 축구 시합노 안 하고/
> 내가 따라갈까 봐/ 봄 소풍도 안 간대.//
> 세상에!/ 이젠 방방곡곡 현수막을 달았네./

어?/ 날 잡느라 병원 출입구에도 보초를 섰네?//

난 이제 더 이상 갈 곳이 없어/ 더 이상 숨을 곳이 없다구/

걸음아 나 살려라!/ 이럴 땐 도망치는 게 답이야.

– 「코로나19」 전문

얼마 전 코로나19로 인한 전 세계의 공포스런 풍경을 바이러스를 시적 화자로 삼아 그려 낸, 압축과 위트가 빛나는 시다. 그 풍경의 최전선에서 바이러스와 대치하고 물리친 경험을 동심이라는 희망으로 드러냈다. 자신의 직업을 살피고 그 속에서 요모조모 성찰한 결과 재미와 감동을 두 배로 선사한다. 스스로 '간호사 시인'이라는 이름표를 달고 동시문단의 나이팅게일로 당당하게 선 것이다. 이는 한상순 동시의 현재이며 미래이고, 세상의 상처 한가운데서 동심으로 위로를 전하고자 하는 운명이리라. 예쁘고 아름답고 착한 동심을 그려 보고자 시작된 '시인이라는 이름표'가 지금껏 살아온 발자취와 만나 '간호사 시인'이라는 이름표로 더욱 빛난다.

어린 시절 경험이나 자연의 향수에 국한되지 않고 현재진행형 동심의 성찰과 치유로 이어진 일곱 권의 시들이야말로, 시인의 삶의 궤적을 보여주는 증표라 할 만하다. 소망과 가치의 빛나는 이름표 '간호사 시인' 한상순이 앞으로 내놓을 새로운 시들에 벌써부터 위로가 되고 기대가 부푸는 것도 그 이유 때문이리라.

권영상 : 1979년《강원일보》신춘문예 동시, 1993년 MBC창작 동화대상에 장편동화로 등단. 세종아동문학상, 새싹문학상, 한국아동문학상, 소천아동문학상, 열린아동문학상 등을 받음. 저서로 동시집 『구방아, 목욕가자』, 『엄마와 털실뭉치』, 『고양이와 나무』 등과 동화 『내 별에는 풍차가 있다』, 『동글이 누나』 등 70여 권이 있음.

김관식 : 1976년《전남일보》신춘문예 문학 평론,《자유문학》신인상 시 당선으로 등단. 저서로 동시집 『토끼 발자국』 외 17권, 시집 『가루의 힘』 외 17권, 문학 평론집 『한국 현대시의 성찰과 전망』 외 9권, 문학 창작이론서 『현대시 창작 방법과 실제』 외 2권이 있음. 백교문학상 대상, 김우종문학상 문학평론 부문 본상, 황조근정 훈장, 문예창작문학상 대상을 받음.

김봉석 : 1991년《교자문원》시 추천, 1992년《아동문학평론》신인문학상 동시 부문 당선으로 등단. 저서로 동시집 『나무는 나무끼리 서로 사랑하며 산다』, 『나무도 사랑을 할 땐 잎을 흔든다』, 『내가 네 가슴 속에 꽃필 수 있다면』 등과 시집 『유배 이후』가 있음. 한인현아동문학상, 수곡문학상, 통일동요 노랫말공모전 금상, 강서문학대상을 받음.

김이플 : 본명 김미애. 2009년《아동문예》문학상 동시로 등단. 새벗문학상에 동시,《농민신문사》중편동화 당선, KBS창작동요대회 작사 우수상, 통일부창작동화 공모전 우수상, 황금펜아동문학상, 푸른문학상을 받음. 저서로 『꽃배를 탄 아이』, 『헬로 두떡마켓』 등이 있음.

노창수 : 1973년《현대시학》시 추천, 1979년《광주일보》신춘문예 시 당선, 1991년《시조문학》시조 천료. 1994년 한글문학상(평론), 1998년 한국시비평문학상(평론), 2004년 현대시문학상(시), 2014년 한국문협작가상(시조), 2015년 박용철문학상(시) 등을 받음. 저서로 시집 『거울 기억제』 외 6권, 시조집 『슬픈 시를 읽는 밤』 외 3권, 저서 『한국 현대시의 화자 연구』 외 7권이 있음.

박금숙 : 고려대, 건국대에서 문학석사 학위를 받음, 고려대대학원에서 「강소천 동화의 서지 및 개작 연구」로 문학박사 학위 받음, 2013년 계간 《아동문학평론》에서 동시 부문 신인상을 받으며 등단. 저서로 동시집 「강아지의 변신」 등이 있음.

박상재 : 1981년 《아동문예》 신인상 동화 당선, 1984년 《한국일보》 신춘문예 동화 당선. 단국대학교 대학원 외래교수 역임. 현재 (사)한국아동문학인협회 이사장, 《아동문학사조》 발행인 겸 주간. 방정환문학상, 한국아동문학상, 한정동아동문학상, PEN문학상, 이재철아동문학평론상 등을 받음. 저서로 동화집 「잃어버린 도깨비」, 「꽃이 된 아이」 외 120여 권, 아동문학 이론서 「한국 창작동화의 환상성 연구」, 「한국 동화문학의 어제와 오늘」, 「한국 대표 아동문학가 작가 · 작품론」 등이 있음.

박선미 : 부산아동문학 신인상과 창주문학상, 《부산일보》 신춘문예에 동시 당선으로 등단. 동아대학교 대학원에서 「선성 구현을 위한 동시 창작 연구」로 박사학위를 받음. 저서로 동시집 「지금은 공사 중」, 「불법주차한 내 엉덩이」, 「누워 있는 말」, 「햄버거의 마법」, 「먹구름도 환하게」 등이 있음. 오늘의동시문학상, 서덕출문학상, 이주홍문학상, 한국아동문학상 등을 받음.

신정아 : 2012년 《월간문학》 동시, 2017년 《시와동화》 동화, 2022년 《아동문학평론》 평론으로 등단. 저서로 동시집 「시간 자판기」, 「우리 집에 바퀴를 달고」, 그림동화집 「햇살이 된 초침이」 등과 평론집 「신현득의 동시 세계」가 있음. 황금펜아동문학상, 새싹문학젊은작가상, 한국문학백년상을 받음.

신현배 : 1982년 《소년》에 동시 추천으로 등단. 1986년 《조선일보》 신춘문예에 동시, 1991년 《경향신문》 신춘문예에 시조 당선. 저서로 동시집 「거미줄」, 「매미가 벗어 놓은 여름」, 「산을 잡아 오너라」, 「햇빛 잘잘 끓는 날」, 「신현배 동시선집」, 「피아노」, 「일어서는 물소리」 등이 있음. 우리나라좋은동시문학상, 소천아동문학상, 한국동시조문학대상, 방정환문학상 등을 받음.

필자 소개

유정아 : 2006년 《아동문학평론》 평론 부분 신인상으로 등단. 2011년부터 2019년까지 한국어린이문학교육학회 서평위원으로 활동. 「다이빙을 사랑한 한국인 소년 새미 리」, 「꽃살문」, 「할머니는 1학년」, 「안아 드립니다」, 「어린 이산과 천자문의 비밀」, 「도깨비가 슬금슬금」, 「박꽃이 피었습니다」 등 서평.

이정석 : 1983년 《소년중앙》 문학상 동시 부문 당선. 1997년 《아동문학평론》 평론 부문 신인문학상 당선. 저서로 동시집 『촛불이 파도를 타면』 등 6권, 아동문학평론집 『생태주의 아동문학과 해학의 동심』 등 2권이 있음. 방정환문학상, 이재철아동문학평론상, 천상병동심문학상 등을 받음.

이창건 : 1981년 《한국아동문학》 추천 1982년 아동문예 신인상에 당선. 《한국아동문학》 추천으로 등단. 저서로 동시집 『풀씨를 위해』, 『소년과 연』, 『소망』, 『씨앗』, 『사과나무의 우화』 등과 유년동화 『비 오는 날』, 시집 『비는 하늘에도 내린다』 등이 있음. 대한민국문학상 신인상, 소천아동문학상, 윤석중문학상, 우리나라좋은동시문학상 등을 받음.

임성규 : 1999년 《금호문화》 시조상으로 등단. 2018년 《무등일보》 신춘문예 동화 당선. 저서로 시집 『배접』, 『나무를 쓰다』, 동화집 『형은 고슴도치』가 있음.

장성유 : 본명 장정희. 1998년 《아동문학평론》에 동화 「열한 그루의 자작나무」 당선. 2019년 《자유문학》에 동시 「지렁이의 외침」 외 9편 추천. 저서로 장편동화집 『마고의 숲 1·2』, 동시집 『고양이 입학식날』, 학술서 『한국 근대 아동문학의 형상』 등이 있음. 방정환문학상, 눈솔어린이문화대상을 받음.

전병호 : 1982년 《동아일보》 신춘문예 동시 당선. 1990년 《심상》에 시 당선. 저서로 동시집 『들꽃초등학교』, 『비오는 날 개개비』, 『봄으로 가는 버스』, 『아, 명량대첩』과 그림책 『달빛 기차』, 『사과 먹는 법』 등이 있음. 세종아동문학상, 빙징환문학상, 소천아동문학상 등을 받음.

최명란 : 1994년 《시세계》로 작품 활동. 2005년 《조선일보》 신춘문예 동시, 2006년 《문화일보》 신춘문예 시 당선. 저서로 시집 『명랑생각』, 『자명한 연애론』과 동시집 『수박씨』, 『우리는 분명 연결된 거다』, 『하늘天 따地』 등이 있음. 방정환문학상, 천상병시상, 편운문학상, 남명문학상 등을 받음.

함윤미 : 2020년 《아동문학사조》 신인문학상 평론 부문 당선. 저서로 『회장 떨어지기 대작전』, 『모아깨비의 100번째 생일』, 『알고 보면 더 재미있는 곤충이야기』, 『노빈손의 계절탐험』 시리즈 등이 있음.

황수대 : 「이문구 동시 연구」로 석사학위, 「1930년대 동시 연구」로 박사학위를 받음. 1996년 대전에 범골어린이도서관을 설립하여 2005년까지 운영하며 아동청소년문학에 깊은 관심을 갖기 시작. 2007년 「이문구 동시의 생태학적 의미」로 제5회 푸른문학상 '새로운 평론가상' 수상. 저서로 『동심의 눈으로 바라보는 세상』, 『직관과 비유의 힘』 등이 있음.